北岛 著

很多年

北岛散文选

人民文学出版社

目录

辑一 故乡

3 光与影
9 味儿
16 声音
23 小学

辑二 故人

33 听风楼记
　　——怀念冯亦代伯伯
44 如果天空不死
　　——怀念熊秉明先生
47 钟文：光与岸
54 刘伯伯
63 父亲

辑三 他乡

87 纽约变奏

114　他乡的天空
153　午夜之门
170　卡夫卡的布拉格
182　智利笔记
199　革命与雏菊
206　波兰来客
210　搬家记
217　赌博记
223　后院

辑四　诗和诗人

231　艾伦·金斯堡
238　帕斯
245　蓝房子
253　青灯
260　远行——献给蔡其矫
274　布莱顿·布莱顿巴赫
285　策兰　是石头要开花的时候了
321　洛尔迦　橄榄树林的一阵悲风

辑一
故乡

波动
北岛 摄

光与影

一

2001年年底,我重返阔别十三年的故乡。飞机降落时,万家灯火涌进舷窗,滴溜溜儿转。我着实吃了一惊:北京就像一个被放大了的灯光足球场。那是隆冬的晚上。出了海关,三个陌生人举着"赵先生"牌子迎候我。他们高矮胖瘦不一,却彼此相像,在弧光灯反衬下,有如来自另一个世界的影子。欢迎仪式简短而沉默,直到坐进一辆黑色轿车,他们才开始说话,很难分辨是客套还是什么,灯光如潮让我分神。

在儿时,北京的夜晚很暗很暗,比如今至少暗一百倍。举个例子:我家邻居郑方龙住两居室单元,共有三盏日光灯:客厅八瓦,卧室三瓦,厕所和厨房共用三瓦(挂在毗邻的小窗上)。也就是说,当全家过年或豁出去不过日子的话,总耗电量才不过十四瓦,还没如今那时髦穿衣镜环形灯泡中的一个亮。

这在三不老胡同1号或许是个极端的例子,可就全北京而言,恐怕远低于这个水平。我的同学往往全家一间屋一盏灯,由家长实行"灯火管制"。一拉灯,那功课怎么办?少废话,明儿再说。

灯泡一般都不带灯罩,昏黄柔润,罩有一圈神秘的光晕,抹掉黑暗的众多细节,突出某个高光点。那时的女孩儿不化妆不打扮,反而特别美,肯定与这灯光有关。日光灯的出现是一种灾难,夺目刺眼,铺天盖地,无遮无拦。正如养鸡场夜间照明为了让母鸡多下蛋一样,日光灯创造的是白天的假象，人不下蛋，就更不得安宁，心烦意乱。可惜了的是美人不再，那脸光板铁青，怎么涂脂抹粉也没用。其实受害最深的还是孩子，在日光灯下，他们无处躲藏，失去想象的空间，过早迈向野蛮的广场。

据我们物理老师说，当人进入黑暗，短短几分钟内视力可增至二十万倍。看来黑暗让人洞若观火。灯火本来是人类进化的标志之一，但这进化一旦过了头，反而成了睁眼瞎。想当年，我们就像狼一样目光敏锐，迅速调节聚焦：刷——看到火光，刷——看到羊群，刷——看到无比美好的母狼。

要说当年"四眼儿"多，除了灯光条件，更主要是与学习态度有关。那时同学争论中胜方最有力的论证是，农村黑灯瞎火，怎么倒没几个"四眼儿"？尽管学校提供晚自习室（包括空间与充足的灯光），可挡不住靠时间差出人头地的，更挡不住在正统知识外看闲书的，如一凡，钻被窝用手电筒读《红楼梦》，早早加入"四眼儿"的行列。

当年北京路灯少，很多胡同根本没路灯，即使有，也相隔三五十米，只能照亮路灯跟前那点儿地盘。大人常用"拍花子"来吓唬我们。所谓"拍花子"，指的是用迷魂药绑架拐卖孩子。这故事本身就是迷魂药，让多少孩子困惑，谁也说不清细节，比如用什么玩意儿在脑袋上一拍，孩子就自动跟坏人走了？要有这先进武器，台湾不是早就解放了？没准儿是解放前某个犯罪案例，在口头传说中添油加醋，顺着历史的胡同一直延伸到我的童年。

对夜行人来说，路灯与其是为了照亮，倒不如说为了壮胆。他一边骑车一边哼下流小调，叮当按铃。一旦某个路灯憋了，或被孩子用弹弓打碎，他就慌了，开骂，捎上祖宗八代。

路灯少，出门得自备车灯。20世纪50年代末骑车还有用纸灯笼的，有侯宝林的相声《夜行记》为证。那时大多数用的是方形手电式车灯,插在车把当中。再高级的是磨电灯,即用贴在瓦圈上的小磙子发电。由于车速不均,车灯忽明忽暗。那可是北京夜里的一景。

50年代末,长安街竖起了现代化集束路灯。华灯初上,走在长安街上特别自豪,心明眼亮,似乎一眼就能望见共产主义。相形之下,胡同灯光更加暗淡。一离开那康庄大道,就又迷失在北京胡同无边的迷宫中。

我自幼和弟弟妹妹玩影子游戏,两手交叉,借灯光在墙上变幻成各种动物,或弱小或凶猛,追逐厮杀。后来谁也不愿意扮兔子。弱肉强食,连影子游戏背后都有权力意志,操纵者自以为是万物的主宰。

对孩子来说,黑暗的最大好处就是捉迷藏。一旦退到灯光区域外,到处可藏身,尤其犄角旮旯。刚搬进三不老胡同1号,院里还有假山,奇形怪状的太湖石夜里瘆人,说什么像什么。那是捉迷藏的好去处。捉、藏双方都肝儿颤——谁能保证不撞上郑和或那帮丫环的幽灵呢?听那带颤音的呼唤就透着心虚:"早看见你丫啦,别装蒜,快出来吧——"待冷不丁背后一声尖叫,全都一身鸡皮疙瘩。

讲故事也得趁黑,特别是鬼故事。老人给孩子讲,孩子们相互讲。在一个不信神的国度,用鬼来吓孩子吓自己实在有利于道统。上初中时,毛主席号召讲不怕鬼的故事,让人一时蒙了。首先这世上胆儿大的不多,再说不怕鬼多了个阐释的麻烦:先得证明鬼的存在,才能证明鬼并不可怕。

"文革"期间,我们白天闹革命,夜里大讲鬼故事,似乎鬼和革命并不矛盾。我住四中学生宿舍。先关灯,用口技配乐烘托气氛。到关键处,有人顺手推倒护床板或扔出破脸盆。在特技效果的攻势下,那些自称胆儿大的没一个经得住考验。

日光灯自70年代初广泛应用,让北京一下亮堂了,连鬼都不再显灵了。幸好经常停电。一停电，家家户户点上蜡烛，那是对消失的童年生活的一种追忆与悼念。

二

醒来，天花板被大雪的反光照亮。暖气掀动窗帘，其后模糊的窗框随光流移动，如缓缓行进的列车，把我带向远方。我赖在床上，直到父母催促才起来。

大雪是城市的幻象，像一面自我审视的镜子。很快这镜子就支离破碎了，转瞬间，到处是泥泞。上学路上，我披着棉猴儿，抄起一把湿漉漉的雪，攥成雪球，往胡同口那棵老槐树扔去。可惜没击中。冲进教室，上课铃声响了。教室窗户又像列车驶离站台，不断加速。室内幽暗，老师的身影转动，粉笔末儿飞扬，那些黑板上的数字出现又消失。老师突然扬起教鞭，指着我喊道："嗨，问你呢，听见了吗？"

随下课的铃声，春天到了。房檐吸附过多的水分，由白变黑；天空弯下来，被无数枝头染绿；蜜蜂牵动着阳光，嗡嗡作响；女孩儿奔跑中的影子如风筝，谁也抓不到那线头；柳絮纷纷扬扬，让人心烦。我开始写作文，先抄刘白羽的《红玛瑙集》，再抄魏巍的《谁是最可爱的人》。刘白羽写到，他在莫斯科上空的飞机上看日出。这段显然是不能抄的。我纳闷：为什么在莫斯科？我溜达到后海看日落。哪儿来的什么红玛瑙？落日就像一块两分钱的水果糖。几只燕子在湖面翻飞，西山层叠起伏。波浪油亮，泛起一层腥臭的白沫。

在无风的日子，云影停在操场上空，一动不动。那个肌肉发达的高班同学，在双杠上机械般悠着，影子像节拍器。我在单杠下，运足气准备引体向上。按规定，要连续做六个才及格。到第二个我已筋疲力尽，连蹬带蹿，脑门刚够到铁杆。我似乎在竭尽全力爬上天空，偷看那舒卷自如的白云。

夏天的阳光把街道切成两半。阴影下清凉如水，我跟着人群鱼贯而行。我突然改变主意，走到阳光暴晒的一边，孤单而骄傲，踩着自己的影子，满头大汗，直到浑身湿透。在目的地我买了根冰棍，犒劳自己。

我喜欢在大街上闲逛，无所事事。在成人的世界中有一种被忽略的安全感。只要不仰视，看到的都是胸以下的部分，不必为长得太丑的人难过，也不必为人间喜怒哀乐分心。一旦卷入拥挤的人流，天空翳暗，密不透风，奋力挣扎才冲出重围。人小的好处是视角独特：镀镍门把上自己的变形的脸，玻璃橱窗里的重重人影，无数只脚踩踏的烟头，一张糖纸沿马路牙子起落，自行车辐条上的阳光，公共汽车一闪一闪的尾灯……

我喜欢下雨天，光与影的界限被抹去，水乳交融，像业余画家的调色板。乌云压低到避雷针的高度，大树枝头空空的老鸹窝，鲜艳的雨伞萍水相逢，雨滴在玻璃上的痕迹，公告栏中字迹模糊的判决书，水洼的反光被我一脚踏碎。

我和一凡常远足去东安市场。60年代初，东安市场翻建成百货商场，改名为东风市场，完全毁掉了原有的风味。当年东安市场，各种小铺摊位错落有致，应有尽有。在我记忆中，那是个光的迷宫，电灯、汽灯、煤油灯和蜡烛交相辉映，扑朔迷离。在各种光照下，那些店主和顾客的脸显得神秘莫测，只要把那瞬间固定下来，就是一幅民俗生活的长卷。偶尔有一缕阳光漏进来，缓缓移动——那是最古老的时针。

三

每个孩子天生都有很多幻觉，这幻觉和光与影，和想象的空间，甚至和身体状态都有关系。孩子长大后，多半都会忘了，时间社会习俗知识系统强迫他们忘却，似乎那是进入成人世界的条件。

我从十岁到十三岁正赶上三年困难时期，那是身体与精神成长的转折点，即青春期的开始。饥饿是当时生活的常态。那时照片上的我，神情很像非洲的饥饿儿童，眼睛贼亮，直勾勾的，嘴角带有一丝狡黠的怪笑。

我显然正处于高度的幻觉中。在我眼里，树木奇形怪状，花朵鲜艳欲滴，烟悬空，水倒流，房子歪斜，楼梯滚动，云朵变成怪物，阴影深不可测，星星又大又亮……后来看到凡·高画的星空，一点都不惊奇。在我看来，那是所有处于饥饿中的人应有的视觉效果。

我直眉瞪眼，自言自语，走路不拐弯。特别是在课堂上，我基本上听不见老师说什么，沉浸在自己的幻觉世界中。老师问问题，我往往答非所问。开家长会，老师把忧虑传达给父母。好在母亲是医生，并没大惊小怪。但我处在他们严密的观察中。

半夜醒来，看见我的鞋在移动，转了一圈儿又回到原地；巨轮突然闯进窗户；玻璃上出现陌生人的脸；逆光中的树林着起大火……

一天晚上，我独自回家，发现一朵白云就停在三不老胡同1号大门口上空。它不大，圆圆的，像把大伞，低到难以置信的程度，比我家住的四层还低。多年后听说不明飞行物（UFO）时，才恍然大悟。在这朵云下，我如同被魔法镇住，心乱如麻，浑身僵硬。时间似乎停止了。我终于向前跨出一步，然后飞快跑回家。

味儿

一

关于北京，首先让我想到的是气味儿，随季节变化而变化。就这一点而言，人像狗。要不为什么那些老华侨多年后回国，四顾茫然，张着嘴，东闻闻西嗅嗅——寻找的就是那记忆中的北京味儿。

冬储大白菜味儿。立冬前后，各副食店门前搭起临时菜站，大白菜堆积如山，从早到晚排起长队。每家至少得买上几百斤，用平板三轮、自行车、儿童车等各种工具倒腾回家，邻里间互相照应，特别是对那些行动不便的孤寡老人。大白菜先摊开晾晒，然后码放在窗下、门边、过道里、阳台上，用草帘子或旧棉被盖住。冬天风雪肆虐，大白菜像木乃伊干枯变质，顽强地散发出霉烂味儿，提示着它们的存在。

煤烟味儿。为取暖做饭，大小煤球炉、蜂窝煤炉像烟鬼把烟囱伸出门窗，喷云吐雾。而煤焦油从烟囱口落到地上，结成一坨坨黑冰。赶上刮风天，得赶紧转动烟囱口的拐脖——浓烟倒灌，呛得人鼻涕眼泪，狂嗽不止。更别提那阴险的煤气：乘人不备，温柔地杀你。

灰尘味儿。相当于颜色中的铁灰加点儿赭石——北京冬天的底色。它是所有气味儿中的统帅，让人口干舌燥，嗓子冒烟，心情恶劣。一旦借西北风更是了得，千军万马，铺天盖地，顺窗缝门缝登堂入室，没处躲没处藏。当年戴口罩防的主要就是它，否则出门满嘴牙碜。

正当北京人活得不耐烦，骤然间大雪纷飞，覆盖全城。大雪有一股云中薄荷味儿，特别是出门吸第一口，清凉滋润。孩子们高喊着冲出门去，他们摘掉口罩扔下手套，一边喷吐哈气，一边打雪仗堆雪人。直到道路泥泞，结成脏冰，他们沿着脏冰打出溜儿，快到尽头往下一蹲，借惯性再蹭几米，号称"老头钻被窝儿"。

我家离后海很近。孩子们常在那儿"滑野冰"，自制冰鞋雪橇滑雪板，呼啸成群，扬起阵阵雪末儿，被风刮到脸上，好像白砂糖一样，舔舔，有股无中生有的甜味儿。工人们在湖面开凿冰块，用铁钩子钩住，沿木板搭的栈道运到岸上，再运到李广桥北面的冰窖。趁人不注意，我跟着同学钻进冰窖，昏暗阴冷，水腥味夹杂着干草味。那些冰块置放在多层木架上，用草垫隔开，最后用草垫木板和土封顶。待来年夏天，这些冰块用于冷藏鲜货食品，制作冰淇淋刨冰。在冰窖里那一刻，我把自己想象成冷冻的鱼。

冬天过于漫长，让人厌烦，孩子们眼巴巴盼着春天。数到"五九"，后海沿岸的柳枝蓦然转绿，变得柔软，散发着略带苦涩的清香。解冻了，冰面发出清脆的破裂声，雪水沿房檐滴落，煤焦油的冰坨像墨迹洇开。我们的棉鞋全都变了形，跟蟾蜍一样趴下，咧着嘴，有股咸带鱼的臭味儿。

我母亲几乎年年都买水仙，赶上春节前后悄然开放，暗香涌动，照亮沉闷的室内。在户外，顶属杏花开得最早，随后梨花丁香桃花，风卷花香，熏得人头晕，昏昏欲睡。小时候常说"春困秋乏夏打盹，睡不醒的冬三月"，那时尚不知有花粉过敏一说。

等到槐花一开，夏天到了。国槐乃北方性格，有一种恣意妄为的狞厉之美。相比之下，那淡黄色槐花开得平凡琐碎，一阵风过，如雨飘落。槐花的香味儿很淡，但悠远如箫声。

而伴随着这香味的是可怕的"吊死鬼"。那些蠕虫吐丝吊在空中，此起彼伏,封锁着人行道。穿过"吊死鬼"方阵如过鬼门关,一旦挂在脖子上脸上,挥之不去,让人浑身起鸡皮疙瘩,难免惊叫。

夏天是一年中最快乐的时光,主要是放暑假的缘故吧。我们常去鼓楼"中国民主促进会"看电视打乒乓球,或是去什刹海体育场游泳。说到游泳,我们沉浮在福尔马林味儿、漂白粉味儿和尿臊味儿中,沉浮在人声鼎沸的喧嚣和水下的片刻宁静之间。

暴雨似乎来自体内的压力。当闷热到了难以忍受的临界点,一连串雷电惊天动地,青春期的躁动得到某种程度的释放。雨一停,孩子冲向马路旁阴沟上,一边蹚水一边高叫:"下雨啦,冒泡啦,王八戴上草帽啦……"

不知为什么,秋天总与忧伤相关,或许是开学的缘故:自由被没收了。是的,秋天代表了学校的刻板节奏,代表了秩序。粉笔末儿飘散,中文与数字在黑板上出现又消失。在男孩子臭脚丫味儿和脏话之上,是女孩儿的体香,丝丝缕缕,让人困惑。

秋雨阵阵,树叶辗转飘零,湿漉漉的,起初带有泡得过久的酽茶的苦味儿,转而变成发酵的霉烂味儿。与即将接班的冬储大白菜味儿相呼应。

二

话说味儿,除了嗅觉,自然也包括味觉。味觉的记忆更内在,因而也更持久。

鱼肝油味儿,唤醒我最早的童年之梦:在剪纸般的门窗深处,是一盏带有鱼腥味儿的灯光。那灯光大概与我服用鱼肝油的经验有关。起初,从父母严肃的表情中,我把它归为药类,保持着一种天生的警惕。

当鱼肝油通过滴管滴在舌尖上，凉凉的，很快扩散开来，满嘴腥味儿。这从鳕鱼肝脏提炼的油脂，让我品尝到大海深处的孤独感。后来学到的进化论证实了这一点：鱼是人类的祖先。随着年龄增长这孤独感被不断放大，构成青春期内在的轰鸣。滴管改成胶囊后，我把鱼肝油归为准糖果类，不再有抵触情绪。先咬破胶囊，待鱼肝油漏走再细嚼那胶质，有牛皮糖的口感。

"大白兔"奶糖味儿。它是糖果之王，首先是那层半透明的米纸，在舌头上融化时带来预期的快感。"大白兔"奶味儿最重，据说七块糖等于一杯牛奶，为营养不良的孩子所渴望。可惜困难时期，"大白兔"被归入"高级糖"，有顺口溜为证："高级点心高级糖，高级老头上茅房"，可见那"高级循环"与平民百姓无关。多年后，一个法国朋友在巴黎让我再次尝到"大白兔"，令我激动不已，此后我身上常备那么几块，加入"高级老头"的行列。

困难时期正赶上身体发育，我开始偷吃家里所有能吃的东西，从养在鱼缸的小球藻到父母配给的黏稠的卵磷脂，从钙片到枸杞子，从榨菜到黄酱，从海米到大葱……父母开始坚壁清野，可挡不住我与日俱增的食欲。什么都吃光了，我开始吞食味精。在美国，跟老外去中国餐馆，他们事先声明"No MSG（不放味精）"，让我听了就他妈心烦。

我把味精从瓶中倒在掌心，一小撮，先用舌尖舔舔，通过味蕾沿神经丛反射到大脑表层，引起最初的兴奋——好像品尝那被提纯的大海，那叫鲜！我开始逐渐加大剂量，刺激持续上升，直到鲜味儿完全消失。最后索性把剩下半瓶味精全倒进嘴里，引起大脑皮层的信号混乱或短路——眩晕恶心，一头栽倒在床上。我估摸，这跟吸毒的经验接近。

父母抱怨，是谁打翻了味精瓶？

在我们小学操场墙外，常有个小贩的叫卖声勾人魂魄。他从背囊中像变戏法变出各种糖果小吃。由于同学引荐，我爱上桂皮。桂皮即桂树的树皮，中草药，辛辣中透着甘甜。两分钱能买好几块，比糖果经久耐吃多了。我用手绢包好，在课堂上时不时舔一下。说实话，除了那桂皮味儿，与知识有关的一切毫无印象。

一天晚上，我和关铁林从学校回家，一个挑担的小贩在路上吆喝："臭豆腐酱豆腐——"我从未尝过臭豆腐，在关铁林怂恿下，花三分钱买了一块，仅一口就噎住了，我把剩下的扔到房上。回到家，保姆钱阿姨喊臭，东闻西嗅，非要追查来源。我冲进厕所刷牙漱口，又溜进厨房，用两大勺白糖糊住嘴。可钱阿姨依然翕动着鼻子，像警犬四处搜寻。

三

一个夏天的早上，我和一凡从三不老胡同1号出发，前往位于鼓楼方砖厂辛安里98号的中国民主促进会，那是我们父辈的工作单位。暑假期间，我们常步行到那儿打乒乓球，顺便嘛，采摘一棵野梨树上的小酸梨。

一出三不老胡同口即德内大街，对面是我的小学所在的弘善胡同，把东北角的小杂货铺发出信号，大脑中条件反射的红灯亮了，分泌出口水——上学路上，我常花两分钱买块糖，就着它把窝头顺进去。

沿德内大街南行百余步，过马路来到刘海胡同副食店。门外菜棚正处理西红柿，一毛钱四斤；还有凭本供应的咸带鱼，三毛八一斤，招来成群的苍蝇，挥之不去。我和一凡本想买两个流汤的西红柿，凑凑兜里的钢镚儿，咽了口唾沫走开。

沿刘海胡同向东,到松树街北拐,穿过大新开胡同时,在路边的公共厕所撒泡尿,那小便池上的尿碱味儿熏得人睁不开眼,我们像在水中练习憋气,蹿出好远才敢深呼吸,而花香沁人心脾——满地槐花。昨夜必是有雨,一潭潭小水洼折射出天光树影。

拐进柳荫街一路向北,这里尽是深宅大院,尽北头高大的围墙后面,据说是徐向前元帅的宅邸。在树荫下,我们买了两根处理小豆冰棍,五分钱两根,省了一分钱。可这处理冰棍软塌塌的,眼看要化了,顾不得细品冰镇小豆的美味儿,两口就吸溜进去,我们抻着脖子仰望天空,肚子咕噜噜响。

出了柳荫街是后海,豁然开朗。后海是什刹海的一部分,始于七百年前元大都时期。作为漕运的终点,这里曾一度繁华似锦。拐角处有棵巨大的国槐,为几个下象棋的人蔽荫。几个半大男孩正在捞蛤蜊,他们憋足气,跃起身往下扎猛子,脚丫蹬出水面,扑哧作响。岸边堆放着几只蛤蜊,大得像锅盖。蛤蜊散发着腥膻的怪味,似乎对人类发出最后的警告。

我们沿后海南沿,用柳枝敲打着湖边铁栏杆。宽阔的水面陡然变窄,两岸由一石桥连缀,这就是银锭桥。银锭观山,乃燕京八景之一。桥边有"烤肉季",这名扬天下的百年老店,对我等的神经是多大的考验:那烤羊肉的膻香味儿,伴着炭焦味儿及各种调料味儿随风飘荡,搅动我们的胃,提醒中午时分已近。

我们一溜烟穿过烟袋斜街,来到繁华的地安门大街,北望鼓楼,过马路向南走,途经地安门商场副食店,门口贴出告示:处理点心渣儿(即把各种点心的残渣集中出售),我们旋风般冲进去,又旋风般冲了出来,那点心渣儿倒是挺招人爱,可粮票和钢镚儿有限。

沿地安门大街左拐进方砖厂胡同,再沿辛安里抵达目的地。"中国民主促进会全国委员会"的牌子,堂而皇之地挂在那儿,怎么看怎么像一句反动口号。

　　我和一凡先到乒乓球室大战三盘，饥肠辘辘，下决心去摘酸梨垫垫肚子。那棵墙角的野梨树并没多高，三五个土灰色小梨垂在最高枝头。踩着一凡的肩膀我攀上树腰，再向更高的枝头挺进。眼看着快够到小梨，手背一阵刺痛，原来遭"洋辣子"的埋伏。

　　从树上下来，吮吸那蜇红的伤口，但无济于事。从兜里掏出那几个小梨，在裤子上蹭蹭，咬了一口，又酸又涩，满嘴是难以下咽的残渣。食堂开饭的钟敲响了，一股猪肉炖白菜的香味儿飘过来。

声音

一

我六七岁时发明：一边哼音乐，一边插入几声汽车喇叭。这两种声音叠加在一起，于我，就意味着大都市。如今梦想成真，我被大都市的各种噪音（特别是无所不在的电钻声）折磨得发疯，彻夜难眠，这才好歹明白，所谓大都市与那农业帝国的孩子的口头创意无关。

20世纪60年代初的北京，静得像个大村庄，早上居然能听见公鸡打鸣。那是住一层的弓家因地制宜，在大院围墙内辟出一小块自留地，除了种瓜种豆，还养了一笼鸡，有只孤傲的公鸡每天报晓，把我吵醒。公鸡打鸣如歌手练声——听众提心吊胆跟着沿云梯爬升，骤停，悬在半空。弓家还养了只火鸡，摇晃脖上肉垂发出咯咯喉音，像得了哮喘病的老头。它健硕且驯顺，让我们这帮孩子轮流骑在背上，昂首阔步。

我翻身，刚想睡个回笼觉，成群麻雀呼啦啦落在房顶，叽叽喳喳，啄着铁皮排水管，发出空洞的回声。其中一只叫声最亮，翅膀扑腾最欢。冬天，锅炉房工人开始添煤加温，热水顺暖气管道哗哗循环流动，伴随着嘶嘶的排气声及冷暖气流撞击时噼啪的爆裂声。我似乎置身于一个庞大的消化排泄系统中。

楼下出现人声。脚步纷杂却清晰可辨：男重女轻，劳力者浊，劳心者稳，老人滞中有间歇，孩子则多变，有的活蹦乱跳，有的拖着地走——费鞋。自行车声被清晨的寂静放大：辐条呼啸带风，轮胎飞沙走石，链条铿锵蹭着链套，铃声响起，洪钟般震耳欲聋。

我又翻了个身。再往远处细听，马打着响鼻，铁蹄在柏油路上打滑；车把式大声呵斥，鞭鞘劈开空气，车辕在颠动中吱嘎作响。一辆14路公共汽车驶过，马达轰鸣，突突喷吐尾气，开关门时制动器发出叹息，售票员懒洋洋地报站："刘海儿胡同到了——"

大约七点二十五分，班主任李老师穿过三不老胡同。他瘦高挑儿，腰板笔直，目不斜视，大步流星向前迈进，黑皮鞋橐橐作响。他清清嗓子，一扭头，"呸"地吐出一口浓痰。一听见李老师的脚步声和吐痰声，我慌忙爬起来。

二

若生病或装病，我会继续赖在床上。大约八点半，邮递员小李骑车送报送信。他捏闸下车，一脚踢起支架，懒洋洋喊道："某某某挂号信，拿图章。"

太阳升起来。叫卖吆喝声此起彼伏，不绝如缕。北京的吆喝声特别，显然与胡同的深度、宽度和弯度有关，要想让商业信息家喻户晓，非得把吆喝抻长拉宽外加七拐八弯才行。北京人语速快，咬字含混，吆喝是对北京话的纠偏：把音调放慢拖长，穿糖葫芦般给每个字应有的重视——清脆圆润，合辙押韵。关键还得底气足，有穿透力，换气不换声，平起，一翻身高八度，站稳了别掉下来，拉长韵尾——张恨水在《市声拾趣》中写道："我也走过不少的南北码头，所听到的小贩吆喝声，没有任何一地能赛过北平的。北平小贩的吆喝声，复杂而谐和，无论其是昼是夜，是寒是暑，都能给予听者一种深刻的印象。"

"有破烂儿的我买，有破鞋烂袜子的我买——"这是收废品的，用倒装句显示了一种底层的自信，这自信可随时转化为帝国的自信："有原子弹的我买——"

还有透着北京人抖机灵耍贫嘴的功夫。比如，卖蟠桃的吆喝："这不是大姑娘扎的，也不是二姑娘绣的，这是三姑娘逛花园一脚踩下一个扁盖儿桃——"

"臭豆腐，酱豆腐，王致和的臭豆腐——"广告语简单明了，品牌和存货清单全齐了。北京人讲话"卖什么吆喝什么"，这原始交易代表北京人纯朴的一面，童叟无欺，最多吹点儿小牛，那本是广告的功用嘛："这冰人儿的西瓜脆沙瓤儿——""萝卜赛梨，辣了管换——""喝了蜜的大柿子——"

吆喝往往配有乐器，比如，卖烧饼、麻花的用木梆子，耍猴儿的用大锣，收购破烂儿的用小皮鼓，卖冰镇酸梅汤的用两个小铜碗，上下一掂铜音串串，叫"冰盏儿"。还有剃头的用"大音叉"，用铁板在中间一拨，那铮铮颤音先把人弄蒙了，就势按那儿，不管头发长短，先剃成秃瓢儿再说。"磨剪子嘞戗菜刀——"磨刀的用"铁头"，即五片铁皮串在一起，哗啦作响。

楼下传来最令人激动的吆喝声："冰棍，三分一根儿，五分一根儿——"那三分的是红果、小豆冰棍，五分的是牛奶冰棍。我兜里只有两分钱，估计和卖冰棍的老太太讨价还价，能弄一根缺棍或半化的红果冰棍。

刚从收音机听完侯宝林的相声《服务态度》，我跟一凡就跳进刘海胡同副食店，模仿相声中的段子唱起来："买买买卖和气生财，上柜台来笑颜开，休要发困莫发呆，像你这买卖怎能不发财……"没唱完，就让人给轰了出来。

三

最想进入我们生活的是蚊子，防不胜防，人类用扇子、蚊香和敌敌畏试图保持距离，没用。夏夜充满蚊子的轰鸣。蚊子拐弯声特别，有金属硬度，夹杂着幽怨与威胁，放大一万倍，估摸就跟火箭追踪目标的呼啸一样。各种蚊香应运而生，可蚊子很快就适应了，甚至像瘾君子，在云雾中飘飘欲仙，发出陶醉般的叹息。当年《北京晚报》有幅漫画：床下放了四个点燃的蚊香，把人熏死了，一只蚊子照样叮在鼻子上。

我手持蝇拍，在罗儿胡同副食店门口，借助一块臭鱼头打苍蝇。打死一只，用竹夹子捏起，放进玻璃瓶，数了数，只完成任务的三分之二，按学校规定，每人每天要打死至少五十只苍蝇。那群苍蝇嗡嗡叫，低空飞行，就像日本的神风特攻队冲向那鱼头，不惜粉身碎骨。

夏天是蛐蛐和蝉的天下。瑞典诗人特朗斯特罗默（Tomas Tranströmer）在诗中这样写道："蟋蟀疯狂地踏着缝纫机。"就是这些小裁缝缝补着我童年的日日夜夜，让我梦魂萦绕。我在护国寺的"百花深处"买了只蛐蛐，放在小瓦罐里，用茛草探子引它开牙，它自以为得胜时振翅高歌。有一天罐子没盖好，蛐蛐不见了，我急得翻箱倒柜，而它一直藏在我家某个角落，疯狂地踏着缝纫机。

小暑后，蝉蛹出土，鸣声四起。蝉，学名金蝉，俗称知了。法布尔在《昆虫记》中写道："蝉翼后的空腔里，带着一种像钹一般的乐器。它还不满足，还要在胸部安置一种响板，以增强声音的强度，蝉为了满足对音乐的嗜好，确实做了很大的牺牲。因为有这种响板，使得生命器官都无处安置，只好把它们压紧到最小的角落里。"其实它们纯粹是噪音制造者。把北京吵得天翻地覆，天越热越来劲儿，让人心烦意乱。我跟楼里的孩子们一起去粘知了。先把面粉淘洗成面筋，置于竹竿顶端,再由善爬树的攀到大树杈上。被粘住的知了浑身颤抖,不再鼓噪。

一到中秋,知了退出舞台,蝈蝈粉墨登场。卖蝈蝈的小贩出现在街头,不用吆喝,那叫声就是最好的广告。与知了相比,蝈蝈叫声十分悦耳。蝈蝈长得就顺眼,像外星人——蓝脸粉肚紫翅膀。被关在竹篾编的笼子里,它们心满意足,直到唱彻漫天大雪。

四

加入少先队后,我最高只混到小队副(一道杠臂章),这近乎耻辱,连我弟弟都当上中队长(两道杠)。幸运的是我被选为鼓手,让我欣喜若狂。这显然与我热爱的苏联电影《少年鼓手的命运》有关:鼓手谢廖沙的父亲是个工程师,因丢失了机密文件被捕入狱。特务伪装成老红军战士,乘虚而入。最终被谢廖沙识破,勇敢地和敌人展开斗争……

我敲的是那种军乐队小鼓,用皮带斜挎身上,两手各持一鼓槌,白手套白衬衣白长裤外加红领巾——少年鼓手赵振开,多么光荣的称号。敲鼓看似简单,只有内行才知其难度,那鼓点复杂多变而清脆利索,像匹骏马奔驰。我的问题是协调能力差,顾此失彼,倒像是两头拉磨的瘸驴。在谢廖沙精神的引导下,我苦练基本功,平时没鼓槌,我就用铅笔或手指代替,成了魔怔,在课桌上门上玻璃窗上簸箕上,甚至在公共汽车车身上,咚咚哒啦哒啦咚——差不多练了仨礼拜,两头瘸驴总算离开磨盘,但还是磕磕绊绊。

伴随着鼓点声,我紧跟谢廖沙提高了阶级警惕性。我发现满大街都是形迹可疑的人,我们楼简直就是特务大本营。为了鼓手的骄傲,我绝不轻易跟任何潜在的敌人打招呼。有一天,我在护国寺遇见被打成"右派"的庞家大哥，只见他东张西望，神色慌张，肯定是等着与台湾特务接头。我躲在树后，又尾随他穿过胡同。在楼梯上，我发现他的屁股兜鼓囊囊的，八成是手枪……

队列仪式还剩下一周，我练得更苦了，连做梦都在敲鼓。两头瘸驴终于合二为一，小跑起来，但毕竟还不是奔马。

队列仪式那天，待我挎上小鼓整装待发，骤然一阵鼓声，再细听，原来是心跳。一声令下，我和另外三个鼓手敲鼓前进，走向舞台。在舞台阶梯上，我的小鼓从挂钩脱落，砰然落地，引来全场哄堂大笑。我手忙脚乱拾起小鼓，一阵猛擂，把其他小鼓引入歧途，大乱。一个鼓手的命运就此结束。

五

三不老胡同1号正对面是一个小纺织厂，本来没什么动静。只记得十一岁那年，厂内贴出大字报，揭发车间主任耍流氓。我跟楼里的几个孩子混进去看热闹。那时字还认不全，即使认得也不解其意，比如"乳房"，让我好生琢磨：这秘密房子，到底藏在人体什么地方？

20世纪60年代中期，在"抓革命促生产"的号召下，纺织厂开始扩张，新建的厂房挤压街道，堆满泥沙，骑车走路得绕道而行。厂房把所有天窗打开，等于用一百个高音喇叭向我们喊话。夏天热，一开窗户，在家说话得大叫大喊。每周五厂休，静得反倒让人不知所从，难以入睡，盼着人家赶快开工。这还嫌不够，在纺织机噪音之上，厂里两派组织各自竖起高音喇叭，用更高的频率呼革命口号。

一凡开始学日文，边学边翻译日文资料。他告诉我，噪音是按分贝计算的，按国际标准，这个纺织厂的噪音在90到100分贝以上，轻则听力受损，重则失聪。一凡写了封投诉信，可往哪儿寄？弄不好说你干扰革命大方向。好在失聪的首批牺牲者是小脚侦缉队的老太太们，本来就耳背，这回干脆什么也听不见了：我们放声高歌，朗诵诗文，激烈辩论。噪音成了我们的保护屏障。

"文革"初期一天夜里，我和同学骑车穿过平安里。夜深人静，突然街上出现十几头毛驴，在一个农民驱赶下往西行进。同学告诉我，每天都有这么一群毛驴，半夜从东郊大红门进北京，目的地是动物园。我愣住，问到底干什么。他笑着说，送到那儿就地屠宰，第二天喂虎豹豺狼。此后很久，我一到半夜就辗转反侧，倾听那毛驴凌乱的蹄声。它们一定预感到厄运将至，就像少年鼓手，调整步伐，抱着赴死的决心。

小学

一

1957年冬，我正在阜外小学读二年级，我家从阜外保险公司宿舍搬到三不老胡同1号，我转学，就近在弘善寺小学插班。

当老师把我带进教室，有人拍桌子，有人起哄，昏暗中，那些眼睛和牙齿闪亮。我头戴栽绒棉帽，护耳翘起，像个七品县官。一个转学的孩子，面对的是一个陌生集体的敌意，可有谁在意这对孩子的伤害？

弘善寺是个明代寺庙，在北京林立的庙宇中，它又小又无神灵护佑，香火难以为继，后改成小学。既然跑了和尚也跑了庙，1965年弘善寺胡同索性更名为弘善胡同，小学更名为弘善小学。

我从"谷歌地球"（Google Earth）进入北京，如鹰向下盘旋，沿天安门、故宫、什刹海、德内大街，终于找到三不老胡同，再平移到弘善胡同。我借鼠标变焦——向下猛冲，而弘善胡同3号消失在几棵大树下。旁边是栋丑陋的现代化建筑——天弘善宾馆。我上网去查，居然没找到弘善小学的资料。

整整半个世纪了。1958年开春，乍暖还寒。一进校门，影壁上有"好好学习，天天向上"的题词。传达室旁，一棵歪脖柳树正抽枝发芽。斜穿前院，进东北角的教室，门吱嘎作响，一排小窗东歪西斜，天花板低矮。再转向后院，绕过由斋房改建的教室和水泥乒乓球台，来到尘土飞扬的操场。北墙根有一砖砌讲台。校长铆足了劲儿喊"升旗——"全校学生齐刷刷立正,一起高唱:"我们新中国的儿童,我们青少年的先锋,团结起来,继承着我们的父兄,不怕艰难不怕担子重……"

上学路上要过好几关。一出大院门就是俩拦路虎:一是立在路当中的烤白薯窝棚;二是对面花枝胡同口的早点铺,烤白薯的焦煳味和吱吱响的炸锅的油烟香,基本就让人走不动道儿了。我冲破重围,好不容易出胡同过马路,迎面又撞上小杂货铺,正把着弘善寺胡同口西北角。我下意识摸摸兜儿,咽了口唾沫继续前进。总算到了校门口,一个小贩在那儿迎候。他像古装戏法大师,摇身一变,就地摆出各种零食,有干果、冰糖、山楂片、桂皮等,让人神不守舍。此刻,上课钟声响了。

那口生铁铸钟,恐怕是仅存的镇寺之宝,穿过朝代的迷雾当当敲响——我们起立坐下,上课下课。代表时间的钟声切割时间,也让人忽略时间,就在这钟声里我们嗖嗖成长。"一年级的小豆包,一打一蹦高儿;二年级的小不点儿,一打一挤眼儿……"除了"蹲班"的,只要刚升了级,一转身,我们就羞辱那些新生。

二

我是靠说相声在全校出名的。记得那段子叫《乱形容》,先在收音机听过,后来从《曲艺》杂志上找到原本,查字典把生字一一注音,背得滚瓜烂熟。那是一个乱形容的时代,我们写作文东抄西抄,专抄那些浮华空洞的形容词。

登上操场讲台,我头皮发麻,腿肚转筋。扩音器吱嘎的交流声给我喘气的机会。我心中默念:"就把台下当成一块西瓜地吧。"果然灵验,我口若悬河,一发不可收拾,把听众全都给逗乐了。一周内,我成了全校名人，无数目光迎来送往。说来做名人并无特别之处，就是闹心。一周后再没人多看我一眼：有失落，也有如释重负的轻松感。

后来改行朗诵，背的是高士其的《时间之歌》，那是我从报纸上剪下来的。高士其是个身残志不残的科普作家，他的诗充满科学主义的意味。站在讲台上，我先默念"西瓜地经"，然后直着嗓门高喊："时间啊——"

在四年级作文课上，我写下第一首诗，那是根据《人民日报》的几首诗拼凑成的，都是些大词儿，比如"历史的车轮向前""帝国主义走狗""螳臂挡车""共产主义明天"……这恐怕受到高士其的"时间观"的影响。

与时俱进的代价，首先是饥饿。三年困难时期，大家课间休息凑在一起，主要是"精神聚餐"。一种流行说法是，所有好吃的东西，都被"苏联老大哥"用火车运走了。大家愤愤然，摩拳擦掌——且慢，消耗体能的结果会更饿。

为改善伙食，学校食堂养了两头猪，在操场放养，一下课，几乎成了全校男生追逐的对象。它们被撵着满处跑，跳栏翻墙，瘦成皮包骨，两眼凶光，与其说是猪不如说是狗。从猪眼中看，人类全疯了：只要钟声响起，他们从门窗一拥而出，扑将过来，一个个面目狰狞，眼睛发绿，频频发出食肉的信号。

三

学校表面上归校长老师管，但地下存在着另一隐秘的权力系统，那就是暴力。

一天，在操场旁教室的一面墙上，我和雷同学抄黑板报。那是阳光和煦的下午，槐花飘香，同学们大都放学回家了，校园静悄悄的。

我们的合作最初是愉快的，有说有笑，后因版面安排发生争执，口角了几句，他突然猛冲过来，拳头雨点般擂到我头上脸上。我顿时眼冒金花，剧痛中模糊看见那因狞笑而扭歪的脸。我无限委屈，眼中噙满眼泪，强忍着，未滚落出来。

这就是拳头中的真理。凭本能，我意识到在这丛林法则中，关键一条是寻找保护人。我们班有个同学叫李希禹，是校足球队前锋。他个儿矬且四肢短粗，其貌不扬，满脸横肉，眯缝眼儿好像总也睡不醒——静若睡狮，动辄矫健凶猛，当地流氓都怕他三分。

不知怎么回事，一来二去，李希禹成了我的保护人。人与人之间有一种天然的权力关系，很难说清其中因果。或许大多数同学来自底层，而他父亲是高级工程师，与我有相似的家庭背景。他家离学校不远，独门独院，有一棵让人眼馋的大枣树。他居然有自己单独的卧室，这在当时是不可思议的。他在家似乎很正常很随和，像个很有教养的好孩子。

一个冬天的早上，我像往常那样，上课前一刻钟走进教室，几个同学正围着炉子烤火说笑。李希禹迎过来，递上一块据说抹了黄油的烤馒头。他的过分热情和怪笑引起我的警惕，我拒绝了。他生气说："瞧不起我？你丫真不够哥们儿。"后来证实，那烤馒头上抹的是鼻涕。这件事深深伤害了我，让我意识到在这个世上，还有一样更重要的东西，叫尊严。我此后尽量躲着他，同时准备好任何血腥的报复。我一直处在他那半昏睡的眯缝眼的视线边缘，他似乎在掂量在犹豫……

我们班新来个日本归侨，叫赖德生，他有个哥哥赖文龙，高一年级。哥儿俩身高体健，先靠乒乓球拍横扫全校，又打破各项比赛纪录。由于在日本长大，他们毫无城府，对地下权力一无所知，可没人敢招惹他们。他们无形中拓展的权力真空，给我带来安全感。我们住得很近，过从甚密。

他们从日本带来最先进的技术，首先是半导体收音机，造型精巧，音质优美，尤其那些键盘旋钮，更像一个引爆现实的装置，让我有些敬畏。再就是那些日本画报上的美女，更让我浮想联翩：原来在我们生活之外，还有另一个世界。

四

第一个班主任是李老师。他每天早上从我家楼下准时穿过，那橐橐的皮鞋声，从纷杂的脚步中脱颖而出，我赶紧从床上爬起来。他又瘦又高，肤色黧黑，一脸严肃，讲话时喉结翻滚；他身穿洗旧的蓝制服，领口总是扣得严严的，黑皮鞋擦得锃亮。由于经常伤风，他动不动从裤兜掏出大手帕，哧哧擤鼻子，或随地吐痰（但从不在教室）。要说他吐痰，那姿势优雅无比：扭头不弯腰，嘴歪眼向前——呸！

在枯燥的课文之间，他经常穿插些警世的小故事。有个败家子，平日爱吃肉包子，但总是把褶角咬下来扔掉，被隔壁老先生拾起收好。后家道中落，他一夜成了叫花子。有一天乞讨到邻居门下，老先生拿出个口袋给他，其中都是包子褶角，他边吃边感叹道，天下竟有如此美味。老先生说，这都是当年你扔的……说到此，李老师意味深长地提高调门，扫视全班。可惜那年头我们既无家可败，更无肉包子可吃。

由于常感冒，李老师在课堂上向我们郑重推荐"银翘解毒丸"："知道什么是蜜制吗？就是用蜂蜜做的，而你们就是在蜜罐里长大的。什么是蜡丸？就是用蜡密封，怕走了味儿。才两毛钱一丸，不贵，再说那味道特别……"经他一说跟仙丹差不离，全班只有我信了。大约两个月后，我走进阴森森的中药铺，把凑足的钢镚儿递到高高的柜台上,得到一丸"仙丹"。我钻进小胡同,找了个没人的地方,剥开蜡壳,放嘴里一尝,苦得我差点儿呕吐出来……

上五年级,铸钟换成电铃,班主任也换成董静波老师。她齐脖根短发,戴眼镜,身穿两排扣的列宁女装,既文雅又干净利索。她总是笑眯眯的,至少对我如此,我的作文总是被当成范文,显然我是她的得意门生之一。我爱上语文课,文字比算术让我更有信心。由于练书法,我的钢笔字带有颜体的力道,也深得董老师的赏识,当着全班同学夸奖。我的天空豁然开朗明亮。多年后我在散文集《失败之书》的序言写道:"我小学写作文,常得到董静波老师的好评,并拿到班上宣读。记得当时我的心怦怦乱跳。那是一种公开发表的初级阶段,甚至可以说,董老师是我的第一位编辑与出版者……"

我在课堂上经常梦游,沉浸在虚构的世界中。董老师会用善意的方式唤醒我,比如,提出一个显而易见的问题,把我引回到现实中来。"完全正确,赵振开。"她挥着教鞭说,"请同学们不要开小差。"

在海外漂泊多年,我通过母亲终于找到董老师,建立了通信联系。2001年冬,我回到阔别多年的北京,专程去看望董老师,她已满头银发,腿脚不便,终日卧床不起。她找出我和其他同学的毕业照,发现很难与现在的我重合。而她说话多少带河北口音,显然也与我的记忆有偏差。最后她喃喃说:"嗨,走吧,别在我这儿耽误太多工夫。"我想,她责怪的是时间。

去年年底,我和母亲在香港九龙塘一家上海餐厅吃午饭,母亲无意中说到董老师去世的消息,我愣住,不禁泪流满面。

在小学升中学的全市统考中,董老师负责监考。教室里静得可怕,除了唰唰书写声,就是屋顶上麻雀的喧闹。我舒了口气,为语文题的简单而暗自得意。在改错字一栏有"极积"二字,我的目光停顿了一下,又滑了过去。正好董老师从我身边经过,我能感到她的目光的压力。她拍了拍我的课桌,转身对大家说:"同学们,别粗心,交卷前再好好检查一遍。"显然,董老师这话是冲我来的。我认真检查了一遍,肯定没错,便提前交了考卷。

因为"极积",我差两分没考上第一志愿——北京四中。

辑二
故 人

平衡
北岛 摄

听风楼记
——怀念冯亦代伯伯

一

1976年10月上旬某个晚上，约摸十点多钟，我出家门，下楼，行百余步，到一号楼上二层左拐，敲响一二一室。冯伯伯先探出头来，再退身开门，原来正光着膀子。他挥挥手中的毛巾，说："来。"于是我尾随他到厨房。他背对我，用毛巾在脸盆汲水，擦拭上身。那时北京绝大多数人家都没有条件洗澡。冯伯伯那年六十三岁，已发福，背部赘肉下垂，但还算壮实。他对拉着毛巾搓背，留下红印。正当他洗得酣畅，我突然说："'四人帮'被抓起来了。"只见他身体僵住，背部一阵抽动。他慢慢转过身来，紧紧盯着我，问："真的？"我点点头。"什么时候？""就前两天。"他相信了我的话，把毛巾扔进脸盆，和我一起来到客厅。我们话不多，语言似乎变得并不重要。他若有所思，嘴张开，但并非笑容。

当我听到冯伯伯去世的消息，最初的反应是麻木的，像一个被冻僵了的人在记忆的火边慢慢缓过来；我首先想起的，就是三十年前这一幕，清晰可辨，似乎只要我再敲那扇门，一切就可以重新开始。

我和冯伯伯住在同一个民主党派的宿舍大院——三不老胡同1号，那曾是郑和的宅邸。后来不知怎的，在囫囵吞枣的北京话中，"三宝老爹"演变成了"三不老"。我们院的变迁，就如同中国现代史的一个旋转舞台，让人眼晕：刚搬进去时还有假山，后来拆走推平了，建小高炉炼钢铁，盖食堂吃大锅饭；到了"文革"，挖地三尺，成了防空洞；改革开放又填实，立起新楼。

我和冯伯伯应该是1973年以后认识的，即他随下放大军回到北京不久。我那时跟着收音机学英语，通过我父亲介绍，结识了这位翻译界的老前辈。那时都没有电话。一个匮乏时代的好处是，人与人交往很简单——敲门应声，无繁文缛节。再说民主党派全歇菜了，翻译刊物也关张了，冯伯伯成了大闲人，百无一用；他为人又随和，喜欢跟年轻人交往。于是我利用时代优势，闯进冯伯伯的生活。

要说这"听风楼"，不高，仅丈余；不大，一室一厅而已。我从未入室，熟悉的只是那厅，会客、读书、写字、用餐、养花等多功能兼备。一进门，我就近坐在门旁小沙发上。一个小书架横在那里，为了把空间隔开，也给窥视者带来视觉障碍。冯伯伯往往坐对面的小沙发，即主人的位置。此房坐南朝北把着楼角，想必冬天西北风肆虐，鬼哭狼嚎一般，故得名"听风楼"。若引申，恐怕还有另一层含义：听人世间那凶险莫测的狂风。

冯伯伯学的是工商管理，即现在最时髦的MBA。他在上海沪江大学上二年级时结识郑安娜。当时英文剧社正上演莎士比亚的《仲夏夜之梦》，他一眼就看中了台上的郑安娜。他们于1983年成婚。他说："和一个英文天才结婚，不搞翻译才怪。"

待我见到郑妈妈时，她已是个和蔼可亲的小老太太了。每次几乎都是她来开门，向客厅里的冯伯伯通报。让我至今记忆犹新的是，她总是系围裙戴袖套，忙忙碌碌，好像有干不完的家务事。她从老花镜上边看人，用老花镜外加放大镜看书看世界。她在干校患急性青光眼，未能得到及时治疗，结果一只眼瞎了，另一只眼也剩下微弱视力。我一直管她叫"冯妈妈"。她轻声细语，为人爽快；偶尔也抱怨，但止于一声叹息。她是由宋庆龄推荐给周恩来的，在全国总工会当翻译。她就像本活字典一样，冯伯伯在翻译中遇到疑难总是问她。

记得我当时试着翻译毛姆的《人性枷锁》(*Of Human Bondage*)的第一章。有个英文词 egg-top，指的是英国人吃煮蛋时敲开外壳挖下顶端的那部分。我译成"鸡蛋头"，又觉得莫名其妙，于是找冯伯伯商量，他也觉得莫名其妙。他说，饮食文化中很多地方是不可译的。我们讨论一番，还是保留了莫名其妙的"鸡蛋头"。

说实话，我用这么简单的问题去纠缠一个老翻译家，纯粹是找借口。他们家最吸引我的是"文革"中幸存下来的书，特别是外国文学作品，那些书名我都忘了，只记得有一本冯伯伯译的海明威的《第五纵队》(*The Fifth Column*)，再现了海明威那电报式的文体，无疑是中国现代翻译的经典之作。他自己也对《第五纵队》的翻译最满意。在一次访谈中，他说："你想一次翻译成功不行，总是改了又改，出了书，再版时还要改，我译的海明威的戏剧《第五纵队》，我推倒重来了五六次，现在还得修改，但现在我已没力气改了。因此，我曾苦恼、气馁，想改行，可翻译是我的爱好……"

冯伯伯是个温和的人，总是笑眯眯地叼着烟斗，脸上的老年斑似乎在强调着与岁月的妥协。我那时年轻气盛，口无遮拦，而他正从反右和"文革"的惊吓中韬光养晦，却宽厚地接纳了我的异端邪说，听着，但很少介入我的话题。

正是我把"四人帮"倒台的消息带到听风楼，我们的关系发生了改变，我不再是个用"鸡蛋头"纠缠他的文学青年了，我们成了"同谋"——由于分享了一个秘密，而这秘密将分别改变我们的生活。那一夜，我估摸冯伯伯彻夜难眠，为了不惊动冯妈妈，他独自在黑暗中坐了很久。风云变幻，大半辈子坎坷都历历在目，他本来盘算着"夹起尾巴做人"，混在社会闲杂人员中了此残生。

二

偶尔读到冯伯伯的一篇短文《向日葵》，让我感动，无疑对解读他的内心世界是重要的。这篇短文是由于凡·高那幅《向日葵》拍卖中被私人据为己有引发的感叹，由此联想到很多年前在上海买下的一张复制品。

他写道："十年动乱中，我被谪放到南荒的劳改农场，每天做着我力所不及的劳役，心情惨淡得自己也害怕。有天我推着粪车，走过一家农民的茅屋，从篱笆里探出头来的是几朵嫩黄的向日葵，衬托在一抹碧蓝的天色里。我突然想起了上海寓所那面墨绿色墙上挂着的凡·高《向日葵》。我忆起那时家庭的欢欣，三岁的女儿在学着大人腔说话，接着她也发觉自己学得不像，便嘻嘻笑了起来，爬上桌子指着我在念的书，说等我大了，我也要念这个。而现在眼前只有几朵向日葵招呼着我，我的心不住沉落又飘浮，没个去处。以后每天拾粪，即使要多走不少路，也宁愿到这处来兜个圈。我只是想看一眼那几朵慢慢变成灰黄色的向日葵，重温一些旧时的欢乐，一直到有一天农民把熟透了的果实收藏了进去。我记得那一天我走过这家农家时，篱笆里孩子们正在争夺丰收的果实，一片笑声里夹着尖叫；我也想到了我远在北国的女儿，她现在如果就夹杂在这群孩子的喧哗中，该多幸福！但如果她看见自己的父亲，衣衫褴褛，推着沉重的粪车，她又作何感想？我噙着眼里的泪水往回走。我又想起了凡·高那幅《向日葵》，他在画这画时，心头也许远比我尝到人世更大的孤凄，要不他为什么画出行将衰败的花朵呢？但他也梦想欢欣，要不他又为什么要用这耀眼的黄色作底呢？"

在我印象中，冯伯伯是个不善表达感情的人，没想到他在这篇短文中竟如此感伤，通过一幅画写尽人世的沧桑。一个记者前几年采访冯伯伯。据他记载，他最后问道："你能简单地用几句话总结你的一生吗？"冯亦代沉沉地说："用不了几句话，用一个字就够了——难。"末了，老人突然怆然泪下。

我们不妨细读这篇短文中的一段："解放了，我到北京工作，这幅画却没有带来；总觉得这幅画面与当时四周的气氛不相合拍似的。因为解放了，周围已没有落寞之感，一切都沉浸在节日的欢乐之中。但是曾几何时，我又怀恋起这幅画来了。似乎人就像是这束向日葵，即使在落日的余晖里，都拼命要抓住这逐渐远去的夕阳。"这种内心的转折，反映了知识分子与革命的复杂关系。

冯亦代于1941年离开香港前往重庆，临行前曾受乔冠华嘱托。到重庆后，他对左翼戏剧电影业帮助很大，并资助那些进步的文化人士。到了迟暮之年，记者在采访中问及那些往事。"有些事到死也不能讲。"他沉默了半天，又说："我做的事都是党让我做的，一些党内的事是不可以公开的。做得不对是我能力有限，是我的责任，但是一开始都是党交给的工作。我只能讲到此为止。"黄宗英逗着问他："总能透点风吧。"他断然地说："连老婆也不能讲。"也许在今天的人们看来这种事是可笑的，半个多世纪过去了，连国家档案局的资料都解密了，还能真有什么秘密可言？我想冯伯伯说的不是别的，而是他在青年时代对革命的承诺：士为知己者死。

据冯伯伯的女儿冯陶回忆："1949年建国以后，周恩来让胡乔木到南方去搜罗知识分子支持中央政府，爸爸和我们全家就到了北京。爸爸妈妈到了北京之后忙得不得了，根本见不着他们……那段时间应该是他们意气风发的时候，因为自己的理想实现了，他们希望建立这样的国家。后来爸爸调到了外文出版社，没过多久，就开始了反右运动，爸爸也是外文社第一个被打成右派的。"

据说在北京市民盟的整风会上，大家都急着把帽子抛出去，免得自己倒霉。而这顶右派帽子怎么就偏偏落到他头上了？依我看，这无疑和冯伯伯的性格有关。首先人家让他提意见，他义不容辞；等轮到分配帽子时，他又不便推托，只好留给自己受用。这和他所说的"有些事到死也不能讲"在逻辑上是一致的。

冯伯伯跟我父亲早在重庆就认识了，他们同在中央信托局，我父亲只是个小职员，而冯伯伯是中央信托局造币厂副厂长。那时的文艺界都管他叫"冯二哥"，但谁也闹不清这称号的出处。据说，他仗义疏财，"摆开八仙桌招待十六方"，凡是在餐馆请客都是他"埋单"。要说这也在情理之中，和众多穷文人在一起，谁让他是印钞票的呢？

据说到了晚年，冯伯伯卧床不起，黄宗英向他通报刚收到的一笔稿费，冯伯伯问了问数目，然后用大拇指一比画，说："请客。"

冯伯伯后来回忆道："香港沦陷后，从香港撤退的大批进步文化人汇聚重庆。首先见到夏衍，他住黄桷垭口朋友家里。不久夏衍夫人亦来。唐瑜便在山坡处另建一所三开间房子，人称'二流堂'。重庆的文化人经常来这里喝茶、会友，商谈工作。"

郭沫若戏称的"二流堂"，不过是个文人相聚的沙龙而已。同是天涯沦落人，杯光斛影，一时多少豪情！但只要想想暗中那些"到死也不能讲"的事，为杯中酒留下多少阴影。既然堂中无大哥，这仗义疏财的"冯二哥"自然成了头头，再加上"到死也不能讲"的事，赶上"文革"，可如何是好？他必然要经历革命逻辑及其所有悖论的考验。他回忆道："'文革'时我最初也想不通。一周之间，牙齿全部动摇，就医结果，十天之内，拔尽了上下牙齿，成为'无齿'之徒。"

一个人首先要看他是怎么起步的，这几乎决定了他的一生。冯伯伯当年也是个文学青年，居然也写过新诗。说起文学生涯的开端，他总是提到戴望舒。1938年2月，他在香港《星岛日报》编辑部认识戴望舒。戴望舒对他说："你的稿子我都看过了。你的散文还可以，译文也可以,你该把海明威的那篇小说译完,不过你写的诗大部分是模仿的,没有新意,不是从古典作品里来的,便是从外国来的,也有从我这儿来的。我说句直率的话,你成不了诗人。但是你的散文倒有些诗意。"

三

20世纪70年代末,听风楼终于装上了电话,那是个现代化的信号,忙的信号,开放与拒绝的信号。冯伯伯从此成了大忙人,社会活动越来越多。我再按往日的习惯去敲门,往往扑空,只能跟冯妈妈拉拉家常。

《世界文学》要复刊了,这就等于给一棵眼见着快蔫了的植物找到了花盆。冯伯伯喜形于色,郑重宣布《世界文学》请他翻译一篇毛姆的中篇小说,发在复刊号上。但毕竟手艺生疏了,得意之余又有点儿含糊。他最后想出个高招,请一帮文学青年前来助阵,也包括我。他向我们朗读刚译好的初稿,请大家逐字逐句发表意见,为了让译文更顺畅更口语化。一连好几个周末,我们聚在冯伯伯的狭小的客厅里,欢声笑语,好像过节一样。我们常为某个词争得脸红脖子粗,冯妈妈握着放大镜对准大词典,帮他锁定确切的含义。最后当然由冯伯伯拍板,只见他抽烟斗望着天花板,沉吟良久,最后说:"让我再想想。"

像冯伯伯这样的大翻译家,居然在自己的领地如履薄冰。他常被一个词卡住而苦恼数日,最终顿悟有如天助一般,让他欣喜若狂。再看看如今那些批量生产的商业化文学翻译产品,就气不打一处来。

而冯伯伯在百忙中并没忘掉我,他把我介绍给筹建大百科全书出版社的阎明复。我参加了翻译资格考试,居然考中了,但最终还是没调成。随后他又把我介绍到刚复刊的《新观察》杂志社，试用了一阵，我成了文艺组的编辑。

1978年12月下旬某个下午，我匆匆赶到听风楼，冯伯伯刚好在家。我拿出即将问世的《今天》创刊号封面，问他"今天"这个词的英译。他两眼放光，猛嘬烟斗，一时看不清他的脸。他不同意我把"今天"译成 TODAY，认为太一般。他找来《英汉大词典》，再和冯妈妈商量，建议我译成 The Moment，意思是此刻、当今。我没想到冯伯伯比我们更有紧迫感，更注重历史的转折时刻。于是在《今天》创刊号封面上出现的是冯伯伯对时间的阐释：The Moment。

我想起瑞典诗人特朗斯特罗默的诗句："我受雇于一个伟大的记忆。"记忆有如迷宫，打开一道门就会出现另一道门。说实话，关于为《今天》命名的这一重要细节早让我忘掉了。有一天我在网上闲逛，偶然看到冯伯伯握烟斗的照片，触目惊心，让我联想到人生中的此刻。我们每个人都生活在此刻，而这个此刻的门槛在不断移动。说到底，个人的此刻也许微不足道，但在某一点上，若与历史契机接通，就像短路一样闪出火花。我昨天去超市买菜，把车停好，脚落在地上，然后一步一步走动，突然想到二十七年前的这一幕：The Moment。是啊，我多想看清冯伯伯那沉在烟雾中的表情。

恰好就在此刻，冯伯伯和他的朋友们正筹划另一份杂志《读书》。这份杂志对今后几十年中国文化所产生的深远影响，应该怎么说都不过分。尽管《读书》和《今天》走过的道路不同，但它们却来自同一历史转折点。

回想20世纪80年代，真可谓轰轰烈烈，就像灯火辉煌的列车在夜里一闪而过，给乘客留下的是若有所失的眩晕感。80年代初，我成家了，搬离三不老大院。此后和冯伯伯的见面机会越来越少，却总是把他卷进各种旋涡中。大概正是那个夜晚的同谋关系，他没说过不,事后也从不抱怨。1979年10月的《新观察》,发表了冯伯伯为"星星画展事件"写的文章,慷慨陈词,伸张正义。在80年代末早春的一天,我曾赶到冯伯伯家办事。记得他表情严肃,非但没有拒绝我的请求,而且说:"做得好。"我骄傲地抬起头,与他对视。他点点头,笑了。

四

去国多年,常从我父亲那儿得到冯伯伯的消息。1993年得知冯妈妈过世的消息,我很难过,同时也为冯伯伯的孤单而担忧,后来听说他和黄宗英结为伴侣,转忧为喜。1996年春天,我和父亲通电话时,他叮嘱我一定给冯伯伯打个电话,说他中风后刚恢复,想跟我说说话。拨通号码,听见冯伯伯的声音,吓了一跳。他声音苍老颤抖,断断续续。他问到我在海外的情况。我纵使有千般委屈,又能说什么呢?"挺好。"我讷讷地说。后来又给冯伯伯打过两三次电话,都说不了什么,只是问候。天各一方,境遇不同;再说时差拆解了此刻,我们又能说些什么呢?

2001年冬天,我因父亲病重回到北京。离开故乡十三年,说实话,连家门都找不到了。我马上请保嘉帮我打听冯伯伯下落,她和黄宗英联系上了,说冯伯伯住在医院。那是个寒冷的早上,街头堆着积雪。由保嘉开车,先去小西天接上黄宗英阿姨。很多年前我就认识黄阿姨,当时我在北京处境不好,曾有心调到海口去,她正在那儿办公司。记得我们在她下榻的旅馆门外一直谈到深夜,她最后感叹道:"你的问题太复杂,而我无权无势,帮不了你这个忙。"二十多年过去了,黄阿姨身体远不及当年,腿脚不便,在我们护驾下,总算上了车,开到中日友好医院。

所有病房首先让我想到的是冰窖，连护士的动作都变得迟缓，好像也准备一起进入冬眠。一见冯伯伯平躺着的姿势，心就往下一沉，那是任人摆布的姿势。听说他已中风七次，这是第八次。是什么力量使他出生入死而无所畏惧？黄阿姨抚摸着冯伯伯的额头，亲昵地呼唤："二哥，我来了。"冯伯伯慢吞吞睁开眼，目光痴呆，渐渐有了一点儿生气，好像从寒冬中苏醒。就在这时候他看见了我，先是一愣。我俯向床头，叫了声"冯伯伯"。他突然像孩子一样大哭起来，这下把我吓坏了，生怕再引起中风，慌忙退出他的视野。周围的人纷纷劝慰他，而他嚎哭不止，撕心裂肺。他从床单下露出来的赤脚，那么孤立无援。

我们在病房总共待了十分钟，就离开了。我知道这就是永别——今生今世。在门口，我最后回望了他一眼，默默为他祈祷。

冯伯伯曾对黄阿姨说过："我想修改我的遗嘱，加上：我将笑着迎接黑的美。"如此诗意的遗嘱，其实恰好说明他是一个绝望的浪漫主义者。而他对于黑的认识一直可以追溯到童年。他母亲在生下他一个多月后就患产褥热死去。他后来如是说："有母亲的人是有福的，但有时他们并不稀罕，视为应得；可是作为一个从小失去母亲的人来说，母爱对他是多么宝贵的东西。他盼望有母爱，他却得不到；他的幼小心灵，从小便命定是苦楚的。"

五

说实话，得知冯伯伯的死讯并未特别悲伤。他生活过，爱过，信仰过，失落过，写过，译过，干过几件大事。如此人生，足矣。我想起他那孤立无援的赤脚。它们是为了在大地上行走的，是通过行走来书写的，是通过书写来诉说的，是通过诉说来聆听的。是的，听大地风声。

　　如果生死大限是可以跨越的话，我此刻又回到1976年10月的那个晚上。我怀着秘密，一个让我惊喜得快要爆炸的秘密，从家出来，在黑暗中(楼里的灯泡都坏了)下楼梯，沿着红砖路和黑黝黝的楼影向前。那夜无风，月光明晃晃的。我走到尽头，拾级而上，在黑暗中敲响听风楼的门。

如果天空不死
——怀念熊秉明先生

我是临回北京前听说熊秉明先生住院的消息的。到北京的第三天,巴黎的朋友力川来电话,得知他走了。记得去年夏初和力川专程去看他。他家离巴黎很远,开车要一个来小时。那天他看起来精神不错。我们喝茶吃蛋糕,谈天说地。在午后的宁静中,几盆花开得热烈。他忽然谈到老年和正视死亡的问题。他说到死是一门学问,每个人都得学而习之,特别到了老年,更要认真对待。他甚至想在国内开门课,和学生讨论这些问题。说到此,他脸上有一种智者的从容。他的死讯,让我想起他当时的表情。

在巴黎的朋友都叫他熊先生。先生如今已被俗用了——女士们先生们,其本意是先师的意思。在海外受过教育的华人,往往用字反倒比国内的人谨慎,特别是在像巴黎这样阴性的城市。故熊先生这个称呼是恰当的,表示一种亲切的敬意,并没生猛到言必称大师的地步。

我和熊先生相识的确切时间记不清了,应是1987年夏天。那时我们一家住英国,利用暑假到巴黎等地漫游。对我来说,那是一段难忘的时光,贫困但闲散。记得在熊先生夫人当时办的旅行社开过一个座谈会,有画评家陈英德,雕塑家王克平和熊先生。随后王克平还开车带我去拜访熊先生。他那时住巴黎近郊。后院是他的工作室,堆满了他的雕塑作品。印象最深的是一只铁皮乌鸦和用多层纸板黏合成的鲁迅头像。克平告诉我,自20世纪50年代初起他就在法国画坛非常活跃,在不少法国及欧洲的大展上得过奖。

后来才知道,熊先生不仅是雕塑家,也是诗人、书法家、学者、哲学家。他为人谦和，不计功利。可以说，他是中国传统文人和西方自由知识分子在最好意义上的结合，是自"五四"以来留下的为数不多的通才之一。所谓通才，不仅指在学问上博大精深，更重要的是对历史对人生的彻悟和关怀。与通才相对应的是专才，这就是充斥今日的那些所谓专家们。他们专业越分越细，路越走越窄，所掌握的知识纯粹用来混饭的。再看看当今统治世界的技术官僚，正是这种专才在权力层面的延伸，从上到下，几乎个个懂行能干，就是没有灵魂。

90年代初我在巴黎住过，以后常来常往，但和熊先生见面的机会并不多，尤其是他后来搬出巴黎，因眼神不好开不了车，很少进城。去年夏天，他特地约我到他家小住几日，要好好聊聊，最后还是没去成。悔矣。人在的时候，以为总有机会，其实人生就是减法，见一面少一面。

我父亲前年春天重病住院。熊先生很着急，专门给杨振宁先生打电话，希望能由他出面帮我回国探望。他和杨先生是世交，父辈都是清华数学系的教授；他俩不仅同龄，还是同班同学，深厚情谊一直延续至今。我那时在纽约州立大学石溪分校（Stony Brook University）教书，有幸跟杨先生结识，很投缘。在熊先生的重托下，杨先生格外重视。我终于得以成行，回北京见到垂危的老父亲。熊先生一直关注我回国的事，并常问起我父亲的状况。此生此情，怎是一个"谢"字了得？

熊先生住得远，来去匆匆，难得有时间多聊聊。和他在一起很少喝酒，总是清茶一杯。茶带来的记忆就是和酒不同，清爽明澈，这也恰似熊先生的为人。熊先生很健谈，路数多变，或曲径通幽，或海阔天空。记得有一回他对我的诗委婉提出批评，我和他争了起来，且相当不敬，而他只是宽厚地笑笑。另一回他请我读一首近作，结尾是"如果天空不死"，他感叹说，这句让他想起他的青年时代。我当时不知道这联想是怎么来的，现在终有所悟。这诗句其实有种悖论式的紧张：说来年轻时的天空是不死的，但虚拟语气对此提出了质疑，那正是青春期的困惑。

20世纪最后一年，熊先生在北京、上海、昆明、台北、高雄举办了巡回展《熊秉明的艺术——远行与回归》。这题目起得好，我想一定是熊先生自己起的。看看熊先生的年表，正如一条路线图，和历史事件、战乱、内心骚动有关。他1922年生于南京。父亲熊庆来是著名数学家，1927年父亲到清华教书，举家迁到北京。"七七"事变后，他又随父亲搬到昆明，1944年毕业于西南联大哲学系。然后越走越远了，走出了国界——他1947年考取公费留法，直到1972年才第一次回国，这一走就是四分之一世纪。他父亲已死于"文化大革命"中。此后他开始往回走了，回国办展览讲学出书。远行和回归，甚至不仅仅是时间和空间上的，也是他的心路历程。他不久前提到，虽然在法国住了五十多年，他并不觉得有融入法国社会的需要。熊先生的法文应已到了炉火纯青的地步，而他从不用法文写作。我想其实他骨子里有一种骄傲，中国文化的骄傲，这骄傲陪他远行，也伴他回归。

熊先生走了，这个世界更加黯淡了，留下我们去面对死去的天空——一个冷漠而高效率管理的时代。

2003年1月17日于美国戴维斯（Davis）

钟文：光与岸

2017年4月22日上午十点，上海武警医院病房区。钟文半卧病床，面颊消瘦苍白，半闭着眼。我握着他嶙峋的左手，开场白简单明确——我承诺，一定会为你出版这本书。他头脑清楚，微微一笑，点点头。这是最后的告别。当天下午他昏迷不醒，直到5月7日凌晨离开这个世界。

我们是怎么认识的？应该和一个诗歌事件有关。1980年秋，在北京郊区定福庄，由《诗刊》副主编邵燕祥主持全国诗歌讨论会，这是公开争论"朦胧诗"的序幕，后称为定福庄会议。在对"朦胧诗"刀光剑影的围攻中，杀出有血性的"四条汉子"，他们是谢冕、孙绍振、吴思敬和钟文。那年头，我们正忙得四脚朝天，后来才听说这件事。

记得1981年隆冬，钟文在北京开会因急病住院。他穿着军用棉大衣，苍白消瘦，一副书生模样。探视时间早就过了，我们在医院门外小聚，有合影为证：钟文、顾城、杨炼、唐晓渡、牛波和我。没有会客室，也没有小饭馆，刮着西北风，冷飕飕的，谁也坚持不了多久——我们哆哆嗦嗦，互相取暖。

如果逆流而上，80年代可谓现代诗歌的上游。那年头，四川诗人呼啸成群，集结在成都。军师钟文出谋划策，跟着摇旗呐喊，要说起来当年翟永明和欧阳江河都是他的学生。播下诗歌的种子，从成都出发，再沿铁路公路小路延伸到罕见的人迹中。

钟文在"文革"后期从上海到自贡下放劳动。他有两三百本藏书，于是亲手编写了《文学描写手册》，半公开售卖，赚了第一桶金，尝到甜头。后来从自贡到成都，摇身一变，成为成都大学的老师，他借助电大的新媒体，开了两门课，浑水摸鱼捞下金银。

1985年是转折点。他从成都到深圳，水涨船高，跻身为深圳大学教授兼系主任。再往前跨一步，仅仅一步，他混进香港的金钱世界。顺着风向标，我跟着他亦步亦趋——同年春，我也下了海。我在北京昌平县踩河村飞达公司听差。业务范围除了导弹以外，主要是出口转内销，倒卖盘条，试图搅乱彩电市场，再加上所谓商演，赔本赚吆喝。据说进京还捎带一货车的臭带鱼——各种演绎版的传闻。我们忙乎了大半年，连生意的边儿都没沾上，心里倒踏实，我再回到书桌码字。

钟文曾这样写道："我十分欣赏客家人对人的命运的一句谚语：一命，二运，三风水，四积阴德，五读书。天命所归是人用什么力量也拗不过来的。"

那真是天命。1990年夏天，我在巴黎见到钟文。先通电话，约好在巴黎一家中餐馆吃午饭。我们互相打量——我失魂落魄，跟流浪汉差不多；他住在难民营，但衣着优雅，对未来充满信心。午饭后，我顺手把一个信封塞进他口袋里，这是我刚在蓬皮杜中心朗诵的酬金。四海之内皆兄弟，没的说。

次年冬，眼见着钟文的灭顶之灾，被助手卷走了大部分存款。苍天在上，居然和助手共享银行账号的签名权——他可真够糊涂的。估摸有一百多万法郎，对我来说那是天文数字。真为他着急，心里咯噔一下——看来流浪者与流浪者完全不一样。

冬去春来，接着地气缓了过来，他开始做小买卖。从山地自行车服装到丝绸生意，慢慢走上正轨。记得1993年圣诞前夜，钟文在他家约我和几个朋友小聚。我喝多了,反复唠叨这句法文"beaucoup, beaucoup de problèmes"(很多很多问题)。圣诞树的彩灯一闪一闪。是啊,每个人都有很多问题,那是我的艰难时刻,其实钟文也如此。躺在他家的沙发上,我半夜醒了过来,还是重复这句新学的法文。钟文为我盖好毛毯,像哄孩子般安慰我。

那阵子,宋琳家住巴黎三区,送孩子上学,几乎每天早上都能见到钟文,互相打招呼。钟文推着小车送货,颠簸在鹅卵石路上,叮叮当当,沿着店铺门板回响。他自食其力,毫无老板的架子。

仗着腰板还算硬朗,钟文爬上小山坡,喘了口气。我算了算,那是二十年前的往事,他刚五十出头,做出战略转移的重大决定,于是从巴黎挪向上海。

他和一个法国人在西湖边聊天,谈起职业选择。他说,如果我现在选择,我还是会选择做商人。为什么?因为教授在智力与能力上的挑战越来越小,中国的教授是很平淡,甚至是很中庸的一种职业(自然科学另当别论),我们这一代人中大量的是人云亦云的抄书匠,如此而已。商人不一样,做商人在智力和能力上是对人的潜能的巨大挑战,成功与失败每天都在考验着他们,所需要的能力远远不是读书抄书这么简单。他们面对的世界非常之大,因为这一切,我情愿去做一个商人。

看来天命不可违。90年代末,钟文的生意越做越大,他从巴黎搬到上海,成为欧罗福国际集团远东区总裁和法中文化交流中心主席。如果野心像深渊,谁才是真正的主人?

1999年夏天,在巴黎歌剧院附近的咖啡馆,钟文和一个法国的"中国通"喝白兰地抽雪茄。中国通说起一笔生意,涉及法国电力公司,打算把法国的几个火力发电厂,低价甚至无偿拆迁到别的国家或地区,当然针对的是第三世界。假如只花一欧元,可买下一座法国火力发电厂——这是多大的诱惑,做生意堪比赌博,而梦想却比金钱远大得多。

再说,法国人一点儿都不傻,他们早就准备取代火力发电厂了,顺便给中国送去厚礼。钟文当然也不傻,中国能源需要的是时间差。

盘算小九九,一步一步向前推演——从法国电力厂拓展到全球绿色能源计划——这是钟文梦想的王国,但想想都后怕。硬着头皮,他与美国通用(GM)、英国石油(BP)和日立(Hitachi)等公司的老板们一起合伙共谋,相当于"八国联军"。看来他是站在深渊边随时准备跳下去的人。

规避商业机密,钟文几年后在香港跟我闲聊,谈到他的庞大计划,我听着都犯晕——除了诗歌的逻辑,还有金钱的逻辑,加在一起,他就像堂吉诃德那样冲向风车。再加上文牍的逻辑,他沿着字里行间跋涉,终于获得联合国的正式批准。自称为"历史性的文件",却需要全球绿色联盟计划的先决条件。他想得美,紧紧抓住一纸公文,喜极而悲。

2002年冬天,我陪母亲去上海和苏州小住。我被镇住了:钟文快成了上海滩的老大。他的坐骑是美洲豹(JAGUAR),据说是上海头一辆,从英国直接运过来的。司机小张戴着白手套,毕恭毕敬。他派头可大了——无缝流线后背发型,皮鞋锃亮,意大利手工西服,加上淡淡的男用香水。他周旋于官商之间,茫茫然,目光不太容易对焦。

顺手,他把上海作协那栋小楼(巨鹿路675号)包租下来,先让文学靠边站。他还开了一家"三十年代大饭店"餐厅,高朋满座。我把外甥女介绍给他,担任英文翻译。当然了,我和母亲也蹭车沾光,包吃包住。坦率地说,在上海待了三天,我东闻闻西嗅嗅,估摸是被那股男用香水味儿熏着,在上海迷失了方向。

2006年秋,世界的舞台转换,我和钟文相聚在纽约。他刚见过通用公司的老板，前不久在人民大会堂举行正式会谈，为了绿色能源和绿色美元而干杯，据说还登上了报纸。

我们请了一个学中文的美国小伙子专程陪同，钟文在新大陆实地考察。

在纽约，落叶飘飞，就像日子那样任意挥霍。我们住在曼哈顿西中区的小公寓，他蜷缩在小沙发里，感叹人生，生意无常，看来还是平头百姓，平起平坐。问了问我的难处，他顺手写下一张支票，捐了两千欧元。后来他半开玩笑问我，是否背后骂娘。没这回事儿，我应道，钱多钱少，都得感谢金主们的支持。

我2007年8月从美国搬到香港，在香港中文大学教书。次年夏，钟文到香港出差，在尖沙咀马可波罗酒店下榻。他身体虚弱，闭上眼说话，像生病的大鸟。据他说是一种怪病，译成"运动神经阻碍症"。我问他，倘若闭上眼谈判，和那些大老板们怎么周旋？他摊了摊手，苦笑，无可奈何。

每隔一阵他专程到香港，陪模特夫人和两个孩子住同一家酒店，紧挨着"购物天堂"的海港城。我们俩先在餐厅聊天，接着家人搂着大包小包，我们一起吃顿晚饭。钟文闭着眼，他夫人目不转睛，停在某处，和橱窗的模特差不多。

一想到从"八国联军联合国全球绿色联盟"到环保利用焦炉煤气零污染燃气轮机、绿色美元，直至不夜城高档橱窗、英意晚餐菜单、侍者表情、模特脸色，我就烦透了，再也不想去那鬼地方了。但为了友谊干杯，怎么办？我提出唯一的条件是，钟文本人到我家吃顿便饭。他终于来了，喝红酒加上家常便饭，他突然睁开眼睛，谈天说地，聊到深更半夜。

2012年春，我在香港中风，后来赶到上海，在一家针灸诊所治疗。当天晚上，虽有严格医嘱，还是忍不住跟钟文通了电话。他惊呼,非得赶到酒店过来看我,哪怕只待一个钟头。

我们在大堂咖啡厅小聚。钟文是半个盲人,我是半个哑巴,同病相怜,但还挺乐呵——在真实的处境中,这才是坚不可破的友谊。

这是人生的转折之年。他从巅峰滑到低谷,公司倒闭,跟老婆离了婚,把别墅也卖掉了。"本来无一物,何处惹尘埃",他好歹捡了条命,终于回到书斋中。

那年,几乎每个月我都去上海治疗。钟文是美食家,听说我要过来,总是由他安排当晚请客,派司机接送。凶猛的美洲豹换成老掉牙的面包车,司机小张也变成老张了。一旦公司倒闭,钟文反倒眼睛亮了,就像打开了窗户。

摘下商人的面具,他是个乐观又充满好奇的人,对上海几乎所有的细节无所不知。当年他是里弄的穷孩子,在恶劣的环境中生存,那得有多么强大的能量和原动力啊。他目光时而温柔时而狡黠,就像老顽童。他每次请客,往往更换不同的老餐厅,好像为上海感到自豪。钟文每次抢着买单,手头拮据,而我心里清楚,他在乎的是内心的骄傲。与此同时,他反复查看账单,估计多年被人坑骗。

自2012年起,钟文沉溺在书斋中,通读那些大部头的艰深原著,尤其是现当代哲学,写下百万字的笔记。从商人转换成诗歌评论家,他发表了一系列评论文章,引起诗人和诗歌读者的瞩目。他从小热爱文学,算得上童子功,加上过目不忘,浸染其中,这五年下了功夫,他厚积薄发,最终留下正果。

我相信能量守恒定律,生命也是如此,钟文的身体每况愈下。三年前他身上奇痒,住了两个多月医院,被抗生素灌饱了,看起来止痒了,但最终引起肾癌,相当于一连串连锁反应。幸好人有一颗心,却有两个肾,等于备胎,他的一个肾被切除了,他活了下来。手术很成功，我专程前往祝贺，打开一瓶法国红酒，为生命干杯。

看来各有各的人性的弱点。钟文坚信西医对生命更有效，特别是三甲医院著名医生加上美国药。他用尽最贵的美国药，病况有所好转，但无形的病毒潜伏下来。

记得三年前，我和毅伟到他居住的"罗马花园"单元小聚。我坦率地说："你是个文人，当不了商人。"他就像犯错的孩子，搓搓手，点了点头。就在前天晚上，我们在一家粤菜馆吃晚饭。毅伟问钟文，你最近怎么突然消失了？钟文交代，他和两个法国华人合伙，一起到柬埔寨倒卖房子，为了挣快钱，结果被黑帮绑架，抢劫一空。他绘声绘色，包括不少可信的细节，我们全都信了。后来才知道，钟文在山西厂方欠巨债，被拘一个月，因年老病衰放了他一马。转眼连面包车也卖掉了，司机老张也失业了。

时光流转。钟文曾师从上海真如寺住持方丈妙灵法师。据说他捐了七十万，翻建了这座小庙。讲起他的经历与磨难，妙灵法师没说什么，只写了四个字：无得正观。

钟文写下的《那趟从不停靠的列车》的经商自传，由广西师范大学出版社出版（2015年），我终于找到了这本书。他在结尾处写道："读经以后使我很为开悟。俗世的得失观，过分强调了金钱的作用，于是人就产生了很多错觉和不良习惯。世上常常是贪心所起的假象，对钱的贪心越大，假象就越大，贪心越大，执着就越厉害，如此的恶性循环，会让人大吃苦头。"

彼岸与此刻，终有一别。在上海武警总医院的病房，透过窗户，阳光迷蒙蒙的。面对病榻上的钟文，我握着他的手，留下唯一的承诺。死亡就像定格，转瞬间，光的河流涌进窗户。

2018年6月14日

刘伯伯

一

刘伯伯是我妻子的继父,可自打我认识他,就管他叫刘伯伯,叫了快二十年了,好在他不挑理。我搞对象那会儿,他也正跟我岳母谈恋爱——我们像两颗行星同时进入一个家庭。

今年3月,他们老两口来美国探亲。几年没见,他的背更驼了,头发胡子全白了,牙也快掉光了。他是个乐观派,只要有酒,日子总是美好的。他闲不住,要么在后院种菜浇水,要么骑车满城转悠,驮些减价的菜回来。在美国住了这么久,我都不知道这儿的大店竟和北京农贸市场一样,菜不新鲜也撮堆卖。他爱钓鱼。听说附近河沟里有鱼,我们先去视察了一趟。

他手背在身后,像首长在河边溜达,笑眯眯的,可见心里有数。买了钓鱼证,备好鱼竿,我一早开车送他过去。头两回不是断线,就是连鱼竿都拽跑了,可见鱼大。换上粗线,那些美国傻鲤鱼可算遭了殃,一条跟着一条被拉到我们家的餐桌上来。他牙齿数目有限,只能抿些软食。待白酒下肚,眼睛生出些光辉。酒后他喜欢讲故事,多是他的亲身经历。

他爷爷是广东茶农。一个俄国商人想在高加索开茶场,把中国茶引进俄国。他到广州招募了七个中国人,包括爷爷在内。这班人马折腾到高加索,水土不服,全都得了疟疾,死了俩,跑了四个,爷爷奄奄一息。俄国商人把他接到莫斯科治疗,气候变了,竟又是一条好汉。否极泰来，茶场日见兴隆，爷爷种的茶还得了巴黎博览会金奖。沙皇红了眼，于是茶场易手。

这茶刚沏上，赶上十月革命，沙皇升天，茶场归苏维埃政权，新官僚接过茶杯一饮而尽，爷爷获红旗勋章。

刘家族谱上有格外荣耀的一笔。大儿子八岁来俄国，送到彼得堡读书。十月革命一声炮响，他一介书生，无党无派，竟成了第三国际的中国代表。那时中国共产党还没成立，毛泽东还在橘子洲头长叹。他先行一步，是为了营救困在俄国的华工。列宁接见了他，并写信帮他疏通渠道。护送华工回国的途中，他在哈尔滨被张作霖扣押，幸亏有中国驻俄武官作保才获释。他留在哈尔滨，在中东铁路局工作，很快升任监事长。他在两种语言的边界上搭过革命列车，其终点是他编的《俄汉大辞典》。

小儿子即刘伯伯的父亲，一生没有这般光彩。他中学毕业后被爷爷留在身边，养马种地，照料茶场。十九岁那年，他和茶场的格鲁吉亚管理员的女儿坠入情网。在女方父母的反对下，他们秘密结婚。

刘伯伯原名刘杰，1923年生在俄国巴统。他有一半格鲁吉亚血统。这有好处，天生就是俄语教授；也有坏处，赶上"文化革命"这样的非常时期，天生就是"苏修特务"。

刘杰六岁那年，他们全家搬到哈尔滨，父亲在中东铁路局做事。"九一八"事变，再搬到北京。父亲先在故宫抄写古老的俄国文件，东北大学内迁，他成了俄文教授。"七七"事变，书又教不成了，索性到兰州去做生意。刘杰跟同学一起去救护伤员，在死亡中翻滚。母亲不放心，凑了路费，让他去找父亲。那年他十五岁，初中还没毕业。

今年夏天，我们一家开车上山，在内华达山脉的太浩湖（Lake Tahoe）边野营。山顶积雪，烟波浩渺，红木参天。据说这是美国最清的高山湖，清得能看见水底的藻类。傍晚我们在帐篷旁边生起篝火，抵御阵阵寒风。刘伯伯负责管火，他拾来树枝和松果作燃料，烧水烤肉。夜深了，岳母、妻子、女儿都睡了，只剩下我们俩，围着篝火，分享他那广口玻璃瓶里的伏特加。松果扔进火里，吱地冒出白烟，噼噼啪啪烧起来，很快变成灰烬。火势变化无穷，百看不厌。

刘杰辗转找到父亲，在兰州一家汽车修理厂当徒工。父亲常外出，为商行收购皮毛。那时，苏联的军事援助车队经哈萨克斯坦到国内的新疆、兰州、西安，再奔重庆。车队一来就是一二百辆，前面车上架机枪。沿途专门设了招待处，提供食宿、翻译和向导。刘杰如鱼得水，常跟苏联车队东游西荡。那些俄国大兵远离故土，听到纯正的乡音，惊喜程度可想而知。

有一回他搭车去安西找父亲，途中得了盲肠炎。苏联车队的卫生员，只有止疼片。到了安西，疼得更厉害了。安西是个破败县城，只有一条街，既无药铺也无大夫。他整天躺着，疼痛减轻时到街上走走，晒晒太阳。安西有个苏联飞机加油站，有时飞机在去兰州途中停下来加油。站长保证，一旦有飞机，即使是战斗机也会把他捎到兰州。他每天盯着天空。三个月过去了，他只好忍着剧痛，搭长途车回到兰州。

兰州刚经历大轰炸，到处是废墟和尸体，医院根本没床位。他找到打排球认识的苏联航空大队的人。俄国卫生员挠着头皮说，他原理懂，但从没做过盲肠手术，除非能找个有经验的护士。老护士找来了，可语言不通，还得找个翻译。他找来姑姑的同事，一个懂俄文的中年妇女。手术在一个被炸毁的医院的手术室进行。肚子刚一剖开，翻译立马晕了过去。刘杰只好自己翻译。可这位江湖郎中怎么也找不到盲肠，翻来翻去，伤口越开越大。再加上吗啡是黑市上买的，掺了假，很快就过了劲。刘杰剧痛难忍，破口大骂，拒绝再翻译，只盼一死了之。江湖郎中终于找到了盲肠，好歹和老护士齐心协力把伤口缝上。伤口整整疼了两年才完全愈合。

那年秋天他再到安西，父亲出门了。离县城七里外的龙王庙改成俄国车队接待处，父亲的几个学生在那儿工作。正赶上中秋节，他们请他过去吃晚饭，有酒有肉。夜深了，主人们留他过夜，但他执意要回县城。外面很冷，他们找来件老羊皮袄给他。月光朗照，荒草瑟瑟，小路把他引向河边，河水哗哗地穿过一座木桥。走到桥中间，心里一惊，迎面一对萤绿的眼睛闪烁，显然是只孤狼，也要过河。听老人说，见狼不能往回跑，否则狼会从背后咬住喉咙。他急中生智，脱下羊皮袄反穿，一边向前跳跃，一边学藏狗吠叫。狼倒退两步，夹着尾巴逃跑了。

二

刘伯伯嗜酒如命，每天没半斤白干，这日子是过不下去的。按美国标准，他早该进戒酒中心了。三年困难时期，找不着酒，他什么代用品都喝过，甚至酒精香水。我真不知道喝香水是什么滋味，那要打个酒嗝，可够吓人的。自打跟我岳母结婚，我岳母总是拦着他。上有政策，下有对策，他把酒藏在酱油瓶醋瓶里，一边做饭一边喝。嗨，那还挡得住喝？让他喝吧，一醉解千愁。

刘杰高中只上了一年，就考上了甘肃学院（兰州大学前身）教育系。属他年纪小，英俊潇洒，被女同学们围得团团转。他喜欢运动，是校排球队队长。有一回比赛，他一记猛扣得分，发现小指头上的金戒指没了。裁判宣布暂停。队员们撅着屁股，在球场的黄土面里摸来摸去，一无所获。回到宿舍，在伙伴们的追问下，他讲述了这个金戒指的来历。

兰州由于是苏联军援的集散地，成了日本轰炸的主要目标之一。当时兰州的警报系统相当完备。日本飞机从山西运城起飞不久，先是预备警报；一过平梁，发正式警报；待敌机迫近才是紧急警报。

那天凌晨三点，响起预备警报，他跟人流挤出城门上了山。防空洞多在半山腰，其实只是些三四米深的洞，无任何支撑。他躺在洞外。无风，几缕薄云，星星硕大耀眼。紧急警报如公鸡报晓，天蒙蒙亮，高射机枪射出红红绿绿的曳光弹，甚是好看。他刚退进防空洞，大地剧烈地抖动起来。突然一黑，洞塌了，哭喊声连成一片。依求生本能，他拼命用手向前刨土。哭喊声停了，空气越来越稀薄。他突然触到另一双手，一双女孩子的小手，左手无名指上戴个金戒指。原来他和隔壁的防空洞挖通了。黑暗中，他们俩紧握在一起，喃喃地说着什么。

醒来，刘杰已躺在防空洞外面，营救人员还在土堆里寻找生还者。他看见一个十五六岁的女孩子坐在那儿发呆，她粉袄绿裤，辫子又长又粗，手上戴着个金戒指。他们的目光碰到一起。是你？女孩子高兴得直蹦。她叫小芳，是跟姨妈去定亲的。

你还定什么亲？干脆嫁给我吧。刘杰半开玩笑说。

那敢情好，俺俩是生死之交。这婚事，俺本来就不乐意。

硝烟弥漫，孩子哭大人叫，担架队正把伤员运走。他们俩竟不顾周围的战争，紧紧握在一起，海誓山盟。小芳脸上有一层细细的绒毛，刘海整齐，眼睛充满泪水。她扑哧笑了，说：俺姨还躲在前面那片战壕里，俺去去就回来。

那片战壕不远，最多四五百米。小芳刚消失在其中，第二批日本飞机来了，炸弹正好落在上面，硝烟腾起。他发疯似的冲了过去，在土堆里搜寻，最后仅找到一只戴金戒指的小手。他埋葬了小手，把金戒指戴在自己手上……

嗨，不说了，刘伯伯叹了口气。我们俩坐在"萨德沃"（Sudwerk）酒吧的后院喝啤酒。这是我们小城唯一一家自己生产啤酒的地方。现在客人不多。阳光绕开遮阳伞，落在刘伯伯脸上。他喝的是一种带苦味的黑啤酒。我的健身房就在隔壁，平时我去锻炼，总是把他拉到这儿喝啤酒看报纸。他们明天就要回北京了。有人在酒吧的钢琴上弹奏爵士乐，通过扩音器传到后院来。

他在大学一年级认识了林琳，她是来自福建的流亡学生。学生宿舍是过去考试的贡院，紧挨城墙根，石阶磨损，廊柱褪色，高大的梨树飒飒作响。刘杰的小屋挨着医学院的停尸房，隔着个小过道。两边的窗户纸都破了，他常跟刚运来的死尸打照面。林琳是医学院的学生，常独自到停尸房解剖尸体。有一回，她坐在高凳上抱着尸体检查，不知动了哪根筋，那尸体的胳膊竟搂了过来。她高呼救命。就这样，他们在停尸房认识了。

那是春天，梨花正在盛开，开得耀眼。这对他俩都是第一次。他们常常一起爬上皋兰山，追逐嬉戏，论天下而望未来。

1943年2月，眼看快毕业了，双方都忙于应付考试，有一阵子没见面。有一天他碰到林琳的同学，才知道她病了，病得很重。赶到医院，她得的是急性肺炎，发高烧。他把林琳送到兰州最好的医院，找来最好的医生。烧了整整一个月，林琳的身体似乎从衣服中渐渐消失。

昏迷了三天，她终于在刘杰的怀里醒过来了。

我要搬家了，林琳喃喃低语。

搬到哪儿？刘杰很诧异。

搬到皋兰山上去。

半夜她在刘杰的怀里咽了气。值班医生让他把尸体送到停尸房去。他抱着林琳，穿过医院幽暗的后花园。一个老头打开停尸房的门。他把林琳放在床上,不肯离去。老头以为他走了,哐啷一声把门锁上,黑暗中,他握着林琳的手枯坐到天明。

按林琳所指的方向,刘杰把她埋在皋兰山上。

钢琴曲告一段落。人声嘈杂,周围的桌子都坐满了。今天是星期六,酒吧的生意特别好。刘伯伯沉默不语,他眯起眼睛,似乎想看穿六十年的历史迷雾。我注意到一滴细泪停在他左脸颊上,不动。

林琳死后,刘杰每晚一瓶烧酒,才能入睡。毕业后他在七里河一家新建的织毯厂找了份差事,而他对一切早已心灰意懒。一天夜里,他在自己的宿舍,面对窗外明月,举枪对自己的脑袋,扣动扳机。竟是颗臭子,看来命不该死,他把手枪扔出窗外。

三

从太浩湖一路下山,峰回路转,开得我心惊肉跳。录音机里放的是法国作曲家萨蒂的钢琴曲。坐我旁边的刘伯伯睡着了,脑袋摇晃,不时地碰到玻璃窗上。他紧抱的那台索尼摄像机快成了古董,取景器还是黑白的。从不太严格的意义上,他算个摄影爱好者,不论走到哪儿,总是哆哆嗦嗦地端着摄像机,好像那是他观察事物的一种方法。我跟他开玩笑,说他出门看到的永远是二手的黑白风景。更让人佩服的是,他不计成败,把拍好的录像带扔在一边,极少再碰,体现了一种大家风范。

有时我怀疑,这位刘伯伯和那个年轻的刘杰是同一个人吗?是谁在讲述谁呢?听起来似乎不是他在讲述过去,而是过去在讲述他。在一个如同生命般短促而又漫长的梦中,刘杰把他叫醒。他清清喉咙,紧紧搂住摄像机,给我一些必要的指点:拐弯前要点一下脚刹,然后轻踩油门;最重要的是,弯道上绝不能刹车。

上大学前，刘杰当过两年司机，开货车几乎跑遍大西北。他那时还不到十八岁。车一抛锚，前不着村后不着店，他差遣徒弟搭车回兰州买零件，一去至少十天半个月。他一个人带猎枪上山，餐风饮露，夜里睡在篝火旁。

有一回开车到郴州，刘杰跟一伙司机在酒馆赌博，玩的是 Show Hand，赌注越下越大。最后一轮，只剩下他和一个车行老板。他兜里没钱，仗着牌好，顺手把车钥匙押上。这车可是他租来的，一翻牌归了人家。他问能不能再让他开三个月，赢家竟答应了。他拼死拼活，拉了三个月的货，把车钱挣了回来。"那年月，司机是老爷，运货搭客，倒买倒卖。除了飞行员，就数司机挣得多。"他说。

他还真差点儿成了飞行员。1944年秋天，他考上了成都双流的空军航校，这和他第一次婚姻的失败有关。林琳死后，在极度的苦闷中，他匆匆成婚，不和。开飞机既能打日本，又能逃离家庭。可他晕高，航校的训练大都和高度有关，特别一上天桥，他两腿发软。日本一投降，内战开始了，比破裂的婚姻更可怕。他愤然离开了航校。

他先走街串巷，在上海推销了半年皮货。正赶上他父亲过去的同事，中国驻塔什干总领事需要个翻译，他成了塔什干领事馆雇员。国民党政权风雨飘摇，驻苏联大使溜号了。任代办的表妹夫，把他调到莫斯科使馆管总务。1948年底，刚上任不久的刘杰，出差采购，去斯德哥尔摩、巴黎等地转了一圈。

记得80年代初，饭后茶余刘伯伯常讲讲欧洲见闻，让我们大开眼界。他说人家欧洲，家家户户单有根管子，一拧龙头，是新鲜啤酒，敞开喝。起先我有些怀疑，但想想人家毕竟见多识广。是啊，那多好，省得老去排队打啤酒了。直到几年后我自己去过欧洲，才明白那不过是一个酒鬼的梦想。

1949年秋天，共产党派人到莫斯科，和国民党使馆人员谈判。在谈判桌上，刘杰以个人的名义宣布起义。事先他跟表妹夫打招呼，劝他一起回去。表妹夫说："你年轻想回国，我能理解。我在国外住久了，共产党对我再好，脑筋也不容易转过来。算了，我还是客死他乡吧。"表妹夫家眷，和前总务老钱及其他官员一起搬到巴黎和伦敦。

1992年夏天，我岳母和刘伯伯带女儿到巴黎来看我。旧地重游，刘伯伯感慨万千。他表妹夫早已病逝，表妹守着巴黎郊区的一幢大房子，沉默寡言，把记忆和毛衣织在一起。前总务老钱还活着，生活潦倒，在唐人街有间小屋，常弄几个小菜，找刘伯伯去喝酒。他身体不好，极瘦，眼睛鼓鼓的。听他们说起四十多年前的往事，真有隔世之感。谁谁死了，谁谁活着，谁谁病重了，那谈话如同命运的运算，加减乘除，还剩下些什么？离开巴黎头天晚上，刘伯伯喝醉了，半夜钻进厕所，哭了好几个钟头。

1950年2月，刘杰从莫斯科回到北京。他没去外交部去报到，而是请担任外交部顾问的伯父转告周总理，他不想做外交官。那年他二十七岁。以后的事，他不大愿讲，即使讲，自己也觉得无趣。细想也对，其实自那以后，中国人的故事竟十分相像，那是个集体的故事，时代的故事。

临回北京的头天早上，刘伯伯又去河沟里钓鱼。我中午开车接他，他竟连一条也没钓着，这还是头一回。他显得有些困惑有些迷惘，收完竿，驼着背立在河边发愣。跟他一起去钓鱼的老关，原在建委工作，后来去了香港，现在退了休搬到美国。他以往运气不佳，这回竟钓到七条巴掌大的太阳鱼。我建议放生，而且得由刘伯伯来放。只见他把水桶一歪，鳞光闪闪，鱼扑通扑通跃入水中。他转过身来，嘿嘿笑了。

父亲

你召唤我成为儿子
我追随你成为父亲
——《给父亲》

一

对父亲最早的记忆来自一张老照片:背景是天坛祈年殿,父亲开怀笑着,双臂交叠,探身伏在汉白玉栏杆上。洗照片时,他让照相馆沿汉白玉栏杆剪裁,由于栏杆不感光,乍一看,还以为衣袖从照片内框滑出来。这张照片摄于我出生前。喜欢这张照片,是因为我从未见他这样笑过,充满青春的自信。我愿意相信这是关于他的记忆的起点。

> 1949年10月,我们给儿子取了小名"庆庆"。有了第一个儿子,我们俩都很忙。美利给儿子做小衣服,经常给他洗澡;由于母乳不够,每天还喂几次奶糕。我经常抱他在屋里走来走去,拍他入睡,还变换各种角度给他照相。小家庭有了这个小宝贝,一切都有了生气。(摘自父亲的笔记)

出生后不久,我们家从多福巷搬到府前街,离天安门城楼很近。每逢国庆,父亲抱着我,和邻居们挤在小院门口,观看阅兵式和游行队伍。最壮观的还是放礼花。次日晨,在小院里捡起未燃的礼花籽,排成长串儿,点燃导火索,五颜六色的火花转瞬即逝。

长安街很宽,斜对面就是中山公园,父亲常带我去那儿晒太阳。有轨电车叮叮当当驶过长安街,府前街有一站。父亲喜欢带我坐电车,到了西单终点站再返回来。非高峰时间,车很空,扶手吊环在空中摇荡。我喜欢站在司机身后,看他如何摆弄镀镍操纵杆。我和父亲管它叫"当当车"。

夏天,中山公园几乎每周末都放露天电影。附近住户带着马扎板凳先去占地方,游客散坐在草坪或石阶上,等着天完全黑下来。由于换盘或断片,银幕一片空白,只剩下单调的机械转动声。

给我印象最深的是苏联动画片《一朵小红花》,具体情节都忘了,只记得女主角是个小姑娘,为寻找世界上最美的小红花与怪兽(王子的化身)相逢。影片结尾处,她一路呼喊"凯哥哥——"异常凄厉,一直深入我梦中。

最让我困惑不解的是:一放电影,银幕后的宫墙绿瓦就消失了。我追问父亲,但由于表达不清,所答非所问。后来才明白竟有两个世界——银幕上的世界暂时遮蔽了现实世界。

某个周日晚上,中山公园重放《一朵小红花》。那天中午,我过度兴奋,怎么也不肯午睡,父亲一怒之下,把我关到门外,我光着脚哭喊,用力拍门,冰冷的石阶更让我愤怒。不知道我是怎么睡着的。醒来,天花板上一圈灯影,脚上的袜子让我平静。母亲探过头来,关切地看我。我问起《一朵小红花》,她说天黑了,我们错过了电影。

二

庆庆很不愿意上托儿所,每到星期六去接他,总是特别高

> 兴，而星期一早上送回去就难了。有个星期一早上，怎么劝说也没用，他只有一句话："我就不去托儿所！"我们急着上班，只好骗他说去动物园，他信了。快到时他脸色紧张起来，看出是去托儿所，便大声哭叫，我紧紧抱住他，怕他跳车。到了托儿所门口，他在地上打滚，我只好硬把他抱进托儿所。他看见阿姨才安静下来，含着眼泪说了声"爸爸，再见！"（摘自父亲的笔记）

我自幼抵抗力差，托儿所流行的传染病无一幸免。尤其是百日咳，咳起来昏天黑地，彻夜不眠，父母轮流抱我。一位医生说，只有氯霉素才有效。这药是进口的，非常贵，父亲用积攒的最后一两黄金买下十几颗。遵医嘱，每颗去掉胶囊，分成两半，早晚各服一次。那药面特别苦，一喝就吐。父亲对我说，这药特别贵，你要再吐，父母就没钱再买了，这次一定要咽下去。我点点头，咬牙流泪把药咽下去。

我长大后，父母反复讲这故事，好像那是什么英雄业绩。其实这类传说是每个家庭传统的一部分，具有强大的心理暗示，甚至背后还有祖先们的意志——只许成功不许失败。

> 有一次，庆庆出麻疹，住在托儿所隔离室。我们去只能隔着玻璃窗看他，但他也很高兴，比画着手势跟我们交谈。后来听托儿所阿姨说，那天我们走后，他一夜站在床上，通宵不肯睡。阿姨问他为什么不睡，他说要等爸爸妈妈。（摘自父亲的笔记）

弟弟刚好相反，他无比热爱托儿所。每星期六父亲接他，他扭头不屑地说，我不去你们家。

> 振开和振先从小性格不同，比如说，给他们一人一个月饼，两个人的吃法就不一样，振开先把月饼馅吃光，再吃月饼外壳。振先则相反，先吃月饼外壳，然后把馅儿用纸包起来，放在兜里慢慢吃，一个月饼可以吃好几天。（摘自父亲的笔记）

我小时候父亲很有耐心，总陪我玩，给我讲故事。他在一个小本子的每页纸上画个小人，每个动作略有变化，连续翻小本子，那小人就会动起来，好像动画片。弟弟妹妹逐渐取代了我，我有点儿失落有点儿吃醋，也有点儿骄傲——我长大了。

从阜外大街搬到三不老胡同1号，独门独户。平时父母早去晚归，在钱阿姨监督下，我们按时睡觉起床做功课，只有星期天例外。妈妈起得早，帮钱阿姨准备早饭，我们佴赖在父母床上，跟父亲玩耍。有一阵，我们迷上语言游戏，比如按各自颜色偏好，管父亲叫"红爸爸""蓝爸爸"和"绿爸爸"，再随意互换，笑成一团。

三

父亲确有不同的颜色。

与父亲最早的冲突在我七岁左右，那时我们住保险公司宿舍，和俞彪文叔叔一家合住四室的单元，每家各两间，共用厨房和厕所。

那场风暴紧跟着也钻进我们家门缝儿——父母开始经常吵架，似乎只有如此，才能释放某种超负荷的压力。转眼间，父亲似乎获得风暴的性格，满脸狰狞，丧心病狂，整个变了个人。我坚定地站在母亲一边，因为她是弱者。

起因都是鸡毛蒜皮的小事儿，要说也并非都是父亲的错。比如他喜欢买书，有一次买来城砖般的俄汉大词典，他正学俄文，买字典本无可厚非。我至今还记得那词典定价十二块九，是我当时见过最贵的书，对五口之家的主妇来说还是有点儿难以接受。那是家庭政治中最晦暗的部分。

有一次，父亲把着卧室门大叫大喊，母亲气急了，抄起五斗柜上花瓶扔过去，他闪身躲过，花瓶粉碎。我正好在场，作为唯一的目击者，吓得浑身发抖，但我还是冲到父母中间，瞪着父亲，充满了敌意。这是他没料到的，扬起巴掌停在空中。

母亲生病似乎总是和吵架连在一起。每当她卧床不起，我就去附近的糕饼店买一块奶油蛋卷，好像那是仙丹妙药。走在半路，我打开纸包，打量白雪般溢出的奶油，垂涎欲滴，却从未动过一指头。

一天晚上，父亲认定我偷吃了五斗柜里的点心。我虽以前偷吃过，但那回纯属冤枉。我死不认账，被罚跪并挨了几巴掌。最让我伤心的是，母亲居然站在父亲一边，尽管她暗中护着我，拦住鸡毛掸子的暴打。

红爸爸蓝爸爸绿爸爸，突然变成黑爸爸。

搬到三不老胡同1号，父母吵架越来越频繁。我像受伤的小动物，神经绷紧，感官敏锐，随时等待灾难的降临。而我的预感几乎每次都应验了。我恨自己，恨自己弱小无力，不能保护母亲。

父亲的权力从家里向外延伸。一天晚上，我上床准备睡觉，发现父亲表情阴郁，抽着烟在屋里踱步。我假装看书，注意着他的一举一动。他冲出去，用力敲响隔壁郑方龙叔叔的门。听不清对话，但父亲的嗓门越来越高，还拍桌子。我用被子蒙住头，听见的是咚咚心跳。我感到羞愧。父亲半夜才回来，跟母亲在卧室窃窃私语。我被

辑二 故人 | 67

噩梦魇住。

在楼道碰见郑叔叔,他缩脖怪笑,目光朝上,好像悟出人生真谛。我从父母的只言片语拼凑出意义:郑叔叔犯了严重错误,父亲代表组织找他谈话。多年后父亲告诉我,若调令早几个月,他肯定犯错误在先,正好与郑叔叔对换角色。

> 振开贪玩,学习成绩平平,但语文写作经常得到老师的称赞。学校开家长会,谈到振开的缺点时,总是"不注意听课""爱做小动作"等等。有一次,大概是期中测验,我看他的成绩册,数学是4.5分。我觉得奇怪,怎么这样打分。我问振开,他说:"5分是满分,我差一点,所以给4.5分。"他这么解释,似乎有些道理,但我还是不大相信。我去学校问了老师,才知道振开得了45分。他在4和5之间加了一个点,便成了4.5分。为这事,我批评了他,他也认了错。(摘自父亲的笔记)

是岁月最终让父母和解了。到了晚年,父母总有说不完的话,让人想到"老伴"这词的含义。父亲过世三年后,母亲对采访者说:"我们一生的婚姻生活是和谐与温馨的,虽然这中间有过暴风骤雨……"(摘自母亲的口述记录)

四

从1960年夏天起,父亲从民主促进会借调到中央社会主义学院,在教务处工作。那是中共统战的一部分,所有学员都来自各民主党派上层。

每逢周末,我带弟弟妹妹去玩。社会主义学院位于紫竹院北侧,乘 11 路无轨电车在终点站下车,沿白石桥向北走五六百米。一路荒郊野地,流水淙淙,蛙噪虫鸣。那是白色的六层楼建筑群,前面喷水池总是干着的。大门有军人站岗,进门登记,后来跟传达室的人熟了,免了这道手续。

父亲在他宿舍旁临时借了个房间。我们跟着沾统战的光,那里伙食好,周末放电影,设备先进,比如有专用乒乓球室。父亲是国家三级乒乓球裁判(最低一级),主裁的都是业余比赛,却保持一贯的专业精神。他正襟危坐,镜片闪闪,像机器人般呆板,一字一顿报分数"三比二,换发球",并交叉双臂宣布交换场地。

父亲很忙,往往在餐厅吃饭时才出现。我喜欢独自闲逛,常常迷失在楼群的迷宫中。跟开电梯的王叔叔混熟了,我帮他开电梯。他是转业军人,更让我充满敬意,缠着问他用过什么枪。

有一天,父亲神秘地告诉我,有个学员的宿舍被撬,洗劫一空,损失达十万元。那可是天文数字。父亲又补了一句:"没什么,他当天坐飞机回上海,又置办了一套新家什。他可是全国有名的'红色小开'……"他低声说出那名字,好像是国家机密。

闲得无聊,我跟弟弟妹妹躺在床上,齐唱《我们是共产主义接班人》,唱到结尾处,他俩总是故意走调,把我气疯了——这可是立场问题,更何况是在这样的地方。我向父亲告状,他摸摸我的头说:"他们比你小,你该耐心点儿。"

> 那时正是困难时期,他们来学院,多少可以吃得好一点。我们看孩子们可怜,有时也给他们买几块高级糖。看孩子们吃得高兴,让我们感到安慰。在那艰难的岁月里,我们想尽办法让孩子吃得好些,怕营养不良影响他们的发育成

长。学院在校内拨出一块空地,分给职工们作自留地。我把给我的三分地种了绿豆和白薯,平时没时间管,到秋天倒收获不少。我和振开一起把绿豆、白薯装进麻袋运回家里,总算添了些口粮。(摘自父亲的笔记)

那是我头一次干体力活儿。顶着毒日头,用铁锹挖出白薯,抖掉土疙瘩,装进麻袋。父亲蹬平板三轮车,我坐在麻袋上,为劳动的收获骄傲,更为与父亲平起平坐得意。

堆在阳台过冬的白薯变质了,我坐在小板凳上啃烂白薯。父亲刚买来牡丹牌收音机和电唱机。收音机反复播放《春节序曲》,和烂白薯的味道一起潜入记忆深处。

五

1974年夏天,父亲买来中华书局刚出的繁体字版《清史稿》,共四十八卷,书架放不下,就摞在他床边地上。我发现他总在翻看同一卷,原来其中有不少我们祖上的记载。

家谱仅上溯到康熙年间,原籍安徽徽州休宁县,第二十七代赵承恒迁至浙江归安县(今浙江省湖州市)。祖宅清澜堂坐落在湖州竹安巷,最早的主人赵炳言官至湖南巡抚、刑部右侍郎。三子赵景贤早年师从俞樾的父亲俞鸿渐,乡试与俞樾同榜考中举人。按俞樾的说法,"自幼倜傥,虽翩翩公子,而有侠丈夫风,呼卢纵饮,意气浩然"。后捐巨款买官封为知府,并未上任。

太平军兴起,赵景贤在湖州组织民团操练,并用青铜包住西城门(湖州至今沿称青铜门和青铜桥)。1860年2月,李秀成大军逼近湖州。赵景贤固守湖州两年多。这是清史上著名的湖州保卫战。清政府为保存将才，另有委任，令他"轻装就任"，但他决心死守，与城同在，最终弹尽粮绝，1862年5月城破被俘。

据《清史稿》记载："景贤冠带见贼，曰：'速杀我，勿伤百姓。'贼首谭绍洸曰：'亦不杀汝。'拔刀自刎，为所夺，执至苏州，诱胁百端，皆不屈。羁之逾半载，李秀成必欲降之，致书相劝……秀成赴江北，戒绍洸勿杀。景贤计欲伺隙手刃秀成，秀成去，日惟危坐饮酒。二年三月，绍洸闻太仓败贼言景贤通官军，将袭苏州，召诘之，景贤谩骂，为枪击而殒。"

湖州城破，赵家死的死逃的逃。长子赵深彦在湖南闻此噩耗，立即饮毒酒自杀，年仅十二岁。咸丰皇帝得悉赵景贤死讯，下诏称其"劲节孤忠，可嘉可掬"，按高规格予以抚恤，在湖州专立祠堂，并关照国史馆立传。

多年后，俞樾成了一代经学大师。一天，他在苏州曲园家中沉坐，有人求见，来者正是赵景贤的孙子赵鋐。他拿来祖父遗墨，包括湖州告急时让人带出的密信。俞樾展读赵景贤的几首五言律诗，长叹不已，其中有李鸿章在奏折中引用的名句："乱刃交挥处，危冠独坐时。"

次子赵滨彦，也就是我的曾祖父，因父殉职而被封官，深得湖广总督张之洞信任，主管广东制造局，后张之洞调任两江总督，他任上海制造局督办及两淮盐运使和广东按察使等职。由于国乱并与上司不和，他以年老多病辞职，在苏州定居。数月后，武昌起义爆发，在推翻大清帝国的革命功臣中，居然有我外公孙海霞。

赵家曾富甲一方，妻妾成群，支脉横生。俗话说，富不过三代，到我爷爷赵之骝那辈就败落了，靠典卖字画古董度日。

轮到我父亲，恐怕连辉煌的影儿都没见过。他四五岁时母亲病故，十二岁那年父亲辞世，由舅舅收养。他不得不中辍学业，从十五岁起靠抄写文书糊口,还要抚养弟妹。父亲写得一笔好字。据在他手下工作过的徐福林先生回忆,当初进保险公司,父亲见他字写得差,让他反复抄写元代宋濂的《送东阳马生序》的碑帖练字。

赶上兵荒马乱,父亲被卷在逃难的人流中,走遍中国大半个南方。在桂林时,有一天日本飞机俯冲扫射,他慌张中撑起雨伞挡子弹。那年头命不值钱,周围的人一个个倒下,他却奇迹般活下来。边打工边自学,他终于考进重庆中央信托局。1946年年初,在调往北京工作的途中,他与母亲在重庆珊瑚坝机场邂逅。

> 我俩结识于抗战胜利的1946年,当时因为抗战,父母分开七八年了,我陪母亲乘飞机到重庆看望父亲。在珊瑚坝机场下飞机后,想打一个电话,但不知如何拨通,无意中发现一个年轻英俊的小伙子正在打电话,我妈妈让我上前请教,此人正是赵济年。(摘自母亲的口述记录)

北京解放前夕,父亲利用职权,协助地下党的堂哥收集全城粮食储备等情报。一天晚上,国民党宪兵挨家挨户搜查,由于顶撞宪兵队长,他被抓去关了一夜。那时母亲已怀上我。后来说起,他在昏暗的牢里彻夜未眠,盼着一个孩子和新中国的诞生。

六

父亲爱读书,但最多算得上半个文化人。他的文学口味博杂,是鲁迅、茅盾、张恨水、艾芜和茹志鹃的"粉丝"。他订阅各种各样的杂志,从《红旗》《收获》《人民文学》到《电影艺术》《俄语学习》《曲艺》和《无线电》,很难判断其爱好与价值取向。

他骨子里却是个技术至上主义者。困难时期，他买来牡丹牌收音机和四种变速的电唱机，把《蓝色多瑙河》带进我们阴郁的生活。"文革"焕发了他新的热情，从路线斗争转向线路连接——半导体收音机。

从1967年冬开始，他奔走于各种器材店之间，买回一堆电子零件。家里成了作坊，从写字台扩张到餐桌，快没地方吃饭了。他借助各种参考书，把红红绿绿的电线焊在接线板上。焊接前把电烙铁戳进松香，吱吱冒出浓烟。我半夜醒来，灯总是亮着，云雾缭绕，墙上是他歪斜的影子。经过反复实验，噪音终于变成样板戏的过门，全家都跟着松了口气。

终于进入最后的程序：父亲用三合板黏合成木匣，装上小喇叭，把鼠肚鸡肠的线路塞好，合上盖，郑重地交给我，好像一件传家宝。去学校路上，我书包里的半导体正播放《红色娘子军》，由于接触不良或天线角度问题，时断时续，得靠不停拍打才能将革命进行到底。到学校还没来得及显摆就散了架。

1975年夏天，我们家买来九英寸红灯牌黑白电视机，这是全楼（除"民进"秘书长葛志成家外）的第一台，引起小小的轰动。每天晚饭后，邻居们拥进我家，欢声笑语。大家好像共看一本小人书。关键时刻出现信号干扰，父亲连忙救场，转动天线，待画面恢复正常，得，敌人已被击毙。为照顾后排观众，又在电视前加上放大器，画面变形，有损正面人物形象。

改革开放非常及时，为父亲对技术的热情指明方向。从老式转盘录音机到单声道答录机，再向四个喇叭以至分箱式立体声挺进——音响革命让我们处于半聋状态。与此同时，父亲又匀出少许精力给彩电和摄像机。而电脑问世，才真的把他的魂儿摄走。他单指敲键，却及时更新换代，一直走在忠实消费者的最前列。在晚年赶上新时代的末班车，还是有所遗憾，他对我说，如果再年轻二十岁，他一定改行搞电脑。显然他高估了自己，那可不是用电烙铁就能焊接的世界。

七

解放后，父亲先在人民银行总行工作，1952年参与筹建中国人民保险公司，成了新中国保险业创始人之一。1957年夏秋之交，他调到中国民主促进会，担任中央宣传部副部长，那完全是虚职。"民进"真正的灵魂人物是党支部书记。他刚上任时的书记叫王苏生，待人诚恳热情，书生气十足，时常来家坐坐，谈天说地。

他的继任徐世信是典型的笑面虎。不过得承认，他乒乓球打得真棒，抽杀凶猛，无人能抵挡其凌厉的攻势。他级别不高，但实际上掌控这小小的王国，每个人对他都敬而远之，谨言慎行。

暑假我们常去机关打乒乓球。有一天，徐世信约我们几个男孩儿比赛。他直握球拍，时而低沉的下旋球，时而飘忽的弧圈球，变化多端，以守为攻。我们纷纷败下阵来，垂头丧气。

他把残兵败将带到会议室，关上门，说是随便聊聊，没几句话就进入正题，原来想了解父亲们在家的言行。我们年纪尚小，却深知其中利害，装傻充愣。我对父亲不满，还是抱怨了几句，比如教育方式粗暴什么的。徐世信鼓励我说下去，我顿时语塞，不知再说什么好。徐世信总结说，你们的父辈都是从旧社会过来的，难免带着旧思想旧习气，为帮助他们进行思想改造，需要你们少先队员的配合。他再三叮嘱，这次会面一定要保密，不能告诉父母。今后有事跟他保持联系。这是党对你们的信任，他最后说。

会后徐世信把我单独留下。他沉吟片刻，问我是否有支钢笔手枪，我蒙了。他说派出所来人，调查这钢笔手枪的下落。大约两三个月前，为吓唬弟弟，我声称我的钢笔是无声手枪，随手一挥，在弟弟床头墙上留下弹洞（我事先伪造的）。当时真把弟弟唬住了，我自是十分得意。这本来纯属恶作剧，竟弄假成真。至于派出所出面什么的，多半是骗人，但看来他确实掌握多种信息渠道。徐世信最后摸摸我的头说，我相信你说的是实情，又加上一句，你今天表现很好。

我回家后做贼似的，不敢与父亲对视。他问起时，我只提到跟徐世信打过乒乓球，输了。

八

1999年秋天，父母到美国探亲，我常开车陪他们出游。一天回家路上，父亲无意间说起一件事，让我大吃一惊。当时父母坐在后座，我正开车，试图从后视镜看到他的表情。晚饭后，母亲先去睡了，我和父亲隔着餐桌对坐，我提起路上的话茬儿，他似乎也在等这一刻，于是和盘托出。

谢冰心在民进中央挂名当宣传部长，凡事不闻不问，父亲身为副部长，定期向她汇报工作。父亲每隔两三周登门拜访，电话先约好，一般在下午，饮茶清谈。回家后根据记忆整理，写成报告。

据父亲回忆说，大多数知识分子是主动接受"思想改造"的，基本形式有两种，一是小组学习，一是私下谈心。像谢冰心这样的人物，自然是"思想改造"的重点对象之一，把私下谈心的内容向组织汇报，在当时几乎是天经地义的。

让我好奇的是，他能得到什么真心实话吗？父亲摇摇头说，只有一次，她对父亲说了大实话："我们这些人，一赶上风吹草动，就像蜗牛那样先把触角伸出来。"看来她心知肚明，试图通过父亲向组织带话——别费这份儿心思了。

那是深秋之夜，夜凉如水，后院传来阵阵虫鸣，冰箱嗡嗡响。我劝父亲把这一切写出来，对自己也对历史有个交代——这绝非个案，涉及一段非常特殊的历史时期，涉及知识分子与革命错综复杂的关系。他点点头，说再好好想想。这事就此搁置，再未提起。

70年代初我开始写诗。父亲从湖北干校回京休假，说起谢冰心留在北京，仍住民族学院宿舍。父亲回干校后，我独自登门拜访。

一个瘦小的老太太开门，问我找谁，我说我是赵济年的儿子，特来求教。谢冰心先把我让进客厅，沏上茶。她丈夫吴文藻也在，打个招呼就出门了。她篦过的灰发打成髻，满脸褶皱，眼睛却异常明亮；身穿蓝布对襟袄，黑布鞋，干净利索。我坐定，取出诗稿，包括处女作《因为我们还年轻》和《火之歌》等。她评价是正面的，对个别词句提出修改建议。兴之所至，她把我从客厅带进书房，在写字台前坐下，从背后的书柜取出《汉语大字典》，用放大镜锁定某个词的确切含义。

此后我们有过短暂来往。她还专门写了首和诗《我们还年轻》，副标题是"给一位年轻朋友"。或许由于诗歌与青春，她对我毫无戒心。也正由于此，与父亲的角色相反，多年后我把她卷进一个巨大的旋涡中。环环相扣，谁又能说清这世上的因果链条呢？

父亲，你在天有灵，一定会体谅我，把你想说的话说出来。那天夜里我们达成了默契，那就是说出真相，不管这真相是否会伤害我们自己。

九

父亲说："人生就是个接送。"

1969年无疑是转变之年。那年开春，我被分到北京六建公司当工人,接着弟弟去了中蒙边界的建设兵团,母亲去了河南信阳地区的干校,秋天妹妹由母亲的同事带到干校,父亲留守到最后,年底去了湖北沙洋的干校。不到一年工夫,人去楼空,全家五口分四个地方,写信都用复写纸,一式四份。

> 振开被分配到六建当工人。他第一次离开家,做父母的自然不放心。头天晚上我们全家五个人,到新街口牛奶店要了牛奶和点心,算是给他送行。在收拾行李时,我们怕他冻着,让他把家里仅有的一件老羊皮大衣带上。第二天,他离开家,我们都送到大门口。我还想再看他一眼,知道他在崇元观上车,便在他走后不久,搭无轨电车赶到那里,我看见他在等车,没跟他打招呼,只是在远处看他上车后才回家,我的眼眶湿润了。(摘自父亲的笔记)

我在河北蔚县工地开山放炮,在山洞建发电厂。那年夏天收到父亲的电报"珊珊病速归",我请了假,从老乡家买来新鲜鸡蛋,搭工地运货的卡车赶回北京。珊珊连发高烧,诊断为风湿性关节炎,我一到家烧就退了。

那一周像是偷来的时光。北京城空荡荡的,北海公园更是游人稀少。我们划了船,照了相,在漪澜堂吃午饭。父亲为我点了焦熘丸子,为珊珊点了红烧鱼。他喝了瓶啤酒,微醺地对女服务员说,这是我儿子女儿,你看我多福气。

每年十二天法定探亲假,加上倒休,让我沉闷的生活有了奔头。我先去河南、湖北探亲,再顺道游山玩水。头一年,从河南母亲的干校出发,我和珊珊一起去湖北沙洋看望父亲。第二年我独自从河南去湖北,那时父亲从干校下放到农村,住在老乡家。

那时我正好在高桥镇的"五星三队"插队。有一天，我正在地里干活，有人告诉我，说振开来了。我匆忙赶回住处，远远看见振开蹲在池塘边给我洗衣服。他把我所有的床单衣服全都洗了，还把我的人猪同住的房间也打扫干净。当天晚上，我的房东叫他儿子去买了几块豆腐，把振开当贵客相待。当地农民每天三餐只有腌韭菜，豆腐无疑是珍品。振开带来三个肉罐头。第二天，我和振开一起步行到高桥镇，在一家小饭馆吃饭，我独自把三个肉罐头全都吃光了。振开看我这样狼吞虎咽，觉得我可怜，他虽然没说什么，但我看得出来。（摘自父亲的笔记）

1971年深秋，父亲独自回京待了几日。那天晚上，我备了几道小菜，爷俩边喝边聊。我提到"九一三"事件，越说越激动，父亲随声附和。我们都醉了，隔着书桌昏睡过去。第二天早上，我醒来，发现父亲呆望天花板，很久才开口，他再三叮嘱我不要出门乱说，免招杀身之祸。由于酒精的作用，父子第一次结成政治同盟。

1972年春节，全家在北京团聚。我把《你好，百花山》一诗的初稿拿给父亲看。没想到他责令我马上烧掉，其中一句"绿色的阳光在缝隙里流窜"把他吓坏了。我看见他眼中的恐惧，只好照办。我下了决心，此后再也不把自己的作品给他看。

十

1972年，父母先后从外地回到北京，母亲随父亲一起调到沙河的干校，在医务室工作，珊珊留在湖北，在襄樊地区某军工厂当技术员。

父亲那年五十整，年富力强，每天都干农活儿。周末父母回家休假，弟弟在北京泡病号，空荡荡的家顿时显得拥挤了。我的朋友三教九流，穿梭如织，让父亲眼花缭乱，尤其像彭刚、姜世伟（芒克）这样的"先锋派"，就跟外星人差不多。除了史康成和刘羽等个别人例外，几乎全吃过闭门羹。一提到父亲，他们都条件反射般伸舌头。

彭刚为我临了列维坦的油画《湖》，钉在我床铺上方。彭刚的列维坦与19世纪俄罗斯画风无关，基调变成赭灰色，跟他眼神一样处于半疯癫状态。那是典型的表现主义作品。

家里地方小，父亲像笼中狮子踱步，每次经过那画都斜扫一眼，甚至能感到他由于恐惧与愤怒所致的内心的战栗，看来彭刚的列维坦深深伤害了他——现代派风格与现实世界格格不入。一天晚上，父亲终于爆发了，他咆哮着命令我把画摘下，我不肯，他一把从墙上扯下来，撕成两半。旁边正好挂着我叔叔赵延年为父亲作的墨线肖像画，礼尚往来，我顺手够到狠狠摔到地上，镜框碎裂。

每次争吵，往往以同样的方式告终——他打开大门叫喊："这不是你的家，给我滚出去！"如果泡病号回不了工地，我就到史康成或刘羽家打地铺，最后由母亲出面调停，把我劝回家。

1975年夏和父亲大吵后，一怒之下我和刘羽上了五台山。十天后回家，珊珊从湖北回北京出差。我们兄妹俩感情最深，不愿让她为家庭纠纷烦恼，我尽量瞒着。可在她逗留期间，我和父亲再次冲突。待平息下来，夜已深，我和珊珊在厨房，相对无言。她沮丧地靠着墙，我倚在水池上，水龙头滴滴答答淌着水。

"人生就是个接送"，总有最后一次。那次为珊珊送行，由于无轨电车太挤太慢，赶到北京站只剩十分钟了。我们冲向站台，好歹把行李塞进货架，车厢哐当摇晃，缓缓移动。隔车窗招手，几乎没顾上说句话。谁想到竟成永别。

1976年7月27日晚，我在传达室接到长途电话，得知珊珊因游泳救人失踪的消息，连夜骑车去电报大楼，打长途电话通知在远郊的父亲和弟弟。第二天凌晨山摇地动，唐山地震。父亲和弟弟中午赶回家，人们都聚在院子里，母亲已处于半昏迷状态。

我和父亲决定立即动身去襄樊，先上楼取随身衣物。我紧跟在父亲后面，磕磕绊绊，几乎连滚带爬上四楼。他老泪纵横，喃喃自语，我冲动地搂住他一起痛哭，并保证今后再也不跟他吵架了。

去襄樊是地狱之旅，不堪回首。

那两年家中一片愁云惨雾。我把工地哥们儿陈泉请来，为父母说快板书，博得一笑。

两年后，母亲因长期抑郁患心因性精神病，由我们轮流照看。"一个做母亲的，从痛失女儿到精神濒临崩溃，再到战胜病魔，那得多么坚强、需要多大毅力啊，是济年与我手挽手，才使我在生与死的考验面前挺住了。济年总劝我女儿是为救人而牺牲的，那是以一命救一命。人生本无常，而生命弥足珍贵，为了自己和他人的生命，要顽强地活下去。"（摘自母亲的口述记录）

十一

1979年，中国人民保险公司重新开张，父亲从"民进"调回去，主管国内业务部。他整天飞来飞去，开会调研，忙得不亦乐乎。1980年秋，我结婚搬了出去，与父亲关系有了明显改善。

平时各忙各的，周末或逢年过节全家聚聚，吃饭打麻将东拉西扯。20世纪80年代是"连接两个夜晚的白色走廊"，虽说阴影重重险象环生，但人们似乎充满希望，直到进入一个更让人迷失的夜晚。

1989年春我离开中国。两年多后，父母带上田田去丹麦看我。

母亲的腿摔坏了，走路不便，我和父亲轮流推轮椅。父亲1990年退休，明显见老了，身材抽缩，满口假牙。大概互相看不惯，我跟父亲还会闹别扭，但很少争吵，相当于冷战。有时出门散步，我故意推着母亲疾走，把他远远甩在后面，回头看他弱不禁风的身影，又心生怜悯，放慢速度。

父亲在国外闹了不少笑话，成为亲友的趣谈。在丹麦，田田的一对小鹦鹉死了一只，父亲带她去宠物店再补一只。他用仅会的几个英文单词对老板说"一只鸟死了"(One bird dead)，没下文，老板摸不着头脑，就卖给他一对。我下课回家，发现笼里有三只鹦鹉。

巴黎，一个星期天早上，父亲独自出门摄像。一个白人小伙子很热情，比画着要为他拍摄，摄像机一到手撒腿就跑。父亲紧追不舍，行人们跟着围追堵截，那贼慌了神，一头扎进自己家中。有人报警，警察随即赶到，人赃俱在。最有意思的是，父亲跟着去警察局作证，一个法文词儿都不会，居然完成笔录。原来那台摄像机一直没关上，录下全部过程，包括晃动的大地和贼的喘息。那年父亲七十三岁。

待我搬到加州定居，父母去住过两次。美国乡下生活实在太无聊，我又忙，只能偶尔陪他们出门散心。

自80年代起，我和父亲的地位颠倒过来——他对我几乎言听计从，至少口是心非。我们从未真正平等过，有时我多想跟他成为朋友，说说心里话什么的，但发现这不可能。

其实，几乎每个中国男人心中都有个小暴君，且角色复杂：在社会上小暴君基本是衙役顺民，不越雷池一步，"人阔脸就变"，对手下对百姓心狠手毒，这在历代造反者身上尤其明显，关键是转换自如，无须过渡；在家中小暴君必是主宰，无平等可言，不仅老婆孩子，甚至连男主人都在其股掌中。

直到我成为父亲，才意识到这暴君意识来自血液来自文化深处，根深蒂固，离经叛道者如我也在所难辞。回望父亲的人生道路，我辨认出自己的足迹，亦步亦趋，交错重合——这一发现让我震惊。

1999年年底，盛传世界末日来临。我开车从旧金山回家，夜深，月亮又大又圆，金灿灿，果然有末日迹象。父亲在后座自言自语："我怎么活了这么大岁数，人生总有个头吧？"

记得九岁那年春天，父亲带我去北海公园玩。回家的路上，暮色四起，略带解冻的寒意。沿湖边徐行，离公园后门两三百米处，父亲放慢脚步，环顾游人，突然对我说："这里所有的人，一百年后都不在了，包括我们。"我愣住，抬头看父亲，他镜片闪光，隐隐露出一丝嘲笑。

十二

2001年12月2日晚，我搭乘美国联航班机从旧金山抵达北京，享受特殊待遇——专人迎候，专车运送。

病榻上的父亲一见我孩子般大哭，我坐床头紧握他的手，不知如何安慰才好。急中生智，我取出为他买的新款数码相机，终于让技术至上主义者平静下来。但他左手已不听使唤，根本玩不转。

父亲患的是肾癌和乙肝，外加左边偏瘫。他行动不便，神志清醒。他用助走器上厕所，我鼓励他，让他相信只要坚持锻炼就能康复。

每天访亲会友，晚上回家，我在床头陪他一会儿，把红酒倒进玻璃杯，让他用吸管嘬几口，享受这人世间的那点儿醉意。他摘掉假牙后两腮深陷，目光茫然。他告诉我，他问医生火化疼不疼？他试图用幽默的方式面对死亡。

父亲离世前我获准回去三次，每次一个月。由于强烈的生存意识，他过了一关又一关，但最后半年他全面崩溃了，只能靠药物维持。第二次脑血栓废掉了语言能力，对像他这样话多的人是最大磨难。他表达不出来，就用指头在我手上写，并咿咿呀呀发出怪声。

我每天早上做好小菜，用保温箱带到三〇四医院，一勺勺喂他。我多想跟他说说话，但这会让他情绪激动，因无法表达而更痛苦。每回看到那无助的眼神和僵硬的舌头，我心如刀割。

2003年1月11日，星期六，我像往常那样，上午十点左右来到三〇四医院病房。第二天我就要返回美国了。中午时分，我喂完饭，用电动剃须刀帮他把脸刮净。我们都知道，最后的时刻到了。他舌头在口中用力翻卷，居然吐出几个清晰的字："我爱你。"我冲动地搂住他："爸爸，我也爱你。"记忆所及，这是我们第一次也是最后一次这样说话。

第二天早上，我本想在去机场的路上再见一面，但时间来不及了。坐进机舱，扩音器播放空中小姐软绵绵的声音，马上就要起飞了。我向北京城，向父亲所在的方向，默默祈祷。

辑三

他乡

漂流
北岛 摄

纽约变奏

一

我是因为一场大火搬到纽约的。当然,大火只是个形象说法,是指生活的某种非常状态,比如革命。到纽约的第二天,我一觉醒来,才凌晨四点,从十九层楼的窗户望去,纽约好像着了大火,高楼大厦燃烧,千百块玻璃呈血红色,黑鸟盘旋,好一幅末日的景象。原来是我的闹钟仍走加州的时间,差三个钟头,纽约只不过正日出而已。

那天见纽约的月亮,也吓我一跳。它出其不意地卡在两栋高楼之间,其大其亮,怎么琢磨怎么不对。如果让纽约的孩子画月亮,多半不圆,被水泥玻璃切削得迤逦歪斜。

曼哈顿这个长十三英里、宽二点五英里的岩石岛,最初是荷兰总督于1626年以价值二十四美元的小商品从印第安人那儿买下来的。19世纪末由于钢筋混凝土的广泛应用,人们才开始发疯似的往高空发展。以致有一天,纽约人发现他们自己像鸟栖息在水泥森林里。

纽约人是不会想到地平线的,这事儿生来就和他们无关。如果我在加州的思维方式是横向的话,那么在这儿肯定是纵向的。当电梯把我从地面带到十九楼,我的思想还会继续沿惯性上升,直到蓝天。按人口比例,纽约人信教的不多,我琢磨肯定和电梯有关。你想想整天上天入地的,哪儿还会有什么关于天堂地狱的神秘感?从某种意义上,电梯成了纽约人思维的原动力。若停电他们被卡在中间,那非疯了不可。

我到纽约的第二天就满街溜达，琢磨纽约人。其思路除了纵向性外，还有线性这个特点。比如，他们约会从来不含糊：二十三街第七大道或两街和百老汇之间。久了我才明白，其实他们是棋盘上的棋子，路几乎是固定的，而捏住他们的手是钱，是命运，是线性逻辑。这么说，可别以为纽约人直来直去一根筋。与地貌街道相对立的是内心迷宫和九曲回肠，是权力的转弯抹角和股票市场的曲线，这势必造成纽约人灵魂的扭曲。

二

1988年夏天头一回到纽约。我们是从伦敦过来的。和垂死的大英帝国相比，这儿有股满不在乎的劲头，北京人叫"愣头青"，但朝气蓬勃。刚下飞机，我表妹的男朋友就开车带我们去兜风，隔东河观望曼哈顿的摩天大楼。那是黄昏时分，灯火通明，气派果然不凡。第二天乘地铁进城，我差点儿被尿臊味熏晕了过去。好不容易爬出地面，灰头土脸。再抬头一看，那些高楼脏兮兮的，压得人喘不过气来，好在天热还能挡挡太阳。

我们到东村去找 W。当年我头一本油印诗集就是他手绘的封面，我和邵飞也是通过他认识的。他80年代初到美国，在纽约一住七八年，黑了下来。这黑和黑还不一样，有的如履薄冰，有的如鱼得水。要说纽约可比哪儿都改造人。这个当年电影学院动画专业二年级的好学生，整个变了个人：他眼神阴暗，肥头大耳，一身短打扮，满口纽约土话。他走在街上，三教九流都过来打招呼，满脸崇敬。那时东村是流浪汉、酒鬼、毒贩子和艾滋病患者的天下。他哼哈应声，话不多，拍拍这个肩膀，摸摸那个秃头，奇迹一般，那些狂暴的灵魂顿时平静下来。

他告诉我们，两天后的晚上，穷苦兄弟们要在华盛顿广场示威，反对市政当局驱赶流浪汉的决定，警察肯定会镇压。他为此花高价买了台可连拍的闪光灯相机。当马队冲进示威队伍警察抡起警棍那一瞬间，他连续按动快门。照片发在本地报纸上，电视新闻也报道了示威场面，作为目击者他讲述了警察的暴行。尽管头部镜头被遮挡，还是为他捏了把汗，他非法居留，一旦被警察发现肯定会报复。可他满不在乎。

问他以何为生，答街头画像。说罢他取下画画工具，拦了辆出租车，拉我们到西四街的繁华地段，那儿已有不少中国画家在拉客。可惜那天晚上他运气不佳，等了两个钟头无人问津。有人提议去大西洋城赌一把，他立马收了摊，扬长而去。

他和艾伦·金斯堡混得厮熟，艾伦会很夸张地呼唤他的名字。刚到纽约，艾伦请我们到一家日本馆子吃饭，由他作陪翻译。他用中文拿艾伦开涮，艾伦瞪眼珠子咧嘴直乐，好像全听懂了。他把警察镇压的消息告诉艾伦，艾伦立即发表声明。在纽约有各式各样的秘密社会。而 W 自甘与那些社会边缘人为伍，伸张正义，说明他天生反骨，这大概是他当年加入"星星画会"的内在原因。纽约作为一个相对开放的社会，为其反叛的激情提供了发泄的可能。

后来听说他回国了，发了财，成了北京的大古董商。这倒也不稀奇，商业化最终会消解一切。而古董市场肯定也是个秘密社会，以他在纽约练就的胆识，足矣。

三

迈克(Michael)，纽约人，现在住布拉格，前两天来纽约出差，哥伦比亚大学历史系毕业后，步庞德和艾略特后尘，他搬到伦敦，娶妻生子,一陷二十多年。前几年他又搬到布拉格。今年布拉格国际作家节请阿瑟·米勒(Arthur Miller)参加,作为作家节主席迈克得亲自出马。于是由英国《卫报》(*The Guardian*)和布拉格市政厅资助、美国国际快递公司(DHL)包邮递、全球化电讯(Globalone)免费提供手机、瑞士航空公司(Swiss Air)出机票,把一个老纽约包装好,送回故乡。

他要我帮他订旅馆。纽约旅馆贵得离谱,而他的预算有限。找来找去,那点儿钱只能住在家庭旅馆(B+B),位置不错,在格林威治村。

我搬到纽约后,迈克曾在电话里说:"你的住处离我出生地只有两三个路口,你应该去看看我的摇篮。"叮当一响,迈克到,带着他那典型的微笑。他从布拉格带来六个粉红色水晶小酒盅送给我,还带来本届作家节的小册子,封面是捷克画家的半抽象油画,由大大小小的圆圈组成,全都是坟墓。迈克叹了口气,随后指后排的一个小圆圈说,那是他的。

两天后的下午,我们约好去朋友家做客前先找个地方坐坐。出了地铁站,我打电话让他下来。迈克出现在蒙蒙细雨中,黑呢大衣,头发稀疏蓬乱。"看,这是我的纽约。"他张开双臂说。其实这早就不是他的纽约了。他多愁善感,在缅怀那逝去的一切。而真正的纽约人拒绝温情,都是冷酷生活的证人。他告诉我住处还行,主人挺热情,只是他的卧室没有窗户。没有窗户。我想象他面壁独坐黑暗中,纽约在墙后大放光明。

我们在一个咖啡馆坐下来。这里陈设古朴幽雅,精心但不刻意。顾客多是本地人,一个女大学生在旁边桌上做功课。"纽约变了。以前纽约的人是不谈钱的,"迈克呷着浓咖啡,闭着眼睛说,"如今一切都是赤裸裸的。"他告诉我,他在纽约没有亲人,跟在迈阿密的继父也不再来往。他母亲死后,他写信给继父,只想要母亲喜欢的钟做纪念。他继父却偏偏把那钟卖了，寄给他一笔卖钟的钱。

我给他的女友买了件咖啡馆自己的T恤衫，并在一张梦露的明信片上给她写了几个字。我知道，迈克喜欢这方式。出门我不禁打了个哆嗦。一个以泪解乡愁的纽约人，四处漂泊，却连个代表过去的纪念品都没有；好不容易回到故乡，居然住在一个没有窗户的房间里。

四

纽约出租车全都包给第三世界特别是来自战乱贫困地区的弟兄们，他们开得像打仗应在情理中。科索沃战争期间，那天让我赶上的司机是刚从前线下来的塞尔维亚人。只见他猫着腰，急速转动方向盘，躲来闪去，显然在避开炮火。那是战争经验的延续。他两眼发直，脸上既焦虑又得意，准是有种深入敌后的感觉——直插美帝国主义心脏。

有的出租司机目标很具体。有一回坐车，司机是从土耳其山沟来的中年农民，从后视镜能看见他忧郁的眼睛。他的最大愿望就是攒钱买辆好车，衣锦还乡。他仔细向我打听各种车的性能和价格，高不成低不就，好像我是车行老板。亏得我也爱车，趁机卖弄我那点儿知识。他暗自拨拉一遍小算盘，断定自己明年就能回国了。他恨纽约。他咬牙切齿地说，纽约是地狱。

跟纽约出租司机聊天要避免卷入政治宗教之类的话题。那一天头上包布满脸胡子的印度司机收工回家把我捎上。他马上要下班了，心情愉快，跟我东拉西扯。他来自孟买，在纽约开了十五年出租车，全家老少都搬到纽约。他说他的收入相当体面，都是现金，没有税务的问题。我提到萨尔曼·拉什迪（Salman Rushdie），那个被伊朗追杀的印度小说家，以为是他们民族的骄傲。他一听这名字破口大骂，用尽所有的英文脏话。他准是个虔诚的伊斯兰教徒。我及时闭嘴，否则非得被他赶下车去。

我有个美国朋友是个老纽约。有一回搭出租车去肯尼迪机场，随口问司机从哪儿来。司机一下火了，用浓重的外国口音说，从哪儿来从哪儿来，每回人都这么问，可等他说出自己国家，没一个知道。我的朋友说让我试试。司机说那好，我说出国名你说出首都，这趟算我的，否则加倍收费。成。司机说阿尔巴尼亚。他不仅说出首都地拉那，还提到阿尔巴尼亚一个男高音的名字，可把司机乐坏了，下车时怎么也不肯收费。

前两天我去华盛顿广场附近的小剧场彩排，拦了辆出租车。司机是个白人，仪表堂堂，像即将离休的哈姆雷特。他叫罗维斯（Lovis），话剧演员，是六七十年代活跃在纽约的街头戏剧的骨干。他对中国一往情深。父亲是抗战期间美国"飞虎队"的队副，但不许他去中国旅行。说到大选，他骂布什是白痴，代表美国军火商的利益；说到纽约房租，他骂市长是黑社会老大，这个黑社会由三种人组成：律师、银行家和房地产商。下车时我们交换了电话号码。他最后告诉我，等他从革命大潮退下来，发现这社会已无他容身之地，只能开开出租车，偶尔客串一下。"你还没醒过来，这世道他妈的早就变了。"他说。

五

田田不喜欢纽约。她前不久到纽约来看我，住了半个月。一个在北京长大的孩子，在加州乡下小镇住了五年——从小学五年级到初中毕业，去年夏天又转回北京上高中，其内心困惑可想而知。住加州时想北京，真搬回北京她又失望了。这孩子念旧，她想念加州的同学，但并不喜欢美国，她将来要搬到一个陌生的国度去。十六岁是一个苦闷的年龄，再加上跨国迁徙文化位移家庭震荡青春躁动，要处处小心才是。

田田睡在客厅的沙发上。大概由于时差或对纽约的拒绝，她每天上午昏睡不醒，一到晚上来了精神，上蹿下跳满屋飞，让我眼晕。客厅的柜上有个老座钟，想必停摆了很多年，零件早就锈死。田田从来不戴手表，大概在北京和纽约之间获得某种参考时间，她没事儿就去鼓捣那座钟，拨动时针摇晃钟摆，可走不了几下就停了。

在我看来，到纽约就要登高。我要带她去帝国大厦。她反问："为什么去帝国大厦？""那儿高。""还能比山高吗？"这下把我噎住了。好吧，那就去中央公园。"为什么去中央公园？""那儿大。""到底有多大？"我比画半天，最后找出纽约地图。"才这么丁点儿。"她蔑视地吐了口气说，"算了吧。"最后我只能陪她逛苏豪（Soho）。一进那种青少年的服装店，嫌我丢人现眼，她约好见面的时间地点，几句话把我打发走。

我们带田田到 Q 大姐家去做客。Q 大姐的丈夫彼特（Peter）是德国犹太人，全家死在纳粹集中营里，只有他逃出来。他在纽约做了多年的心理医生，可每周还要自己花钱去看心理医生。他们住中城东边的一座现代公寓楼。一进门，大理石光可鉴人，门房穿戴如将军，很容易迷失在那些镜子中。他们家一尘不染，雪白的沙发雪白的地毯，聚光灯投射在墙上一幅幅抽象画上。

"简直像个五星级宾馆。"田田吐吐舌头说。

Q 大姐做了一桌地道的上海菜。彼特的脑门奇大，像个老寿星。他会怪腔怪调地说几个中文短语，比如"拉关系"，嘲笑自己"搭错了筋"。我们带来两瓶法国红酒，喝得提心吊胆，生怕滴在脚下的白色地毯上。晚饭后，彼特取出他们最近在中国的照片。他事先警告田田，他是有毛病的人，必须戴上橡胶手套才能看相册。我正给田田照相，她伸出一双手，同时捏橡胶手套装成另一双手，向我挥动。

英雄所见略同：彼特提议带田田登高去看纽约的夜景。她后来告诉我，楼顶中央有个露天游泳池，天气冷，上面盖帆布。她想走过去看看，"搭错筋的！"老彼特突然在背后大喝道："不许动！你、你再往前——走一步，就是死！"

六

G有个普通的汉族姓氏，因祖上满族正黄旗，为维护正统，他想改回去姓皇族的姓——那拉氏。据说上两代，他家某某曾是京卫戍区司令，可信。若再往上多数几代，我猜则多半是攻城的，是逐水草而居的游牧民族。要不他怎么当年能从北京直奔荷兰，又从荷兰杀到美国，南征北战，其中必有血液的召唤。

他是"星星画会"最年轻的成员。他那时年仅十八岁，眼睛明亮，一脸憨笑。记得"星星画会"在北海公园办画展，他帮大家挂画，话不多，忙上忙下。当年那个明朗的北京小伙儿，待1988年秋天在纽约重逢，一晃变成了阴郁的纽约人。他俨然以东道主的身份，开车陪我们到康州的海边去玩，逛哈林区（Harlem），在中国城请客吃饭。

我1993年搬到美国，G的故事有点儿离谱了。在画画搞实验电影的同时，他投身华尔街，摇身变成了生意人。更邪乎的是，据说他同时有两个老婆，不久又生了两个闺女，年龄相差没几天。我打电话去问，他一乐，不置可否。依我看这也没什么，古已有之，再说那不正是多数男人的梦想嘛。让我奇怪的倒是，怎么以前从未觉察到他的疯狂。

自打我搬到纽约，我们周末常在一起喝酒。他喜欢苏格兰威士忌，不兑水不加冰块，干喝。微醺时他总要挑起一些形而上的话题，且用英文，直到先把自己说糊涂了为止。他笑起来挺费劲儿，多半是未完成的，支离破碎。

他性格中有很多对立的东西。他既疯狂又自我压抑，厌倦名利又渴望成功，待人诚恳又过于苛刻，既暴烈又脆弱。他在西方受教育，但骨子里是地道的中国人。他无疑是个怪人，怪人只能住纽约那林立的高楼之中。前两年他搬到与曼哈顿隔岸相望的新泽西州。这一回可搬坏了，其纽约人的内心受到了重创。这多少在他的一组画中反映出来：形同废墟的建筑物梦幻般地呈现在平涂的单色背景中，无限寂寞。他开始在家里养鱼，而且专找那些丑陋古怪的热带鱼，养在自己心头，韬光养晦。

他最近画风大变，画了一批疯马，横眉立目，鬃毛倒髻，犹如他本人的自画像。我很喜欢，从中选了一张做我英文诗集《在天涯》(*At the Sky's Edge*)的封面。我突然意识到，我跟他在性格等诸多方面南辕北辙，但也有共同之处，那就是内心的疯狂。在某种意义上，疯马的对应物就是天涯。这么说来，我们在纽约相逢不是没有缘由的。

七

星期六上午，G 开车到曼哈顿捎上我，过桥进入皇后区，上四九五号高速公路。不少纽约人去长岛度周末，车多，走走停停，到水磨房镇(Water Mill)已中午一点。我用手机先通风报信，S 站在路的尽头，那头灰白头发像信号旗在飘扬。

我们是在一本国际刊物的发布会上认识的。我早到了一个钟头，孤魂般在大厅转悠。终于有人出现，斜插过来跟我握手，他就是 S，以前从未谋面。我请他帮我朗诵我的诗的英文翻译。会后我们应邀共进晚餐。分手时互留地址，他约我到他的乡下别墅做客。对纽约人的这类承诺不必认真。一个月后他打电话来："还记得吗？对，是我。"

窗外海天一色，鸥鸟齐飞。他的夫人詹（Jane）随和善谈，是退了休的社会学家。S七十多岁，诗人兼出版商，但靠的是艺术收藏和交易。他专门经营意大利、西班牙的古典名画，和各个博物馆打交道。我问他是否靠家族遗产。他摇头说，他是从零开始的，最初的知识得自于以前的女友，她是个意大利画家。说这话时，我们坐在客厅，夕阳平射在他脸上，他眯起眼睛，满面倦容。长时间的沉默，直到阳光悠然滑走，他陷入昏暗中。

第二天上午我下楼时他在书房。他说他五点起床，正在看一本昆虫学的书。

一周后又接到S的电话，这回是在他家设宴。他住河谷镇（Riverdale），离曼哈顿仅十几英里，是有钱人躲避都市喧嚣的好去处。他的豪宅坐落在哈德逊河边，视野开阔。从阳台望去，在变化微妙的光中，天空河水丘陵层次分明。他家是个小型博物馆，几乎都是文艺复兴的名画，包括伯尼尼和戈雅的重要作品。

今晚的主要客人是美国桂冠诗人库尼兹（Stanley Kunitz）及夫人，分别坐在长桌两头。S雇了几个人打下手，由他亲自掌勺。坐在库尼兹旁边的是个患艾滋病的女诗人，眼神扑朔迷离，但有一种正视死亡的坚定。我和S坐在库尼兹夫人两侧。她九十五岁，说起话来像个孩子，天真不连贯。她请人在她的红酒里兑点儿水。"这回好多了，"她呷了一口，对我说，"我看这儿的客人都很模糊，只有声音是熟悉的。"

S今天很健谈，从意大利人的性格讲到昆虫的生活。他认为昆虫有自己的世界，做爱做到昏天黑地的地步，那是一种幸福，人类不能理解的幸福。他有一天醒来,发现两只蝙蝠正在他胸口上做爱。"我怕蝙蝠。"老夫人说。S又讲到蛇的爱情,老人扮了个鬼脸说:"我怕蛇。"

八

去迈阿密晒了半年太阳的老夫妇马上要回来了,我们得从他们的单元搬出,临时住到朋友家去。要说这单元还算宽敞,但惨不忍睹。棕黑色家具丑陋笨重,好像跟随老夫妇多年后决心长在那里;两个并排面对电视的单人沙发,加上那停摆的座钟,代表了退休者的生活格局;墙上挂满廉价的商品油画和旅游明信片,如窥视浮华世界的大小窗口。我们不得不用色调明亮的布和地毯,以及从画家朋友那儿借来的画尽可能地覆盖一切。

这个单元在上城中央公园西侧的一栋三十二层公寓楼里。住在里边的都是穷人,若无政府的住房补贴,谁也不可能居留在这寸土寸金的曼哈顿。我们的邻居多半是黑人。在电梯那狭小的空间和短短的升降时间里,打声招呼,最多三言两语,说说狗、天气和孩子,然后目光错开。别瞧纽约人直眉瞪眼,其实什么都没耽误,仅一瞥,点点滴滴在心头。若碰见话多的肯定有毛病,最好躲远点儿。

在纽约,街区(neighborhood)是个重要的概念。这让我想起老北京。哪个饭馆实惠啤酒没兑水,哪个副食店的肉好菜新鲜,哪个居委会老太太最刁钻,以及去哪个煤铺拉蜂窝煤到哪个派出所领粮票,全得门儿清。在纽约也差不多。我知道哪个看门人和气,哪个服装店售货员漂亮,哪个路口车少,哪个小铺的啤酒种类多且便宜……纽约自有它的方便之处,各行各业均有二十四小时服务。可以想象有相当么一拨夜猫子,昼伏夜出。

流浪汉也多半跟街区共命运。每回去银行，拉门的总是同一个老头，彬彬有礼，外加美好的祝愿；而副食店门口永远戳着同一个恶煞，若不给钱，必招来一顿劈头盖脸的臭骂。好在人们习惯了政治家的赞美和老板的诅咒，见怪不怪。每回晚上我经过百老汇和七十八街之间，几乎都能见到那个瘦瘦的男人，躺在路边的铺盖上，掌灯夜读，用的是个钢笔手电筒，周围大包小包估摸塞满捡来的书。那精神让我惭愧。

我出门基本有条固定路线，先去八十六街和百老汇拐角的花旗银行取钱，顺手在旁边报亭买份报纸，沿百老汇走到八十三街左拐，穿过一个路口进邮局，办完事在那街角买束花，沿阿姆斯特丹大道折回，在八十五街的副食店买菜，再到隔壁酒店拎上两瓶红酒，然后经过一个红砖教堂回家。赶上刮风下雨，我会躲到马路对面去——整个路口都被脚手架覆盖。

九

我们搬到西村。西村是格林威治村的一部分，也是其传统意义上的心脏。E和家人住在那种纽约典型的排房里，独门独院，楼梯嘎嘎作响，勾连三层楼及地下室，后院窄小，有竹林摇曳。建于1929年，作为这条街最古老的房子，曾是分割成四十个鸽子笼般的寄宿宿舍，几易其主而翻修改建，十四年前被E买下，融入他的性格和趣味。他每天早起头一件事就是把塑料喂鸟器装满，再挂回树杈上，鸽子麻雀已在竹林扑腾，跃跃欲试。然后他就咖啡读《纽约时报》，雷打不动。这时邻居家的女高音在麻雀声中高歌，怪吓人的，尤其那音阶练习好像攀登云梯，让人提心吊胆。

荷兰人当初买下整个曼哈顿岛时，这里还是片鸟飞兽走的林地。

英国人占领后,英军舰队司令买下三百英亩烟草种植地,在哈德逊河边安家落户,他临死前命名其庄园为格林威治。1822年,瘟疫横行,人们为了河边新鲜的空气搬来,这个偏僻村落渐渐变成繁华的市镇。十九世纪末,赶时髦的有钱人急忙奔新兴的中上城,途中的格林威治村被遗忘,荒下来。于是艺术家和反叛者搬进来,而当地信教的意大利、爱尔兰和德国移民,被他们波希米亚的生活方式及异端邪说吓坏了。

1916年某天,一帮年轻人在酒吧喝了个通宵,爬到华盛顿广场的拱门顶上,大叫大喊,宣布成立自由共和国——新波希米亚。他们说什么也不肯下来,直到市长答应了这一要求。格林威治村曾一度以"小波西米亚"风靡全国。

20世纪50年代后期,"垮掉一代"的诗人从各地而来,形成第一波的冲击。到了60年代,波普艺术、先锋戏剧和摇滚乐接踵而至,加上大麻,构成了波西米亚生活最后时光。一直持续到70年代,被以同性恋自我认同为标志的性革命所取代。80年代里根的经济政策使房价飞涨,艺术家被逐到东村和别的地方。

中午E从顶楼的书房下来,我问他的写作进行得怎么样,他讲了个福楼拜的故事。有一天吃午饭,福楼拜走出书房,客人如是问,他说他只写了个逗号;晚饭时客人再问,他说他把那逗号涂掉了。

十

1970年3月6日,西村的西十一街十八号发生爆炸,"气象员"地下组织(Weatherman Underground)的三名成员在制造炸弹时不慎引爆,被当场炸死。另两个姑娘幸存下来,赤身裸体跑到隔壁的电影明星达斯汀·霍夫曼(Dustin Hoffman)家,跟他妻子借了衣服,躲进地铁,在地下生活了很多年。其中一个后来自首，从轻发落；另一个再次卷入别的地下组织的生活，被捕后处以重刑。

"气象员"来自美国著名歌手鲍勃·迪伦（Bob Dylan）的歌词，"你用不着气象员告知风往哪儿吹"（You don't need a weatherman to know which way the wind blows）。它的前身是一个全国性组织"民主社会学生联盟"（SDS），成立于1960年，随美国的人权运动和反越战的抗议示威发展壮大，也越来越倾向暴力。1969年由于观点分歧，它分裂成若干团体，其中最激进的就是"气象员"。

该组织在纽约的成员主要是哥伦比亚大学的学生。他们是激进分子，主张通过武装革命来打消美帝国主义的气焰。

E告诉我，他有个同学就是"气象员"的成员。后来成了英文教授。在他们看来，私有制是万恶之源，甚至连衣物都会导致私有观念。他们进屋全要脱光，衣服集中在一个大纸箱里，出门时随便穿一件。可每个人尺寸不同，穿戴必然很怪。由于"气象员"在英文中属阳性，和妇女解放相抵触，后改名为"气象地下组织"（Weather Underground）。

从1969年"气象员"成立以来，其成员纷纷被捕送上法庭。1970年6月9日，即在西村的事故后三个月，纽约警察局被炸；7月27日，美国银行（Bank of America）在纽约的分支机构被炸，"气象员"发表新闻公报，承认是他们所为……

5月应是绿肥红瘦，却乍暖还寒。和一个从德国来的朋友约好，一起逛格林威治村。蒙蒙细雨，穿过曲折小街，先去了狄兰·托马斯喝死的那家"白马"酒馆（White Horse Tavern），又去了世界上最早的同性恋书店，今天周末，要等中午才能开门。我们来到华盛顿广场。西北角有几张镶棋盘的石桌，多数空着，有个老头摆好棋子，拿出定时器，等待对手的到来。穿过广场，沿第六大道拐进西十一街，终于找到十八号。

　　这栋三角形的现代化建筑是1978年重建的,夹在老房子中,似乎故意突出某种不协调。这是个普通的星期六的早上。一个父亲在门口逗弄小男孩,另一家人正迎接客人,或告别。有谁还会记得三十一年前的爆炸事件?在那些"气象员"中,死者永远年轻,生者和我年龄相仿,都来自60年代的造反运动,并留有那个时代的烙印。如今,风向早就变了。我想起鲍勃·迪伦的歌:"你用不着气象员告知风往哪儿吹。"

十一

　　1974年7月13日,一艘油轮停靠在费城德拉河(Delar River)码头卸油,见习船员X和伙伴乘出租车到附近的小镇,他另付了一百五十美元,出租司机换了辆自己的车,一直把他们拉到纽约。他1950年出生在台湾屏东南州,自幼爱画画,在妈祖服了三年兵役。他"跳船"蓄谋已久,是为了到纽约闯天下。

　　我是在朋友家的聚会上认识他的。他小个儿,黝黑,但眼睛特别,直愣愣的,有一种藏得很深的忧伤。陪他一起来的女人跟他正好相反,又白又高,高出他大半头。他们靠墙角喝酒聊天。主人把X介绍给我,说他是著名的观念艺术家。高个女人纠正说,是世界级大师。你好,大师。酒尽人散,大师要开车送我回曼哈顿。他开的是辆后车厢加盖的小卡车。那女人后于我下车,于是窝进窄窄的后座,手脚支出来。

　　X车开得稳,不像刚出道的艺术界的怪人。当时作为画家的家属,我也跟着啧啧称奇。

　　我们约好再去喝一杯。到西村停好车,那女人被解放出来。先进一家酒吧，女侍态度恶劣，每人非得买两杯才能坐下，岂有此理。又换了一家，坐定。他相当内向，自有一套语言系统，不易进入。我琢磨一个人独处久了，他人已不重要——虚无之墙的投影而已。

到纽约后，他边打工边琢磨自己的走向。他早期作品有自残倾向，比如跳楼钻粪坑，把腿都摔坏了。一瘸一拐地摸索，终于开了窍，他连续做了四个为期一年的作品。从1978年至1979年，他自我监禁在一个十平米见方两米多高的笼子里。一年期间，不交谈，不读写，不听广播，不看电视。那年头我和朋友想方设法避开牢狱之灾，人家倒好，先把自己关起来再说。他进笼子那天由律师贴了封条，出来时再启封。每日三餐是由一个朋友送的。对伙食不满，他只能摔碗抗议。他以床为家，到余下的地盘散步算作出门。他每天在墙上画一道——整整三百六十五道，早画了还不行，剩下的时间显得太漫长。在他看来，每个人都有自己的笼子，只是往往意识不到而已。

从1980年春天起，他把自己关进同一个笼子，穿工作服，每小时打卡一次，持续了一年。为了精确，他买了台日本打卡机，和手表和高音喇叭串联，每小时差三十秒响一次。和头一年那种半冬眠状态正好相反，他成了世界上最忙的人，每天打二十四次卡。他说，打卡打久了，就像瘸子走路变得自然而然。在他看来，人所做的一切都是在消耗有限的生命，而所谓时间是无限的，在打卡时他强烈感觉到生命与时间的荒谬关系。

第三件作品是从1981年夏天起在户外生活一年，不进任何建筑物、地下道、洞穴、帐篷、汽车、火车、飞机、船舱等。他背个睡袋，与纽约街头的流浪汉为伍。比流浪汉强的是他兜里有钱，能填饱肚子，但不能像他们那样钻进地铁、桥洞或废弃建筑物睡觉。那年纽约的冬天奇冷，低到零下三十八度，他把所有衣服都穿上，烤火取暖，一躺下就会被冻死。人比自然更恶。有一回他在一家工厂附近喝茶，老板连打带骂赶他走，他掏出护身用的三节棍。警察来了，他拿出报道他的报纸，蒙混过去。不久那老板在街上看见他，又叫来警察。这回可不管什么艺术原则，先关十五个小时，还要判刑。他花钱找来律师。开庭时，法官同意他留在室外。律师的铁嘴铜牙加上法官的同情心，最后把他放了。除了那十五个小时，他孤狼般在户外生活了一年，成了人类文明的旁观者。

从1983年7月4日即美国独立日那天起，他和一个美国女艺术家琳达（Linda）用根八英尺长的绳子互绑在腰间一年，双方身体不能接触。洗澡上厕所在一起，出门遛狗接受采访会见各自朋友也得在一起。一旦吵起架来比较麻烦。有一回他正洗澡，琳达发脾气要冲出去，差点把他光屁股拖出门外。和平共处时，他们俩一起打工挣钱，一起去教书，一起坐飞机到别的城市演讲。由于完全没有隐私，在1984年独立日分手时，两人几乎到了彼此憎恨的地步。

从1985年到1986年，他坚持不做艺术、不看艺术、不谈艺术一年。从1986年12月31号他的生日起，到20世纪的最后一天，整整十三年期间，他虽然做艺术，但不发表。在我看，这后两个声明是多余的：将军退休了，就不必再言战事。他结了两次婚，又都分了手。他告诉我，他现在忙着装修他在布鲁克林的房子，准备请世界各地的艺术家来免费居住创作。

十二

每星期三中午我坐九号地铁到宾夕法尼亚火车站（Penn Station），先买一份《纽约时报》，然后搭乘十二点十五分开往长岛的郊区火车。在车上我把报纸翻过来掉过去，被另一种语言所遮蔽的事件弄得昏昏欲睡，直到播音器吱吱嘎嘎响，我戴花镜冲出车门，一片茫然，再随众人涌上另一辆日本造的双层火车，爬到二层，把报纸扔在一边，看窗外风景。离开纽约，空气越来越新鲜，到处是树林、坡地、溪流和一闪而过的白房子。下午两点五分到达石溪（Stony Brook）。

搬到纽约不久，经朋友介绍，我稀里糊涂找份工作——在纽约州立大学石溪分校英文系教一个学期的诗歌创作课。由于交通不便，课都集中在星期三。我就这英文水平，若让我反过来当学生肯定不够格。我心想，在美国撑死胆大的，饿死胆小的；再说诗歌本来就说不清，用另一种说不清的语言也许更好。头一天上课，我真有点儿上刑场的感觉，头皮发麻，身上冷飕飕的。

我的课从四点到六点，外加三个钟头的辅导课，说得我理屈词穷，累得我灵魂出窍。在美国大学，老师比学生更怕性骚扰：办公室永远敞着，相隔一米，还得尽量提高嗓门儿。送走最后一个学生，锁上门，我裹紧大衣，哆哆嗦嗦穿过楼群和停车场，好歹赶上八点四十开往纽约的火车。除了换车时买包土豆片充饥，我真恨不得睡到世界末日。

我的学生多是本地人，没有纽约人的那种精明和神经质。要说也怪了，这儿离纽约不到一百英里，不仅地貌甚至连人种都变了。迈克（Michael）赤红脸膛，满脸络腮胡子，头发蓬乱，潦草得像一张未完成的肖像速写。他嗓门大，一会儿叫我"教授"，一会儿叫我"船长"。每回课间休息，他高喊"热狗的时间到了"，冲出门去买热狗。他告诉我，他刚跟女朋友吹了，现在有两个候选人。听那口气他本人就是白宫，看哪位候选人有资格进来。他每周在报亭打工三十个小时，比美国总统对世界的局势还了如指掌。他既信天主教又渴望革命，跟他的诗一样混乱。

安娜（Anna）是个白净的女孩子，一说话就脸红，在课堂上总是静悄悄的。她起先成绩平平，到后来竟写出一些惊人的句子，让我这个当老师的颇有些沾沾自喜。克里斯蒂娜（Christina）是个五十多岁的职业妇女，是这儿艺术系某教授的夫人。她来上课，纯粹是因为热爱写作。她无疑是全班最勤奋的学生，一首诗往往改上十几遍，可进步不大。她是那种富于幻想的女人，诗歌正好帮她飞翔，飞向美国中产阶级那单调刻板的生活以外。我们之间似乎没有性骚扰的问题，可以关起门来无话不谈。

冬去春来，通往火车站的小路从积雪中显露出来，被阳光晒干。我理直气壮走着，迎风用手机满世界打电话。

十三

纽约人的内心其实是极孤独的，只要看看他们眼神就知道了。一般来说，除了神经有毛病的，他们从不直视别人，在人口密度这么高的地方，也真难为了。比如在地铁、公交车上，为了躲避目光碰撞，他们要不看书看报，要不闭目养神，要不干脆把目光悬浮在空中，梦游一般。这本事，恐怕得花好多年工夫才能练就出来。当然要有个把绝色美女出现，男人们会醒过来，混浊的目光像雾中的灯一闪。但绝不像我这样的乡下老鼠直眉瞪眼，而是用余光悄悄跟踪，漫不经心，甚至有点儿倦怠。好像在说，那又怎么样？别烦我。

曼哈顿的单身贵族特别多。这道理很简单，单身是保持了孤独的最佳方式，没配偶没孩子，省得啰嗦。除了访亲会友，他们会多半在家一个人吃晚饭。打个电话到附近中国餐厅订外卖，一份咕咾肉外加酸辣汤；要不干脆对付对付，就干酪，啃昨天的干面包。目光像苍蝇在四壁游荡，一不留神落进墙角的蜘蛛网里。偶尔也说说话，跟自己。据说在纽约吃抗抑郁药的比例特别高，这也难怪。

若两个孤独加在一起，必有新的麻烦。有一回从肯尼迪机场飞巴黎。一上飞机，我就发现自己的尴尬处境：正好坐在一对纽约夫妇中间，女的邻通道，男的靠窗口。我马上提出换座位，人家不干。起初我还以为感情有问题，拿我作挡箭牌。没有的事儿，老两口亲热得很，一口一个"亲爱的，我的甜心，我的宝贝儿"，让我直起鸡皮疙瘩。男的给女的找出拖鞋和小说，嘘寒问暖；女的藏起一小瓶免费红酒，留给男的在巴黎受用。更让我不解的是，两口子竟隔着我侃起来，从纽约的天气到巴黎的旅馆，从亲戚间的纠纷到股票投资。我再次提出换位子，遭到一致反对。我这才明白，这位子是人家事先挑选好的，让我为孤独作证。

其实孤独并非与寂静对应，它有自己的声音，这声音在纽约则被无限放大了。首先是那些警车救护车救火车，为引起足够的注意，不断提高音量，高入云霄。而那些单元里快憋疯了的狗，好不容易放到街上，为了向另一只狗致敬，非得用整个腹腔吼叫。轮到纽约人，要想再表达点什么，得多不屈不挠才行——他们扯直嗓门，说到一半被警笛打断，张嘴，只好把话咽了回去。

十四

W大姐在纽约中国文化圈是个中心人物，那真是"无心插柳柳成荫"。有人打破脑袋撒遍钱，名片印十八个头衔也没用。文化圈既有形又无形，不存在权力结构，故也不认一般意义上的权力。没有头头，只有中心人物。

曾几何时，纽约人才济济。1988年我头一次来纽约，赶上个聚会。有唱茶花女的、跳黑天鹅的、反弹琵琶的、话剧演正角的；还有红卫兵大款、文化掮客、舌头打结的侨领和半老半疯的业余女作者，外加身份不明者——如我。要说谁谁都面生，但全认识W大姐。她性情中人，好热闹，揽天下闲事，会八方来客；她办文学社，为诗歌刊物撑腰，组织朗诵会，收容流浪文人，穿针引线于撕碎的纸片之间。

她自打年轻时就写诗，又是个美人，台湾诗人群起追之。尘土飞扬中，被一个不言不语的台湾留学生得手，成婚，众人傻了眼。

糊涂可算得她优秀品质中的一部分了，对化解大都市的勾心斗角和人生的千古忧愁，百利而无一害。在美国留学，她稀里糊涂卷入美丽岛事件，上了国民党黑名单，流亡了二十年；她稀里糊涂当上北美某中文报纸文艺版主编，招揽天下长反骨的，这报纸后被切断财源，不得不停刊；好不容易歇两天吧，她又稀里糊涂被我裹挟进《今天》，当牛做马。

她大事糊涂，小事更糊涂。给外州读书的儿子寄隐形眼镜，到了邮局，顺手把刚买的汉堡包塞进纸盒。回家路上猛醒，赶紧给儿子打电话，再三叮嘱，千万别吃那个会变质的汉堡包。有一回，她满心欢喜到旧金山看朋友，下了飞机没人接，给谁打电话都不通。问警察，才知道自己坐错了飞机，飞到洛杉矶，离目的地差四百英里。她早上永远睡不醒，到曼哈顿时上班基本上处于梦游状态。若有熟人招呼声，她会大声警告说："我还没醒，现在认不出你是谁！"

W大姐的微笑特别，在表达对人世间无奈的同时，又展示了某种宽慰，像护士在照料垂危的病人。和她在一起，不说什么，心里也会踏实多了。在某种意义上，作家都是病人，正需要这样的护士。

他们两口子当年在苏豪区（Soho）买了一层旧厂房（loft），数年后翻了好几番，卖掉，搬到纽约上州。这一离开曼哈顿，想回来可就不容易喽。每回她都得掰指头掐表赶郊区火车。当年仗着年轻倒不怕，晚就晚一趟。如今大家兴致正高，她起身告辞，谁拦也拦不住。眼见纽约中国人的文化圈衰败了，肯定和这郊区火车的班次太少有关。

十五

在纽约一住半年多,没有老 A 的消息,听说他回国做生意去了,他那些故事倒常有人提起,那是纽约传说的一部分。老 A 上辈子肯定是个说书的,其杜撰演绎绘声绘色的天赋,无人出其右。若在太平年代,故事就是故事,说书的和故事保持足够的距离,台上台下共享叙述的快感。而他投胎于乱世,故事和自身经历搅在一起,说书的和听众兼于一身,忙得他上蹿下跳,顾此失彼。

我是1979年认识他的。那时我刚调进一家杂志社,跟他同事。他十三岁那年在天津被打成反革命,跳河自杀未果,跟父亲一起被发配到新疆,又成反革命,到处流浪。在西安要饭时,结识了公安局局长的千金。据他说,每天都从那官邸后窗递出一张张热腾腾的烙饼,有一天突然变成火筷子,劈头盖脸——原来是局长大人发现了。

我认识他没多久,他的舌头得罪人了,遭到暗算,左眼被打得半瞎。自80年代初起,他是我家常客。他的故事每回都有新发展,跌宕起伏,关键处他大笑,一抹嘴,戛然而止,起身——且听下回分解。我们请他帮个女孩找对象,先让他过过目。架不住当天下午一阵神侃,那女孩成了他老婆。

他有种处变不惊的本事。大年初一,他跟老婆闹别扭,只身到我家。我们刚买了只烧鸡准备过年,端出来招待客人。只见他一边诉苦,痛不欲生,一边抓住烧鸡麻利地啃,津津有味。我们眼睁睁地——烧鸡不见了,在悲惨世界的终点剩下一堆鸡骨头。

1989年的事就是让他不幸言中的。他也跟着跑出来,故事出现高潮,添了九仙过海和美女救英雄的新段子。先到巴黎,再搬到纽约,娶妻生子,但纽约生活贵,总得找点儿饭辙。他上唐人街一转悠,见有人挂牌算卦,前去讨教,水平实在一般。他本来就好这,再多读上几本书,那还得了?华人乍富,买房置地,心里总不大踏实,先请人看风水。A大师能掐会算,金口玉言,传出去,一发不可收拾。要先预约,好不容易排到了,车接车送,好吃好喝好招待,最后是红包。

那年我在纽约见到他,他都长横了,油光满脸,半瞎的左眼球鼓出来。但在表面的亢奋状态中,我发现他其实有某种焦虑:在那些顾客中他只是个说书的。钱倒是挣到了,但既没参与感,故事也没新高潮。总之,纽约缺了他也行。

这一页很快就翻过去。我有一天在《世界日报》看到一篇台海局势分析文章,署名是军事评论家A。接着又在电视的中文频道看见他,正在一个两岸军事专题讨论会上慷慨陈词。他告诉我,中南海和五角大楼都跟他秘密接触过,暗示第三次世界大战是否能避免,就看他了。

从风水先生到军事专家,其实不仅没有一般意义上的鸿沟,对我来说,甚至是顺理成章的,从古到今,先礼后兵:从八卦图到导弹封锁,和为贵。说得不耐烦了,直接进入故事——修身齐家治国平天下。

十六

纽约有个和高层建筑相对应的地下世界,如同影子之于巨人,黑夜之于白天。我想起一首流行歌曲的题目《白天不懂夜的黑》,原不以为意,再细想其实很有道理。若对纽约进行精神分析的话,这地下世界无疑是个关键。

和地面混乱不堪的交通相比,地铁代表了秩序,那是纽约极其坚韧的神经系统。只有下去走一遭,你才会明白,这个国际大都市为什么没发疯。在曼哈顿,其实地铁只有两个方向:上城或下城,按道理连傻瓜都不该迷路。在地面再糊涂,到地下就全都门儿清了。这有点儿像美国的两党制：民主党——下城，共和党——上城。大多数美国人的思维方式是单向度的，目标明确，黑白分明。有时候想跟美国人说清楚中国是怎么回事，可真把我难坏了。你说得越认真，他脸上越困惑，冷不丁问一句，能把你鼻子气歪了。没辙，"白天不懂夜的黑"。

纽约第一条真正的地铁建于1870年，是发明家比奇（Beach）先生设计的。他异想天开，用风作动力——大风扇照封闭的管道狂吹。模型先在一个博览会展出，引起轰动。再把模型变成真正的交通工具可就难了，除了技术问题，更大障碍是人，是操纵纽约政界的黑手——外号"大老板"。他不点头，没戏。于是比奇下决心用地下方式进行。他租了个服装店的地下室，工人们昼伏夜出，把挖出来的泥土在天亮前运走。神不知鬼不觉，只用五十八个夜晚，这长三百一十二英尺的风力管道地铁建成了，还居然带个一百二十英尺长的豪华候车室，包括油画、钢琴和喷水池，目的是让幽闭症患者安心。1870年2月26日，比奇先生举行了隆重的通车仪式，把纽约震了。他接着宣布了他的计划：先通过一个公共交通法案授予他建造权，再私人筹资五百万美元，修建长达五英里每天运载二十万乘客的专线。纽约州众参议院通过了这一法案。"大老板"急了，这直接影响到他从每辆公共马车获得的抽成。他的傀儡州长，想方设法否决了交通法案。这官司打了两年多，最后以比奇先生的失败告终，他只好把自己的地铁封起来。直到四十年以后，即1912年，工人在市政厅附近修地铁，无意中打通了那个静悄悄的候车室……

十七

M祖籍湖北，香港出生长大，到巴黎读书，考进联合国做口译，先在日内瓦，后搬到纽约，一住就是二十多年。她会说六七种语言，其中三种能同声传译。她做意大利饭，喝法国酒，读英文报，见什么人说什么话。有时候我纳闷，中文在她心里到底占多大分量？文化归属往往在潜意识中，比如，用什么语言数数骂人说梦话。说到底，凡在精神上说不清血缘关系的，都应通通算作"文化孤儿"。据说纽约一半外国人，其子女又占了四分之一——整个一个孤儿院。故"爱国"在纽约人的语调中是根本不存在的。

纽约是相遇的地点，把不同种族不同背景经历的人凑在一起。十年前，一个朋友带我到M家去吃晚饭。她住曼哈顿中城东边二十七层的一个玻璃牢笼里。一只鹦鹉居高临下打量着客人。鹦鹉叫"鲁克"（Look），它不停地用英文重复："Look wants peanuts.（鲁克想要花生。）"那一晚，美酒佳肴钢琴曲外加黄色笑话。男人们几乎都在抽烟，女主人打开窗户，让风把一缕缕浓烟带走……

字母M在英文中绝对是阴性的：小姐（Miss），夫人（Madam），母亲（Mother）。她正儿八经是按传统路线一步步走过来的。如今很多女人要不省了某道程序，要不倒着来，要不干脆闹革命了——脱离这套系统。可惜我只见着做母亲的M。她离婚多年，独自把两个男孩拉扯大了。在纽约这样的城市，青少年猛于虎，何况还俩，想想都替她发愁。直到多年后，俩孩子都离开上了大学，有一回我请她看电影，随便捡了个，没想到是关于青少年吸毒和暴力问题的。开演不到五分钟，她就受不了，说什么也得走。一路上她双手勾着双肩，怕冷似的。

我跟M同岁。我们经历完全不同，有一点相似，都是属候鸟的——热爱旅途中的生活。有那么几年她像发了疯，一得空就满世界飞。在联合国本来出差机会就多，但还嫌不够，自己掏腰包孝敬旅行社。纽约成了航空港中转站，她家成了旅馆，随时准备出发。她甚至会去巴黎度周末。星期五乘夜班飞机到巴黎,两个白天加秉烛夜游,累得半死,但没耽误星期一早上的班。

她一直盘算提前退休,搬到佛罗伦萨去。谁承想,多年的媳妇熬成婆,她升了官,成了联合国口译中心的总头,手下管好几百口子语言天才。说来我们每个人往往都事与愿违。我想起她家的鹦鹉:"鲁克想要花生……"

十八

飞机正点降落在纽瓦克(Newark)机场。今天星期二,即"9·11"事件后的第三周。通道上,几个荷枪实弹的国民警卫队大兵,阴沉地打量乘客。我拉着行李,到客运柜台买了张票。在汽车站等车的人沉默不语,似乎各有各的心事。车终于来了,连咳嗽带喘在机场兜了一圈,捞起些散客。除了后视镜中那司机的半张歪脸,全都是乘客的后脑勺。曼哈顿出现了。夕阳西下,世贸大楼像两颗门牙被拔掉,豁口处浓烟滚滚,直入云霄。我在四十二街的长途车总站下车,迷了路,终于拦辆出租车,直奔东村。

纽约人似乎一如既往,该干吗干吗,但细看去,他们脸上蒙了层阴影。到了晚上才自在些,大概是夜的阴影更重,让人喘口气。我们在街上散步。天气闷热,弥漫着一股焦糊味。街角或灯柱旁的一个个小祭坛,烛光摇曳,有失踪者照片和文字,散乱不经意。

我在纽约总共住了六个月,不长不短,算得上我生命途中的一站。我得承认,在这告别时刻,我多少有点儿喜欢上纽约了。这是个消耗精力的城市,年轻人喜欢它,是因为他们有的是精力,需要释放——在最小的空间蹦跳冲撞挤压流汗放血;老年人喜欢它,因为怀旧。我大概只能算后者了。精力消耗大必变化快,更新快变旧更快。要说纽约是个真正怀旧的去处，好像开车——朝前看，别回头，让心悬在那儿，对身后消失的一切心知肚明。

今年春天，我和一个黑人女诗人在曼哈顿一起朗诵。记得她有着关于纽约鸽子的诗，给我印象很深。要说鸽子，几乎每个大城市都有。但鸽子和鸽子的命运截然不同。比如巴黎的鸽子就舒坦得多。古建筑优雅开放，从游客的包到餐馆的垃圾，应有尽有；而萨拉热窝（Sarajevo）的鸽子则饱受惊吓，除了炮弹就是枪子儿，好不容易消停两天，还得忍饥挨饿，个个需要看心理医生。纽约的鸽子处境不同。首先是地势险恶，万丈深渊要先学会垂直起落，这打生下来就得学，没保险。还有那无数的玻璃陷阱，得学会识别闪避，否则一不留神非撞死不可。再加上废气、噪音和没长眼的汽车轮胎，虽说不愁吃不愁喝，但它们因其环境变得狭隘冷酷，并极有侵略性。其实鸽子本来就是相当凶残的鸟类，好勇斗狠，弱肉强食，自有其权力系统，和人类很像。但除了食物链相关外，它们和人类生活基本是平行的。它们是旁观者。当一只鸽子和你隔窗相视，它只是好奇，两只眼睛在迅速聚焦，捕捉你的尴尬表情，但它并不愿进入你的生活。

一天早上，两只金属大鸟先后插进曼哈顿两栋最高的大厦，引发了一场大火。巨响和热浪，让栖息在楼顶的鸽子惊呆了，它们呼啦啦起飞，在空中盘旋。

他乡的天空

一

头一回见到 D 是五年前。我和一位美国女诗人在我们小镇的书店朗诵,由 D 主持。按惯例,朗诵会后大家一起到附近酒吧喝一杯。D 坐我斜对面。我们岁数差不多,而他像个青少年,正做牙齿矫正,满嘴钢箍,笑起来难免有些狰狞。人跟人相识往往靠机缘,有时只是一个词,像暗号对上了。D 提到他家新铺石板上的鱼化石,我很好奇,于是他请我到他家做客。

由于鱼化石,我被卷入他的生活。每周二晚上,我跟他到加州首府萨克拉门托(Sacramento)的一个老年中心,参加由他主持的诗歌工作坊。那都是些身处社会边缘的散兵游勇,因为热爱诗歌走到一起来了。由 D 掌控时间流程,严如法官。每个人轮流读自己新作,读罢由大家评点,任人宰割,最后才轮到作者说话。有人忍不住提前辩解,只见 D 口中一亮,喝住。散了会,大家到附近一家名叫卡罗斯(Carrow's)的美国餐馆,其饭菜可怕,无论点什么都得后悔。有人提议换家馆子,但由于价格距离和惯性的左右,使我们依然忠实于卡罗斯。那儿的最大好处是空旷,以及因空旷带来的自由轻松的气氛。我们聊天写联诗,直到夜深。那多少像个秘密团体,准备语言的暴动。大概由于远离中心,加上老弱病残,恐怕连 FBI 都懒得记录在案。

他父亲是银行家,十多年前病故。他不少诗是写给他父亲的,有一首诗写的是生死临界处的父子情。他告诉我,第二次世界大战期间,他父亲在美军潜水艇服役,常躺在鱼雷发射管里睡觉。若战友使坏,一按电钮,他就会从梦中射向大海。奇怪的是,那幽闭恐惧症竟会遗传,跟潜水艇一起深入D的潜意识,再呈现在他的诗中。人的经验是不可重复的,但却会通过别人的体验得以延伸。我猜想,D的梦境多半在深海,而他的情人就是潜望镜中的敌舰。

在他看似光滑的生活中,死亡是个巨大的阴影。他家哥儿五个,他居中。俩哥哥一个弟弟都因病先后去世。最近的死亡是他大弟弟,住圣迭戈,去年感恩节还开车来看他,回去后就不行了。对D来说,死亡好像是个谜语,而谜底是现成的。

D是上高三因失恋开始写诗的。他在被迫选修的数学课上写诗,被老师发现。他跟老师讨价还价,最后达成协议:老师容许他在课堂上写诗,但不给学分。他年轻时生活混乱,大学没毕业,更换工作也更换女友。里尔克(Rainer Maria Rilke)在《秋日》中写道:

> 谁此时没有房子,就不必建造,
> 谁此时孤独,就永远孤独……

D反其道而行之,没房子就非得建造房子,最后还成了建筑商;孤独却偏不甘孤独,近四十岁和B结婚。B在州政府工作,专管捕鱼和狩猎。她是那种有定力的女人,像锚,把他这只船留在港湾。

他是个现在进行时的美国建筑商,我是个过去时的中国建筑工人。建筑是男人的行业,语言粗鲁直率,但挺有人情味。若要盖栋房子,他先把小算盘拨拉一遍,再把活分派给各种小公司承包,既得懂专业又得懂人情。有时候跟他到工地转转,他跟师傅打招呼,仅三言两语,什么都在其中了。待一天的活安排妥了,他溜回家,关起门来写诗打瞌睡。

他是我认识的唯一一个写诗的共和党人。两年前,我们到旧金山度周末,在外面先喝了一圈,街道和路灯开始摇晃起来。我俩像难兄难弟,互相搀扶,回到旅馆的酒吧接茬喝。他趁醉慷慨解囊,请坐吧的每个人喝一杯。电视正在播放总统大选的进展。我问D支持谁。他一下酒醒了,嘴一歪,露出亮闪闪的钢箍。他嘶嘶地警告我说,别在这儿问,周围的人会杀了我。原来旧金山是民主党的大本营。

今年D五十岁。生日那天,我们到一家意大利餐馆吃晚饭。D的牙箍终于摘掉,露出整齐雪白的牙齿。他告诉我,他弟弟病危,活不了几天了。他强作欢颜,笑容是一寸寸展开的。他眼角有一滴泪,不易察觉。

二

一个城市对于一个人,往往就是中心,不在于其大小地理位置重要与否。这就好比每个国家出版的世界地图都把自己置于中心,好在地球是圆的,用不着为这打架。北加州的小镇戴维斯,对我来说就是世界的中心。这道理也简单,无论我飞到哪儿,最后都得回来——我家在这儿。

如果戴维斯是中心的话,那么我的活动半径就是本文所涵盖的范围。依我看,在这个汽车时代,人的活动半径应在一百二十公里左右,开车往返应在三个小时以内,这意味着对上班族来说每天可以回家。按速度比例,当年在北京骑车,活动半径是二十公里——我最远骑到香山的工地上班。旧金山正好在我的活动半径内,可算作戴维斯的卫星城之一。

像大多数美国人一样,我是为工作而搬到戴维斯来的;不同的是,我并没有因失去工作而搬走。从1995年秋天起,我在加州大学戴维斯分校（University of California, Davis）教了两年书。最后老板找我谈话，她神色凝重，鼻子上有一道深深的横纹。我竟对她产生同情，好像被解雇的是她而不是我。我琢磨，她在说这番话前，内心得经受多大的折磨。

由于家庭变故，我在外晃荡了一年多，女儿回北京读书，我们把房子租了出去。在此期间，有一次我到湾区出差，从机场租车开回戴维斯。下八十号公路转一一三公路，再沿拉塞尔大道（Russell Boulevard）出口。一进入戴维斯，暮色苍茫，华灯初上。突然一股致命的乡愁袭来，我强忍泪水。戴维斯于我意味着什么？这个普普通通的美国小镇，就是我的家，一个人在大地上的住所。对于漂泊者来说，它是安定与温暖的承诺；对于流亡者来说，它是历史之外的避难所；对于父亲来说，它是守望女儿的麦田。

当年我师傅常对我说："哪儿的黄土不埋人？"这话虽有穷人的无奈，但也包含了一种绝对真理。说实话离开故乡久了，家的概念变得混乱。有时我在他乡的天空下开车，会突然感到纳闷：我在哪儿？这就是我家吗？

我家，在不同的路标之间。

戴维斯坐落在加州首府萨克拉门托以西十二英里处。1868年，当铁路穿过一望无际的麦田，在这里停留，连车站带小镇得名于本地农民兼财主戴维斯。命名的过程至今是个谜。当一个人成了一个城市，这城市必然会塞进那人的性格。我仔细研究了有关戴维斯本人和这小镇的记载，发现有不少共同点。比如，这小镇正如戴维斯其人，重农轻商。这儿有全美最好的农学院，但市中心一点儿也不繁华，我女儿常抱怨没商店可逛。还有，由于继承农民戴维斯日出而耕日落而息的传统，除了外来的大学生，几乎全体居民都得了嗜睡症，一到晚上九点，家家户户都闭门熄灯。

我家住在戴维斯西边的帝国大道（Imperial Avenue）。但愿这街名别给人非分之想，这和纽约那些大道毫无共同之处。本街的居民，多是些对世界漠不关心而过分礼貌的帝国主义者，大家准是被嘘寒问暖这一套礼仪折磨得疲倦不堪，尽量缩在家里，毫无向外扩张的野心。这是条相当僻静的小街，一眼就能望到头；草坪像绿色补丁错落有致，缝补着灰色的道路；我家和邻居的猫窜来窜去，互相串门。七年前我们搬进来时，这里还处于城镇边缘，后院面对另一种历史——风吹草低见牛羊。

我去信箱取信，邻居家的两条狗像往常那样狂吠。我站在帝国大道上，望着冬天苍白的太阳，叹了口气。

三

开车去旧金山。过海湾大桥（Bay Bridge），阳光明媚，无风也无通常沿海湾涌来的浓雾。十二点整到F家。通过内线电话，女主人请我们在楼下稍候，他们马上下来。见面时难免拥抱握手，由于男女有别内外有别，局面一时有些混乱。若男人抱拳，女子道万福，则会免去不少麻烦。这方面最烦琐的是法国人，见面和分手都得左右贴三次腮帮子才肯罢休，助长了流行性感冒的气焰。

我推坐轮椅的F到附近的餐馆。F是加州大学伯克利分校的教授，是中国历史研究的权威，曾担任过美国历史学会会长和美国社会科学院院长。他夫人H是上海人，意大利文学博士。她心直口快，凡事爱刨根问底。

进德兰西（Delancey）餐馆，坐定。H告诉我们，这家餐馆是由监狱办的，从侍者到厨师都是服刑犯人。这真是个好主意，为他人服务改造自己，表现好的减刑，让他们最终融入社会。F提到上次陪他父亲进餐，一时找不到大衣，问侍者，答曰被偷了。这种犯人的自嘲倒应该广为提倡，尤其在知识圈，他们犯了罪却不自知。

F的表情像孩子，眼睛湿润，时不时闪着调皮的光。他话并不多，而突然爆发的大笑能震碎杯子。H对丈夫情意绵绵，那是令人心动的爱情。她说起在一次聚会上，朋友们让F交代他俩的恋爱史。没想到见过大世面的F，拿着麦克风突然哭起来……

我们点菜时，F打开我送给他们的诗集，翻到头一首诗《岁末》。"白金尺"，他念叨着，像调音师在寻找绝对的辨音力。他是那种很特别的智者。他一生坎坷，涉猎极广。其实知识也是一种权力结构。F既在这权力结构的顶层，又同时置身其外。汉学只不过是为他人生提供了一种向度，并未覆盖一切。依我看，不少汉学家毁就毁在这儿：汉学既是饭碗，又反过来主宰其精神世界；这种互相占有的结果，使他们失去了"白金尺"。

说到真实（truth），引起一番争论。说来真实是由交叉小径组成的花园。一个人的真实，只在某一点和他人的真实交叉。

F讲起他在哈佛读书时，也写过诗办过诗刊。有一天，诗友戴维（David）拉他去拜访弗罗斯特（Robert Frost）。他们找到他家，敲门。弗罗斯特出来了，他七十多岁，身体硬朗。戴维壮胆说："我们也是诗人，特地来看望您。"弗罗斯特摇着食指说："你们不能管自己叫诗人。"他俩愣住了，转身撒腿就跑。

午后时光慢下来，甚至停顿了，杯中的残酒即证明。H提议我们换一家咖啡馆坐坐。起身出门，时间又继续流动了。

我们穿过一片相当豪华的住宅区，全都属于劳改局，犯人就住在里面。这可是旧金山寸土寸金的地段，连一般中产阶级都负担不起。咖啡馆和那家餐厅一样，都属于劳改局。里面很大，兼卖书。桌椅大小高低不齐，有沙发纵横，可立可坐可卧可打盹儿做梦。我们点咖啡和红茶，F要了杯白葡萄酒。H告诉我们，在这儿服务的犯人是属于戒毒中心的。我不禁犯嘀咕，他们自己戒毒倒不要紧，可别顺手给我们下点儿蒙汗药什么的。

说起前两天哥伦比亚太空穿梭机的爆炸，H告诉我们，F这两天为此很难过；而他的中国学生认为，那是典型的美国式思维，是人类无限度自我扩张的结果。

我说，若生不平等的话，在死亡面前是人人平等的。那七位宇航员至少是自愿去死的，而炸弹下的阿富汗农民和饥饿中的非洲儿童则没有选择的余地。F又提到"白金尺"。他说，人的很多努力是非实用的，但有意义。他的话有道理。但我接着说，这种死亡是被美国媒体无限夸大了，成为民族国家神话的一部分。这样做，起码是不尊重死者应享有的宁静。

F又要了一杯白葡萄酒。时间不早了，我们还要到唐人街办事。H提议再坐一会儿。在F上厕所的时候，她突然哭了，她为她丈夫的身体担忧。

回家的路上，我记起我那首诗的结尾：

> 这是并不重要的一年
> 铁锤闲着，而我
> 向以后的日子借光
> 瞥见一把白金尺
> 在铁砧上。

四

戴维斯人民公社成立于若干年前，这和合作开荒发展农业或者推翻资产阶级政权的集体谋反都没关系，而是一些住在戴维斯的中国人为了巩固友谊消磨时光而凑成的松散团体，自诩为"人民公社"。主要活动是吃中国饭喝白干嗑瓜子闲聊熬夜打牌钻桌子。X是画家兼美术设计，憨厚正直，助人为乐。他们两口子好客，加上房子大，顺理成章成了公社的据点。每到周末大家事先不打电话，破门而入。满屋欢声笑语，通宵达旦。

B是一家复印店的老板，可算本地侨领了。他为人和善，笑容可掬，说话有时吞吞吐吐，故得"保密"的雅号。他身为老板，克勤克俭，尽买些二手复印机自己翻修。拆装擦洗中，总会多出些零件来，他顺脚踢到一边，只要复印机运转就行了。要是人的生活在拆装擦洗后能还原就好了，而那多出的零件正是感情中未知的部分，闲置时有潜在的危险。B表面上满不在乎，内心必有疯狂之处，要不怎么无端端信了"天功"，还成了本地骨干。他自以为有了魔法，可呼风唤雨，让外星人调节室内光，但每回表演都以失败告终。

L曾一度领导戴维斯中国女性时装的新潮流，后来搬到硅谷，眼见着这里的女社员花一般全都蔫了。逢年过节，她回娘家似的风风火火赶回戴维斯，一身时髦打扮，照亮了我们黯淡的生活。她是那种天生不发愁的人，永远乐呵呵的。有人说过，幸福是一种能力。果然如此。她原来那份工作让我羡慕不已——在实验室砸核桃，既轻松又不费神，还能顺手吃俩补补脑子，外加各种福利保险。可人家一甩袖子把那活儿辞掉，转身生孩子去了。

J来自北京军区大院，可一点儿也没染上那颐指气使的傲劲。五年前她来戴维斯考察美国生活，想顺便找个如意郎君。于是公社作为一项重大任务布置下去——纲举目张。当时领导潮流的L正在善于保密的B的复印店打工，引起中国小伙儿H的注意。可L名花有主，于是提到待字闺中的J。这一网就捞了条小尾巴鱼。他俩虽住同一小镇，可先通了三天三夜的电话，昏天黑地订了终身，然后再见面约会。说来也巧，这位在美国长大的H用英文写诗，报考加大戴维斯分校是冲我来的，可还没等学生到老师已被解雇了。他边读书边打工铺地板，花钱如流水，欠了一屁股债，满脑子乌托邦梦想。有一回，我们一起去海边野营，他边喝啤酒边开车。他对我说，他要建一座城，把我和别的艺术家养起来……

一石激起千层浪。几年前，从北京来了个跟我们沾亲带故的女人，先住我们家，后搬出去自立门户。她耐不住这小镇的寂寞，于是开始勾引公社的男社员，一度几乎让主妇们人人自危。要说她人并不起眼，打哪儿来的魅力？后来才明白，她在公社分配浪漫梦想。用诸如温莎公爵的故事和巴黎温柔之夜的承诺，拉拢腐蚀革命干部。等大家猛醒把她扫地出门，才意识到，我们这儿缺的就是梦。

去年感恩节，公社社员从美国各地匆匆赶来，男女老少共二三十口子，只能打地铺。这回除了多年的革命传统外，还增加了新节目，由X为女社员拍艺术照。只见个个浓妆艳抹，风情万种。X忙乎了三个星期，用电脑修版配背景，那些玉照最终制成挂历，或买或送，为新的年景增色，一时传为佳话。

五

常有一些不速之客敲我们家的门。首先是上帝的黑衣使者，多半在周末，随门铃叮当一响现身。他们彬彬有礼，诚恳耐心。久了才知道他们来自不同门派，有天主教、福音新教、摩门教、基督见证人，还有些边缘化的神秘邪教。

他们不仅带来各种语言的宣传材料，而且有联合国才具备的众多翻译人才。有一天是刘伯伯开的门，他被黑衣使者说蒙了。我赶来解围，说他不懂英文，只会中文和俄文。那人伸出食指问，哪种语言更好？我顺口说俄文。本以为糊弄了事，没想到下个周末人家真带来个俄文流利的教友。我估摸，若说只懂斯瓦希里语（kiswahili），他们也准能从非洲派个黑人牧师飞过来。

一般来说，跟他们谈话无趣，让我想起"文革"期间的思想宣传队。其中大都温文尔雅，只是规劝我跟他们一起上天堂。也有极少数狰狞的，嘶嘶地用世界末日吓唬我，可哪儿知道我就是从世界末日那边来的。我这人心软，从不敢让他们进门，否则每个周末我非得跟他们跪下来一起祷告不可。而东方宗教就没有这样的侵略性——信不信由你。

再就是比世界末日更可怕的推销员。五花八门，卖什么的都有：从杂志到厨刀，从游艇到杀虫剂。他们说得天花乱坠，一不小心就得中圈套。有一回，我被一个模样和善的小伙儿说动了，花七十美元买了一本优待券（coupon book）。光是其中一张就把我乐坏了：终生免费洗车。

我第二天一早兴致勃勃开车到那家车铺，一头钻进机械旋涡中，但还没等烘干，指示灯就把我赶了出来。我冲进办公室，要讨个人间公道。只见那胖子在优待券上啪地盖了个"一次性使用，作废"的图章，说他们从来没给任何人永久洗车的特权。这下把我气疯了，发誓不揪出阶级敌人绝不罢休。我按优待券上的电话号码打来打去，最终发现全都是空号。

去年春天，我贪小便宜，放进个推销吸尘器的壮小伙子，他说可以免费给我洗地毯。我家地毯脏极了，何乐而不为？他让我取来我家的吸尘器，和他带来的吸尘器肩并肩。他拿出一袋细沙，扬手撒尽，再用手拍进地毯。我暗自叫苦。他先用我的吸尘器来往数遍，然后再用他的一带而过，奇迹般地，细沙都聚集到那玩意儿透明的肚子

辑三　他乡 ｜ 123

里。随后他像刽子手，把电线绕在我家吸尘器的把手上。他对我说，在西部牛仔时代，这样的笨蛋是该绞死的，还不趁早扔了。我虽羞愧万分，但想想这吸尘器是刚买的，真有点儿舍不得。

接下来他用他的吸尘器表演洗地毯。他边说边演示，前后折腾了两个多钟头，大汗淋漓，像刚从海里捞出来的水雷。我心悦诚服。当他开出价码来，吓了我一跳——两千四百五十美元，够买辆汽车的。在我犹豫之间，他痛心疾首，一减再减，似乎为了我的健康和幸福，他得瞒着老板，自己赔本赚吆喝。最后减到一千四。我真怕他因破产而跳楼，刚要开支票，我女儿冲过来，坚决反对。她说我要买，就一个礼拜都不跟我说话。这比什么都管用，我只好谢绝了。

那推销员像泄了气的皮球，闷坐在那儿喝可乐。我过意不去，跟他攀谈起来。他说到自己时为之一振。我俩角色开始调换，我不再是那个能承受昂贵消费品的有钱人了，而是他。他说，他从十四岁起就当推销员了。如今他开好车，穿名牌，吃香的喝辣的。再过几年他就是百万富翁了。我想起《推销员之死》，看来这出戏该改改了，得有个喜剧的结尾。

六

我家来了个房客。去年秋天，我要去威斯康星教书，只剩田田一个人在家，不放心，于是通过朋友介绍认识了P。初次见面印象还不坏。她四十出头，看起来挺文静，细皮嫩肉的。她在大学的生物实验室工作，每天跟细菌打交道。她丈夫另有新欢离弃了她，于是分家卖房。她临时转租了个小单元，居住条件差，空调不灵，每天晚上都一身大汗。我动了恻隐之心，让她马上搬过来，说好先不收她那个月房租。

待我教书回来，为感谢她对田田的照顾，我从巴黎给她带来手绘的丝绸围巾作礼物。她眉飞色舞，转眼和围巾一起飘然消失了。

她是踩着钟点生活的：下午五点半下班，晚九点半睡觉，早上七点半起床，差一刻九点骑车上班。我算了算，加上中午打盹儿，她每天睡十一个钟头，按她自己的说法是"昏吃闷睡"。周末她倒忙起来，把十岁的儿子接来住，围着他团团转。她儿子踢球，几乎每周末都有比赛，她场场必到，为儿子呐喊助威。

我们一起做晚饭。我掌勺她切菜、洗碗，配合默契。我说话，她会像回声般应和，就是拖得长了点儿。"这菜挺新鲜。"我说。"可真新鲜，你说它怎那么绿呀。"她说。"进来只苍蝇。"我说。"一只大苍蝇，它还会飞呢。"她说。"下雨了。"我说。"这雨下个没完，天上地下全都是水。"她说。

要说她可算好房客了：从没人来串门，她手脚麻利，爱干净。她轻如风，走路悄没悄地，魂儿一般出没，有时怪吓人的。她关起自己房门，毫无动静，好像下决心从此消失了。我琢磨她要么打坐，要么坐在我书桌前向外张望。

她虽住在书房，可没见她读过一本书。有时我跟田田看录像，她会探头探脑，可一见暴力镜头，她就大呼小叫，落荒而逃。她更怕我们家的两只猫。一天早上，田田看见 P 带领儿子像两个蜘蛛人紧贴墙壁，蹑手蹑脚侧行，屏住呼吸，满脸恐惧，原来是哈库四脚八叉躺在过道呼呼大睡。

她有一天兴致勃勃地喊道："北岛，你来看。"原来她从北京拍了一本艺术照。她灿若明星，令人刮目相看。她不停地说："你看看，这多像我，跟别人的艺术照就是不一样。"

我问起她的爱好。她自豪地说："我嘛，最喜欢古典音乐和芭蕾舞。"可她既无录音机也无随身听，对我那几百张古典音乐唱盘不闻

辑三 他乡

不问，来美国十好几年了，甚至连场音乐会都没去听过。"票太贵了，好几十，你说那玩意儿谁听得起呀？"她解释说，"赶明儿吧，我回北京去看芭蕾舞，那什么气派；再不，买唱盘回来好好享受享受……"

我发现有两个问题是碰不得的。一是嫁人。"美国人只知道sex，好可怕呦！"她眼镜片愤怒地闪亮。我说那就回国找吧。她跳起来，脸憋得通红，缩着肩膀，脖子往前伸，斗鸡般怒斥道："没门儿，那些人动机不良，利用我来美国，休想！"再就是房子。因地价攀升，我劝她早点儿买房子。她嘴角倒勾下来反驳我，好像我在跟房地产商串通起来给她下套。

若田田不在家，晚饭变得越来越安静，能听见厨房挂钟嘀嗒走动和那只总也打不死的苍蝇嗡嗡盘旋。我对她产生某种同情。她的世界又小又封闭：没有朋友，除了儿子就是住在北京的父母，外加那离弃她的丈夫。"不管怎么样，"她对我说，"我认为他永远都是我的丈夫。"

今年年初，P从北京探亲回来，因房租问题变得暴躁。她整个变了个人，头上顶雷脚下带火，动辄拍案而起，嗓门儿大，跳着脚跟我们嚷嚷。最后不欢而散，她搬走了。我回到我的书房，会见那些久违的中、英文书籍。我坐在书桌前，忽然想到P和她的寂寞。从这儿望去，绿树红瓦在闭合的百叶窗后隐隐闪烁。

七

C和夫人、女儿一起来我家做客。他夫人漂亮高雅，有四分之一中国血统，还有墨西哥和白人血统，是混血中成功的例子。C在波士顿的西风出版社（Zephyr Press）工作，出过我的散文集《蓝房子》英译本和《今天》的英文选集。其实这家出版社就他这么一位专职编辑。Zephyr是从希腊文来的，意思是西风。这西风从俄国诗歌刮向中国文学，于是C从编书进入我的生活。

午饭后，我们开车去萨克拉门托。老城沿萨克拉门托河散开，码头与火车站相连，当年忙于向外输送黄金和小麦。那昔日的繁荣，折射在西部电影中常见的老朽的木头房子和艳俗的旅游纪念品上，显得有点儿凄凉。

我们直奔老城边上的加州铁路博物馆。这是我的保留节目之一，但来的次数太多，以至于到了痛恨的地步。

19世纪的高科技无疑是火车，它彻底改变了人类地理和文化的概念，使东岸的美国人开始往西眺望了。那时从东岸到加州，乘船要五个月，乘马车日夜兼程也要好几个礼拜，且路不好，非颠得半死不可。

1854年，当朱达（Theodore Dehone Judah）收到信，请他去设计加州第一条客运铁路线时，他年仅二十七岁。他有个梦想，有一天成为贯通第一条州际铁路的工程师。同年5月，他和夫人安娜（Anna）长途跋涉抵达萨克拉门托，一到马上开始投入工作。第一段铁路从萨克拉门托向东，铺到内华达山脉（Sierra Nevada）脚下。而内华达山脉是铁路通向内地的主要屏障，下一步可就难了。

1859年，朱达前往华盛顿寻求支持。他和妻子在国会山布置了一间展览厅，展示各种图表草案和调查报告，向议员和官僚们解释太平洋铁路的重要性。但他的提案最终搁浅。一年后他无功而返，回到加州。

朱达进山勘测。当地居民都认为在山里修铁路根本不可能，只有他的好朋友，住在荷兰平台（Dutch Flat）小镇的药材商支持他。他们俩一起翻山越岭，实地考察。有一天，他们和风雪搏斗，从山上扛着设备回到荷兰平台，疲惫而兴奋，他们终于确定了铁路过山的路。

带着勘测报告，朱达开始到旧金山和萨克拉门托寻找投资，但他的游说往往被耻笑。甚至有人说，朱达发疯的巨大铁路计划将会消失在内华达山脉的云端。他一再碰壁，终于出现转机。在一次小规模的演讲会上，他以最快的回报及最小的风险，说服了在场的萨克拉门托的商人，六人同意组成加州中太平洋铁路公司，其中四位实力雄厚，被称为"四大亨"（Big Four），包括两年后当上加州州长的斯坦福（Leland Stanford），斯坦福大学就是他用铁路赚的钱建的。

1861年10月，朱达再次到华盛顿的国会山游说。《太平洋铁路法案》终于通过了，由林肯总统签字生效。贯通州际铁路的庆祝典礼在萨克拉门托河边的泥泞的岸边举行，很多市民都来参加，朱达也在其中。他准是在暗自微笑——在奋斗了七年后，他的梦想终于要实现了。

但在修建过程中，朱达看不惯资本家的贪婪做法，据理力争，最后他和他的支持者被公司辞退，他只拿到十万美元的股份。1863年10月，他和安娜乘船离开。四天后，中央太平洋铁路公司第一辆火车头"斯坦福州长号"卸在萨克拉门托的码头。经过巴拿马运河时，朱达染上黄热病，几周后死于纽约。当他下葬时，铁轨正沿他设计的路线深入内华达山脉。

进博物馆不远，有三个留辫子的华人泥塑在峭壁上运送一桶炸药，他们正准备炸开内华达坚硬的花岗岩，为火车开道。因劳动力短缺，当时主管建筑的老板打算用失业的中国矿工来填补，遭到他助手的反对，理由是他们没有开山凿石的经验。老板反问道："他们建造过长城，对吧？"事实证明华工吃苦耐劳，出勤率高，工资待遇低。那时他们的月薪只有三十到三十五美元，还不管吃住。华工曾一度占修筑铁路劳力的百分之八十以上，干的是最苦最危险的活儿。据统计,自1854年到1882年,有三十万华工在美国修铁路。在铁路带来的美国的繁荣后面,有多少辛酸的故事?如今只剩下一些数字,还有这三尊泥塑——无名无姓。

八

田田的笑那么清纯自然,会让人惊奇。不,我是说让我惊奇。

她十八岁了,生日正赶上周末。星期五晚上,她要请朋友来聚会,望我回避。当天中午,我请芥末帮忙做寿司,买来酒水鲜花气球。布置停当,老父告辞了,到一个美国朋友家过夜。我每半个钟头给她打电话,以确保无酗酒吸毒火灾之意外。当聚会顺利进行,有一刻田田躲进自己房间。"真无聊。"她在电话里叹了口气,对我说。

田田从我这儿继承的是流浪的命运。她三岁就随我们到英国住了一年,并去了欧洲八国。过海关时她总是昏睡不醒,对国界基本没概念。1989年后,她三次到欧洲来看我,跟我周游列国。1995年全家团聚,她从北京搬到美国。她那年十岁,英文一窍不通,在学校的喧嚣中沉默了一年半才开口,没想到初中毕业她竟拿到总统奖。紧接着家庭破裂,她随母亲回北京,上了两年国际学校,去年夏天再搬到美国,和我在一起。

去年夏末,我从机场接她回家,她坐在厨房炉灶旁吧嗒吧嗒地掉眼泪,想念北京和那儿的同学朋友。两天后她和朋友到伯克利过夜,喝得酩酊大醉。我正要去中西部教两个月的书,不禁忧心忡忡。每次打电话回家,她都安慰我:"我挺好的,你就放心吧。"待教书归来,果然云开雾散,她笑盈盈地围着我团团转。她已有不少新朋友,功课也跟上了。

她很久不弹钢琴了,这回从北京带来一首电影主题歌《星语心愿》

的琴谱，有空就反复练习，只弹这一首。乍听起来这是首挺欢快的曲子。她弹得遍数多了，我都能背下那旋律。

我乐观得太早了。我们聊天时，她对人生意义提出怀疑。我想起我们年轻时，外在压力大，反而缓解了内心焦虑。我给田田讲我们时代的故事，似乎离她的现实太远。在她看来，毛泽东得算古代人物了。有一天，她坐桌前望着窗外发呆。树影摇曳，午后的阳光闪烁。我摸摸她的额头，她凄然一笑，指指电脑上的一首英文诗。写的是季节转换与生死，红叶与青春血液，风与虚无。我问谁写的，她不好意思地点点头："我。"

我琢磨是田田的天性救了她。我正读星相学的书。说到田田，那位隐身的星相学家忍不住赞叹："世界上没有比O型双鱼座更好的人了。""双鱼座女性拥有流水般柔软且纯朴的性格……适应力好到令人吃惊的地步。"我信。

田田的朋友圈几乎清一色亚洲人。问她怎么回事，她说在北京的朋友倒有不少欧洲白人，但就是受不了美国人。这不是种族歧视吗？在她看来，除了在国外住过的，美国人脑袋总体出了毛病。美国病的主要症状是感情肤浅表面化，视野狭窄，极度自我中心。她说她自己就得过美国病，不自知，两年前回北京被朋友一通修理才治好。最近在学校讨论课上，大多数美国同学都支持打伊拉克。"美国就是要当超级大国！""为了石油流点儿血也是值得的。"田田真想大喝一声：要是把你们都送上战场就不会这么说了。

友情可替代家庭的温暖。田田的朋友遍天下，但在戴维斯，她的友情尺度不得不重新调整。L是个皮肤黝黑的日裔女孩子，她生活中的最大变化是从四十英里外的城市搬到这儿。她俩一起开车上学吃饭逛商店，形影不离，但几乎天天吵架，都是为些鸡毛蒜皮的小事。她至今还没有男朋友，理由是他们又丑又没意思。我跟她开玩笑说：

"你这辈子可别嫁不出去了。"

自田田出生到现在,我们分开的时间加起来有八年,今年秋天她就要上大学了。心中难免戚戚然。我开车送她上学给她做饭熨衣服。有朋友说:"女孩子就是要惯的。"此话有理,当然也不能过头。最近我开始教她烧菜,逼她学开车,把我写的东西念给她听。我们成了无话不谈的好朋友。

在美国报考大学可谓人生大关,其程序之复杂表格之繁琐,让人发疯,更何况对一个生活巨变中的孩子。我硬着头皮读那些城砖般的参考书,跟她一起彻夜填表,请懂行的美国朋友做参谋……我自幼不喜欢上学,跟高等教育更是绝缘,可传统正召唤我带女儿回到人间正道上来。

我刚摆好饭菜,田田突然跳到我跟前,用她的小哑嗓朝我高唱《星语心愿》:"……怪自己没有勇气 / 心痛得无法呼吸 / 找不到你留下的痕迹 / 眼睁睁地看着你 / 却无能为力 / 任你消失在世界的尽头 / 找不到坚强的理由 / 再也感觉不到你的温柔 / 告诉我星空在哪头 / 那里是否有尽头 / 就向流星许个心愿 / 让你知道我爱你。"

九

O马上要搬回上海了,临走前我下厨掌勺为他饯行,另请了几位朋友作陪。席间我打开瓶"五粮液",他滴酒不沾,今晚破例,让我斟上小半杯。他抿了一口,叹息人生短促,老之将至。说到此,在那风吹日晒的黝黑脸膛闪过一丝无奈的自嘲。

他原是上海造船厂的工程师。1996年搬到萨克拉门托,和表妹表妹夫合开了一家生物切片公司,但生意不好,他们只好各干各的,凑钱纳足美国的苛捐杂税,以营造公司正常运转的假象,为了合法居留,盼着有一天能拿到绿卡。表妹夫无一技之长,去餐馆打工;表妹学过中医,在一家中国人的诊所扎针灸;O则是能工巧匠,又身强力壮,从铺草地粉刷墙到修汽车跑单帮,从上房揭瓦刨地三尺到自动化发明精密仪器设计,他无所不能。

我们是通过朋友介绍认识的。在美国买房子置家产负债累累且不说,维护它比治国还难。单安装椅子就把我治了,那说明书看似简单,越琢磨越糊涂,颠来倒去,不是螺丝拧歪了,就是腿装反了……O成了我们家的上帝,几乎所有比安装椅子更复杂的活儿全都包了,只见他挥手之间,万物各就其位。

可每回结账都闹得面红耳赤:讨价还价是反向的——我坚持多付他非得少要。三年前,他买房子时有两个月无住处,我正好出门,请他和表妹来看家。此后收费就更难了,有时只好自己动手,对付对付算了。

他虽脑力劳动出身,却是那种毫不惜力的人:早出晚归,一年三百六十五天从不休息。九年来他只歇了三天,在朋友裹挟下去了趟迪士尼乐园。我估摸,那疯狂过山车让他对美国的印象更加眩晕。留在国内的妻子女儿都以为他在公司上班,衣冠楚楚,哪儿想到他整天日晒雨淋苦力地干活。他和家人分开了九年,这离愁别绪会平添多少白发。幸好这世上有电话且美国电话费便宜,他们彼此越洋呼叫,甚至连女儿做算术题都要由他指点。

女儿是我俩生活的共同主题之一:我跟我女儿分开了六年,他跟他女儿分开了九年。每回他笑谈起他女儿,我的心都会紧缩。他表面上是个乐观的人,总笑呵呵的,恐怕内心苦不堪言。他说他现在什么都信,无论何方神圣。

劳累之余,他纵身投入股票市场,把钱押在电子股上。在股市上扬的好年景,他日进斗金,每天出门干活前打开电脑,暗喜。谁知道其凶险深不可测，转眼间美国泡沫经济衰微，首先始于电子股，只见他买的股票直下跌。其中一家让他热血沸腾的公司，从六十多美元一股的高峰先跌了一半，喘了口气，再一路下滑到每股五十美分的谷底，最后索性倒闭，血本无归。那阵子他每回上网都两眼发黑，一身冷汗。有时一天损失五千美元，干活挣的那点儿钱连零头都够不上。碰到抠门压价的，他干脆说今天义务劳动，分文不取，让人家目瞪口呆摸不着头脑。后来他不敢轻易上网了，偶尔为之，要先服镇静剂，打坐运气祈祷，免得犯心脏病。

再就是美国移民局和律师的"合谋"。移民局明知道这类小公司的困境，却照收苛捐杂税。他为了办绿卡，不得不请号称成功率百分之百的名律师，但费用昂贵，每小时二百五十美元，连打电话咨询都掐着表。终于熬到和移民官员面谈那一天，律师坐商务舱住高级宾馆好吃好喝好招待，费用计算精确，连打喷嚏在内，那一趟总共花了近万美元。最后移民官员摇摇头，让他回家等信。这一等就是半年多，税照缴不误，律师费一分不少。最后律师出主意，让他再花五千美元向最高法院上诉，讨个公道。三个月后被驳回，他只好卷铺盖回家。

那天在一家日本餐馆吃午饭，我们相对无言，像两台旧蒸汽机对着叹气。美国是许愿的土地，但对多数受苦受难的人来说却不肯兑现。当马丁·路德·金说"我有一个梦想"时，他内心充满了绝望。O也有一个梦想，就是在美国合法留下来。我想所谓命运，都是一种对失败者结局的合法化解释，其中包含强权的意志。O是个真正的发明家。由他设计的家庭自动音乐喷泉很受欢迎，完全应申请专利；他边干活边通过电话指点在美国造船厂的上海老同事，帮他解决难题……关键是他没有合法身份，只能处于地下状态。他告诉我，这些年他在美国损失了五十万美元，那都是按钟点挣来的血汗钱，如今两手空空，无颜面对父老乡亲。

酒酣耳热，他说临走前会把我家草地的喷水系统修好，另外他有个聚宝瓶传给我，叮嘱我多扔些硬币进去会带来财运。临近启程的日子，我多次打电话，只有他怪声怪调的英文录音："这是某某生物切片公司，我暂时不在……"

那天我回家，一个聚宝瓶立在我家门口。

十

戴维斯的历史有很多疑点。比如，1850年，当J. C.戴维斯娶了J. B.奇利斯（Joseph Ballinger Chiles）上校的小女儿玛丽（Mary），有多大成分是政治与经济的联姻。从照片上看，玛丽可以说相当丑。来自俄亥俄（Ohio）州的戴维斯，仅十来年的工夫已成了本地首富之一。除了上万公顷的农场，他开了本县第一家奶酪厂，又和奇利斯上校等人经营过河的缆绳摆渡，仅此一项，他每个月所得近万美元。缆绳摆渡使他跨越了阶级界限，成了奇利斯上校的座上客，转而娶了比他小十二岁的玛丽。但不幸接踵而至。他们的独生女三岁早夭；连年的干旱和病虫害，加上内战后的高税收，逼他陆续把地卖掉，搬到萨克拉门托，晚年当了个小芝麻官，郁郁而终。

戴维斯有一种农民的纯朴和狡猾，这两者在某些关键时刻相得益彰。但可悲的是，他即使爬到他家后院那棵最高的树上，也无法看见地平线以外——干旱病虫害南北内战，还有老年的孤寂。

我在市中心溜达，琢磨一个人和一个城镇的关系。自J. C.戴维斯在这儿定居已有一百五十多年了。由于铁路，戴维斯从一个人成为村落；20世纪初，由于教育（加州大学伯克利分校的农场变成农学院），戴维斯从村落成为小镇；20世纪50年代至今，由于美国战后经济的繁荣，戴维斯从小镇成为城市。而戴维斯本人早就被遗忘，在人口急速而盲目的流动中，历史正被消解。

　　写到这儿，我上网打开邮箱，有一封来自阿姆斯特丹的姆伯基（Mbeki）先生的电子邮件，标明为商业机密。最近我交了财运。电子邮箱尽是非洲来信，有前总统的侄子，流亡将军的寡妇，被迫害的民主斗士的女儿。在悲惨故事的结局都有笔巨款，要通过我过户转到美国来，提成比例高达四分之一。晕眩之余，我也有些含糊。眼前这位发信人是津巴布韦黑人农民的长子。由于穆加贝（Robert Mugabe）总统推行的土改政策，很多富裕农民被杀害，他父亲也在其列。不知怎么回事，姆伯基先生现在跑到荷兰政治避难。他告诉我，死前父亲带他去约翰内斯堡，在一家私人保安公司存入毕生的血汗钱，折合为两百三十万美元，这笔钱将用来在瑞士购置农场。看来只要我点头配合，就能发笔横财。

　　这封信就这样进入我的写作——一个被谋杀的黑人农民试图取代我的J. C.戴维斯。而连接两者的是历史的虚构性：一个是美国西部开发时代的老掉牙的传说，一个是非洲动荡政局外加金钱诱惑的电子版演义。若戴维斯当年收到这封来自非洲同行的信的话，他肯定会上当受骗的。有意思的是，电脑这个虚拟空间让J. C.戴维斯和我，外加个身份不明的国际骗子聚首，而戴维斯的版图也因而扩展到非洲和欧洲，而政治避难国际资金流动正改变土地这传统话题。

　　我因分神而苦恼，也为某种共时性的幻觉而激动。可能的话，我想给戴维斯本人写信，问问他娶奇利斯上校的小女儿的动机。

十一

　　盖瑞·施耐德在我们小镇的索嘎斯（Soga's）餐馆门口等我们。他刚从日本开会回来，坐了十几个钟头的飞机，却毫无倦意。待坐定，女招待旋来转去，展示她那美好的身材。盖瑞先声明今晚由他请客，他在日本挣了一大笔日元。他知道，中国人会为争抢付账恨不得打起来。我说了声"好吧"。

当年在北京的旅馆房间头一次见到他和金斯堡，屈指一算快二十年了。记得他们行色匆匆，一个小时后要去机场。谈话是通过我的英译者杜博妮进行的。翻译是过滤，使对话变得像纯净水般单调乏味。他和艾伦有一种互补关系：艾伦好奇多动，像水银；盖瑞沉静自持，像水银容器。

没想到自1995年起，我竟和盖瑞成了同事——在同一所大学教书。我们可算得君子之交，打电话写信寄书致意，偶尔见见面。当我1997年夏天丢了饭碗，他拍案而起，联合其他英文系的教授上书给校长，未果。

他多次约我到他家做客，却一直未能如愿。首先是山高路远我没方向感不认地图；再就是我们俩都是世界旅行者，很难找到重合的时间；接着他夫人得重病，不便打扰。这七年前发出的邀请至今有效。

盖瑞从这次的日本之行讲到《论语》，说到他最近重读时的感受。他说他年轻时就迷上了《论语》，其影响甚至超过了佛教道教。"那是一部伟大的书。"他感叹说。他是在西雅图祖父的奶牛场长大的，每天除了挤奶，就是面对单调的风景线。他对东方宗教感兴趣完全是偶然事件。十二岁那年，由他亲自喂养的小母牛生病死了，他悲痛欲绝。去教堂问牧师，小母牛能不能上天堂？牧师摇头说，动物是不能上天堂的。他很生气，既然小母牛不能上天堂，他也不想去了。而听说佛教强调众生平等，于是他转向东方。他自幼喜欢爬山。当看到几幅中国古代山水画时，他大为震惊：中国人画的山水才是最真实的——大概是由于西雅图的山和中国的山相似。

他大学毕业后，到加州大学伯克利分校读人类学和日文。在那儿结识了艾伦。1956年春,他在"垮掉的一代"(Beat Generation)运动趋向高潮时急流勇退,告别了女友,东渡日本,在京都削发为僧,一待就是十二年。他本想去中国,但中国当时不开放,后听说日本仍有辩经的传统,这一点深深地吸引了他。杰克·凯鲁亚克(Jack Kerouac)以他为原型写了本小说《达摩流浪者》(*The Dharma Bums*)。

女招待出现了,问是否可以收走盘子。她面无表情,涂红的嘴唇像冰雕一般。若她读过《达摩流浪者》不知会有何感想。

说起那些穷欢乐的日子,他眯缝的眼睛亮了。去日本前不久,他和艾伦一路搭车从伯克利向北。到了西雅图,他们走进华盛顿大学英文系,向在场的教授说:"我们是诗人,想为你们免费朗诵。"幸好那教授听说过他。朗诵会来了三百多人,艾伦朗诵了他的《嚎叫》(*Howl*)。那时候除了年轻,他们什么都没有——身无分文。朗诵全都是免费的,好歹学校管饭,有热心人安排住处。第二年春天,他和艾伦又去印度朝圣。他从日本乘客船,艾伦从埃及搭汽艇,在庞培汇合后他们一起前往尼泊尔等地……

问他为什么不再当和尚。他神秘一笑,说:"我太喜欢女人了。"他在京都和一个日本女人结婚还俗,师傅为他取名"听风居士"。搬回美国,他们在内华达山上自己盖房子建禅堂,生活多年后离异。前妻和他的好友结为连理,就住附近,一直还有来往。他和一个美国女人的婚姻没维持多久。在禅堂打坐时他认识了卡萝尔(Carole)——在美国出生的日本女人,终成眷属。卡萝尔不仅信佛,且喜欢爬山,可谓志同道合。他俩经常打背包上山数日,餐风饮露,听八面来风。

问起他是否有出世入世的困惑。他摇头否认说:"这是中国文人的问题。"看来"远来的和尚好念经"这话是有道理的,他不会受限于经文与社会传统之间纠葛不清的互文关系。他是本地反砍伐林木运动的倡导者,经常开会演讲谈判,把那些私人木材商送上法庭;同时他也是国际环保组织的发言人之一。在他看来,环保是个全球性的问题。"全球化不仅破坏每个角落的生态平衡,也在消灭所有的区域性文化和弱势文化。"他警告说。他从日本给我带来礼物,是一块长方形的布,上面印满带鸟字部首的汉字。"千山鸟飞绝",我想其中很多鸟已绝种了,这是篇悼文。

女招待闪现出来,问要不要甜点。这回她极力推销,好像她是那冰冷世界派来的代表。我们选了块巧克力蛋糕一起分享。

说到中东危机,他认为:"只有时间可以溶解(dissolve)仇恨,只有通过一代代人的共存才能达到和解。而现任的美国政府是愚蠢到家了,他们只相信武力。"

最后说起他的青年时代——革命、性和毒品。我讲到自己抽大麻写诗的经验,当时觉得挺棒,醒后发现什么都不是。盖瑞笑着说:"大麻狡猾狡猾的。看来你是个好诗人,没上当;而大多数抽大麻写诗的人醒后照样自以为了不起。"

餐厅空了,只剩下我们和几个坐在旁边叽叽喳喳聊天的女招待。门外,灯光与夜交融。我说好这个星期天上山到他家做客,以践七年之约。

十二

我跟S是在汉娜(Hannah)家认识的,那是1996年夏。女诗人汉娜曾做过钢琴老师。由她召集的诗歌小组,平均一两个月在她家聚一次。后来不知打哪儿来的加速度,大家都越来越忙,很难凑上合适的时间,只好散伙了。

S是那种一见难忘的人。她眼神坚定,面部线条明确生动;她说话快,似乎为证明语言的局限。她的诗中混合着女人的温情和伤痛。

诗歌小组解散后，我和S的联系如虚线般断断续续，但却有所指向——我们在互相辨认中老去。她长我两岁，转眼已满头花白。去年春天我参加代表团去看望围困中的巴勒斯坦作家，随后她代表一个国际诗歌网站采访了我。我女儿报考大学遇到危机，绝望中我想到S，她做过私立学校的学生顾问。头一次她跟田田谈话，仅三言两语，就解除了孩子心理上的紧张状态。我和田田都被美国大学的表格吓坏了，在S的引导下，我们终于走出了迷宫。

那天下午我们说完田田的事，S讲到家世，让我想到她那些让人心疼的诗句。秋天阳光没有穿透力，停留在我家白纱窗帘上，随风飘荡。

她父母相遇在旧金山，婚后第二年S出生了。父亲刚从欧洲战场回来，因战争创伤开始酗酒。S出生后不久全家搬到夏威夷，和一些画家住在一起。自然风光与画的互相投射，加上家庭危机的阴影，构成了她早年幻觉的来源。"那儿甚至有个茶楼（Tea House）。"她突兀地说，显然那是她童年生活的高光点。她后来成了画家，无疑与这一经历有关。

他们搬到南加州。因经济犯罪，父亲带全家逃往俄克拉荷马（Oklahoma），那年S仅八岁。警察找上门来，押送父亲回加州服刑。保释出狱后，他在一家电台工作。母亲改嫁，弟弟跟父亲住在一起。父亲酒后越来越狂暴，追打虐待弟弟。当时刚上大学的S赶去，坚持要把弟弟带走。父亲威胁说，如果把弟弟带走，他就会死。S还是把弟弟带走了。一个月后，父亲因心脏病去世，年仅四十九岁。

说起父亲，S的脸被痛苦与骄傲的双重光芒照亮。"不喝酒时，他是个了不起的人，聪明能干。他没受多少教育，却创办了北加州第一个脱口秀。"她转而感叹道，"我们家有那么多灾难和噩梦。"她父母双方都有家族精神病史，那是个巨大的阴影。

也许是自强不息的个性拯救了她。由于家庭动荡,从小学到中学她转了十三次学。1965年高中毕业后,她先上社区学院,再转入大学,半工半读,直到1977年才大学毕业。又花了十年工夫,当她拿到英文与创作的硕士学位时,已四十岁了。她成了她的家族头一个受过高等教育的人。

经历了一次失败的婚姻后,S在一家书店打工时结识了楼下开餐馆的D,他们很快就结合了。他们家庭和睦美满,一儿一女,已长大成人。"可就在结婚两周后,我年轻的丈夫患心肌梗死,做了搭桥手术。"S补充道。

他们住在萨克拉门托市中心一个安静的地段。那是个美国普通人的住所,陈设简单舒适。让客厅生辉的是S的画和雕塑。她画的是那种稚拙画,多为人物肖像,由明亮的平涂色块构成。这或许是再现童年经验的努力——重返半个世纪前的夏威夷,让那个在茶楼观景看画的小姑娘沉湎于奇妙的幻觉中;或许是她内在的光明,使她最终能过滤苦难的重重阴影。

D人高马大,慈眉善目。我们喝加冰的苏格兰威士忌,佐以饭前开胃小菜。D是一家厨具公司的经理。他总是笑呵呵的,能看得出他对S的百般呵护和由衷欣赏。他说他是"艺术的守护人",这话是三十年前结婚时跟S说的。由于对艺术女神的爱,这三十年前的诺言至今有效。在他的支持下,S辞去了私立学校的工作,致力于写作画画,并照顾母亲。五年前她母亲中风,住进老人特护中心。S是我见过最孝顺的美国人,她每天早晚两次去医院陪母亲。

S为女为妻为母,养家写诗画画攻读硕士,其性格坚韧可想而知。我想是她从父母的悲剧中认知,必须保护自己的孩子不重蹈覆辙。那是历尽苦难的女人的心——宽厚坚强而无私。

"我有个秘密,不想带到坟墓里去。"她突然压低声音对我说,

"孩子不知道我的第一次婚姻。今年圣诞节他们回来度假，我打算告诉他们。"她显得有点紧张。我劝她说，孩子会理解的。

今年除夕，我请S夫妇及其他朋友在中餐馆吃饭。我悄悄问她是否透露了那个秘密。她眼睛一亮，徐徐舒了口气："他们真伟大，一点儿也没责怪我。"

十三

1826年秋天，在瑞士一个小镇举办一场静悄悄的婚礼。这婚礼是必要的，因为孩子第二天就要出生了。孩子他爹叫约翰·萨特（Johann August Sutter），儿子跟他同名同姓。老萨特那时只有二十三岁。他曾在出版社学过徒，热爱书籍、华服和各种娱乐。后来做干果、布匹生意，都失败了，因债台高筑而面临牢狱之灾。1834年5月13日，他越过边境进入法国，再乘船到美国，留下债务、老婆和五个孩子。

他在新大陆到处闯荡，寻找机会。伪造了个军衔，他转身成了"萨特上尉"。1839年6月他乘船抵达现在的旧金山，那时还只是个小村子。墨西哥总督会见他时，被其殖民梦说服了，把方圆几十英里未开发的土地许给他。同年8月中旬，他和手下人乘帆船沿萨克拉门托河逆流而上，在与美国河（American River）的交汇处落脚。接着他用土地为信贷，买下一家快要倒闭的俄国皮毛公司，连同牛马枪炮一起运到定居点。为防范持敌意的印第安人，他决定建造要塞，并用拉丁文命名他的王国为新瑞士（New Helvetia）。

我们一行三人来到萨特要塞（Sutter's Fort）。四年前德国的顾彬教授一家来做客，他的德文导游书把我们引到这儿。顾彬把解说词咀嚼一番，长叹了口气。顾彬叹气是常事，但那回特别。我琢磨，准是老萨特的非理性精神和虚荣心让他恼火。说来这要塞甚至比不上一个中国的地主宅院。土坯围墙约摸十五六英尺,其中包括面包炉、铁匠铺、木工房、酒窖、马棚。午后的阳光让人困倦。我们最后进入位于要塞中心的三层楼房,这里是制高点。

老萨特坐在他的办公室。他是个殖民时代的梦想家,其梦想是辽阔的疆土。在鼎盛时期,他占地近五万公顷,有牛马羊无数。他慷慨大方,为那些新移民免费提供食宿,派人上山营救困在风雪中长途跋涉的队伍。而瑞士的老婆和孩子却挣扎在贫困线上,没任何资助。他感到内疚,以长子的名义要求扩充地盘。战乱爆发了,他为墨西哥出钱卖命,从冒牌上尉摇身一变成了民兵将领,总督赏给他更多的土地。墨西哥战败。1855年,美国联邦土地局起诉他,没收了三分之二的土地。

1848年1月24日下午,老萨特午睡后正在写信,只见他派去建锯厂的马歇尔(James Marshall)匆匆赶来,神色怪异。他把一包金矿石放在桌上,说是在挖槽沟时发现的。老萨特叮嘱他千万保密。但这消息不胫而走,于是浩浩荡荡的淘金大军从四面八方涌来。

那黄金照亮的瞬间,成了老萨特一生的转折点。这种稀有矿石,本来能让他成为加州首富,最后却毁了他。转眼间,刚建立的帝国秩序土崩瓦解。他手下人纷纷辞职去淘金,外来者任意侵占他的土地;要塞成了输送矿工的中转站和各种交易的集市,人们顺手牵羊偷走他的财产。

同年9月小萨特抵达,目睹了席卷大地的"淘金热"。在被遗弃了十四年的儿子面前,老萨特感情复杂,让他羞愧的是其王国的衰败。他债台高筑,当年向俄国皮毛公司借的钱一拖再拖,对方要求以土地抵偿。他不得不把其财产转给小萨特。1849年年底,要塞以七千美元的低价卖掉。不久他妻子和另外四个孩子从瑞士来,全家团聚。

老萨特决定退休，和家人住在他的豪克农场（Hock Farm），直到1865年夏天他们的房子被大火吞噬。

由于淘金热，萨克拉门托河的码头附近日趋繁华。小萨特接手父亲的产业后不久，动了修建城市的念头。他出售土地，开始着手城市规划，大兴土木。他本想命名为萨特市（Sutter Ville），遭到另一地产商的反对后随即放弃。1848年年底，这未来的加州首府正式得名萨克拉门托市。

消息传来，退隐农场的老萨特气坏了，他朝思暮想的王国——萨特市，因为这个不争气的儿子而灰飞烟灭。他试图从中作梗，但为时已晚。为此他一直不肯原谅小萨特。

小萨特不断出售土地以还清债务。他和父亲一样毫无商业头脑，不知道梦想与现实的界限。他的律师和地产商合伙坑骗他。病困交加中，他离开萨克拉门托，在墨西哥一个港口城市定居。1855年，他回到加州，通过律师提交了一份完整的陈述，说明他和父亲是怎么上当受骗的。它六十年后得以发表，描述了"淘金热"中那些肮脏的交易，成为重要的历史文献。

老萨特去华盛顿告状，他想索回被剥夺的土地，并试图得到因当年帮助移民的某种补偿。这位殖民主义的冒险家，离开加州时不名一文。他和家人定居在华盛顿附近的小镇。这场官司旷日持久。1880年6月16日，国会休会，并未通过萨特法案。两天后，他死在国会山附近的小旅馆里。六个月后他的妻子病故，和他安葬在一起。

1915年夏天，小萨特的遗孀带女儿来到萨克拉门托。小萨特的女儿写道："我和母亲作为墨西哥革命的难民回到萨克拉门托，这实际上由我父亲创建并得益于他捐赠公园的城市，不仅没有对我们的某种认可，甚至可以说对我们关上大门。"

十四

去年春天，艾略特（Eliot Weinberger）从纽约来伯克利开会，我们一起去旧金山看望他的老朋友G。他住在离金门公园（Golden Gate Park）不远的住宅区，相当僻静。G长我一两岁，小个儿，蓄着胡子，说话快，多少有点儿神经质。他夫人D是尼加拉瓜诗人，雍容大方，有一种难捉摸的美。那是两室一厅的单元，陈设简单，有一种匆忙的痕迹。原来他们刚搬家，书还没来得及拆包。聊了一会儿，我们去附近一家上海馆子吃午饭。G送给我他刚出版的诗集，以及他翻译的D的诗集。

一个多月后，我接到G的电话，他们夫妇要来戴维斯朗诵，约好一起吃晚饭。我们在"芥末籽"（Mustard Seed）意大利饭馆见面。由大学请客，连主宾带学生外加我们跟着蹭饭的，满满一长桌。一个尼加拉瓜女学生坐我身边，对D充满景仰，说是她心目中的女英雄。席散兴未尽，我请他们夫妇到我家再喝一杯。觥筹交错中，只见他俩眉目传情，心有灵犀，要说岁数可不小了，竟有年轻人一般的恋情。那一晚，从美国底层生活到诗歌，从越战到拉丁美洲的革命，词语跳跃闪烁，在昏暗中拉开一幅历史的长卷。

G出生在匹兹堡一个工人家庭。爷爷是钢铁工人，因工伤失去了两条腿，却未得到赔偿。父亲是运送冰块的卡车司机，自幼他就常跟着父亲干活。他是个梦想家，常去博物馆、图书馆闲逛。有一天，他从图书馆书架上抽出一本绿色封皮的书，装帧精美，让他叹为观止。这是19世纪版的惠特曼的《草叶集》。就这样，一个大诗人和一个穷孩子相遇，前者把后者照亮。就在那一瞬间，他决定以后做个诗人。

由于跟父亲关系不好，他十二岁离开家。头两年还时不时回家看望母亲，以后就慢慢断了联系。他露宿街头，靠干各种苦活为生，但一直坚持上学。他常常泡在图书馆。在惠特曼的指引下，他开始写诗。十八岁那年他决定去当兵，这是继续受教育改变命运的唯一出路。

作为医务护理员，G先在利比亚的美军基地待了一年半。1969年3月，他被转到越南的野战医院。刚一到他就对那场血腥的战争充满厌恶，在每天的死亡面前，国家的谎言是多么苍白无力。这厌恶很快转变成行动：从秘密张贴反战标语开始，到拒绝每天早上的出操。1970年年初，他被送上军事法庭。

"自1898年美国出兵跨过自己国界，这战争从来就没停止过，从媒体到政治家谋略，模式相似，但规模越来越大，越来越残酷。"G感叹道。

他在军事法庭上赢了。退伍后，他回美国上大学，最终拿到文学硕士，他搬到旧金山。他热爱东方文化，从中国古诗词到日本俳句，又从日本俳句转向武术。1978年，他去日本京都拜师习武一年，靠教英文为生。后来日本一家基金会请他去做访问学者，又是一年。

除了写诗教书办文学刊物，他还从事一项庞大的计划，即把诗歌贴在全美十六个城市的十四万辆公共汽车上。我就参与过这种集体阅读活动。由于车厢拥挤一旦你被卡在某个角度，那非读不可。

六年前，G在一个诗歌活动上遇见D，坠入情网，使两个传奇故事连在一起。

D出生在马那瓜的一个文化世家，其家族成员几乎个个对尼加拉瓜的政治文化都有影响。她是在天主教学校那保守刻板的气氛中长大的，十七岁刚上大学她就卷入政治旋涡。在反对索摩查独裁统治的革命期间，作为民族解放阵线的战士，她一直从事地下斗争，最后成为流亡的桑地诺电台的播音员。革命胜利后，她进入尼加拉瓜新政府，做了文化部副部长。"我们内阁成员几乎都是二三十岁的年轻人,出国访问,让人目瞪口呆。"她骄傲地对我说。

她在任期间,和当时的文化部长著名诗人卡德纳尔(Ernesto Cardenal)密切合作。她主要负责的是拯救尼加拉瓜艺术,开展全国性扫盲运动。他们组织各种诗歌工作坊,甚至连拳击手都在学写诗。这一传统持续至今。

他们告辞了,平行的车灯在黑暗中摸索。此后都忙,除了寄书写信发电子邮件,一直无缘见面,直到前不久,我们在爱尔兰的诗歌节上重逢。我朗诵时,由G介绍我并读我的诗的英文翻译。我们一起泡酒吧,在喧嚣中干杯。

我路上正好带着D的英译本诗集《凶猛的泡沫》(*The Violent Foam*),这书是他俩合译的。G在序言中这样写道:"D和我在本书互相转换,几乎可以说融化在一起,以至于她的童年成了我的童年,她的家庭成了我的家庭,反之亦然,在我们相遇之前,我们已有交融艺术理想的特殊经验。当我们相遇,诗歌成为我们双方生命的基础与动力……"

十五

去年春天,我在加州大学伯克利分校教了一个学期的课,用中文教中国当代诗歌。三十来个学生多是华人子女,仅四五个美国人,都是学中文的研究生。据说伯克利分校亚裔已超过一半,而华人又占亚裔中的大多数。我这些年一直在英文的旋涡中挣扎;这回改用母语教书,踏实多了,像在浴缸泡澡。

我每周开车去伯克利两趟,课集中在周二、周四。去时顺,回来因高峰时间堵车,倦意袭来,我掐大腿拧耳朵都无济于事,只好高唱革命歌曲。

伯克利校园西门总是热闹非凡。一路排开各种摊位，从环保宣传到反战呼吁，从学生会竞选到同性恋团体摇旗呐喊。大门外临街处，每天都有个瘦小枯干的中国人，像个北京20世纪70年代的上访者。他站在凳子上，搂着个糊满莫名其妙的中文字的木头支架，声嘶力竭地用英文重复叫喊："Happy O Happy!"细听下去，让他如此幸福的是，中国加入联合国主办奥运会，故伯克利理应多用中文授课。常有个美国流浪汉跟着凑热闹，指鼻子破口大骂。但"上访者"不还口，继续为幸福呼喊。要说这类怪人多了，都集中在那一带，以上岁数的白人为主，或演讲或唱歌或自说自话。在我们办公楼前的草坪上，几乎每天有两个老头，用类似智力游戏的圈套把旁观者卷进去，乐此不疲。我估摸，这是60年代造反的后果，那些在新时代找不着北的人无所适从，最后疯了。

美国政治主流总体来说是温和保守的，但也另有一种激进的传统，60年代伯克利的学生运动即证明。60年代是美国历史的重要转折。美国随着战后国家秩序的重建而进一步体制化，使年轻人在物化世界的压力下寻找内心资源。而大学生的成分也发生了变化。50年代末，来自中产阶级家庭的孩子取代了免费上学的"二战"老兵，他们有更多的精力与时间从事课外活动，关注社会与政治，内心骚动开始向外寻找出路。矛头最先指向的是工作歧视，示威者冲击旧金山的大百货公司，和警方发生冲突。一场波及全美国的人权运动开始了。

1964年秋，不顾校方严禁政治结社的规定，一个名叫"言论自由运动"（SFM）的组织在伯克利分校成立了。10月1日，一个原伯克利学生杰克·温伯格（Jack Weinberg），拒绝从学校行政大楼前的一张桌子上离开，被校警逮捕。于是上百名学生包围了警车，双方僵持到第二天晚上，温伯格被困在警车里长达三十二个小时。最后校方和SFM

的谈判代表达成了协议，主修哲学的学生马里奥·萨维欧（Mario Savio）作为SFM的发言人，站在警车顶上让示威者"平静地站起来，有尊严地回家"。

不久，由于校方勒令SFM的领袖停课而导致新的冲突。12月2日，在SFM的号召下，上千名学生涌进行政大楼静坐。第二天下午加州州长命令清场，六百名警察把学生一一抬出来。接着SFM号召罢课。12月7日，校长在全校和解大会的讲话后，学生领袖萨维欧冲向讲台要求发言时被校警拦住并架走。第二天，校方放弃了严禁集会结社的禁令，SFM赢了这一仗。

造反运动开始从校园转向社会。作为电视时代的第一代人，他们懂得如何用这种媒体。比如他们的集会通过电视台的晚间新闻深入人心，而杰克·温伯格的那句名言"绝不信任三十岁以上的人"（Never trust anyone over thirty），也是通过电视广播而家喻户晓的。

1965年，约翰逊（Lyndon Johnson）总统决定出兵越南。反战把伯克利的学生运动推向高潮。示威者涌向奥克兰（Oakland）军事基地，要给那些即将上前线的官兵上课。与此同时，黑人运动从南方农村向全国大城市蔓延。1966年，"黑豹党"（Black Panther Party）在伯克利附近成立，提出暴力革命的主张。

与政治对抗相伴随的是文化及生活方式的反叛。有些年轻人提出用"性、大麻和摇滚乐"代替革命，由此形成的"嬉皮士运动"一直持续到70年代。这无疑与诗歌的影响有关。自50年代起，旧金山就成了"垮掉的一代"的大本营，包括金斯堡、施耐德、邓肯和凯鲁亚克等人。金斯堡和施耐德还是在伯克利相识的，那时盖瑞·施耐德是伯克利东亚系日本文学研究生。

由学生积极分子、露宿街头的嬉皮士和黑豹党成员共享的领地中，最著名的是人民公园（People's Park）。这块属于加州大学的空地，临时用作停车场。1969年春，一份当地最有影响的学生报纸，号召把它建成西方世界的文化政治的另类中心。5月15日凌晨，人民公园四周被拦了起来。响应学生领袖号召，大家出发去占领公园。冲突中，一个围观者被警察开枪打死，上百人受伤。当时的州长里根宣布在伯克利戒严。5月30日，大约两万五千人参加了盛大的和平集会。那更像狂欢节，大家唱歌跳舞抽大麻，把鲜花插在士兵的枪口上。我在一部纪录片中，看见蓄着大胡子的金斯堡在那游行队伍中。

那年夏天，一些理想主义者创建了一系列免费服务项目，造福于社区。其中最重要的是免费诊所（Free Clinic），一直持续至今。人民公园一案多年悬而未决，如今成了流浪汉的栖息之地。

进入70年代，造反运动开始退潮。大多数学生积极分子毕业后成家立业，重新加入美国中产阶级行列。"性、大麻和摇滚乐"所代表的是一种在资产阶级内部的波希米亚式的反抗，对整个西方世界的影响是深远的，其后的西方主流文化都不得不做出相应的调整，包括多元文化等。以至于今天新一代的资产阶级形象，都带有60年代经历的痕迹，融合了波希米亚人生活的风格与品位。这种只有60年代形式而缺乏60年代精神的整合，骨子里是相当保守的。当钟摆朝激进一方摆动时，它将会成为未来反叛的目标。

十六

早九点我和D开车出发，沿八十号州际公路转四十九号公路，过尤巴河（Yuba River）穿内华达城，在山里绕来绕去再上土路。按他事先传来的手绘地图和指示，还是迷了路。里程表显示为一百零五英里，即使刨去弯路，也超出了本来原定的范围。但盖瑞·施耐德是例外，他生活在常人的想象以外。

盖瑞身穿牛仔裤棉坎肩，正在扫地。他夫人出远门看女儿去了。这是栋木结构的日本式房子，周围是附属性建筑，诸如劈柴棚、工具间、洗衣房和厕所。近有池塘，远有谷仓改建的书房。他说他有一百顷林地。"那么谁来照管呢？"我不禁问。"自然本身，"他说，再用中文重复，"自——然——"

他把我们让进屋，以茶待客。老式火炉烧着木柴，噼啪作响。室内高大宽敞，房顶呈圆形，是用红松圆木搭建而成的，光从天窗漏进来。D是建筑商，对其结构叹为观止。这房子是1970年夏天他和几个朋友亲手建的，当时他们住帐篷生篝火做饭。五年前这房子翻修扩建，加出两间卧室和现代化浴室厕所。盖瑞领我们参观。卡萝尔患癌症多年，她的书桌上悬挂着各种颜色的纸鹤，共一千只，是她的亲戚送来的，祝愿她早日康复。几幅唐卡十分醒目，主卧室挂的是药师王。他对唐卡中的每个人物及细节都了如指掌。

出门，细雨润无声。一种石兰科灌木含苞欲放，是春天最早的信号。穿过树林，我们来到一栋日本式的禅堂。脱鞋入内，宽敞明亮，可容百余人打坐。多是本地人，也有远道来的。这禅堂二十年前由大家义务劳动建成。

盖瑞走到香案前，燃香，双手合十，盘坐，击磬摇铃敲龟壳，念念有词。他用日文背诵《摩诃般若波罗蜜多心经》。完毕起身，再用英文解释：

色即是空空即是色受想行识亦复如是……

form is exactly emptiness

emptiness exactly form

sensation, thought, impulse, cosciousness are also like this …

我们来到由谷仓改建的书房,摆满书架。他的书桌井然有序,中间是笔记本电脑。盖瑞有五本书的计划,把我吓了一跳。他说每本书几乎都是靠长期不间断地写笔记完成的,前两年出版的长诗《无尽的山河》(Moutains and Rivers Without End)先后花了四十年工夫。我们参观了金斯堡当年盖的房子。和盖瑞的相比,简直像个小土地庙。20世纪80年代初,这小庙刚盖好后艾伦还常来小住。后来他从师于一位喇嘛,每年夏天改去科罗拉多州博尔德(Boulder)修行,于是连房子带地转卖给盖瑞。现在由他儿子住。D问起他为什么当年会选中这块地方。1966年春,他、金斯堡和另一朋友开车上山,到这里转了一个钟头,当场决定由他们三个人共同买下这块地,每公顷仅二百五十美元。

回到家中他准备午饭。我们围坐在火炉旁,吃火腿三明治外加朝鲜辣白菜,喝我带来的德国啤酒。说到即将来临的战争,他那饱经风霜的脸蒙上层阴影。他写了反战的诗,参加了东京的反战游行。但显得多少有些无奈,这毕竟不是60年代了。我提到我女儿对美国病的诊断,他完全赞同。

谈到美国诗歌,他认为有两个传统,即理性的幻想(rational fancy)和诗意的想象(poetical imagination)。前者倾向于智力游戏,较抽象,使用文雅的书面语,从T. S.艾略特到纽约诗派;后者往往处于边缘,时不时卷入政治,挑战正统与权威,使用活生生的口语,从布莱克(William Blake)、庞德(Ezra Pound)到邓肯,也包括"垮掉的一代"。说到时髦的语言派(Language School),盖瑞认为他们先写理论再写诗,其理论比诗有意思。

他刚退休不久,我问起他的教书经验。他告诉我说,即使他在学院里教书,仍是旁观者,英文系至少有一半以上的教授不理他,他倒也无所谓。他上创作课先告诉学生,别把写作当成职业,那最多只是张打猎许可证而已。

盖瑞说到东岸人和西岸人的区别，首先是地理位置。由于离欧洲近，东岸知识分子和艺术家受欧洲特别是英国的影响大，尤其在新英格兰，以中产阶级的白人为主，教育程度高，注重书本。而西岸和墨西哥接壤，与亚洲隔岸相望，受西班牙和东方的影响大。移民多，再加上印第安人，带来文化风俗上的多样化。再就是由于空间广大地势起伏，耕种、采矿、伐木等各样的体力活，使西岸人更注重和土地的关系。

他走到一张大幅的加州地形图前，从腰间抽出把折叠刀，用刀尖引导我们从地处平原的戴维斯出发，最终深入到他那隐藏在大地褶皱中的家。内华达山脉像人脑的沟回般展开。那刀尖又往重重高峰上移动。他和卡萝尔经常打背包爬山，到人烟绝迹的地方去。

临走，他送给我和D各一本他的选集。他先认真试笔再签名，字体苍劲有力。他说当年做守林员独自在瞭望台时，自己研墨，苦练中国书法。翻开这本厚厚的选集，扉页的英文题记来自《论语》："子曰：学而时习之，不亦说乎？有朋自远方来，不亦乐乎？"

午夜之门

关于死亡的知识是钥匙,用它才能打开午夜之门。

——题记

3月24日下午三点三十分,法航1992次班机在特拉维夫国际机场的停机坪停稳。我们搭乘交通车到边检入口处,排队的黑压压一片。无望中冒出个以色列外交部的官员,把我们的护照敛齐,消失又出现,我们鱼贯而行,尾随他从特别出口溜出来。我刚松了口气,就被个精干的小伙子拦住,显然是便衣警察。他说出于安全原因,我必须如实回答问题。此行的目的?我含糊了一下,说我是国际作家议会代表团成员。他把代表团(delegation)听成审问(interrogation)。什么?国际作家审问?他耳朵警惕地支起来。不,不是审问,我连忙摆手,叫来我们的秘书长萨尔蒙。可他只会法文,三个人越说越糊涂,闹不清到底是谁审问谁。幸好来接我们的法国驻以色列总领事馆的代表及时出现,总算解了围。便衣警察用两个指头碰碰太阳穴,送苏珊回旅馆,布拉格的街灯让我们迷了路。用法文说了声"再见"。

国际作家议会代表团八名成员,来自四大洲八个国家,包括国际作家议会主席美国小说家罗素·班克斯(Russell Banks)、南非诗人布莱顿·布莱顿巴赫(Breyten Breytenbach)、意大利小说家文森佐·康索罗(Vincenzo Consolo)、西班牙小说家胡安·高伊蒂索罗(Juan Goytisolo)、国际作家议会秘书长克里斯蒂安·萨尔蒙(Christian Salmon)、葡萄牙小说家何塞·萨拉马戈(Jos Saramago)和尼日利亚诗人剧作家沃里·索因卡（Wole Soyinka），还有我。昨天下午六时，我们在巴黎书展大厅的法兰西广播电台专柜举行新闻发布会，公布了"巴勒斯坦和平呼吁书"，来自三十多个国家的五百多个作家，包括好几个以色列作家在上面签了名。

我们一行外加十来个随行记者，登上机场门外法国总领事馆的专车，于四点四十分出发。公路向腹地延伸，景色越来越荒凉。这基本是块不毛之地，砂石堆积成丘成山成阴郁之海，灌木野草杂陈，让人想起戈壁滩。

1990年春，我和多多参加耶路撒冷国际诗歌节。其间被大轿车拉来拉去，那时从语言到时空全转向。只记得多多下死海游泳，爬出来后悔莫及——下死海可不是闹着玩的。以色列是个准军事化的国家，到处是这样的景象：小伙子一手握枪，一手搂女朋友，满不在乎地逛街。和以色列作家谈起中东危机，他们既对右翼政客不满，但又无能为力。说到未来，几乎个个目光游移，满脸沮丧。我们去过以色列和叙利亚边境，那儿的屯垦区让我想起六七十年代中苏边境上的建设兵团。

一晃十二年，整一轮了。这回我要到边境另一边去。

进入90年代，和平本来是有指望的。1993年9月13日，拉宾和阿拉法特第一次握手，签署了自治协议。1995年9月28日，他们又签署了第二个自治协议，紧接着以色列从西岸撤军。同年两人共获诺贝尔和平奖。阿拉法特结束了二十七年的流亡生涯，回到自己的故土。而1995年11月4日，拉宾被极右翼学生刺杀，为和平进程蒙上阴影。历史往往被偶然事件所左右。若刺客未能得手，时间箭头或许会指往另一个方向。也正是这偶然之手从芸芸众生中拎出布什和沙龙，让他们粉墨登场，给世界带来多少变量。21世纪正是在这样的变量中开始的。

白日孤悬，紧贴着我们脑后，像无声的枪口。一只鹰翻飞，似乎想在大地上打开自己折叠的影子。哨卡出现了，大兵端着枪，检查车牌和通行证，附近的碉堡的沙袋上架着机枪。反方向的道路堵满车辆。向导告诉我，这条公路根本不许巴勒斯坦人的车辆通行。而这边的道路之所以畅通，说来很简单，我们的目的地是拉马拉（Ramallah），即阿拉法特在其中坐镇的围城。

天色渐渐暗下来，风景变了。先是一个紧挨着阴森森的兵营的哨卡，旁边停着坦克，前方是炮楼，射击孔像空洞的眼窝。车门吱地打开，总领事馆的代表拿着以色列国防部的特别许可证，跟大兵交涉。摄影师扛着摄像机跟过去，聚光灯刺眼。只见那个大兵又叫来他的上司，估计是个排级干部。他用步话机向上级请示。他先索去我们的护照，又上车——查对。他很年轻，眼睛既疲倦又冷漠，面部无表情也是一种表情，好像在说：你们这帮家伙吃饱了撑的，来这儿找死？他又用步话机联络，等了好一阵，总算挥挥手放行。车没开多远，又是一个哨卡，这回耽搁的时间较短。继续向前，一个穿蓝色迷彩服的巴勒斯坦警察出现，他一招手，停在路边的警车启动，闪着蓝色顶灯在前面开道。我们终于进入拉马拉。

拉马拉在阿拉伯语的意思是"神的高地"。其实它没多高，海拔不到九百米，坐落在耶路撒冷以北十六公里处，比那儿高出六十米，居高临下。它周围是山，泉源充足，是约旦河西岸的避暑胜地。拉马拉是拉马拉和比拉两城市的合称。拉马拉建于12世纪十字军占领时期，而比拉城的历史可追溯到公元前三千五百年前的迦南时代。《圣经》中曾七十六次提到比拉城，传说圣母玛利亚曾多次在此停留。拉马拉以前的居民主要是天主教徒，1984年战争后，巴勒斯坦难民大量涌入并定居。1950年拉马拉归属约旦，而1967年"六日战争"落入以色列手中，1988年约旦把主权归还给西岸的巴勒斯坦人，但实际上仍由以色列统治。直到1996年以色列撤军，拉马拉成为巴勒斯坦在西岸的首府。

夜色中的拉马拉像座死城。街上无人，车少，建筑物大都黑灯瞎火。差一刻七点到达花园大酒店(Grand Park Hotel)。主人在旅馆门口迎候。领头的是达维什(Mahmoud Darwish)，巴勒斯坦当代最优秀的诗人。我们是应他的邀请而来的。在记者问及我们巴勒斯坦之行的目的时，索因卡答得好："这很简单，我是应被围困的同事巴勒斯坦作家达维什之邀。大家两度盼他去领取美国大学的一个重要奖金，并和其他作家交流。这相聚因'9·11'事件推迟，然后被取消了。依我看，他失去这次翻越边境的机会是大遗憾。由于达维什不能来，我们应该去找他，就这么简单。"

花园大酒店相当豪华，大理石光可鉴人，侍者彬彬有礼，在围城拉马拉多少带有某种超现实意味。达维什围了块白丝巾。他是那种很难判断年龄的人。我想苦难多半加速衰老，但有时也会抹去岁月的痕迹。他有个乐观的鼻子，看起来总是笑眯眯的。他生于1941年。七岁那年，他们村受到犹太复国主义者的袭击。达维什逃到了黎巴嫩时和家人失散，一年后他回到故乡，那儿已被夷为平地，以色列人建起他们的定居点。他在小学开始写诗，由于"政审"不合格，不能上中学。他蹲过班房，并多次被软禁在家中。

稍事休息，我们一起步行去参加巴勒斯坦文化部的晚宴。出门略有凉意，明月升起来，满地清辉。远处是灯火通明的耶路撒冷。这三大宗教的圣城，历史上招来多少灾难，且都是以神的名义。说来宗教作为一种想象活动，恐怕源于对死亡和未知世界的恐惧。与诗歌不同，那是源于集体的想象，势必与权力发生关系，从而被权威化、制度化甚至军事化，一旦和另一种集体想象遭遇，非闹得兵戎相见，血流成河不可。在中国历史上几乎从不为宗教打仗，大概因佛教、道教重个人体验,"道不同不相为谋",不行干脆就"立地成佛"。再说,想象需要空间,这空间在中东特别是在圣城极有限。而想象的传播和反馈往往导致更复杂的局面。比如八次十字军东征中的头一次,如闹剧。那想象首先和企图统一天主教和东正教的罗马教皇的野心挂钩,又把一个法国修道院打瞌睡的隐士唤醒。他煽风于地下,点火于基层,在莱茵河畔纠集起八万贫农,向东进发。那盲目的仇恨和升天的承诺是动力,可他们连圣城在哪儿都闹不清,又没补给,沿途打家劫舍,最后惨败于突厥人手下,幸存者不到三千……

晚宴是自助式的。巴勒斯坦人流亡多年,其饭菜显然带有兼容性,丰富、味重且细腻。让我吃惊的是,上好的葡萄酒竟是本地产的。我端着酒杯,在落地窗前看拉马拉夜景。一位优雅的中年妇女走过来,她叫塔妮娅(Tania)。她说她是女高音,是业余的;我说我是诗人,也是业余的。她笑了。她讲到她母亲,讲到围困中的日常生活。她指指山上那带围墙的建筑物,告诉我那就是以色列的定居点,它不断扩张,常无缘无故向这边开枪,打死了不少孩子。就在一个礼拜前,这儿满街都是坦克。达维什插话说,在拉马拉总共有一百四十辆坦克。塔妮娅在坦克的轰鸣中练声。不知为什么,这个意象一直纠缠着我。

早上醒来,不知身在何处。一缕阳光从窗帘后溜进来。记得我去旧金山以色列领事馆办签证时,一个犹太小伙儿在门口盘查我。我说我去巴勒斯坦。他说没有巴勒斯坦,那口气平静自然不容置疑。一看他就是那种受过良好教育心地善良的人,而他根本意识不到这种否认的悲剧性。

吃早饭时遇见西班牙的胡安和意大利的文森佐,还有一位巴勒斯坦教授。胡安问我要不要跟他们到市中心转转。胡安住在摩洛哥,会讲一点儿阿拉伯语。他写的是那种实验性小说,同时热衷于社会活动,是那种典型的"公共知识分子"(public intellectual)。这在欧洲相当普遍的角色在美国几乎绝了种。胡安常去世界各地旅行,在西班牙的大报上发表抨击时弊的文章,影响舆论趋向。他以前带电视摄制组来过巴勒斯坦,这教授就是他当年的向导。

我们坐出租车来到拉马拉市中心。这儿跟新疆或南非的某个偏远小镇没什么区别,贫困但朝气蓬勃。路口竖着可口可乐和摩托罗拉的广告牌。露天集市摆满新鲜的蔬菜瓜果,小贩在吆喝。教授满街打招呼,他捏捏瓜果,尝尝药材,问价搭话谈天气。胡安在报亭买了份英文的《国际先驱论坛报》。这儿居然摆满各种美国的流行杂志,诸如《生活》《时装》《阁楼》《十七岁》。我纳闷,到底谁是这类杂志的买主?

教授指给我们看那些被以色列炮火毁坏的商店住宅,大部分已经修复,但斑驳可辨。墙上到处张贴一组组肖像照片,像我们当年的劳动模范光荣榜。在众多小伙子中有个秀美的姑娘。一问,原来这就是那些引爆自己的"烈士"。教授告诉我,那姑娘一个多月前死的,仅二十八岁,是第一个"女烈士"。

我们步行到文化中心。这中心是以巴勒斯坦诗人、教育家、社会活动家萨卡基尼(Khalil Sakakini)命名的。他的一生充满了传奇色彩,在一次大战期间还因庇护波兰犹太人而坐牢。这是个典型的巴勒斯坦传统建筑,建于1927年,是以前拉马拉市长的住宅。穿过精心规划的花园,进拱形门廊。一层正举办画展,二楼是办公室,包括达维什主编的文学刊物的编辑部。楼梯把我们引向三楼的会议厅。

巴勒斯坦作家和我们相对而坐。由巴勒斯坦驻法国的总代表雷拉(Leila)介绍代表团成员。她是个乐观的胖女人,喜欢开玩笑。介绍意大利小说家文森佐·康索罗(Vencenzo Consolo)时,念他的名字重音先在前,那意思是电视支架或仪表盘,相当物质化;她又把重音往后移，意思就变了——安慰，那倒是精神性的。对，安慰先生。

首先由达维什讲话，他先提到"这个血腥的春天"（this bloody spring）。他说，你们勇敢的来访就是一种突围。你们让我们感到不再孤立。"我们意识到有太长历史和太多先知，我们懂得多元环抱的空间而不是牢房，没有人可以独霸土地或神或记忆。我们也知道历史既不公平也不优雅。而我们的任务是，作为人，我们既是人类历史的牺牲又是它的创造。"最后他说，"而我们患的不治之症是：希望……希望将让这儿恢复其原意：爱与和平的土地。感谢你们和我们一起背负这希望的包袱。"

希望的确是个包袱。三天后，以色列军队再次占领拉马拉和西岸大部分地区。这个文化中心也未能幸免，美术作品和办公设备全部被捣毁，连计算机的硬盘也被拆走。接着是在巴勒斯坦传媒中心举行的新闻发布会。萨尔马戈成为焦点。从巴黎出发前他就一语惊人，把以色列当局和纳粹相比，使用了奥斯威辛（Auschwitz）和"大屠杀"（Holocaust）这样的词。代表团的多数成员感到不安，生怕其激烈言论会影响此行的目的。我倒觉得萨尔马戈没有什么不对。我们又不是政客，用不着那些外交辞令。一个作家有权使用隐喻，若能警世，正好说明语言的效用。再说，他的话如预言，被随后发生在杰宁（Jinin）等地的屠杀证实了。以色列并不拥有奥斯威辛和大屠杀这些词的专利权。过去的受害者也可能成为今天的暴君。这是人性的黑暗，冤冤相报的黑暗，让人沉溺其中的仇恨的黑暗。而作家正是穿过这黑暗的旅行者。

在发布会上，我提到除了种种围困，还有另一种围困，即仇恨话语的围困。散场时，坐在我旁边的胡安说，他完全同意我的说法，可能因为西班牙和中国有过相似背景，语言问题就变得更为重要。

我们应伯尔泽特（Berzeit）大学校长的邀请，和教授一起共进午餐。伯尔泽特大学在拉马拉西北郊。我们乘坐的大轿车突然停下来，前面被水泥路障拦住。所有人必须步行穿过大约五百米的土路，然后到路的另一头再搭车。我问塔妮娅为什么。我刚知道，她就是校长夫人。她耸耸肩说："他们就是让我们生活不方便。"她告诉我哨卡原来是设在路边的，后来撤到山坡上去了。她指指山坡上的碉堡，那些以色列狙击手可射杀任何他们看不顺眼的人。我哆嗦了一下，这无形的威胁更让人瘆得慌。

路的另一端挤满了人和出租车。大学及三十多个村庄与拉马拉隔开，诸多不便，倒是给出租车和小贩带来了生意。尘土飞扬，人们大叫大喊，脾气暴躁。有个小贩背个一人多高的铜壶，壶嘴拐八道弯，像个高深莫测的乐器。只见他一拱肩膀一扭腰，饮料就音乐般流出来。他免费送给我们头头罗素一杯。我也跟着尝了口，像冰镇酸梅汤，心定了许多。

我们下了出租车，穿过校园。这和世界上别的大学没什么两样。学生三五成群在聊天，享受午后的阳光。女学生似乎很开放，都不戴蒙面纱巾。伯尔泽特大学是第一所巴勒斯坦高等院校。初建于1924年，那时只不过是个小学，逐渐升级，直到70年代中期才成为正规大学。这些年来，有十五个大学生在游行示威中被杀害。以色列当局经常强行关闭大学，自1979年到1982年，百分之六十一的时间是被关闭的。最后一次是1988年1月，关闭了长达十五个月之久。在此期间，校方秘密在校外组织临时学习小组。即使如此，很多学生要花十年工夫才能完成四年的学业。

可惜没邀请学生代表参加，午餐会有些沉闷。校长致欢迎辞。罗素谈到校际之间，比如与他任教的普林斯顿大学合作的可能。一位教授告诉我，因为围困，很多学生晚上就睡在教室。

我溜出来在楼里转悠。大厅陈列学生的雕塑。其中一件作品让我震惊：一个鸟蛋放在由锈铁钉组成的巢中。这想象让人心疼，只能来自受过战争创伤的年轻人。

我们从大学乘车去拉马拉的一所难民营。所谓难民营，其实就是为被逐出家园的人所建的临时住处，说临时，好几代过去了，拥挤不堪。我们先来到难民营的文体娱乐中心。迎面是被坦克撞破的门，满地纸片、碎玻璃、计算机、乐器、健身器材等所有设备无一幸免。中心的负责人抱歉说，没有一把好椅子能让我们坐坐。他摊开双手问我们："你们说说，这就是恐怖基地吗？"

几乎每堵墙上都有个大洞，贯穿家家户户。这是以色列新发明的爆破武器，嫌破门而入麻烦，索性穿墙越壁。看来，这种新技术带来新的串门方式，正在改变人类的礼仪传统。我们来到难民营小巷深处的一家住户。"客人"串门时，不仅毁了电视机，还伤了主人。我不懂阿拉伯语，而他们手势表情中的那种绝望与恨，一看就明白。

晚六点，阿拉法特要接见我们。这并没写在时间表上，但大家似乎都心知肚明。陪我们的雷拉说，会见只有半小时，随后阿拉法特要召开内阁会议。由警车开道，到阿拉法特官邸时，天已擦黑。大轿车进入大门穿过空场，停在一栋外表普通的楼房门口，有荷枪实弹的警卫把守。雷拉带我们上楼时，多数记者被拦住。我们被带到一个休息室，大家聊天开玩笑，自由散漫惯了，不习惯这种正式场合的压力。大约十分钟后，我们被带到对面房间，阿拉法特站在门口，由雷拉介绍，和代表团成员一一握手。阿拉法特带着他那著名的微笑，和照片中的没有什么区别，只是他个子比想象的还矮小。小个子自有他们对付大世界的办法，一般来说，他们更自信更顽强更务实更富于挑战精神。以色列当局的那些战略或心理专家大概没想到这一点。

这显然是阿拉法特的办公室兼会客厅。一头是办公桌，旁边立着巴勒斯坦国旗；另一头是一圈沙发，茶几上放着一盆娇气的睡莲。阿拉法特和我们头头罗素坐中间。按事先说定的，这次会见不对外公开，故所有记者都被赶了出去。罗素首先代表国际作家议会说了几句话，表示对巴勒斯坦独立和自由的支持。他特别强调说我们是来看望达维什的。阿拉法特指着达维什开玩笑说："他是我们老板。"每个成员都说了几句话，由雷拉翻译，但阿拉法特时不时用英文回答。索因卡说，他希望不要把仇恨和冲突写进教科书去。阿拉法特做了个坚决的手势，说："绝不会的。我们甚至相反，太不关注对历史的描述了。"说到仇恨，他感叹到，小时候他家就在哭墙附近，他整天和犹太孩子们一起玩。如今这几乎是不可能了。最后轮到我。我说，自童年起你就是我心目中的英雄。我想知道经历了如此漫长的岁月和重重困难，你是否还保持当年的理想？阿拉法特激动地跳起来，指他身后的圣殿山（Mount of Temple）的巨幅照片。特别是那醒目的镀金圆顶（Dome of the Rock）和旁边的犹太教寺院。圣殿山不仅是伊斯兰教，也是天主教和犹太教圣地。基督曾在这儿布道，希伯来人的祖先亚伯拉罕的第一个祭坛也在这儿。阿拉法特用指头画了个大圆圈，意思是在一起和平共处，那就是他的理想。他也是个会用隐喻的人，那是一种能力，观察和解释世界的另一种方法另一个向度。很难想象他的对手沙龙使用隐喻，沙龙的语言倒是直截了当，那就是坦克。三天后，他的坦克冲进阿拉法特官邸。

会见大约一小时，超过了原定的时间，内阁会议不得不推迟了。阿拉法特和大家一一合影。他又跑来跑去，拿来2000年伯利恒（Bethlehem）巴勒斯坦发展计划的画册和纪念章分送给每个人。布莱顿请他在画册上签名。临走，调皮的布莱顿走近阿拉法特的办公桌，卫队长想拦住他，他闪身偷走了桌上的一块巧克力，放进嘴里。

晚八点，我们在拉马拉阿尔－卡萨巴（Al-Kasaba）剧院和巴勒斯坦诗人一起举办朗诵会，下面挤满了听众。有人告诉我，由于围困，好久都没有搞这样的文化活动了。首先由达维什朗诵。从台下会心的赞叹声中，能感到他是巴勒斯坦人的骄傲。他的诗让我想起已故的以色列诗人阿米亥（Yehuda Amichai），十二年前我在耶路撒冷诗歌节上见到过他。他们俩的诗中居然有某种相似的音调：在词语中的孤寂状态，与现实的无奈和疏离，对大众喧嚣的畏惧，试图以自嘲维护的一点点最后的尊严。我不知道他俩是否见过面，也许这也并不重要，重要的是若两个民族都能真正倾听他们的诗人就好了。就像帕斯所说的，诗歌是宗教和革命以外的第三种声音。这声音，并不能真正消除仇恨，或许多少能起到某种缓解作用。

就在今夜，诗歌在突破仇恨话语的围困。

第二天一早，我们要离开拉马拉，去加沙走廊（Gaza Strip）。我醒得早，打开电视。CNN六点钟新闻，头一条就是阿拉法特接见我们的镜头，接着巴勒斯坦发言人宣布：阿拉法特决定不去参加正在贝鲁特召开的阿拉伯高峰会议。我不明白这两件事的关联，但这决定显然就是在内阁会议上做出的。两个意象的叠加会让人有非分之想。是国际作家的支持让他坚定了斗争到底的决心？

从昨夜起，每层楼都派了两三个武装警察，持枪守卫。听说是由于萨尔马戈的激烈言论惊动了葡萄牙总统，他亲自打电话给阿拉法特，希望能确保他的安全。

达维什等人来旅馆送行。塔妮娅送给我她在巴黎演唱会的录音带和她编的书。她最后说："和加沙相比，这儿就得算天堂了。"

从拉马拉到加沙的路并不远，但走走停停，开了近三个小时。进入加沙前，我们在边境检查站换了联合国的专车，由联合国驻加沙援助总署的负责人陪同。行李要特别检查，和人分开，乘别的车辆过关。我们的护照被收走，足足等了一个多钟头，才出来个以色列官员验明正身。雷拉告诉我，我们的运气好，若没有联合国帮助，很难进入加沙。而加沙的巴勒斯坦人若无特殊许可，则永远不能离开那里。

进入加沙比预定时间晚了俩钟头。一过边境，车就被焦急等待的当地记者团团围住。但时间紧迫，说好暂不接受任何采访。雷拉打开车门，先解释，转而大发雷霆，记者只好悻悻离去。她双手叉腰对我们说："他们以前都很乖，说一不二。如今就是被美元闹的，打破脑袋往里钻。哼！"

这时上来一个中年男人，他叫罗基（Raji），巴勒斯坦人权中心的主任。他开始秃顶，脑门沁出汗珠。他英文流利，但有一种明显的焦躁，词像弹壳般弹跳。他律师出身，从事人权活动多年，被以色列当局监禁过。车在行进，他站在车门口向我们介绍加沙的情况。

加沙走廊是块沿地中海展开的长四十六公里宽六至十公里的狭长地带，约三百六十平方公里。在加沙，一百二十万巴勒斯坦人占百分之六十的土地，是世界上人口最密集的地区。以色列控制了百分之四十二的土地，包括定居点军事基地及隔离区，而以色列犹太移民仅六千人，占加沙总人口的百分之五。四分之三的加沙人是1948年被以色列逐出家园的难民及后代。

横贯加沙的唯一一条主要公路由以色列控制，专供以色列军车和犹太移民使用。而巴勒斯坦人只能挤在土路上，连这土路还被两道哨卡切割，下午五点以后禁止通行。每到高峰时间简直是灾难，哨卡前面排长龙。路窄，常出事故。就在我们眼前，一辆卡车翻在路边。坐我旁边的联合国驻加沙的副代表凯伦（Karen）是个美国女人。她告诉我，以色列怕自杀式的汽车爆炸，规定在加沙每辆车必须坐两人以上才能通行。她说连她开带有联合国标志的汽车，还是尽量让她儿子坐旁边，以防不测。

车转弯，沿海边道路行进。蓝天白浪绿树，总算让人喘口气。

罗基告诉我们，前不久一个西班牙代表团来访，被他们地中海邻居的赤贫吓坏了。以色列掌有制海权，巴勒斯坦渔民只能在六公里以内的海面打鱼。经过一片草莓地。罗基说，很多欧洲人吃的是加沙的草莓，但他们根本不知道。因为加沙的草莓得先运到以色列，在那儿包装并贴上他们的商标再出口。更甚的是，连加沙的地下水也被以色列人抽走，再用管道输送回来，卖给加沙的巴勒斯坦人。这种剥削倒是赤裸裸的，不用藏掖，准让全世界的资本家眼馋。

我们来到海边一个以色列定居点附近。这儿就像刚打过仗。道路坑洼，周围建筑大都被摧毁，废墟上弹痕累累。高墙围住的定居点有炮楼守望。这是加沙十九个定居点之一。罗基告诉我们，仅在这个路口，就有八十多人在抗议示威时死在枪口下，多是青少年。

加沙与西岸不同，被以色列铁丝网团团围住。依我看，除了经济上压榨，就是让巴勒斯坦人自生自灭。他们不仅没有出入加沙的自由，甚至连在自己土地上旅行也受到严格限制。如果说加沙是大监狱，那么这些定居点就是小监狱，是监狱中的监狱，被仇恨团团围住。犹太移民根本不可能和本地人接触，出入都靠军车护驾。到底什么人愿意搬到这儿来住？凯伦指指脑袋。"怎么，是神经有毛病的？"凯伦笑说，"不，他们是被广告骗来的——风景好，房价便宜。多半是美国的犹太老人。"

我问布莱顿，这与当年南非的种族隔离是否有一比。他感叹说，以色列当局的高效率恐怕谁比也不是个儿。这一切似乎是用计算机精心策划的：怎么才能剥削得最多，怎么才能带来生活上最大的困难。

我们继续向前，来到加沙尽头与埃及比邻的拉法（Rafah）省。下车前雷拉警告说，这是极危险的地区，以色列大兵随时可能开枪，大家要尽量集中，别走散。在一帮孩子的簇拥下，沿破败的街道向前，尽头是一大片废墟，堆满残砖碎瓦玻璃碴儿。边境墙就在五十米开外，以色列的炮楼和坦克虎视眈眈。

罗基告诉我们，为了在边境建隔离区，以色列军队在这一带先后摧毁了近四百栋难民的房屋。仅在今年1月10日，五十九栋民房被推倒，两天后又毁掉四十栋，一千七百个难民无家可归。轻则给四十分钟的时间，让难民取走随身物品，重则根本不事先警告。这时人们让开条路，走过来个中年妇女（看起来像老太婆），通过雷拉翻译，她讲述了当时的可怕情景。那天凌晨两点，没有任何事先警告，以色列的推土机隆隆开过来，大人叫孩子哭。她连滚带爬，好不容易才把她十三个孩子救出来，而全部家当都埋在砖瓦下。接着是一个老汉的控诉。他听说罗素是美国人，便声嘶力竭地喊："为什么你们美国给以色列飞机坦克？谁是恐怖分子？沙龙才是真正的恐怖分子……"

我愤怒到极度虚弱的地步，一个人往回溜达。路上遇见索因卡和胡安，我们一起默默走着。前面不远，高音喇叭播放音乐和口号。路口的横幅上有张肖像照片，估摸是个新"烈士"。屋里人影晃动，大吃大喝，沿墙坐着几位老人在抽烟。这像我们中国北方农村办丧事，喜气洋洋的。一个小伙子拦住我们，往里请，看我们不懂阿拉伯文，又叫个人来用英文说"欢迎"。索因卡指指手表说："多谢，可我们马上得离开。"他们有些扫兴。

回到汽车旁，雷拉大叫大喊："你们这些家伙，让我好找。我们必须四点半以前赶到哨卡，否则就过不去了。"一个六七岁的男孩拉拉我的手，让我给他照相，他蹲在汽车旁，做了个V字手势。

途经拉法省民警交通局，稍停。这儿紧挨联合国驻地，不久前被以色列武装直升机的导弹击中，房子掀了顶，门窗残缺。省长闻风赶来，但我们要赶路，只好匆匆握手告辞。

赶到哨卡，联合国专车走特殊通道，也还是得排队。而另一边通道挤得满满的，一眼望不到头。罗基擦了擦脑门上的汗，说："我活了四十八年，从来没这么绝望过。人倒不怕穷，怕的是侮辱。你想想每天过哨卡就是一种侮辱。"

布莱顿指着窗外一个在罗基手下工作的小伙子，说他准是中国人。一问，果然不错。他叫李之怡，是出生在美国的中国人，父母来自台湾。他已经不太会说中文了。小伙子高挑个儿，长得挺帅，聪明伶俐。他在哈佛读社会学时，到印度做过义工。去年大学毕业后他来这儿实习，原计划三个月，一拖再拖，打算过了夏天再回哈佛读硕士。他说，他父母都是搞科技的，不太能理解他，整天担惊受怕的。我答应他回美国给他父母打个电话，让他们放心。他一边跟我聊天，一边跟几个巴勒斯坦小伙子说笑，他的阿拉伯语似乎很流利。我为他骄傲，没多少海外华人的孩子能像他那样脱离主流文化，走出物质生活的边界。

说起自杀爆炸。他说五十起事件都是住在西岸的人干的，因为加沙人根本出不去。而在这里很难接近定居点。当然也还是有玩命的。他认识个巴勒斯坦小伙子，刚结婚不久就这么结束了。

我们到海滨的一家旅馆歇脚。我和布莱顿明天一早要坐飞机离开，今晚必须赶到特拉维夫，在那儿的旅馆过夜。雷拉说好，晚上十点半找人开车把我们送过去。代表团的其他成员还要在以色列待两天，和当地作家及反战组织的人见面。

我和布莱顿都累了，相约到楼下酒吧喝一杯。酒吧空荡荡的。问侍者，他说不卖酒，因为Intifada。我不懂。布莱顿告诉我这词专指巴勒斯坦人的反抗运动。没辙，我们去敲罗素的门，他还剩半瓶上好的苏格兰威士忌。他房间的窗户面对地中海。天色阴沉，海水呈灰黑色，卷起层层白浪。

二十分钟后，我们在楼下集合，步行到附近的巴勒斯坦人权中心办公室，举行新闻发布会。萨尔马戈再次成为采访的焦点。他用法文说，有人不喜欢我使用这样或那样的词，但无论如何我们得承认，这是反人类的罪行。

随后是加沙的巴勒斯坦作家座谈。大概苏格兰威士忌起作用了，罗素一反他的审慎，激动地说："我大半辈子都是在错误的地点和时间中度过的，但这回我是选对了地点和时间……"

巴勒斯坦作家几乎个个讲得精彩。一个年轻的本地作家说，他刚从朋友那儿得到一本萨尔马戈的长篇小说，正在读。他住得远，为了赶来参加这个活动，今晚他回不了家了，因为道路已关闭。他把这本译成阿拉伯文的书送给萨尔马戈。

晚八点，在一家古色古香的阿拉伯风格的旅馆举行招待会。拱形大厅，回廊环绕，到处烛光摇曳。因为Intifada，没有酒。我在柱子之间绕来绕去，碰见法国文化电台的马德琳（Madeleine），卢旺达人。除了她，全家都在种族仇杀中死去。1994年国际作家议会在里斯本开会时，作为目击者，她陈述了屠杀后的可怕景象。说起在加沙的感受，她觉得这比当年卢旺达更可怕。和大屠杀相比，这是一种日常性的精神和肉体的折磨，更无助更痛苦。

出发时间快到了，我到处找布莱顿，有人说看见他在楼上，我转了一圈连影儿都没有，于是回旅馆取行李。联合国的吉普车已停在门口，我请开车的芬兰小伙子稍等，再返回去找布莱顿。他终于出现在门口，步子有点儿不稳。我问他是不是喝酒了？他把食指贴在嘴唇上：Intifada。

一出加沙就是以色列的边防检查站。按大兵指示，司机把车停在专门检查汽车的水泥槽沟上。一个年轻女兵正跟两个大兵调情。我们拖行李进入房间。一个戴眼镜的小伙子挺面善，但一点儿没耽误人家执行任务，把我们翻个遍。

月朗星稀，公路上几乎没有车辆。我一路打盹，到特拉维夫的旅馆已经十二点半了。雅艾尔(Yael)在柜台等我们,她大约四十岁,犹太人,自己开一家小出版社,自愿帮国际作家议会安排在这边的活动。我和布莱顿早上五点半就得起床,雅艾尔坚持陪我们去机场。我请他们俩去喝一杯。先到旅馆的酒吧,有爵士乐队演奏,太吵,于是到我的房间打电话订了瓶红酒。雅艾尔告诉我们,萨尔马戈的言论引起轩然大波。他在以色列很红,一本小说卖到六万册,在以色列可算得畅销了。

我问雅艾尔怎么看自杀爆炸。她耸耸肩膀,眼镜片在灯光中一闪。"我喜欢红酒,喜欢书,"她停顿了一下,接着说,"如果有一天我被炸死,算我活该。"她用的英文词deserve比"活该"重,有罪有应得的意思。她愿为他们民族的选择承担后果。

我只睡了俩钟头,就爬起来,和布莱顿在大厅会合。雅艾尔姗姗来迟,把布莱顿急得团团转。幸亏有雅艾尔,用希伯来语跟机场的安全检查人员打了招呼,对我们算客气多了。盘问我的是个其貌不扬的姑娘。因为护照上敲了图章,我不能否认去过拉马拉和加沙。她或直截了当,或旁敲侧击,问题虽复杂但概括起来倒也简单:你是谁?从哪儿来?到哪儿去?可把我问傻了,这是连我自己永远也闹不清答不上来的。事后我跟布莱顿串供。幸好他没把阿拉法特招出来,否则我们吃不了兜着走。

大地在脚下一动。我们乘的是英航飞往伦敦的班机。我打开当地的英文报纸《耶路撒冷邮报》(*The Jerusalem Post*),上面有阿拉法特接见我们的报道和以色列驻葡萄牙前大使致萨尔马戈的公开信。其中这样写道:"你选择使用一个我们不能接受的隐喻,而更难以让我们接受的是一个知道词语权力的人……"

二十四小时后,以色列军队大规模入侵西岸,围攻阿拉法特官邸。

卡夫卡的布拉格

一

迈克在电话里叮嘱我:"别急,有人去接你,他很高,像个篮球运动员……"果然,一出海关就看见了,他举着牌子,头在人群之上浮动。他又高又瘦,一脸疲倦而温和的笑容。他叫斯坦尼斯拉夫(Stanislav),是音乐家,帮布拉格作家节接送客人。我们坐进他那辆老掉牙的斯柯达,点火,车连咳嗽带喘地出发了。他英文差,问我会不会德文。我说不会。他说他月底要到德国演出。我问他用什么乐器。他说了个德文词,用手比画。钢琴?不。管风琴?他拼命摇头。我问他一般都在哪儿演奏,他说主要是为病人。医院?不。疗养院?他拼命摇头。但愿不是殡仪馆,我心想。我放弃了对他生活中两个重大细节的好奇心,看窗外风景。

这是我第四次来布拉格。

1989年夏天我在西柏林。迈平夫妇开车从奥斯陆出发,把我捎上,再穿过东德进入捷克。过了边境,开进头一个捷克城市吃午饭。女服务员不会英文,我们用国际语言加俄文单词,点了可乐和匈牙利牛肉汤,好歹填饱了肚子。一结账,我们乐了,几乎等于是免费的,头一回体会到西方游客的优越感。

越过沃尔塔瓦河上的桥进入布拉格市区,天已擦黑了。我们把车停在繁华大街上,迈平给一个叫奥尔加(Olga)的汉学家打电话。她丈夫说奥尔加带孩子去乡下度假去了,欢迎我们到他家住。他是个建筑师，对布拉格了如指掌。我们晚上出去喝酒游荡，他带我们看老城广场边上的卡夫卡故居，指出在我们脚下有个巨大的矿脉。布拉格的美独一无二，特别是夜里，古老的街灯引导夜游者迷失方向。灯光下，阴影转动，回声迷宫，似有幽灵出没。我恍然大悟，卡夫卡的小说竟如此真实，真实得可以触摸。

那正是蓝丝绒革命前夕。马丁（Martin）是奥尔加在布拉格大学的同事，也是地下文学刊物《手枪评论》（*Revolver Review*）的编辑。他当时正忙乎秘密串联搞联名信，要把前国王的侄子推出来，恢复帝制。他也找我们签名，我不喜欢帝制，拒绝了。

四年后，《手枪评论》请《今天》在欧洲的编辑到布拉格开讨论会，还请来好管闲事的李欧梵教授。这两份当年的地下刊物1989年后的命运完全不同，一个名正言顺，一个扫地出门。我们先在《手枪评论》编辑部开讨论会。临走头天晚上，在一个中世纪的地窖为我们举办了诗歌朗诵会。散场后，突然一个天仙般的女人出现，马丁介绍说，这是《手枪评论》新任总编辑。她落落大方，在我们桌旁坐下，引起中国文学的一次骚动。她说她正在写一篇戏剧评论。李欧梵的脑门儿发亮，对捷克戏剧给予高度评价；张枣端着香烟，猛烈抨击美国霸权文化的入侵；只有迈平眯眯笑，话不多。我忘了我说什么了，肯定也语无伦次。我琢磨，一个由美女领导的刊物大概工作效率极高。若她向李欧梵约稿，必应声而至，用不着像我那样得磨破嘴皮子。

三访布拉格是1995年春天，我那时住巴黎，应迈克的声声呼唤自费参加布拉格作家节。迈克是我的老朋友，纽约人。为了寻找诗歌的精神家园搬到伦敦，娶妻生子，一陷二十多年，日子清贫不说，保守的英国诗歌界根本容不得他。他是伦敦的卡夫卡。1991年他创办了布拉格作家节。那时迈克在一家英国公司听差，那公司主办一年一度的布拉格国际书展,捎带个作家节。那些人看起来个个都是迈克的老板,颐指气使,支得他团团转。

迈克总是带我去迪斯科酒吧,大概想让我看看布拉格的年轻人,感受一下青春气息。可那音乐实在让我肝儿颤,震得连酒杯都端不稳。那时迈克正闹婚变,又受尽那些英国商人的气,在强光灯的闪射下,他哭丧着脸。我叹了口气,管他叫"我成功的朋友",这回把他逗乐了。他用浓重的伦敦腔骂道:"我他妈的成功?成功个屁!"

二

弗兰兹·卡夫卡(Franz Kafka)于1883年7月3日生于布拉格老城广场旁的一栋楼房里。虽然他们几次搬家,但离他的出生地都不远。他的希伯来语老师引述了卡夫卡对他说过的话:"这是我的中学,我们对面的那边的建筑是大学,左边再过去一点儿,是我的办公室。我一辈子,"卡夫卡用手指画了几个小圆圈,"都局限在这小圈圈里。"

卡夫卡出生的楼房于1889年毁于大火。1902年重建时,仅有部分保留下来。1995年,卡夫卡的胸像嵌在这房子外面的墙上。作为布拉格之春的先兆,卡夫卡终于被捷克当局接受了,称之为"资本主义异化的革命批评家"。

在卡夫卡出生头一年,卡夫卡的父亲赫曼·卡夫卡(Hermann Kafka)在老城广场北边开了个小杂货铺,先零售,后批发。卡夫卡在一封未发出的给父亲的信里写道:"……而自从你让我处处害怕,对我来说店铺和你是不可分的,那就不再是个好去处了。首先让我又羞又恼的是你对雇员的方式……而你,我见识了你在店里叫喊、诅咒、大发雷霆,在某种意义上,我当时就明白了,这世界上到哪儿都无平等可言。"

在另一封给父亲的信中,他写道:"你可以,比如抱怨捷克人,然后德国人,再就是犹太人,全面淘汰,最后除了你谁也剩不下。对我来说,你为莫名其妙的事大发脾气正如所有暴君把其法律建立在个人而非理性之上。"

1889年至1893年间,卡夫卡一家搬到名叫"片刻"(At the Minute)的楼房,他的三个妹妹都出生在这儿。后来这三个妹妹都死于纳粹的集中营。卡夫卡上的是一所德国小学。很多年后他在给朋友的信里记述了他童年的一次事件。

> 我小时候,有一回得到了六便士,非常想给一个坐在老城广场和小广场间的年老的女乞丐。我琢磨这恐怕是乞丐大概从未得到过的粗暴的数目,而我要做这么一件粗暴的事,在她面前会多么羞愧。于是我把六便士换成零的,先给那女的一便士,沿着市政厅建筑群和小广场的拱廊转了一圈,像个社会改良家再从左边出现,给了另一便士,又走开,这样兴冲冲地反复了十次(或许少些,我相信那女人因失去耐心而离开了)。总之,最后我无论身体和道德上都垮了,赶回家大哭,直到母亲又给了我六便士。

在给同一友人的另一封信里,卡夫卡讲述了他每天早上步行到学校的细节。"我们的厨娘,一个又小又干又瘦、尖鼻塌腮、蜡黄结实、精力充沛且傲慢的女人,每天早上领我去学校。"上学的路上,厨娘总是威胁要向老师告状,历数他在家的"罪行"。同样的威胁重复了差不多一年。他觉得去学校之路如此漫长,什么都可能发生。"学校本来就是一种恐怖,厨娘非要雪上加霜。我开始恳求,她摇头,我越是恳求越是觉得我恳求的价值更大更危险;我赖在那儿不动乞求宽恕,她拖着我走;我威胁要通过父母报复,她笑了,在这儿她是至高无上的;我抓住商店的门框基石,在得到她宽恕前不肯动。我拖着她的裙子(这也给她造成麻烦),但她一边拖着我,一边发誓告状时罪加一等。眼看晚了,圣詹姆斯(St. James)教堂的钟敲响八点,可以听见学校铃声,其他孩子开始跑,我最怕迟到,我们也跟着跑,'她告状,她不告状'这一念头纠缠着我;事实上,她从没告过状,但她总是掌握似乎在不断增长的机会(昨天没告状,而今天我肯定会的),她从未打消这主意。有时想想看,米勒娜(Milena,卡夫卡致信的友人)——在小巷她气得跳脚,一个女煤贩子常凑在旁边看热闹。米勒娜,多么愚蠢,我怎么属于你,与厨娘、威胁及无数尘埃在一起,这三十八年尘埃飞腾,落在我肺里。"

三

某部委招待所就在老城广场附近,1995年来布拉格时我就住在这儿。房间还算干净,设备陈旧结实,电话最远只能打到楼下柜台,让人想到蓝丝绒革命前的社会主义岁月。看门的老头显然是打那时候过来的,昏昏欲睡,带着过渡时期笨拙的笑容。

我匆匆洗漱下楼,斯坦尼斯拉夫在门厅等我。我们交流有障碍,他比画说要去哪儿哪儿,我点头说是是。我们穿过老城广场,他停住脚,悄悄说史考弗瑞奇(Josef Skvorecky)在那儿,一脸崇敬。我只知道他是著名的捷克小说家,住在加拿大,星期四晚上和我一起朗诵。我被领到市政厅,出示请帖。一进门可傻了眼,人家全都衣冠楚楚——男的西服革履,女的长裙粉黛,只有我蓬头垢面,皮夹克牛仔裤球鞋,还扛个大书包,像个逃难的。没处躲没处藏,只好硬着头皮跟上了三楼,来到大厅。市政厅是布拉格一景,可上溯到13世纪。

七百年了，经历了多少朝代多少生死。

市长大人讲话，一口流利的英文。他拿迈克的小个子开玩笑。迈克接过这个玩笑，和他刚出版的诗集《消失》(*Disappearance*)连在一起。"消失"，多好的主题，在这个呈现的时代，恐怕没多少人懂得消失的含义。他的女朋友，作家节副主席伏拉斯塔(Vlasta)站在他旁边。她四十来岁，很苗条，热情外向。迈克提到捷克诗人塞弗尔特(Jaroslav Seifert)。今天晚上就是纪念他的专场朗诵会。迈克讲话时昂着头，闭上眼睛，好像在缅怀消失的诗歌和逝者。

散场后，迈克跟我紧紧拥抱，并把伏拉斯塔介绍给我。我对迈克说："你看，我早就说过了，你不是真的很成功吗？"

我喜欢在布拉格街头闲逛。往返于招待所和剧场，必经老城广场。正值复活节前夕，露天舞台围满了游客，摊贩在推销彩蛋、传统的木制玩具和水晶器皿。我去服装店，给自己打扮成正人君子，为对付每天晚上各国使馆的招待会，免得再丢人现眼。和五年前相比，布拉格变了不少，越来越商业化，到处是跨国公司名牌产品的广告。但看得出来，捷克人还是有一种自信，没在商业化浪潮的冲击下完全转向。满街都是漂亮的捷克姑娘，让我眼花缭乱。她们有一种不谙世故的美，这在美国西欧早就见不到了。现代化首先消灭的是这种令人心醉的美。

让我吃惊的是，那么多美国年轻人住在布拉格，甚至有自己的报纸刊物。迈克跟我解释说，这儿生活费便宜，他们可以逃避美国的生活压力。再说，布拉格像30年代的巴黎，有人说是来寻找艺术灵感的。"可我怎么就没见一个成气候的？"迈克摇摇头，说。

他带我去看看他的办公室和家。我们离开旅游区，街上人很少，弯弯曲曲的小巷让我想起北京的胡同。迈克抱一堆书，梦游似的边走边说："你看，这个世界上只有伏拉斯塔爱我……我在布拉格根本找不到能深入谈话的人。在今天，谁还需要深入的谈话？一切都是表面的，光滑的，假装快乐的……捷克作家多半都是民族主义者，不喜欢一个老外当作家节的头头。到哪儿我都是老外。英国人更可怕，势利保守自以为是。要说纽约是我老家，可家没了，我怎么住得起那儿的旅馆……"

我从节目单上看到苏珊·桑塔格（Susan Sontag）的名字，她要和另两个美国小说家威廉·斯泰因（William Styron）、罗伯特·斯通（Robert Stone）在作家节"纽约，纽约"的节目中亮相。我跟苏珊有几面之交。她请我到她家做客，并约好出去吃晚饭。阴错阳差，让我给误了。

早上我查地图，终于找到"地球"（Globe）书店，每天上午在这里召开新闻发布会。书店以英文书为主，附带咖啡厅。几台计算机沿墙排开，是供顾客上网发电子邮件的，没有椅子，顾客只能像鸟一样站着，免得赖在那儿不动。我抽空钻过去，也想试着跟上这新时代，却不知道怎么用。请教旁边的美国小伙子，他麻利地用光标把我引进迷宫，一下卡住了，进退两难，顿时一身冷汗。

一个挂满照相机的人跟我打招呼。他自我介绍他叫若萨诺（Rossano），是作家节的指定摄影师。他毛发蓬松，眼睛跟镜头一样亮。他要给我照相，只能从命，跟他满街跑。他照相的方式特别，要不让我站在教堂前的石磴上像个受难者，要不把我关进电话亭像个囚犯。他来自佛罗伦萨，是个典型的意大利人，热情爽朗。为什么住布拉格？很简单，他娶了个布拉格姑娘，刚生了孩子。说到这儿，若萨诺长叹了口气。

记者招待会快结束了。咖啡厅挤得满满的。苏珊·桑塔格坐在主席台上，被记者的各种问题围追堵截，从科索沃战争到全球化问题。她刚下飞机，看起来一点儿倦意都没有，词锋犀利，得理不让人。等迈克宣布散场，我过去跟苏珊打招呼。好极了，她用手拨开滑到前额的一绺白发说。你看明天晚上怎么样？就我们俩，吃饭聊天，没有记者，没有采访，没有照相机。一言为定。

四

> 布拉格不肯走，也不让我们走。这个妈咪有爪子。人必须得排好队，或者，我们必须在维谢赫拉德（Vysehrad）和城堡两处点火，然后我们或许才能离去。
> ——摘自卡夫卡给波拉克（Oskar Pollak）的信

查尔斯大学创建于1348年，是中欧最古老的大学，1882年分成德国大学和捷克大学。卡夫卡于1901年在德国大学注册，他学习成绩平平。学法律对他来说是权宜之计，犹太人只能选择法律和医学这类务实的专业。

在给友人的信里，他描述了第一次性经验：

> 那时我们住在泽特纳嘎斯（Zeltnergasse）。对面是一家服装店，卖衣服的姑娘总是站在门口。我二十刚过，不停地在屋里走来走去，为应付头一次全国统考，整天忙于我看是毫无意义而且伤神的死记硬背。那是夏天，热极了，难以忍受。我在窗口，讨厌的罗马法历史总是在我牙齿间。我们终于通过手势联络上了，晚上八点我来接她。可我到的时候，另一个男人已经在那儿。唉，总是如此，我怕整个世界，也怕这个男人。而那姑娘从男人那儿抽出胳膊，做手势让我跟着。我们来到斯楚策宁瑟尔（Schutzeninsel），在那儿喝啤酒，

我坐隔壁桌子。接着继续溜达,我尾随在后,到了那姑娘在跳蚤市场附近的家。那男人离开了,姑娘消失在房子里,我等了一阵,直到她又出来。然后我们去了克莱恩塞特(Kleinseite)的一家旅馆。到旅馆以前,这一切迷人激动令人作呕,在旅馆里也没有什么两样。

凌晨,依然又热又美,我们穿过查尔斯桥回家。我,当然幸福,这幸福的含义仅仅在于我那呻吟的身体终于平息了。而最主要的,这幸福在于整个事情并没有更令人作呕,更肮脏……

1904年冬天,二十一岁的卡夫卡开始写《一次斗争的描述》的初稿。他在当时给朋友的信里写道:"一本书必须是我们中间冻结之海的斧子。我相信这一点。"在这本书里,我——叙述者描述了他在夜里的漫游,和一个同学一起,穿过寒冷荒凉的布拉格。而他别的作品都没有像这本书那样,布拉格扮演如此中心的角色。卡夫卡通过夜游所涉及的布拉格的名胜古迹,除了少数毁于战火,和今天人们目睹的几乎没有区别。

查尔斯桥(Charles Bridge)是布拉格最古老最著名的桥,跨越沃尔塔瓦河,连接老城和对岸。这桥的前身毁于洪水和解冻的冰流。1357年,查尔斯四世责成建筑师建起这座桥。

除了1890年有两个桥洞被洪水冲垮外,它从历代的战火灾害中奇迹般地幸存下来。

卡夫卡在1919年6月19日的日记中写道:"和奥特拉(Ottla,卡夫卡的妹妹)一起。她的英文老师领着她。过码头、石桥、马拉·斯特拉那(Mala Strana)新桥,回家。查尔斯桥上的令人激动的塑像。桥在夜里空旷时奇特的夏夜之光。"他在致友人的信里写道:

每人心中的魔鬼在把夜啃垮,无所谓好坏,这就是生活:若无魔鬼,你不可能活下去。故你诅咒自己的是你的生活。这魔鬼是物质(从根本上极美妙的那种),已经给予了你,你现在非用不可⋯⋯在布拉格查尔斯桥上,在一座讲述你的故事的圣像下面有一种解救。这圣人驱赶魔鬼耕地。当然魔鬼依然狂怒(因此有了过渡时期;只要魔鬼不甘失败),他露出牙齿,用扭曲阴险的表情回望它的主人,痉挛地缩回尾巴,而它被轭具所制服⋯⋯

五

我站在牛奶餐厅(Mlynec Restaurant)的落地窗前,灯火闪烁的查尔斯桥近在咫尺。这个咖啡厅过分奢华,有一股暴发户的味道。我在读一本英文版的书《弗兰兹·卡夫卡与布拉格》。作者哈若德·萨弗尔纳(Harald Safellner)。书的背面引了卡夫卡的朋友约翰尼斯·乌兹迪尔(Johannes Urzidil)的话:"卡夫卡就是布拉格,布拉格就是卡夫卡。过去没有将来也不会有像卡夫卡一生中那个全面而典型的布拉格。我们,他的朋友们,'幸福的一小撮'⋯⋯我们知道布拉格被包含在他作品那些最小的量子之中。"

布拉格作家节进展顺利。作家一个个上台下台,听众掌声起落,剧场挤得满满的又一下子空荡荡。如果卡夫卡还活着,一定会觉得作家节是件可笑的事,说不定会为此写部小说呢。今天整个的活动就叫"布拉格",都是捷克作家,除了我,晚上我和捷克小说家史考弗瑞奇同台朗诵。我怎么被归入捷克作家的行列?这是迈克的主意。他告诉我,他原计划是安排我和哈维尔一起朗诵。为此他前往总统府,而哈维尔的顾问借口不懂英文把他打发走了。后来有人对他说:"你疯了?怎么能让捷克总统跟一个中国流亡者一起朗诵?"

下午在国家电台接受采访时,主播人告诉我,1968年苏联军队占领布拉格后,我们所在的这个第九号播音室由于位置偏僻,仍在发出反抗的声音。俄国人花了两天的工夫,最后才找到这儿。

今天晚上座无虚席,听众是冲史考弗瑞奇来的,他在捷克比米兰·昆德拉名气大得多。1968年苏军入侵后不久,史考弗瑞奇流亡到加拿大多伦多,在大学教书,并协助他太太办了一家"六八出版社",专门出版在捷克的禁书。一个捷克学者告诉我,史考弗瑞奇流亡后,为捷克做了重要贡献;而米兰·昆德拉根本瞧不起他的祖国,自认为是法国人。

史考弗瑞奇得了重感冒,坐在后台,不停喝白兰地。他对我说,他老了,不适合长途旅行。他上了台,一边喝白兰地,一边先用母语后用英文朗诵他的小说《低音萨克斯管》(*Bass Saxophone*)。掌声雷动,有人高叫什么,捷克人在向他们的英雄致敬。下半场轮到我,先由迈克讲几句话。他像鸟一样闭上眼睛,似乎在回想往事。

昨天晚上跟苏珊·桑塔格"约会",没想到还成了事件,传得沸沸扬扬。苏珊的名气太大,又冷若冰霜,更罩上层神秘色彩。摄影师若萨诺让我帮他说情,给他个拍照的机会;瑞典使馆的二秘让(Jan)托我转交名片致以崇高敬意,说他是苏珊多年的崇拜者。我带重要使命,在她下榻的旅馆大厅等候。九点四十,苏珊才从电视台接受采访回来。"哎,这些愚蠢的问题,真是折磨人。走吧,我饿坏了。"

我们坐出租车去一家名叫"中国城"的饭馆。我发现司机不开计价表,并在城里兜圈子。到了目的地,他要价比应有的高三倍。我示意让苏珊先下车,把要价的一半塞给他。他用捷克语破口大骂,好在听不懂,否则非得打一架不可。

在餐桌上，我转达了意大利人的请求和瑞典人的致意。苏珊接过名片，叹了口气说，每回我接受邀请时，总是忘了那些没完没了的媒体。提起哈维尔，苏珊说捷克很多人都在批评他，而她总是为他辩护。上次她来布拉格，哈维尔请她单独到一家饭馆吃饭，旁边坐几个保镖。她真想问哈维尔一些真实想法。

"你知道，那样的场合，我问不出口。"苏珊说。

"让我最不理解的是，"我说，"作为作家，怎么可能忍受这样的生活？那比监狱强不到哪儿去。比如，他再不可能在街上散步，跟普通人聊天了。"

午夜时分，我们走在繁华的大街上，代表西方世界的霓虹灯跟布拉格之夜调情。苏珊突然说："是啊，没人再想恢复旧制度，可难道要的就是这种'空洞'(emptiness)吗？"我建议再去喝一杯。拐进酒吧，要了两杯啤酒，我们东拉西扯，都是家常。我说起我女儿、美国的学校和青少年问题；苏珊说起她的学历史的儿子——她在世界上最好的朋友。

送苏珊回旅馆，布拉格的街灯让我们迷了路。

智利笔记

一

随机长预告,飞机开始降落。大地倾斜,安第斯山脉(Cordillera de los Andes)缓缓流动,仿佛再现亿万年前地壳的变迁。安第斯山纵贯南美洲,全长九千公里,是世界上最长的山脉。

圣地亚哥(Santiago)机场。与其他国家旅客不同,持美国护照的一律要缴一百美元的"买路钱",我琢磨这是在为美国政府赎罪。

10月下旬是智利的春天,路边鲜花怒放。高楼大厦隐隐闪现在地平线上。在旅馆办登记手续时,有个戴红围脖的人一边跟我打招呼,一边用微型摄像机对准我。他自我介绍他叫哈罗德(Harold),哥伦比亚诗人,20世纪90年代在北京当过外国专家。他的过度热情外加摄像机的围追堵截,让我无处躲藏,只好倒退着上楼梯。他大声说,在他办的文学网站上有我的诗,让我上网查查。

参加今年智利诗歌节的诗人来自二十多个国家,主要是西班牙语世界,美国、日本、中国各一,装点门面而已。第二天早上我们乘大轿车去聂鲁达故居。斯洛文尼亚诗人托马兹(Tomaz)和我同座,邻座是智利诗人塞尔吉奥(Sergio),我们以前在不同的时间地点见过。国际诗歌界是个大家庭小圈子,走亲串户,低头不见抬头见。

海的气息,让我想起小时候第一次看到海的激动。诗歌节主任何塞(Jose)突然站起来宣布:"告诉大家个好消息,我们马上要路过帕拉的家,他在等着我们。"什么什么?我连忙问旁边的托马兹,是哪个帕拉。他说:"当然是他,尼卡诺尔·帕拉(Nicanor Parra)只有一个。"可我明明记得,至少有三本国内出版的外国诗选,都提到帕拉于1973年政变后被关进集中营,并死在那里。编者还在帕拉的生卒年月一律标明"(1914年—?)"。这问号深深印在我脑袋里。帕拉被公认为后现代主义的代表人物,他于1954年出版诗集《诗与反诗》(Poemas y antipoemas)轰动了拉美文坛,是继米斯特拉尔(Gabriela Mistral)和聂鲁达后最重要的智利诗人。

大轿车在一栋石头房子前停下。帕拉身穿黄色旧棉衣,在门口跟大家一一握手。他个儿不高,帆布帽下的眼睛锐利如鹰;即使微笑,都有一种帝王的威严。掐指一算他今年九十一岁了,却如此健硕,真是生命的奇迹。轮到和我握手,他突然用中文说"北京饭店"。我知道他多年前去过中国,那年头老外别无选择,只能住北京饭店。

穿过客厅来到后花园。他的房子坐落在山坡上,临海,巨浪拍岸,溅起白色水雾。我和他合影时,他又蹦出几个中文词"茅台""干杯""周恩来"。这几个中文词,大概能拼出他在北京的生活场景:那准是20世纪70年代初,所有活动都是官方安排的,范围仅限于北京饭店和人民大会堂宴会厅之间。转念一想,这其实就是他的诗学:把单蹦的词并置在一起,不需要什么连缀。

帕拉和聂鲁达是好朋友。他的《诗与反诗》首次朗读就是在聂鲁达圣地亚哥的住所,还有不少诗作是在聂鲁达的黑岛(Isla Negra)别墅写成的。他俩相差十岁。聂鲁达代表了南美现代主义抒情诗时代的高峰,而帕拉则是这一时代的终结者。这种背景复杂的友情,也许恰好证明了南美诗歌链条环环相扣的传承关系。在《新英格兰评论》(New England Review)一篇访谈中,问及怎么看聂鲁达,帕拉坦然回答:"毫无疑问,聂鲁达是伟大的诗人,他的诗或许达到诗歌所能企及的高度。而他则是个19世纪的人。"

帕拉的"反诗"多少与他的职业有关。他年轻时在布朗大学和牛津大学攻读物理,后来回智利教书。科学上的实事求是精神使他意识到诗歌应该和真问题,诸如文化、政治与宗教的现实打交道。他的诗歌原则是简洁,以俗语口语入诗,避免隐喻象征,反对欧化倾向。帕拉这样阐释他的"反诗":"反诗不过是超现实主义的活力强化的传统诗歌——即所谓本土的超现实主义——来自我们所属的国家及大陆的心理与社会的观点,作为真正的诗歌理想,它应是日与夜婚姻的孩子,反诗所庆祝的,并非黄昏的新形式,而是新型的诗歌黎明。"

告别时,我要给他在房前的花丛中拍照。两条狗围拢过来跟他亲昵,他抚摸它们。我发现在他家门上有歪歪斜斜的"反诗"(Antipoesía)字样的涂鸦,问他是谁写的。他耸耸肩说:"那肯定永远是个谜。"

英文流利的克丽斯蒂娜(Kristina)是诗歌节的协调人之一,也是我们这些不懂西班牙语的瞎子领路人。她事后跟我说,帕拉和聂鲁达不同,平时深居简出,很少和外界打交道,这次能见到他真是幸运。

从帕拉家开车约半小时,来到聂鲁达的黑岛故居。聂鲁达有三处故居,一处在他出生的港口城市帕拉尔(Parral),一处在圣地亚哥,一处就是黑岛。黑岛非岛,原是一片荒凉的海滩。1939年底聂鲁达从欧洲回到智利,想找个安静的地方写作,于是从一个上校手里买下了这块约半公顷的地皮,连同一栋小石头房子。对面海中有个小岛呈黑色,聂鲁达就把他的领地称为"黑岛",这一命名延续至今。

房子不用,聂鲁达在一个泥瓦工的帮助下,边设计边施工,终于在海边建起这栋约三百平方米的两层小楼,周围种满各种花草。这是他最喜欢的住处,在此度过晚年。我想起他的一本诗集《大地上的居所》(Residencia en la tierra),多好的书名,既简朴又寓意深远。可这"居所"的奢侈程度还是让我吃了一惊。要说他外交官出身,怎么可能维持这样的生活?他是一个疯狂的收藏家,包括木雕、面具、工艺品、贝壳和酒具。客厅戳着个渔船上的守护女神,丰乳肥臀,目光如炬,面对着大海。聂鲁达是个旱鸭子,却自幼有个水手梦,不,是船长梦,他的一本诗集就叫《船长之歌》(*Los versos del capitán*),是写给他第三任妻子马蒂尔德的。这房子就有如一艘搁浅的船,聂鲁达就是那梦想中远航的船长。

餐厅面对波涛汹涌的太平洋。想当年流水宴席,也有曲终人散的时候。餐厅有个只供男士使用的小厕所,门上贴满各式各样的春宫照片,他的老朋友洛尔迦的照片也在其中,大概由于他是同性恋,"内举不避亲"。

有一次记者问他,除了智利,是否想到出生在别的国家。聂鲁达断然回答:"那我就拒绝出生。"他流亡多年,却一直是智利人民的宠儿。据说他当年在黑岛想吃什么鱼,只要用手旗给海上的渔船发个信号就行了。

他的书房很大,摆满各种稀有的海螺和贝壳,共计一万五千种,是从世界各地收集来的。他的书桌特别。据说,他一直想找一张和大海相关的书桌。一天黄昏,潮水卷来一块沉船的木板,他高叫道:"这就是我的书桌!"书房中间有一水池。据讲解员说,他每天写作前后都要洗手。中国古人琴棋书画也讲究沐手焚香,那是种仪式,以示对创造的虔诚之心。

伦敦大学的威尔逊(Jason Wilson)教授写道:"我看到两个聂鲁达。一个是贫穷的、劳工阶级的聂鲁达。作为诗人的头三十年他是所有体制的叛逆者;另一个是浪漫主义者的聂鲁达,相信亲身经验。他在印度尼西亚、缅甸等远东国家待了五年,发展出一套十分个性化的写作风格。可是西班牙内战改变了一切。"1945年,聂鲁达加入智利共产党。在威尔逊教授看来,在南美洲,加入共产党就解决了所有的归属问题,也解决了感情问题。当苏联入侵匈牙利和捷克斯洛伐克后，很多左翼作家和知识分子都改变了立场，而聂鲁达却无动于衷，受到尖锐的批评。墨西哥诗人奥克塔维奥·帕斯(Octavio Paz)认为，聂鲁达的斯大林主义僭越了政治与道德的准则。

就形体而言，也有两个聂鲁达。他年轻时很瘦，随着出名变得越来越胖，甚至还出版了一本自己编写的食谱。前一个聂鲁达矜持自负，后一个随和幽默，第二个比第一个快活得多。

聂鲁达一生风流韵事不断，结了三次婚。他四十五岁那年在墨西哥流亡，与智利歌手马蒂尔德重逢，瞒着比他大二十岁的阿根廷妻子，开始了长达六年的地下恋情。1952年，马蒂尔德陪伴他在意大利的小岛上流亡。意大利电影《邮差》(IL Postino)就是发生在这一时期的故事。马蒂尔德陪伴他走完生命的最后旅程。

黑岛故居后花园一侧是艘小船，旁边是圆木搭成的支架，挂着六个大大小小由于风吹雨淋变黑的铸钟。其中两组小钟平行对应，最大的居中，次大居上。这有如一曲沉默的交响乐，再大的风暴也无法把它们全都敲响。

白色的碎石小路伸向临海的山坡，把我们带到聂鲁达与马蒂尔德合葬的墓地。一块不规则的黑色大理石墓碑刻着他俩的名字和生卒年月，花草掩映。坡下即巨浪，阵阵涛声永远陪伴他们。聂鲁达在《漫歌集》(Canto General)中写道："同志们，请把我埋葬在黑岛，面对着我熟识的海洋，每个狂暴的空间都有岩石和风浪，而这一切，我那遗失的双眼将永远不能再看见。"皮诺切特(Augusto Pinochet)发动军事政变十二天后，聂鲁达死于癌症，在圣地亚哥被军人们草草埋葬。皮诺切特垮台后，新政府举行国葬，根据遗愿，把他的遗骸迁到黑岛，埋在这里。

诗歌、爱情与革命，是聂鲁达一生的三大主题。可以说，聂鲁达的诗首先源于爱情，然后是革命。而爱情与革命有相似之处，如火，热烈而转瞬即逝。革命往往与大众与权力有关，比爱情危险得多。爱情最多转变成婚姻，而革命则会转变成血腥的暴力或父权式专制。

我们在聂鲁达故居的餐厅共进午餐，烤肉佐以智利红酒。诗人多有酗酒倾向，不停地招呼侍者上酒。哈罗德端着杯酒，摇摇晃晃，跟我絮叨个没完，连他的赞美都有侵略性。我好歹搀扶着把他哄上车。

1973年9月11日，黑岛，晴。聂鲁达起床，吃早餐，准备开始一天的工作，并接待来访的朋友。他打开收音机听新闻，从枪炮声中传来阿连德（Salvador Allende）总统断断续续的声音，那是他致智利人民最后的讲话。当他从外国电台获悉阿连德遇难的消息，对妻子说："一切都完了。"马蒂尔德安慰他："也许没那么严重。""不，非常严重，这是法西斯主义。"聂鲁达病情急剧恶化。他不顾医生劝告，一直守在收音机旁，并看了六次拉莫内达宫（Palacio de La Moneda）被攻占的电视画面。9月19日，他被急救车送往圣地亚哥医院，一路上两次被勒令停车搜查。马蒂尔德看见他泪流满面。

一个智利诗人告诉我，1973年军事政变发生后，墨西哥总统派专机到智利来接聂鲁达，但他谢绝了，他要死在自己的土地上。荷枪实弹的士兵在他家花园掘地三尺寻找武器。聂鲁达对他们说："你们在此地能找到的唯一武器，就是文字。"

二

在总统府拉莫内达宫前举行的诗歌爵士音乐会，拉开智利诗歌节的序幕。在电闪雷鸣的音乐间隙，诗人们轮流蹿上台念诗，如炮火中的蚊子。这多少反映了诗歌在今天的处境。被照亮的拉莫内达宫，在摇曳的喷水池中不断崩塌。暮色中，阿连德总统的雕像显得那么孤单。

1973年9月11日早上六点二十分，阿连德被电话吵醒，得知海军在港口城市瓦尔帕莱索(Valparaiso)哗变。他打电话向国防部长查问，很快得到证实。而国防部长在前往国防部的途中被捕。七点三十分，阿连德在助手和卫队的陪同下抵拉莫内达宫后，挨个给将军们打电话。"无人回答，看来他们全都卷入了。"他说。于是他通过电台向人民通报了政变的可能，要大家保持冷静。八点十五分，阿连德接到政变集团的第一个电话，提出让他乘飞机离开智利的建议。他回答说："告诉凡·斯高文将军，智利总统决不坐飞机逃走。正如他知道一个士兵该做什么，我知道我将如何履行一个共和国总统的职责。"政变集团迅速控制了政府部门和广播电台。八点四十分，农业电台首次播放了政变声明。九点钟过后，尚未被军方控制的麦哲伦省(Magallanes)电台播放了阿连德的演说："这肯定是我最后一次向你们讲话。麦哲伦电台将会沉寂，你们再也听不到我的声音。这没关系，你们会听到的。我永远和你们在一起。至少你们会记住，我忠实自己的祖国……我对智利的命运充满信心。人们总会超越叛国者强加给我们的这一悲苦的时刻……我相信我的牺牲不是徒劳的……它将给卑劣胆怯的叛国行径一个道德教训。"

和政变集团通电话谈判的助手告诉阿连德说，敌人要在两分钟内开始进攻。阿连德取出卡斯特罗(Fidel Castro)送给他的半自动步枪，戴上钢盔，准备投入战斗。那钢盔显得太大，斜架在他的眼镜上。他身穿西服和花格毛衣，在卫兵的簇拥下朝上张望。这是阿连德最后一张照片。

拉莫内达宫内外对比悬殊。军方是坦克大炮直升机；阿连德手下百余人中多是文职官员和家属，只有五挺机关枪等轻型武器。十点四十分，在短暂的停火间隙，阿连德命令身边的内阁成员放下武器离开，他的两个女儿和大部分妇女也随后撤走。他还解除了卫队的职责,让他们自己选择,结果十七名卫兵全都留下来。十一点五十五分,军方出动两架猎鹰战斗机,发射了十八枚导弹,地崩山摇,拉莫内达宫一片火海。下午一点三十分,军队发起最后进攻,士兵冲入总统府。在二层楼的阿连德对最后几个人说:"每个人都放下武器下楼,我是最后一个。"当别人执行命令时,他独自退入独立厅。据最后撤离的总统医生吉洪说:"我看见总统坐在沙发上,用腿夹住半自动步枪扣动扳机。我亲眼所见,却没听见枪声,他身体抖动,头盖骨掀飞了。"下午两点二十分,士兵冲进独立厅。带队的帕拉索斯将军命令封锁现场,向聚集在国防部的政变首领报告:"任务完成。占领拉莫内达宫。总统已死。"

几乎在同一时刻,远隔千山万水——在中国,在北京远郊东方红炼油厂的建筑工地上,一个满身汗碱的建筑工人正捏着皱巴巴的《参考消息》,注视着事态的发展。第二天中午,他蹲在食堂内舞台的大幕后吃午饭,急忙打开刚到的《参考消息》,头版就是阿连德总统战死的报道。读罢,他忍不住流泪了。那建筑工人就是我。要说那年头,一个中国苦力跟智利总统有啥关系?那就是我们那代人的国际主义情怀。记得当时正读海明威的《丧钟为谁而鸣》(*For Whom the Bell Tolls*)——那为阿连德总统敲响的丧钟也是为我,为一个中国愤青敲响的。"国际主义"与"全球化"是不同年代的时髦用语,乍听起来大同小异,实则有天壤之别。"国际主义"是全世界无产者联合起来,"全球化"是不明国籍的富人合伙坑蒙拐骗。

大型纪录片《萨尔瓦多·阿连德》正在智利上映。导演古斯曼在军事政变后流亡到巴黎,当时年仅二十九岁。

在这部纪录片中,他以重返祖国的流亡者的个人化角度,通过对一系列见证人的采访,再现了军事政变那一幕的阿连德。作为社会党创始人之一,阿连德于1970年当选为智利总统。而新政府面临着巨大的经济困境：百分之三十的通货膨胀率和百分之二十的成年男性失业率，以及十五岁以下的儿童有一半营养不良。阿连德决定实行财产再分配，提高工资，控制物价，对铜矿和银行实行国有化（垄断铜矿业的是两家美国公司）。由于阿连德的试验操之过急，势必和商业利益发生冲突，造成社会震荡。智利经济在他上台的头一年攀升，接下来两年是灾难性的衰退。

基辛格后来承认，1970年9月，尼克松总统命令他策划反阿连德政府的政变。1977年，尼克松首次承认美国卷入政变，他说："对于美国的安全来说，智利的右派独裁要强于左派民主。"自1999年起，克林顿总统下令先后公开大批解密文件，揭示了尼克松政府通过绑架、暗杀、收买和经济制裁等种种手段，策划并介入了"9·11"军事政变。就在政变发生后的第五天，尼克松总统对他的国家安全顾问基辛格说："在这次事件中我们的手没有露出来。"基辛格回答说："也就是说，我们没有干，是帮助他们……尽可能地创造条件。"这是尼克松与基辛格的一段电话录音。在公布这些解密文件的同时，白宫发表声明承认："美国政府在这一时期同意采取的行动加剧了（智利）国内政治的分化，从而影响了智利民主选举和法治的正常进行。"

政变成功后，军方实施戒严与宵禁，解散国会和左派政党，大规模捕杀反对派人士，二十五万人流亡到国外。到1990年皮诺切特退位，军事独裁统治持续了十七年。二十五万加十七年，那意味着智利一代精英被耗尽。然而在流亡者中产生了一批重要作家，为一个国家阴郁的背景留下了亮色。目前南美最著名的女作家之一伊莎贝尔·阿连德（Isabel Allende）就是其中一个。她是阿连德总统的侄女。政变发生时她三十一岁，她的许多亲人被监禁，到处躲藏或逃往国外。十八个月后，她和丈夫及两个孩子流亡到委内瑞拉，随身带着把她家花园的泥土。她说："我生命第一阶段结束于1973年的那个9月

11日。"流亡期间，基于跟祖父的通信，她完成了长篇小说《幽灵之家》(La casa de los espíritus)，展现一个智利大家族几代人的变迁。这部小说为她带来巨大的声誉。"我构建我的祖国的形象时就像人们玩智力拼图，只择取适合我设计的部分而忽略别的，我并不只属于一方水土，而是好几方。"她又说，"写这部书是为了重新接近我失去的祖国，跟我四散的家人重新团聚，让死去的亲人形象复活，保存对他们的记忆，当时的流亡生活已开始侵害这些记忆。"她最近出版的回忆录《我所创造的国家》(Mi país inventado)，寻找的也正是这种记忆。

伊莎贝尔满世界漂泊后，定居在加州。她在接受采访时说："我算明白了，我永远都成不了一个地道的加州人，但是我并不假装是其中一员。我所期望的不过是获得驾照，把英语学到能够看懂餐馆菜单的地步而已。"

参加诗歌节的智利诗人塞尔吉奥也属于那二十五万分之一。在去聂鲁达黑岛故居的路上，他对我说："我的生活一直都很混乱，某些碎片遗失了，显得残缺不齐。"要说淮南橘子挪到淮北都不能叫橘子了，可塞尔吉奥从南美移植到北欧仍叫塞尔吉奥。他有一双悲天悯人的眼睛。二十年的流亡生涯给他带来语言的财富：除了英语、法语，他还会讲一口流利的瑞典语和挪威语。

他追忆他的童年，追忆他的故乡瓦尔帕莱索。他自幼喜爱诗歌，聂鲁达和米斯特拉尔是他的偶像。军事政变就是从他的故乡开始的。那一天彻底改变了一个国家及其诗人的命运。二十六岁的塞尔吉奥，先被抓进海军监狱严刑拷打了十二天，随后又在大牢关了三个月，生死未卜之际，突然被驱逐到布宜诺斯艾利斯。刚适应了那儿的生活，1974年阿根廷右翼上台，迫害政治难民，在联合国难民总署的安排下，他又转到罗马尼亚。"为了经济和安全的原因，我不断更换地方寻找栖身之处。但对自己的土地和传统的记忆，超越了我的贱民处境。"他说。

最后塞尔吉奥辗转来到北欧，先住在挪威，后搬到斯德哥尔摩，在瑞典广播电台任文化记者。北欧成了第二故乡。"现在回过头来看，这些年，所有走过的路都把我引向诗歌，那些我认识的北欧作家，给了我评估世界的新向度。我开始在瑞典出版诗集，并获得认可。在北欧十七年的流亡生活，治愈了我受伤的灵魂。诗歌从大地的深渊拯救了我。"

1993年塞尔吉奥回到了祖国，发现物是人非，自己成了外人。他在一所大学找到教职，但与老板不和被炒了鱿鱼。说到此，他用食指在脑袋上画了个圈："在军事独裁统治下生活得太久了，智利人思维方式被改变了，跟军人差不多。你知道瑞典那种民主意识，再加上我的芬兰太太，唉，我在自己的国家感到格格不入。"

两天后的中午，我在旅馆大厅碰见塞尔吉奥。他西装革履，说要跟一个大学校长共进午餐，谈工作的可能性。看来他仍在挣扎着进入体制，他那条天蓝色领带代表了某种希望。

在当年二十五万流亡者中有个年轻姑娘，叫巴切莱特（Michelle Bachelet）。她的父亲曾是空军司令，政变后由于拒绝合作，以"叛国罪"投入监狱，严刑拷打，因心脏病发作死在狱中。父亲死后，巴切莱特与母亲受到牵连，被关进专门迫害政治犯的秘密监狱，吃尽苦头。她们幸存下来，于1975年流亡到东欧。巴切莱特在东欧获得了医学学位，回到智利，后成为全国闻名的医学专家。在治病救人的同时，巴切莱特秘密从事人权工作。2000年3月她被任命为卫生部部长，两年后担任国防部长，最近刚当选为智利总统，成为拉丁美洲国家历史上第一位女总统。这足以告慰阿连德的在天之灵：一粒被风暴卷走的种子，漂洋过海，又奇迹般地回到自己的土地，长大成林。

诗歌节最后一夜。朗诵结束后，我们回到旅馆餐厅喝智利红酒，其中有塞尔吉奥和诗歌节主任何塞（Jose），还有日本女诗人白石嘉寿子。塞尔吉奥告诉我，在座的四个智利诗人中就有三个坐过牢，以何塞最甚，一生被关过五次。政变时他才十六岁，还是个孩子，就被军人用尽酷刑。通过塞尔吉奥翻译，我问及他坐牢的经历，何塞一时语塞，脸憋得通红，含着泪水。他终于开口，由于激动而断断续续："……你面前是一堵墙，但必须得穿过去，为了孩子和爱情，不能让它们永远留在黑暗中……绝望是必然的，那是我们世界的倒影……在历史危急时刻，诗人就是要靠自己的心来装载苦难……"

三

从聂鲁达黑岛故居回来的第二天中午，我在旅馆餐厅见到哥伦比亚诗人哈罗德，他似乎一下老了十岁，满脸病容，围着红围巾裹紧大衣缩在桌角。他说他昨天喝多了，旧病犯了，现在只能靠流食维生。我问他是不是胃病？他说他根本就没有胃了，只能靠大肠消化。我说那你正好像鸽子一样，可自由飞翔。

他住在哥伦比亚首都波哥大（Bogotá），曾是拉美现代文学的教授。20世纪90年代初在北京的《今日中国》当了三年专家，回国时带了个叫雪梅的中国媳妇。雪梅在哥伦比亚生活了五年，由于内战的恐怖气氛和街头暴力，再加上外国人的种种困境，最终弃他而去投奔美国。"她是个好女人。"哈罗德感叹道。哈罗德一辈子结过五次婚，后两任都是中国人，看来他准有个中国情结。

我五年前去哥伦比亚麦德林（Medellín）参加诗歌节。那里处于内战状态，政府基本上只能控制大城市。据说一支左派游击队扬言，凡家产五千美元以上的均属绑架之列，不用说美国人，我看连中国白领差不多全都够格。而哥伦比亚人特别热爱诗歌。诗歌节开幕式是在体育场，听众有上万人。我走南闯北，也从未见过那阵势。哥伦比亚人还酷爱跳舞，街上到处搭着台子，只要音乐一响，行人就踩着点儿翩然起舞。对于常年被战乱困扰的人们，诗歌、舞蹈恐怕像空气和水一样必要。

第二天凌晨五点我被电话叫醒。我们要到智利北方的重镇卡拉马（Calama），那是诗歌节的一部分。我们一行包括半打诗人一个智利歌手一个口译，由诗歌节主任何塞领队。在机场喝了杯浓咖啡，生锈的英文系统终于像钟表走动起来，我开始跟同伴们搭话。这半打诗人来自不同的国家：爱尔兰、斯洛文尼亚、葡萄牙、巴西和智利，只有我身份不明。

在飞机上我睡着了。我的梦和飞机翅膀一起偏斜，猛醒，我们已降落在沙漠中。卡拉马位于阿塔卡马沙漠（Atacama Desert）的中心，据说这是世界上最干旱的沙漠。连沙漠也分等级，那最干的应为上品吧。

相当于中国文化局一级的当地干部在机场迎候，语言不通，但他们粗糙的手显然与土地与劳动有关，让人感到温暖。到机场附近的旅馆安顿下来，紧接着是排得满满的时间表。

爱尔兰诗人保尔·马尔登（Paul Muldoon）和我是老熟人了。他出生在北爱尔兰乡下，大学毕业后在贝尔法斯特（Belfast）的BBC干了十多年，1987年搬到美国，进入颇具美国特色的"创作专业"体制，多年媳妇熬成婆，现在是普林斯顿大学的讲座教授，两年前获普利策诗歌奖。他是个好玩的家伙，机智幽默且急躁。每次汽车发动，他都模仿马的嘶鸣；一刹车，他又发出马的哀嚎。他得意洋洋地对我说，他三岁就敢站在马背上。看来大学体制的鞭与轭，还是没驯服他。他会突然大叫大喊："嘿，来点儿摇滚乐。"然后在自己想象的舞台上哼哼唧唧，荒腔走板，重温当摇滚歌手的梦想。可想当年"披头士"(The Beatles),给多少爱尔兰的乡下穷孩子带来希望。

我们先去了两所私立学校。第一所叫"达·芬奇"。教室里,身穿校服的学生们表情严肃好奇。若没有四十年的距离,我应调换位置坐在他们中间。先由几个学生背诵聂鲁达的诗,然后轮到我们念诗回答问题。他们的问题都很有意思,比如一个女孩子问:"诗人为什么不能又年轻又成熟?"让我们这帮既不年轻又不成熟的诗人瞠目结舌。保尔对我说:"问得好,这都是最古老的问题。"如果我坐在他们中间,一定会问台上的我:"那个东方诗歌大国真的存在过吗?"

担任口译的小伙子由于高原反应(海拔二千四百米)而虚脱,送回旅馆休息。我也检查了一下自己的脑袋,除了慢没什么毛病。口译一撤,我们这些不懂西班牙语的像断了线的风筝,让何塞傻了眼,幸好有歌手马利奥(Mario)。他在纽约住过多年,英文流利,到另一所学校就由他来翻译。马利奥比我小几岁,平时挺温和,唱起歌来像狮子一般,让人惊悚。

何塞长得很帅,走路雄赳赳气昂昂,带动一头披肩发,好像在波浪中行进。他有点儿傲慢,我想这跟他完全不懂英文有关。每次朗诵前一分钟,他才跟我商量朗诵内容。平时照面,我们就像两个哑孩子,连比画带猜,实在急了就蹦出法文:"Ça va?"(怎么样?)"Ça va bien."(挺好。)

下午我们去附近的丘基卡马塔(Chuquicamata)铜矿参观。这是智利最大的露天铜矿。自1915年炼出第一根铜棒以来,智利大部分铜矿掌握在外国特别是美国资本手中。据统计,从20世纪30年代到70年代四十年间,美国从智利铜矿获取的利润高达三十七亿美元。1965年智利国会通过"铜矿智利化"法案。根据这项法案,智利政府通过购买股份得到美国铜矿公司的部分管理权和所有权。1970年阿连德政府干脆将外国铜矿公司收归国有,为此付出巨大的代价。智利铜矿产量至今仍世界第一。最先使用青铜器的中国如今却缺铜,成为智利铜的主要进口国。

我们戴上安全帽,搭乘大轿车来到矿坑边。这矿坑长四点三公里,宽三公里,深近一公里。站在参观台上向下望去,一辆辆装满矿砂的卡车像玩具车缓缓爬行。而这些载重三百五十吨的矿车巨大无比。站在车前合影,我们还没有它的轱辘高。

矿区小镇一排排简易房是统计数字以外的现实。那支劳动大军在繁衍中行进,世世代代,就像沙漠中的河流一样带有宿命的悲哀。可以想见,矿工儿子唯一的出路就是当矿工,他们很难娶上媳妇,只有更穷的农村才能填补这空白。晚上在卡拉马市中心的小广场朗诵。随何塞的声声召唤,我们跃上一个西班牙式的六角形亭子。扩音器吱吱嘎嘎尖叫着。街灯摇曳,人影聚散,词语迷失在夜空中。有时候我觉得朗诵并非为了让声音留下痕迹,而是为了消失,特别是消失在异地他乡,归于虚无。那是一种能量的释放。

我们被带到一家画廊,有红酒点心,有官员致辞,有本地诗人朗诵。小地方的钟表慢,眼见着这庆典奔向午夜。保尔不耐烦了,嘶嘶地跟我抱怨,满嘴脏话。我试图安慰他,让他从美国东部的精确时间中解放出来。我坐在几个本地诗人之中,其中有个六十开外的男人会讲一点儿英文。他把刚刚出版的诗集送给我,磕磕巴巴说着什么。他是个美术设计师,住在另一个小镇,昨天才开始参加文化中心诗歌组的活动。这让我想起中国某个偏远小镇的诗人聚会。看来只要有人烟的地方,诗歌这古老的手艺就不会失传。

第二天上午驱车去一个名叫阿塔卡马圣佩德罗(San Pedro de Atacama)的小村镇,途中在一个印加人的要塞遗址停留。山坡上到处是残垣断壁,层层叠叠。印加人是南美印第安人,印加帝国的版图曾一度覆盖整个南美洲,四百多年前葬于西班牙人手中。由于没有明确的继承法规，印加帝国爆发了内战。1531年，弗朗西斯科（Francisco Pizarro）带领不到两百个士兵从西班牙港口出发，乘虚而入。得知印加国王同意接见，弗朗西斯科在一个废弃的小镇摆下"鸿门宴"。令他们惊喜的是，印加国王不仅接受了邀请，还声称他的随从不带武器。席间，一个牧师劝他信奉基督教。这是进攻的信号。不到半个小时，三千印加人全部被杀。一个帝国就这样终结了。

阿塔卡马圣佩德罗这个六千人口的小村镇是沙漠中的绿洲，一直可追溯到远古时代。村里仍保留着原始形态，全都是干打垒的房子院墙，门窗用图案装饰，色彩艳丽。条条土路通向一座土坯盖的白色小教堂，那是村镇的中心。我们就在教堂前的小广场上朗诵。这是慵懒宁静的星期六中午。听众散坐，有本地居民也有外国游客。四五个孩子就近趴在一棵大树下，窃窃私语。当保尔用浓重的爱尔兰口音朗诵时，一只小黑狗突然激动不已，狂吠着穿过广场，大家忍不住笑了。事后我跟保尔开玩笑说："看来那只狗是你最忠实的听众。"

回到圣地亚哥已很晚了。我的中国胃开始跟我过不去，非逼我去寻碗汤面。出旅馆百余步，进"龙辉酒家"。侍者智利人，又无中、英文菜单。绝望中，一个中国人从柜台后步出，儒雅谦和。他就是老板。我说我只要汤面一碗，别无他求。他问我来路，自报家门，他居然知道我，亲自下厨给我做了一大碗汤面。他告诉我，圣地亚哥中餐馆都是做智利人生意的，久而久之，连厨师也不会做地道的中国菜了。他不仅分文不取，还约我第二天共进午餐，说有个哥儿们是天津的特级厨师。我有心推托，但我的胃激动不已。第二天我欣然赴宴，老板正接待客人，天津厨师忙着炒菜，由厨师的夫人和一位从景德镇来的陶瓷商作陪。菜上齐了，厨师现身。他是典型的北方汉子，曾在天津开了两家馆子，生意一度很火。他们两口子来智利，是为了陪在圣地亚哥足球俱乐部踢球的儿子。从长计议，他们正要盘下家餐馆,翘首仰望一颗上升的明星。看来中国足球有指望了。而大部分中国人到此都是为了寻找商机,一旦获得永久居留权就投奔美国。

当晚是诗歌节闭幕式。我们在圣地亚哥作家协会朗诵。舞台左侧挂着米斯特拉尔的肖像,右侧是聂鲁达。听众们鼓掌热烈。朗诵似乎是一种集体猜谜活动,听众鼓掌,则表示他们全都猜中。

第二天吃早饭碰见哈罗德。他依然围着红围巾,但明显见好。他送给我一张名片,上面是个沉睡少年的照片。哈罗德说这是他的养子。1993年,他和雪梅一起从北京回哥伦比亚定居。为博得郁郁寡欢的雪梅的欢心,他在波哥大附近置地盖房养马牛鸡犬。而这种田园生活在哥伦比亚是不真实的,雪梅还是走了。哈罗德病了,体重急增到一百八十公斤,家人把他送到疗养胜地开刀治疗。在那儿认识了个叫艾迪生的乡下孩子,他家境贫寒,没受过什么教育,但聪明能干。哈罗德无后,认养子,把他带回波哥大。艾迪生为他开车,照料土地家畜。2003年夏天,游击队开始争夺这块地盘。他们把哈罗德八十一岁的叔叔抓去,在地牢关了五个月,直到缴足了罚金才释放。今年6月,游击队登堂入室,当着他的面折磨艾迪生,然后把哈罗德抓走,直到他同意放弃家产才罢休。他哀求他们保全艾迪生的性命。他们先答应了,最终食言。

安第斯山脉在脚下越变越小,像孩子在海滩堆成的沙丘。拉丁美洲大陆伸向我的童年——是啊,我曾为地球另一角想入非非。其实说来他乡和故土并不远,只不过我当时年纪尚小,对人类的苦难与欢乐一无所知。

革命与雏菊

一

我们往往是通过一个人认识一个国家。大约五年前，我在旧金山认识了乔治（George）和黛西（Daisy）夫妇。他们后来到我住的小镇朗诵。我们在一家意大利餐馆吃晚饭，余兴未尽，我把他们夫妇请到家中，打开两瓶上等红酒，一直聊到深夜。在美国难得碰到有意思的人——这是标准化生产的结果，像乔治和我这样的残次品纯属淘汰之列。

乔治是美国诗人，出生在匹兹堡（Pittsburgh）产业工人家庭，十二岁离家出走，后当兵送往越南战场，由于参加反战活动被送上军事法庭，胜诉，回到美国拿下硕士，再东渡日本学习武术。

黛西也是诗人，她的身世更传奇。她出生在尼加拉瓜首都马那瓜（Managua）的文化世家，自幼进天主教贵族学校，上大学后投身政治。她加入反索摩查（Somoza）独裁统治的桑地诺民族解放阵线（Sandino National Liberation Fronte，简称"桑解"），成为桑地诺电台的播音员。革命胜利后，担任新政府的文化部副部长，主要负责拯救尼加拉瓜艺术，开展全国性扫盲运动，组织各种诗歌工作坊。她骄傲地对我说："我们内阁成员几乎都是二三十岁的年轻人，出国访问，让人目瞪口呆。"

黛西原意是雏菊。她是个很特别的女人，在优雅而难以捉摸的美中隐藏着某种野性。她的皮肤会让人想到某种贵重瓷器，却在革命的风暴中完好无缺。她年轻时想必了得,给以男性为主的革命带来多少动力。

从我教书所在的印第安纳州的冰天雪地中出发,换了两次飞机,终于到达热带的尼加拉瓜。昼与夜,冬到夏,有转世投胎之感。到达离首都东南四十公里的格拉纳达(Granada)已近午夜。这个西班牙风格的城镇建于1524年,是西半球最古老的殖民地城市。

在旅馆办好手续,我穿过中心广场来到对面的文化中心,今晚是诗歌节的开幕式,我刚好错过。人们随着音乐的召唤纷纷起舞。

有人高呼我的名字,原来是哥伦比亚诗人哈罗德,只见他像老鹰张开翅膀向我扑过来。他就像传统小说中的人物,从这一章直接进入下一章:我们刚在智利分手,又在尼加拉瓜重逢。他掏出他主办的文学刊物,封面人物就是我。他得意地说:"在你的诗的西班牙译本中,我的是最棒的。"

乔治和黛西随即出现,久别重逢,我们像孩子一样高兴。黛西的眼睛闪光,似乎在说,看,我终于把你带到了我的祖国。她把我介绍给诗歌节的组织者和尼加拉瓜诗人们。"这都是我们当年出生入死的战友。"她说。乔治告诉我,今年11月的大选,"桑解"很有希望重新执政。黛西将参加竞选班子,一旦成功,她很可能重新入阁。我们为革命的新曙光干杯。

二

第二天早上我为了买牙刷顺便逛逛街。这是尼加拉瓜最著名的旅游城市,其繁华程度远不如中国偏远地区的县城。按国民总产值,尼加拉瓜排一百三十一位,是拉丁美洲最穷的国家之一。

尼加拉瓜(Nicaragua)一词的后缀阿瓜(agua),西班牙文是水。它西临太平洋，东抵加勒比海。还有两个大湖，果然水源丰沛。尼加拉瓜于1821年摆脱西班牙的殖民统治宣告独立，1839年建立共和国。1912年美国在尼加拉瓜建立军事基地。

农民出身的桑地诺（Augusto C. Sandino），1926年从墨西哥回国，领导金矿工人起义。同年12月，美国为了支持保守党政权，派出两千名海军陆战队登陆。桑地诺带领着二十九个伙伴进入了山区。展开游击战，队伍不断壮大。人们称桑地诺为"自由人的将军"。当时全世界只有六百多架军用飞机，美国竟派出了近七十架对付尼加拉瓜游击队。1928年美国胡佛总统提出与桑地诺谈判，被拒绝。美军终于在1933年撤出尼加拉瓜。1934年2月21日，桑地诺应邀到首都马那瓜共商国是。当晚，国民警卫队司令索摩查在总统府设宴招待。酒宴结束后，索摩查指派的凶手在暗中开枪杀害了桑地诺。索摩查1936年就任总统，建立了长达四十多年的家族独裁统治。

奥尔特加（Daniel Ortega）生于1946年，被西方媒体称为"天生的革命家"。他父母都是坚定的革命者。1961年以桑地诺命名的"桑解"宣告成立，年仅十五岁的奥尔特加加入后，立即和伙伴抢劫了"美洲银行"的一家分行，为革命带来第一笔"启动资金"。1979年，"桑解"发动总攻，索摩查三世逃往美国，"桑解"成立了民族复兴政府。后当选总统的奥尔特加，取消美国在尼加拉瓜的一切特权。美国总统里根宣布进行经济制裁，同时支持尼加拉瓜右翼势力，发动内战。1990年大选，内外交困的"桑解"，终于败给亲美的反对派全国联盟。

这一历史转折改变了黛西的生活，她退出政坛，离开故乡来到美国，认识了乔治，在旧金山定居下来。而我也由此通过乔治和黛西认识了尼加拉瓜。

是夜，在一个烧毁的教堂前举办诗歌朗诵会。先由政要讲话，为一个纪念铜牌剪彩，上面刻着"这里是格拉纳达"。

威廉·沃克（William Walker）是19世纪美国最出名的海盗。行医、当律师、办报纸都不能满足他的野心。他好勇斗狠，开疆拓土。1855年5月，带领六十名散兵游勇从加州启航，抵达内战的尼加拉瓜，占领格拉纳达，自封为尼加拉瓜总统，规定英文为官方语言，推行奴隶制。在尼加拉瓜人的反抗下，1857年他逃离格拉纳达前烧毁了许多建筑，在废墟上写下"这里曾是格拉纳达"。1860年，他再次去尼加拉瓜远征，途经洪都拉斯时被捕，后被军事法庭处死。这个沃克多少有点儿像山姆大叔早年的漫画式速写。

三

哈罗德和《新新闻报》主编与我共进早餐。我跟哈罗德头天约好去马那瓜，他请主编推荐值得一看的名胜古迹，首选竟是他们报社。我们搭两位台湾诗人的顺风车，到了马那瓜换乘出租车来到《新新闻报》报社，这是尼加拉瓜第二大报纸，第一大报叫《新闻报》。依此类推，第三大报纸应叫《新新新闻报》才对。进了《新新闻报》的简易楼，哈罗德把我推给准备采访我的女记者，自己忙着去办事。"你是中国人还是日本人？"这是女记者的头一个问题。一见哈罗德回来，我站起来说："我不能接受这采访，她连我打哪儿来都没闹清楚。"女记者不肯罢休："我可以问一般性的文学问题呀。""那你找别人去问吧。"我说。

出了《新新闻报》来到隔壁的《新闻报》，哈罗德索要有关诗歌节报道的剪报后，我们往湖的方向溜达。让我惊奇，马那瓜与其说是个都市，不如说是个大村庄，其赤贫程度让我吃惊。我说起美国入侵和左翼革命。哈罗德愤愤地说："可别跟我提什么'桑解'，这个国家就是被他们搞糟的，执政十几年，哼，搞国有化倒好，先把自己腰包塞满了。"我反驳他的说法。哈罗德说："我从来就不是右派,拉丁美洲作家没有几个是右派。但我对那些打着各种旗号的左派有足够的警惕。他们一旦上台全都变质了……"在大太阳底下,我跟哈罗德两个老外,为第三国的政治现实争得脸红脖子粗,汗都下来了。

一个推车卖冰棍的人带来了凉意,让我们冷静下来。我们决定包下辆出租车,去报社以外的名胜古迹转转。老司机皮肤黧黑,很健谈,乐于充当我们的导游。我们先沿市中心兜了一圈。那里一片废墟,只有一栋高楼孤零零地立着,据说那是有丰富地震经验的日本人盖的。1972年圣诞节前夕,马那瓜发生大地震,百分之七十的建筑物倒塌,二十五万人无家可归。祸不单行,尼加拉瓜又在1998年受到飓风毁灭性打击。鉴于天灾人祸,最近国际货币基金组织和世界银行决定放弃尼加拉瓜的巨额贷款。

桑地诺塑像立在湖边山坡上,巨大身影投向天空。在历史的广阔背景中,一个民族英雄是多么孤单。

说到11月的大选,司机说："要说我是'桑解'的老战士了,但他们让我厌倦。我当然还站在左派一边,但不会再选原来那批人马了。"我让哈罗德问他知道不知道黛西,司机回答说:"当然,那个游击队姑娘,我们永远都会记得她。她是个好人。"从马那瓜回格拉纳达的路上,开出租车的小伙子年仅二十一岁,已是两个孩子的父亲了。提到大选,他痛快地说:"我不管什么左派右派,谁给钱我就选谁。"

四

我请乔治夫妇和一位墨西哥女诗人吃晚饭。我们桌邻天井,阵阵晚风袭来,略有凉意。背景音乐是尼加拉瓜民间歌手的奔放歌声。

我说到白天和哈罗德的争论，还有出租司机的说法。黛西告诉我，哈罗德的话基本是对的。尼加拉瓜的政治腐败是有悠久传统的，且不说横征暴敛的索摩查家族，最近的例子是1996年当选的右翼总统，两年前因贪污受贿被判刑二十年。革命成功后，"桑解"某些领导人也腐化堕落了。但她认为，革命的成败应放到当时全世界冷战的背景中去看。美国想尽各种办法颠覆左翼政府，诸如经济制裁，媒体宣传，支持右翼发动内战。

她告诉我，由于内战和贫困，在尼加拉瓜三十岁以下的年轻人占百分之七十，他们对革命所知甚少。黛西动情地说："我常在想，那些普通老百姓怎么看我们，革命到底给他们带来了什么？这让我感到内疚。"她提到过去的一个女战友，革命成功后曾任驻越南大使。后来她对"桑解"内部的腐败失望了，决定摆摊卖杂货自食其力，直至今天。其他摊贩称她为"我们的女司令"。

最后我们说到尼加拉瓜诗人鲁文·达里奥（Rubén Darío），他是南美洲现代主义诗歌的奠基人。去年诗歌节开幕式上，就是首先由现任总统朗诵达里奥的诗篇。乔治说，你能想象美国总统布什在集会上朗诵惠特曼的诗吗？

在南美洲，革命和诗歌有某种特殊关系。下令刺杀桑地诺的索摩查一世于1956年9月被诗人佩雷斯（Rigoberto López Pérez）刺杀。佩雷斯留下这样的遗言：他只是做了"任何热爱祖国的尼加拉瓜人早就该做的事"。索摩查家族特别恨诗人，特别是索摩查三世，无数诗人丧命在他们手下。依我看，革命与诗歌共享幻想与激情，但革命一旦转换成权力，往往就会成为自身的敌人。好在诗歌和权力无关，甚至是权力扼杀的对象。我琢磨，作为诗人和革命者，作为高级官员和流亡者的黛西，到底是个什么人？

黛西告诉我，她昨天见到当年"桑地诺之声"的忠实听众，他把当年录制的录音带送给黛西。另一个人在听到黛西的朗诵后过来问:"你就是当年的广播员?我的脑袋受过伤,大部分记忆都失去了。就在刚才,我突然认出你的声音。"

在我眼前浮现出一个画面:1978年某天,在秘密据点,年轻漂亮的女大学生黛西打开录音机开关,调试音量,对准话筒:"这里是桑地诺之声,现在开始播音……"

波兰来客

飞机着陆一小时了，仍不见影子，让我捏了把汗。美国国会刚通过的限制移民的法案，由电脑网络输进所有机场移民官员的大脑，映在脸上，肯定雪上加霜。老刘终于从自动门探出头来。八年没见，他明显苍老了，让我想起他父亲。他穿的竟是那件70年代就穿上的土黄色羽绒服，领子很脏，袖口磨破，好像有意嘲笑由林同炎先生设计的旧金山国际机场，旅客正由此飞向未来。

我们开车回到过去。他一上车就要抽烟。无奈，只好开窗，烟缕在风中急剧抖动。屈指一算，我们认识二十五年了。1972年春天，中学同学唐晓峰神秘地告诉我，他的邻居是地下艺术团体"先锋派"的"联络副官"，这两个称号具有同样的吸引力。老刘在工厂当钳工，但文质彬彬，像个旧时代的文人。他刚从大狱里放出来，因反动言论关了三年。有幸和不少文化名人关在一起，关出不少学问和见识。他仍像个犯人，缩在双层铺和小书桌之间，给我讲狱中的故事，他立志要写出来。经他介绍，我认识了"先锋派"的"猴子"——也就是后来的芒克，又通过"猴子"认识了彭刚，其实"先锋派"也就这两位，再加上联络副官，三人行。

第二天，老刘系上围裙，麻利地操刀掌勺，给我们做饭。他在波兰开了家中国饭馆，生意兴隆。1990年夏天，他无法忍受国内的沉闷气氛，去了匈牙利，混了半年，又转战波兰。诗人一平，跟我讲起在波兰的奇遇。街上问路，他正好问到一家中国饭馆。有人应声，从地下推开扇窗户，爬了出来，满脸烟熏火燎，露出白牙——正是老刘。先有免费打工的铺垫,才有后来的发展。他攒钱,在大学区盘下家小馆子,当起厨师(红白案)、采购、会计,兼老板。

老刘的变化让我目瞪口呆。80年代,我们这帮人里,顶数他日子过得滋润。他为香港中新社到西藏拍纪录片,赚些外快,购置了电器和罗马尼亚家具。要说不在钱多少,而是一种态度:人生难得几日闲。他经常备上酒菜,请朋友聚聚。他说话和时代节奏成正比。起先慢条斯理;商业浪潮来了,带有间歇性停顿;再赶上"六四",变成喘息,他卷起铺盖上路了。

和老刘相比,实在惭愧。在国外,除了靠奖学金、靠母语在学校混混,我还能干什么?所谓先生存,后发展。文人自己种稻做饭,自然不必"为五斗米折腰"。

对美国,老刘最初的反应是谨慎的。他仔细比较价钱,从生姜到汽车;他收集饭馆的菜单,留意报纸上的分类广告。我终于从他的眼睛里看到了什么。我也从欧洲过来,知道一个中国人在另一个古老文化中的失语状态,知道那随经济浮动的排外情绪,也知道新大陆呈现的种种幻象。老刘想和他的美国梦一起留下,但美国移民局的答复是:您留下梦,走人。

70年代,我和老刘常结伴出游,去过白洋淀、五台山等地,没想到如今可走远了,远得望不到家、回不成家或干脆不想回家了。1975年秋天,我和父亲吵架,一怒之下和老刘上了五台山。那颓败的庙宇和稀疏的松柏沐浴在夕阳中,呈凄凉之美。我们认识不少和尚,多是农家出身,质朴可亲。有位尼姑是40年代北大中文系的学生。为何出家?必有一段隐情才是。

在昏暗的光线下,她满脸褶皱,目光清澈。谈得投缘,我们把一本任继愈关于佛家思想的书送给她。最后钱用光了,我们经大同扒火车回北京。快到北京时,我们为在哪儿跳车吵了起来。老刘执意要在远郊的小站下，我认为目标太大。俩人脸憋得通红，怒目相视。最后还是在北京站下车，翻墙逃脱。拐进前门一家澡堂子，泡了个热水澡，躺在铺板上，抽烟，望着天窗，我们才开始说话。

话说回来了，那时我们有梦，关于文学，关于爱情，关于穿越世界的旅行。如今我们深夜饮酒，杯子碰到一起，都是梦破碎的声音。

老刘的两次婚姻都失败了。现任妻子和他一起开饭馆，仅仅因为在国外手续复杂，离婚一拖再拖，拖得两人都没脾气，只能将就。情人节快到了，我女儿偷偷问我："为什么刘叔叔买了两张情人卡？"我怎么解释？一张给妻子，出于习俗和生活惯性；另一张是给波兰房东的女儿，那是真情。老刘请我把他的题词译成英文，再抄在情人卡上，但他连情人的名字都拼不准。我为他感到悲哀：除了有限的波兰饭馆用语外，他用什么来表达？但这毕竟是他仅有的阳光，在烟熏火燎的异地他乡。

老刘生性温和，知书达理。按一平的话来说，他是个毫无侵略性的人，在此伤天害理的年月实属少见。祖上是河北农民，若无革命，他很可能是个乡下秀才，度过平静而儒雅的一生，时代变了脸，让他入大狱，做苦工，险些病死在铁栏杆后面。而这狱中经历成了他的命运。好不容易消停两天吧，又开枪放炮，逼得他远离故土，沿成吉思汗的路线给远房亲戚生火做饭。母亲病重，那些穷亲戚在路条上百般刁难，竟没让他回去见上一面。直到最后一刻，母亲仍盯着门口。

"我现在是赎身。"老刘酒后伸出指头，"十万！只要攒够十万美元，就告老还乡了。"他脸色红润，一扫刚来时的晦气。挣钱赎身，回家，回乡下，买房置地，读书写作，过老秀才的生活。这倒是他一辈子的理想。自打认识，他就一直叨唠这事。可何为以后？

那天乘游船在旧金山湾兜风，金门大桥像把尺子在我们头上翻转，好像在测量我们有限的一生。我们在它下面合影，为二十五年的友谊,其实二十五年只是它最小的刻度。

就在老刘到的前两天,我女儿告诉我,有个叫彭刚的来电话。莫非是那个二十五年前"先锋派"的彭刚?果然,他来美国多年,前两年搬到圣何塞(San Jose),离我这儿不远。我给他打电话,说有人想跟他聊聊。老刘接过电话,自报姓名,悠悠然。彭刚惊呼见鬼,风驰电掣而来,拎着香槟和啤酒。那聊法有如登山,对年轻人不算什么,上了岁数就明显感到吃力。

日薄西山时,不免感叹:众人星散,看来"联络副官"这些年有点儿玩忽职守。

老刘要回去了,那边饭馆告急,加上签证也到期了。临走,我陪他去采购。他买的都是饭馆所需,大到蒸锅,小到姜蒜,塞满一个大纸箱。我打电话为他订位时,发现由于班机衔接不巧,他得在巴黎机场待整整一昼夜。我拉他去法国领事馆办过境签证,不肯,他要为赎身省钱。结果在机场遇到麻烦。柜台后面漂亮的小姐皱着眉头,一边翻着护照,一边打量着大纸箱和那身70年代的羽绒服,她坚持老刘必须得办法国签证。好说歹说,又找来上级,才放行。

别后,我一天都心不在焉。在巴黎戴高乐国际机场,正当搬运工人倒腾那个大纸箱时,老刘缩在柱子后面,睡着了。

搬家记

一

1989年至1995年的六年工夫，我搬了七国十五家。得承认，这行为近乎疯狂，我差点儿没搬出国门以外。深究起来，除了外在原因，必有一种更隐秘的冲动。我喜欢秘鲁诗人塞萨尔·巴列霍的诗句："我一无所有地漂流……"

头一站西柏林。住处在最繁华的库达姆（Ku'damm）大街附近，是德国学术交流委员会（DAAD）提供的。如同得了热病，我昏昏沉沉地穿过纪念教堂广场，所有喧嚣被关闭在外。一个"朋克"鸡冠状头发鲜红似血，他张开嘴，却没有声音。那年夏天，墙还在，西柏林与世隔绝，像孤岛。我是1989年的鲁滨逊，刚逃离失事的沉船，带着个空箱子，一头钻进语法严密的德语丛林。我把从墨西哥买来的绳床吊在阳台上，躺在那儿眺望柏林摇荡的天空。我前脚走，柏林墙跟着轰然倒了。接着挪到挪威首都奥斯陆（Oslo），住大学城。我有时去市中心散步，狂乱的内心和宁静的港湾恰成对比。直到那时我才意识到回不了家了。

住下没两天，迈平就开着他那辆老爷奔驰车，帮我搬到另一处学生宿舍。这回，箱子成双。绳床怎么也塞不进去，正好捞些锅碗瓢盆，拖进新居。我和五个挪威小伙子共享厨房。头疼的是，刚塞进冰箱的六瓶啤酒，转眼少了四瓶半。在挪威啤酒太贵。得，我顺嘴喝干剩下的半瓶，把另一瓶拎回屋里。我带多多到一个教授家做客，主人用自制的啤酒招待我们。那啤酒有股怪怪的肥皂味，没喝多少，我俩沉沉睡去。教授气得四处打电话：我……我的中国客人怎么都睡着啦……

冬天到了，北欧终于给我点儿颜色看看：漆黑。一个专门倒卖旧电视的中国同学，看我可怜，匀出一台给我。我喝着温啤酒看电视。那挪威话还挺耳熟，带陕北口音。

在挪威待久了，迈平得了失语症。每天晚上，我俩一起做顿饭，对影成四人，无言。放寒假，他去外地看老婆。大学空城，我孤魂野鬼般游荡。钻进一家中国餐馆，除我，还有一人。他自言自语，动作古怪，目光疯狂，充满强烈的暗示性。慌张中我丢下碗筷，撒腿就跑。

过了1990年元旦，我把绳床留给迈平打鱼，搬到瑞典斯德哥尔摩，住进一家相当宽敞的公寓。主人一家去印度旅行。我实际只用厨房，有时去客厅和餐厅遛弯，顺便照料花草。一群住在外地难民营的中国人来借宿，带来各自的故事。他们中有工人、商人、大学生，到天涯上孤独的一课。我们在黑暗中互相借光。冬天的斯德哥尔摩让人沮丧。太阳才爬起来，没升多高，就被黑暗之鱼一口吞下去，吐出些泡沫般的灯光。我日夜颠倒，索性整天拉上窗帘。三个月后，花草奄奄一息，主人回来了。一位好心的中国餐馆老板借我个小单元，更符合孤独的尺寸。有人从英国带来瓶苏格兰威士忌，让我一口喝光。我把自己关在屋里，发疯尖叫，在镜子前吓了自己一跳。

我常和李笠泡酒吧。他用瑞典文写诗，出版了好几本诗集。他是个拈花惹草的老手，满街跟姑娘套近乎。在斯德哥尔摩，几乎每个酒吧都有赌桌。我们输光兜里的钱，喝得醉醺醺的，摇摇晃晃走在大街上，李笠会突然歇斯底里地大笑。

春去夏来，我照旧拉着窗帘，遮挡喧闹的白夜。

那年秋天，我到丹麦第二大城市奥胡斯教书，一住两年。安娜帮我在郊区租了间可爱的小厢房。两位女房东是女权主义者，一位心理学家，一位妇女博物馆馆长。她们带各自的娃娃住正房，居高临下，审视一个倒霉的东方男人。夜半，三盏没有性别的孤灯，遥相呼应。小院紧靠铁路，火车常闯入我梦中。惊醒，盯着墙上掠过的光影，不知身在何处。

我父母带女儿来探望我。我临时借点儿威严，住进丹麦海军司令家隔壁的小楼。我们住二层，窗外是海和丹麦国旗。一层是老建筑师乌拉夫，地下室租给年轻的女钢琴家乌拉。他俩并无血缘关系，名字近似，像欢呼，自下而上，不过多了声岁月的叹息。乌拉夫寡居，有种老单身汉的自信，仅用台袖珍半导体欣赏古典音乐。我有时到他那儿坐坐，喝上一杯。他特别佩服贝聿铭，做中国人，我跟着沾光。不过盖房子是给人住的，而诗歌搭的是纸房子，让人无家可归。轮到我割草，乌拉夫也会板起面孔，驱赶我推着割草机在后院狂奔。乌拉独身，靠教课及伴奏为生。她的眼神茫然，好像看多了海平线。她对我经常外出十分羡慕，梦想有一天能在巴黎或纽约那样的大都市找到工作。她弹得真好，但琴声永远被门紧紧关住。

父母和女儿走了。图便宜，我搬到郊外的新住宅区。外出的房主是一对中国老人，随儿子出来，跟着享受丹麦的福利。那单元特别，以厕所为中心，所有房间环绕相通。我心情好时顺时针溜达，否则相反。那恐怕正是设计者的苦心，要不怎么笼中困兽或犯人放风总是转圈呢。

1992年10月初，从丹麦搬到荷兰，送的送，扔的扔，我还是坐在行李堆里发愁。没辙，只好向柏林的朋友求救。他从柏林租了辆面包车，开到丹麦，装上孤家寡人，再经德国开到荷兰的莱顿（Leiden）。

莱顿的住处实在太小，根本没地方溜达，我成了那些陈旧家具中的一员。房东玛瑞亚住二楼，是个神经兮兮的老寡妇。她有个儿子，极少露面。她每年都要去修道院做心理治疗。这位眼见要全疯的老太太，这回可抓住我这根稻草，一逮着机会就跟我东拉西扯，没完没了。我尽量靠边走。玛瑞亚有种特殊本事，只要开道门缝，她准站在那儿等我，唱个法文歌，背首德文诗，要不然就讲述她的噩梦。不管怎么着，我绝不让她进屋，否则就成了我的噩梦。

玛瑞亚抠门儿。冬天阴冷，我夜里写作，不到十二点暖气就关了。第二天早上请示，不理。哆嗦了三天，再请示，恩准。她把定时器调到夜里两点——在妄想与噩梦之间。

我请玛瑞亚到附近的中国餐馆用餐。她精心修饰，早早坐在那儿等我。大概很多年没人请她吃饭了。饭馆生意冷清。玛瑞亚显得有些拘束，话不多。她讲起战时的荷兰和她的童年。回来的路上，她的高跟鞋橐橐响着，那夜无风。

临走她请我上楼喝茶，我留了地址。她的信追着我满处跑。我搬家速度快，却还是被她的信撵上。她每次都附上回邮信封。我铁石心肠，扔掉。这世上谁也救不了谁。孤独的玛瑞亚！

二

来美国前，在巴黎住了三个月。先寄居在我的法文译者尚德兰家。她离了婚，带两个孩子，住在巴黎郊区的小镇上。她自己动手盖的房子，永无竣工之日。每次来巴黎，她指给我其中的变化：新装修的厕所、楼板上刚踩漏的洞。她喜欢抱怨生活，但不止于抱怨，而是英勇地奔忙于现实与虚无之间：教书、做饭、翻译、割草。我有时担心，万一出现某种混乱怎么办？比如把书做成饭，把草译成诗。她喜欢跳舞——芭蕾舞。无疑,这有效地阻止了混乱。我没见过她跳舞。可以想象,在练习厅,她深吸一口气,踮起脚尖,展开手臂,旋转,保持平衡……

我父母和女儿来到巴黎。宋琳一家去度假,把钥匙留给我们。他家在市中心,五楼。旋转楼梯像受伤的脊椎吱吱作响,通向巴黎夜空。我妈妈腿脚不好,爬楼梯是件痛苦的事。这和我的噩梦连在一起——是我在爬没有尽头的楼梯。夏天,巴黎成了外国人的天下。我几乎每天陪女儿去公园游乐场。我拿本书,在长椅上晒太阳,心变得软软的,容易流泪,像个多愁善感的老头。书本滑落,我在阳光中睡着了,直到女儿把我叫醒。

那三个月,像跳远时的助跑,我放下包袱,灌够波尔多红酒,铆足劲,纵身一跳。

1993年8月25日,我带着盖有移民倾向标记的护照,混过海关,灰头土脸地踏上新大陆,毫无哥伦布当年的豪迈气概。先在密歇根州的小城伊普西兰蒂落脚。第一任美国房东拉里,用狡黠的微笑欢迎我。他是大学电工、市议员、民主党人、离婚索居者、两个孩子的父亲和一只猫的主人。他除了拉拢选民,还加入了个单身俱乐部,在政治与性之间忙碌。这一点他是对的:政治是公开的性,而性是私人的政治。

拉里很少在家。我常坐在他家的前廊看书。在东密歇根大学选了门小说课,每周至少要读一本英文实验小说。英文差,我绝望地和自己的年龄与遗忘搏斗,读到几乎憎恨自己的地步。把书扔开,打量过往行人。深秋,金黄的树叶,铺天盖地。晚上,大学生喝了酒,显得很夸张,大叫大喊。那青春的绝望,对我已成遥远的回声。

拉里的黄猫不好看,毛色肮脏,眼神诡秘——这一点实在很像拉里。它对我表示公然的漠视。饿了,也从不向我讨食,完全违反猫的天性。以一个流浪汉的敏感,我认定这是拉里私下教导的结果。白天,一只黑猫常出现在窗口,窥视着黄猫的动静。有了房子的保护,黄猫不以为意。两猫对峙,斗转星移。我把黄猫抱出后门,黑猫包抄过来,低吼着,声音来自白色腹部。黄猫毛发竖立,蹿到台阶下,背水一战。黑猫虽占优势,但也不敢轻举妄动。此后,黄猫知我狼子野心,不再小瞧,尽量躲着我远点儿。

1994年初,我搬到十英里开外的城市安娜堡。不会开车,我在商业中心附近找了个住处。那片红砖平房实在难看,但在由快餐店、加油站和交通信号灯组成的现代风景中却恰如其分。我头一回动了安家的念头,折腾一礼拜,买家具、电器、日用品,还买了盆常春藤植物。由于这些物的阐释,"家"的概念变得完整了。收拾停当,我像个贼,在自己家里心满意足地溜达。

我很快厌倦了同样的风景和邻居。而旅行仍让我激动,每次坐进火车和飞机,都会有这种莫名其妙的激动。一个美国姑娘告诉我:她最喜欢的地方是航空港,喜欢那里的气氛。其实,旅行是种生活方式。一个旅行者,他的生活总是处于出发与抵达之间。从哪儿来到哪儿去都无所谓,重要的是持未知态度,在漂流中把握自己,对,一无所有地漂流。

我开始迷上爵士乐,想搬往昔日的美国。徐勇帮我查报纸,打电话,一家家逛去,终有所得。那条小街僻静荒凉。木结构的小楼多建于20世纪20年代,门脸颓丧,油漆剥落,但与爵士乐的情调相吻合。那天晚上看房的人很多,中意者按先来后到,我排第五。前面四位犹豫不决,让我得手。

写作往往是个借口,我坐在窗前发呆。松鼠从电线上走过,用大尾巴保持平衡。一棵柿子树在远处燃烧。前廊有个木摇椅,坐上,铁链吱嘎作响。

我住二楼，房东老太太住一楼，却未曾谋面。收垃圾的日子，一摞摞纸饭盒堆在门口。一日，我坐摇椅闲荡，只见侧门推开，探出一根拐棍，够着地上的报纸。我连忙弯腰递上。老房东太老了，恐怕已年过九十。她说话极慢，词儿像糖稀被拉开。我突然想起她年轻时在摇椅上的身影。

她的律师儿子告诉我，母亲中风，多次住院，但死活不愿搬家，不愿离开这栋自她结婚时买下的房子。我这个搬家搬惯了的人，对此深表敬意。

她儿子的深宅大院藏在树丛深处。太太和气，烤得热腾腾的饼干，一定让我尝尝。他们有多处房产出租，却坚持自己割草。每到周末，两口子出动。戴草帽，备口粮，挥汗如雨为何忙？那劳动热情让我费解。

1995年秋天，我和家人团聚，在北加州的小镇定居，先租公寓，后买房子。我有时坐在后院琢磨，这些年恐怕不是我在搬家，而是世界的舞台在转动。我想起玛瑞亚。她在这舞台上孤独地奔跑，举着那些地址不明的信，直到信被冷风刮走，消失在空中。我头一次想给她回封信：亲爱的玛瑞亚，我还好。你呢？

赌博记

一

今年圣诞节,全家去拉斯维加斯。开车先到洛杉矶过夜。翌日晨,上山滑雪。下午,翻过落基山,进入茫茫沙漠。日落夜深,十五号公路上,车灯连成一线,直奔赌城。今天是圣诞节,这些罪孽深重的人啊。

九点到拉斯维加斯。这建在人类弱点之上的城市,其辉煌,让你突然感到无力。据说张爱玲晚年曾动过念头,要搬到这儿来。我信。只要读读她的小说,很容易找到和这座城市的某种对应关系。

进大门,声色犬马一起奔来。得亏有定力,我随手喂了几枚小钱,才杀开一条路。预订的房间客满,我们免费升级,升到二十七楼的豪华套房。晚饭后,妻女累了,要在卧室的旋流浴池里泡泡。我说去弄点儿零花钱,只一会儿。

我自幼好赌。父亲抽烟。我把烟盒拆开,叠成三角,勒边,向下微弓。孩子们凑在一起,先鉴定,牌子差或残破的,一律靠边站。扇三角要落点好,会用巧劲儿。我从小动作协调性差,纵身跃起,用尽吃奶的劲儿抡出,对方的纹丝不动。而人家肩膀一抖,我的三角就翻过来,归他所有。那赌博如原始交易,以物易物。

我后来迷上弹球。孩子们撅着屁股,在五个小洞之间移动。我还是协调性的问题,球出手无力,没准头。高手架势就不同:直腰,平端,单眼吊线。一声脆响,我的心缩紧,球准又多了个麻坑。心狠手毒者，甚至用瓷球、石头球来击碎玻璃球。上中学，午休时弹球，我每次输掉一张做数学题的白纸。晚自习课，只好到处去借。

困难时期，我家邻居采用粮食均分制，小京和他哥哥各分一千五百颗黄豆。哥俩弹球，小京技术差，每回输五颗。输到四十颗，快够他哥哥美餐一顿时，我们怂恿他一次赌四十。再败，赌八十。翻到一千二百余颗，终于蒙上，他咸鱼翻身。

1985年底到深圳开笔会，我头一次遭遇吃角子老虎机。没投几个就中了。铃响，叮叮当当掉出港币。同行们急红了眼，哄抢，纷纷去投。再开会，人手一个微型轮盘机。文学开始走下坡路。

1986年春天，我从斯德哥尔摩乘船到赫尔辛基(Helsinki)。轮船上到处是老虎机。我住二等舱，窗含阳光大海。我求胜心切，认准一台老虎机，先握手，再过招，可不到半个钟头，两百瑞典克朗，折合两百个肉包子，有去无回。取出晚饭钱，继续跟那吃人"老虎"算账。这回倒好，连骨头都没吐。甲板开始摇晃。我两腿发软，眼冒金花。回头是岸？突然想起还有出国兑换的三十美元，取来兑换再投，眼睁睁，看它吞掉我最后一个攥出汗的克朗。趁没人，我狠狠踹它两脚。回舱房，窗黑，我吞下块硬币般的巧克力充饥，那是免费的。

在英国北部住了一年，有时去伦敦。那些老虎机店响声震天，老远让你热血沸腾，好像那是全世界金钱的漏斗。里边东方面孔多，尽是中国饭馆的打工仔。老板大厨敢下赌海，他们只能拿零钱打打水漂。

英国人把老虎机叫作"独臂贼"(one arm thief)。听这名字，必有杀人越货的真功夫，亏吃多了，我不敢恋战，一般在和别人约会前二十分钟去转一圈，尚有可能小赢，事关信用和友情，不得不急流勇退。和"独臂贼"搏斗，得小心里应外合。有一回，我没防身后，被双臂贼麻利地摸走了一百八十英镑。

在英国认识郭氏兄弟。他俩原在国内某乐团，一个吹笙，一个吹唢呐。这两样凄厉的玩意儿，把婚丧嫁娶的复杂感情带到伦敦，可把自以为见过世面的英国人唬住了。郭氏兄弟靠街头表演为生，极受欢迎。赚的钱总得有个去处。哥俩都是赌徒。具专业知识、有丰富经验、持之以恒、为之终身奋斗者，才能得此称号，绝非等闲之辈。

一晚，大郭在老虎机店输了百余镑。剩十便士，投，先吐两镑，再投，吐四镑、八镑。转身进赌场，在轮盘赌押红黑两色，到八十镑。于是上桌，势不可挡，到天亮赢到九千镑。说到此处，大郭目光炯炯，叹了口气，想必是转折点。早上在赌场用餐，叫出租车，先到朋友家，请他代寄两千镑回京，孝敬老母。再去电器店，买录像机。到家，洗了个热水澡，返回赌场。走背字，六千镑倒流回去。叫出租车，赶到朋友家，钱还没寄。呜呼，两千镑没等老太太听个响，就烟消云散。当夜，九千镑全部奉还，又搭进四千镑。

大郭的老婆是英国人，闹到赌场，老板无奈，只好取消了他的会员资格。

那是1988年春节，我和郭氏兄弟在曼彻斯特表演。我念诗，没人在意。他们哥俩可把老华侨吹得热泪盈眶。会后，在唐人街找了家饭馆，点了几样经济实惠的小菜。酒足饭饱，大郭讲起这故事——他一生中的二十四小时。说到结局，他并不服气，狠狠说："我他妈深知其中诀窍，只要再有一万镑，我准能捞回来。"我想这正是赌场老板乐得听见的，这种复仇心理，才是赌场致富的秘诀。

我后来去英国，打听郭氏兄弟的下落。据说还在街头表演。那凄厉的中国民乐，必含有那一昼夜的悲欢，更加扑朔迷离。

二

说起中国人在海外赌博,那故事就多了。中国人好赌,我想这和我们民族的非理性倾向有关:信命运不信鬼神。加上漂流在外,文化隔膜,语言不通,又不想跟自己过不去。怎么办?

赌场起码人多,五湖四海,是为了一个共同的目标走到一起来的。没有语言与文化上的障碍。您只要一比画,谁都懂。再说赌博至少给人以希望,今儿输了还有明儿呢。撞上大运,那就是一辈子荣耀。

1995年夏天,我从巴黎搭车去德国看朋友,认识了开车的小赵,一个纯朴小伙儿。他原在德国一所大学读书,觉得无聊,转到一家肉食公司的冷库打工。工资高,但德国人不乐意干,都包给第三世界的弟兄们。要说这活儿不难,一接提货单,立马穿棉袄进冷库,半扇猪,五只鸡,扛上就走。可千万别磨洋工,否则自己也给冻上了,得等到下张提货单才会被发现。下班没事,小赵跟着去了几趟赌场,把细节看在眼里,在冷库干活时暗自琢磨,终于悟出轮盘赌的关键所在。

我在德国那几天,他辞了冷库的差使,改去赌场上班。赌场比冷库温暖多了,不必接触动物尸体,还有人侍候。他每天回来,神采飞扬。数完马克,跟我们一起吃晚饭。他分析当天的案例,画出曲线,总结规律,除了个别误差,一切都在预料之中。眼见着人类赌博史上最激动人心的时刻就要到来了,我劝他每次不要赢得太多,否则让赌场盯上,列入黑名单。

这担心是多余的。三个星期后小赵又回冷库干活,欠了一屁股债。

其实赌场是不怕你赢的。十年前在拉斯维加斯的一家赌场,有个老头拉联网老虎机，中了三十万美元的大奖。赌场的人过来祝贺他，给他开支票。老头被胜利冲昏了头脑，不要支票，要继续玩下去。三天后，他不仅把三十万全部输掉，还得到一张两万多美元的税单，只好回去变卖家产。对赌场这是最有效的广告，当时就见了报。

手气这玩意儿，像命运，的确难以捉摸，连开赌场的也不得不信。玩二十一点，庄家连输几把，马上换人，其实就是换手气。我相信人与人之间有一种场，相生相克。若庄家是个悍妇，横眉立目，玩牌于凶猛的股掌之中，让你先凉了半截，哪敢有求胜之心？太老的男人则有成精的嫌疑，更令人生畏。有一回我在雷诺玩二十一点，正连连得手，庄家换人，换上个老头，连眉毛都白了。论岁数，他二十年前就该退休了，必是赌场的镇山之宝。他勉强站稳，哆哆嗦嗦地发牌。我二十点，他准二十一点。我逃得慢了一步，三下五除二，桌上所有赌客的钱被一扫而光。

欧洲的赌场，大体是节制的、半隐蔽的，甚至带贵族味道，拒绝解救平民心灵的苦闷。我1992年冬天去法国南方，顺道去摩纳哥的蒙特卡罗（Monte Carlo），误入赌场。说误入，是指我高估了自己的实力。

我受到贵宾的礼遇，有点儿受宠若惊。有将军气派的守门人开门，有白发长者领路，有小姐标准的微笑。在登记处，我缴出护照和五十法郎，被记录在案。步入宫殿式大厅，绕着高大的柱子，寻寻觅觅，除了几张轮盘赌桌，根本没有老虎机。人不多，看来都是常客，衣着讲究，细声慢语。我凑到赌桌前，想小试身手。台面上标明：最低筹码五百法郎。而我只带三百五，连个筹码都买不起。一妇人正下注，攥着三块一百万法郎的牌子。我微微出汗，退后几步，点烟。此刻摄像机大概正对准我，电脑迅速和国际刑警局或各国银行挂钩，查这个中国大款的有关资料。

美国赌场的气派完全不同。头一次去大西洋城，吓了我一跳。那阵势，像个未来世界的祭坛：上千台老虎机电闪雷鸣，众人被施了魔法，动作僵硬，两眼发直。那是场群众性的宗教活动。我们赌累了，出来透气。只见一个巨型管道，凌空从赌场伸到海边，把沙滩上的散兵游勇，包括我们，全部吸了回去。

此刻，当我从二十七楼降到大厅，正是受到那魔法的召唤。

先换二十美元的硬币，和"独臂贼"单练。天昏地暗，约百十回合，我明显不支。一时找不到兑换的小车，我干脆把钞票直接塞进老虎机，让它自动转换。天助自助者，我终于中了，铃声大作，老虎机呕吐不止，吐出四百个。我用目光邀请周围的人来分享这份喜悦，他们反应迟钝，视而不见，最多点头而已。这些人真没见过世面。

我把硬币装进小桶，刚要收摊，裸着长腿的女郎送酒来了。付了小费，又要一瓶。这回有酒壮胆，欲罢不能。夜深了，有人梦游，多是中国人，乡音飘来浮去，时近时远。再看大厅有雾，想想不对，怕是我有些恍惚。斜对面的一个美国女人中了，她得意地转过头来。我懂，赶紧挥手致意。

早上六点，我塞进最后一个硬币，穿过大厅，迷了路，问服务员，才找到电梯。叮当一响，门关上，电梯上升。

后院

一

起风了。我站在窗前发愁，眼看后院四棵橘子树和从墙外探进身来的三棵野树的所有树叶，都要落进我家游泳池里了。那意味着绝望的劳动，刚捞起一拨又来一拨，要是鱼或者美元倒也罢了，与天奋斗的结果竟是一堆烂树叶。

不管怎么说，我还是喜欢后院，与前边草坪相反，它代表了某种私人空间。依我看，在每家门前铺草坪，准是联邦调查局和建筑商串通好的——标准美国公民的思维方式肯定与这有关，没有一丁点儿怀疑的阴影。其实草坪之间有一种对话关系，正如处在英文环境的外国人，永远理屈词穷。当你家草长高变黄，平整碧绿的草坪和主人一起谴责你。你得赶紧推割草机，呼哧带喘。特别是三伏天。一转身草又蹿得老高。我家那台割草机是二手货，点火有毛病。我铆足了劲，猛拉数十下，纹丝不动，汗早顺着脖子流下来。脱光膀子，再拉，割草机终于咳嗽了一声，突突吐出黑烟。不过想必那姿势相当绝望，邻居们准躲在窗帘后边看热闹。

我有时坐在后院的木摇椅上看摇荡的天空。四年前我们搬进来时买的这摇椅，费了好大劲儿才装起来。圆木支架的木纹随年代旋转，在阳光下闪耀。戳在那儿，怎么看怎么像个崭新的绞刑架，坐在上面多少有点儿不安。如今这摇椅被风雨染黑，落满尘土，很少再有人光顾。当初买这房子头一眼看中是游泳池，清澈碧蓝，心向往之，连第二栋都没看就拍板成交了，这恐怕在本城房产交易史上还是头一回。谁想到这个游泳池可把我治了。除了入冬得捞出七棵树上的所有树叶，还得捞出无数的蚂蚁飞蛾蜻蜓蚯蚓蜗牛潮虫。特别是蜻蜓，大概把水面当成天空了。这在空军有专业术语，叫"蓝色深渊"，让所有飞行员犯怵。除了天上飞的，还有水下游的。有一种小虫双翅如桨，会潜水。要是头一网没有捞着就歇着吧，它早一猛子扎向池底。虽说有水下吸尘器可帮忙打扫游泳池底部，但任何机器都得有人跟班。比如要掏空吸尘器网袋里的脏东西，清洗过滤嘴，调整定时器，及时检修动力及循环系统。另外，水要保持酸碱平衡。先得测试，复杂程度不亚于化学实验室。用大小两个试管取水，再用五种不同颜色的试剂倒腾来倒腾去，最后根据结果在水里加酸兑碱。这道程序还省不了，否则就给你点儿颜色看看——变绿，绿得瘆人；变混，混得看不见底。池壁上长满青苔，虫孽滋生。前不久出门两周，由我父母看家，回来游泳池快变成鱼塘了。

我们后院有一个巨大的蚂蚁王国，时不时地攻打我们房子，特别是凄风苦雨天寒地冻的冬天。先派侦察兵进屋探路，小小不言的，没在意；于是集团军长驱直入，不得不动用大量的生物武器一举歼灭。有一种蚂蚁药相当阴损，那铁盒里红果冻般的毒药想必甜滋滋的，插在蚁路上，由成群结队的工蚁带回去孝敬蚁后——毒死蚁后等于断子绝孙。这在理论上是对的。放置了若干盒后，我按说明书上的预言掰指头掐算时间，可蚂蚁王国一点儿衰落的迹象都没有，反而更加强盛了。我估摸蚁后早有了抗药性，说不定还上了瘾，离不开这饭后甜食了。

人的同情心有限，没听说哪儿成立了保护蚂蚁协会的。就社会属性而言，蚂蚁跟我们人类最近。看过动画片《小蚁雄兵》(*Antz*)后，我还真动了恻隐之心。可紧接着蚂蚁大军杀将进来，只能铁下心。

和蚂蚁相反，蜘蛛代表了一个孤独而阴郁的世界，多少有点儿像哲学家，靠那张严密的网吃饭。它们能上能下，左右逢源，在犄角旮旯房檐枝头安身立命。那天来了个工人检修游泳池，他打开池边的塑料圆盖，倒吸了口凉气，狠狠地用改锥戳死了个圆盖背后的住户。他翻过来让我看，那蜘蛛腹部带红点。他说这叫"黑寡妇"，剧毒，轻则半身不遂数日，重则置人死地。

二

冬去春来，我们后院来了对燕子做窝，这还是我女儿发现的。隔着玻璃拉门，只见房檐下大兴土木。两只燕子加班加点，衔来泥土草根，用唾液黏合在一起。这和我们吃的燕窝类似，不同的是，正宗的燕窝是在海边绝壁上，建筑材料都是小鱼。忙乎了一个星期，窝落成了。我是建筑工人出身。出于同行间微妙的竞争心理，我围着它转悠，不得不肃然起敬——这纯粹是嘴上的功夫。虽说从建筑学的角度来看：一个阳台而已，还得靠人类的屋檐遮风挡雨。

孵化过程是静悄悄的，就像写诗，得克服不良的急躁情绪。和那燕窝只一窗之隔，我伏在电脑前，卡在破碎的诗句中。突然我女儿叫我下楼——两只小燕子孵出来了。父母又忙乎起来，衔食物飞上飞下。小燕子闭眼张着大嘴，凄声尖叫。

真正威胁它们存在的是我们家的两只猫哈库和玛塔。算起来，这两只猫折合成人的寿命——正好"三十而立"。胸无大志，再说也无鼠可抓。这个没有老鼠的世界是多么无聊啊！美国猫聚到一起，准是一边打哈欠一边感叹。几代下来，大概遗传基因早就蜕变了，见老鼠不但没反应，说不定还会逃窜呢。哈库和玛塔整天呼呼大睡，有时也出门溜达溜达。它们有自己的小门，嵌在人的大门上。当人被防范之心阻隔时，它们则出入自由。

要说它们才是后院真正的主人。在草坪如厕，在泥土里打滚，到游泳池边喝水照镜子，上板墙眺望日落。这两年哈库发福了，不再灵活。而玛塔身手不凡，只轻轻一跃，就上了一人高的板墙，再一跃就上了房。头两年，他们经常叼回小鸟、蜻蜓、蚂蚱之类的活物邀功请赏，但迎头就是一顿臭骂，甚至饱以老拳。大概在猫的眼里，人类是毫无理性的。此后省了这道手续，自个儿在外边吃点儿喝点儿算了。后院常发现麻雀羽毛，即是证明。美国麻雀傻，一点儿也不像它们的中国亲戚。记得当年在北京西郊，百步开外，我一举气枪，麻雀从电线上呼啦啦全都飞走了。

而美国燕子不同，毕竟走南闯北，见多识广。它们先勘测地形，把窝建在猫爪根本够不着的地方。夏天来了，小燕子长大了，跟父母出门学飞。眼见这"阳台"对四口之家过于拥挤。一天早上它们全家出门，再也没回来，大概去寻找更暖和的地方。我回到书桌前，心空空如也。

女主人出门了，由她照看的二十来棵玫瑰紧跟着枯萎了。我本以为玫瑰是生命力极强的植物，开起来没完没了。突然间，她们像灯一样全都熄灭了，整个后院暗下来。我每隔一天拉着水管子浇水。除了浇水，还要剪枝施肥喷洒杀虫剂，总之得关怀备至才成。我本来就不喜欢玫瑰——刺多，开起花来像谎言般不可信，一不留神划你道口子，疼得钻心。我常遭此暗算，尽量躲远点儿。

玫瑰熄灭了，后院又被四棵橘子树照亮——满树橘子黄灿灿的。不知是品种不好，还是照顾不周，太酸，酸得倒牙。只好让它们留在树上，随风吹落，那些顽强的一直能熬到第二年夏天，和下一代橘子会面。其实四棵树中有一棵是柚子树，一点儿也不张扬，每年只结两个大柚子，像母牛硕大的乳房。剥开，里面干巴巴的，旧棉絮一般。

后院西南角种了棵葡萄树，眼看快把支架压垮了。葡萄秧是朋友给的，随手插在角落，没当回事。谁想到悄没声儿的，两年的工夫竟如此这般。我担心有一天它顺着支架上房，铺天盖地，把我们家房子压垮。再细看那些葡萄须子，如官僚的小手，为攀升而死死抓住任何可能。生长的欲望和权力相似，区别是权力不结果子。葡萄熟了，一串串垂下来，沉甸甸的，根本没人吃，让它们在树上烂掉。我想起三十年前背诵过的食指的诗"当我的紫葡萄化为深秋的泪水……"

　　天色阴下来。隔着窗户，我看见哈库正在后院转悠。他太胖，腹部垂下来，但走起路来有老虎般的威严，昂首阔步，微微抖动皮毛。一阵狂风，七棵树前仰后合，树叶和橘子纷纷落进游泳池，吓得哈库一哆嗦，转身逃走。

辑四
诗 和 诗 人

时间的玫瑰
北岛 摄

艾伦·金斯堡

一

艾伦得意地对我说："看，我这件西服五块钱，皮鞋三块，衬衣两块，领带一块，都是二手货，只有我的诗是一手的。"

提起艾伦·金斯堡（Allen Ginsberg），在美国几乎家喻户晓。这位美国的"垮掉一代"（Beat Generation）之父，自20世纪50年代因朗诵他的长诗《嚎叫》（Howl）一举成名，成为反主流文化的英雄。他在60年代到70年代席卷美国的反越战抗议浪潮和左翼造反运动中，扮演了重要角色。可以毫不夸张地说，没有他，这半个世纪的美国历史就会像一本缺页的书，难以卒读。

我和艾伦是1984年认识的，当时他随美国作家代表团第一次到中国访问。在我的英译者杜博妮（Bonnie McDougall）的安排下，我们在他下榻的旅馆秘密见面，在场的还有他的亲密战友盖瑞·施耐德（Gary Snyder）。我对那次见面的印象并不太好：他们对中国的当代诗歌所知甚少，让他们感兴趣的似乎是我的政治色彩。

再次见到艾伦是四年以后，我到纽约参加由他组织的中国诗歌节。刚到，艾伦就请我和邵飞在一家日本餐馆吃晚饭。作陪的艾未未用中文对我说："宰他丫的，这个犹太小气鬼。"我不知他和艾伦有什么过节。对我，艾伦彬彬有礼，慷慨付账，并送给我一条二手的领带作纪念。但在席间他明显地忽视了邵飞。都知道他是个同性恋，谁也没在意。赞助那次诗歌节的是纽约的浴帘大王——一个肥胖而傲慢的老女人，动作迟缓，但挺有派头。据说艾伦的很多活动经费都是她从浴帘后变出来的。艾伦总是亦步亦趋、点头哈腰地跟在老太太身后，像个贴身仆人，不时朝我挤挤眼。我真没想到，这家伙竟有这般能屈能伸的本事。

此后见面机会多了，开始熟络起来。1990年夏天，我们在汉城举办的世界诗歌大会上相遇。艾伦总是衣冠楚楚（虽然都是二手货），跟那些韩国的官员谈释放政治犯，谈人权。让组织者既头疼又没辙：他太有名了。在官方的宴会上，大小官员都慕名而来，跟他合影留念。艾伦总是拉上我，躲都躲不开。有一回，一个地位显赫的官员，突然发现我正和他们分享荣耀，马上把我推开。我从来没见过艾伦发这么大脾气，他对着那个官员跳着脚大骂："你这个狗娘养的！你他妈知道吗？这是我的好朋友！中国诗人！"官员只好赔礼道歉，硬拉着我一起照相，让我哭笑不得。再碰上这样的场合，我尽量躲他远点儿。

我问艾伦为什么总是打领带。他的理由很简单：其一，他得和那些政客谈人权；再者呢，他狡猾一笑，说："不打领带，我男朋友的父母就会不喜欢我。"

在汉城，会开得无聊，我们俩常出去闲逛。他拿着微型照相机，像个间谍到处偷拍。一会儿对着路人的脚步，一会儿对着树梢的乌鸦，一会儿对着小贩做广告的粘满蟑螂的胶纸。走累了，我们在路边的草地上歇脚，他教我打坐。他信喇嘛教，最大的愿望是有一天能去西藏。饿了，钻进一家小饭馆，我们随意点些可口的小吃。渴了，想喝杯茶，却怎么也说不清楚。我干脆用食指在案板上写下来，有不少朝鲜人懂汉字。老板似乎明白了，连忙去打电话。我们慌忙拦住：喝茶干吗打电话？莫非误以为我们要找妓女？但实在太渴了，我们又去比画，做饮茶状。老板又拿起电话，吓得我们撒腿就跑。

晚上，我们来到汉城市中心的夜总会。这里陪舞女郎缠着艾伦不放。没待上十分钟，他死活拉着我出来，说："我应该告诉她们，我是个同性恋。"我们迎面碰上一群美国留学生。他们一眼认出了艾伦："嗨！你是金斯堡？""我是。"艾伦马上问："这附近有没有同性恋俱乐部？"众人大笑。其中一个小伙子为他指路。但我声明绝不进去，艾伦在门外转了一圈，只好作罢。

艾伦很念旧。在纽约他那狭小的公寓里，他给我放当年和《在路上》(On the Road)的作者凯鲁亚克(Jack Kerouac)一起喝酒聊天的录音，脸上露出悲哀。他讲起凯鲁亚克，讲起友谊、争吵和死亡。他叹息道："我那么多朋友都死了，死于酗酒、吸毒。"我告诉他，我们青年时代为《在路上》着魔，甚至有人能大段大段地背诵。让我感动的是，他和死者和平共处，似乎继续着多年前的交谈。我甚至可以想象，他独坐家中，反复听着录音带，看暮色爬进窗户。

前车之鉴，艾伦不吸烟不喝酒，除了偶尔有个把男朋友，他过着近乎清教徒的生活。但他是个真正的工作狂。他最忙的时候雇了三个半秘书。他们忙得四脚朝天，给艾伦安排活动。艾伦反过来对我说："我得拼命干，要不然谁来养活他们？"这纯粹是资本家的逻辑。艾伦告诉我，他是布鲁克林学院(CUNY-Brooklyn College)的终身教授，薪水不错，占他全部收入的三分之一，另外版税和朗诵费占三分之一，还有三分之一来自他的摄影作品。和他混得最久的秘书鲍勃(Bob)跟我抱怨："我是艾伦的脑子。他满世界应承，自己什么也记不住，最后都得我来收拾。"

从艾伦朗诵中，仍能看到他年轻时骄傲和野蛮的力量。他的诗是为了朗诵的，不是为了看的。有一次在新泽西的诗歌节上，艾伦和我一起朗诵。他读我的诗的英文翻译。他事先圈圈点点，改动词序。上了台，他就像疯狂的火车头吼叫着，向疯狂的听众奔去，把我孤单单地抛在那里。以后我再也不敢请他帮我读诗了。

去年他过了七十岁生日。他身体不好,有心脏病、糖尿病。医生劝他不要出门旅行。最近他在电话里告诉我,他常梦见那些死去的朋友,他们和他谈论死亡。他老了。我想起他的长诗《嚎叫》里的头一句:"我看见这一代精英被疯狂毁掉……(I saw the best minds of my generation destroyed by madness...)"

二

下午有人来电话,告诉我艾伦今天凌晨去世。我把自己关在房间里,脑子一片空白。傍晚我给盖瑞·施耐德打了个电话。盖瑞的声音很平静,他告诉我最后几天艾伦在医院的情况。医生查出他得了肝癌,还有三五个月可活。艾伦最后在电话里对他说:"伙计,这意味着再见了。"

我记得曾问过艾伦,他是否相信转世。他的回答含混,几乎是否定的。他信喇嘛教是受盖瑞的影响,东方宗教使他那狂暴的灵魂安静下来,像拆除了引信的炸弹。他家里挂着西藏喇嘛教的唐卡,有高师指点,每年都到密歇根(Michigan)来参加禅习班。他和盖瑞不一样,信仰似乎不是通过内省获得的,而是外来的,带有某种强制性。他的禅习班离我当时的住处不算远,他常从那儿打电话约我过去玩,或溜出来看我。我叫他"野和尚"。

在安娜堡(Ann Arbor)有个喇嘛庙,住持是艾伦的师父,在喇嘛教里是个自由派,比如重享乐,主张性开放,受到众多喇嘛的攻击。我想他的异端邪说很对艾伦的胃口。艾伦请我去听他讲道。这是我有生头一回。说是庙,其实只是普通的房间布置成的经堂,陈设简朴,地板上散放着一些垫子。艾伦是贵宾,我又是艾伦的客人,于是我们被让到显要的位置，席地而坐。听众四五十，多是白人，来自不同的社会阶层。住持方头大耳，一脸福相。他先介绍了艾伦和我，然后开始讲道。那是一种东方的智慧，讲的都是为人之道，浅显易懂，毫不枯燥。艾伦正襟危坐，双目半闭。

东方宗教有一种宽厚的力量，息事宁人。再说对像艾伦这样西方的造反者来说，只能借助基督教以外的精神力量才能向其传统挑战。而艾伦在东方又恰恰选择了一种边缘化的喇嘛教，把自己和一块粗犷而神秘、充满再生能力的土地与文化结合起来。

艾伦的眼睛里有一种真正的疯狂。他眼球突起，且不在同一水平上。他用一只眼看你，用另一只眼想心事。他送我一本他的摄影集。在这些黑白照片里，你可以感到他两只眼睛的双重曝光。其中多是"垮掉一代"的伙伴，大家勾肩搭背，神情涣散，即使笑也显得很疲倦。在艾伦试图固定那一瞬间的同时，焦点显得游移不定，像他另一只想心事的眼睛。声音沉寂，色彩褪尽，他让人体验到消失的力量，一种真正的悲哀。有一张是艾伦的自拍照片。他赤裸地盘腿坐着，面对浴室的镜子，相机搁在两腿中间。他秃顶两边的浓发翘起，目光如炬。这张照片摄于二十多年前。他想借此看清自己吗？或看清自己的消失？

艾伦是我的摄影老师。1990年在汉城，他见我用傻瓜相机拍照，就嘲笑说："傻瓜相机把人变成了傻瓜。"他建议我买一个他那样的手动的Olympus微型相机。他告诉我，这种相机轻便小巧，便于抓拍，而且一切都可以控制，你能获得你想获得的效果。但现在已不生产了，只能买到二手货。他警告说，千万不要用闪光灯，那会破坏空间感，把景物压成平面。最好用高感光度的胶片解决曝光不足的问题。第二年春天在纽约重逢，我真买到了一个那样的相机。艾伦问我在哪儿买的。这位二手货专家在手里把玩着，对新旧程度和价钱表示满意。接着他教我怎样利用光线,以及在光线不足的情况下如何夹紧双臂,屏住呼吸,就这样——咔嚓咔嚓,他给我拍了两张。

艾伦总是照顾那些穷困潦倒的"垮掉一代"的伙计。据说他多年来一直接济诗人科尔索(Gregory Corso),买他的画,给他生活费。我在艾伦的公寓里见过科尔索。他到之前,艾伦指着墙上几幅科尔索的画,一脸骄傲。科尔索很健硕,衣着随便,像纽约街头的建筑工人。我们坐在方桌前喝茶。艾伦找来我的诗集,科尔索突然请我读一首我的诗,这在诗人之间是个奇怪的要求。我挑了首短诗,读了,科尔索咕噜了几句,好像是赞叹。艾伦坐在我们之间,不吭声,像个证人。然后他请我们去一家意大利餐馆吃午饭。路上科尔索跟艾伦要钱买烟,艾伦父亲般半信半疑,跟着他一起去烟摊,似乎怕他买的不是香烟,而是毒品。

艾伦极推崇科尔索的诗歌才能,建议我翻成中文。他专门带我到书店,买了本科尔索的诗选《思想场》(*Mindfield*)送给我,并把他认为重要的作品一一标出。我与朋友合作译了几首,发表在《今天》杂志上。艾伦很兴奋,让我马上寄一本,由他转给科尔索。

走在街上,艾伦常常会被认出来,有人就近在书店买本诗集,请他签名。他只要有时间,会几笔勾出有星星和蛇神陪衬的佛像,佛爷还会发出哈的一声,不知是祈祷,还是愤怒。艾伦对我说:"我签得太多了。有一天我死了,每个签名也就值两块钱吧?"两年前,艾伦以一百万美元的高价,把他全部手稿和来往信件卖给了斯坦福大学图书馆,成了一大新闻。艾伦告诉我,如果把他的每张纸片都算上,平均最多才值一块钱。再说这笔钱缴税后只剩六十万,他打算在附近买个大点儿的单元,把他的继母接过来。

艾伦曾为达赖喇嘛在安娜堡搞过一次捐款朗诵会,四千张票一抢而空。这件事让我鼓起勇气跟艾伦商量,作为我们的顾问,他能不能也为一直入不敷出的《今天》杂志帮个忙。艾伦痛快地答应了,并建议除了施耐德,应再加上费林盖蒂(Lawrence Ferlinghetti)和麦克卢尔(Michael McClure)。朗诵会定于去年10月初,那时"垮掉一代"的干将云集旧金山,举办四十周年的纪念活动。没想到艾伦病了,没有医生的许可不能出门。盖瑞转达了艾伦的歉意,并告诉我,医生认为他的病情非常严重,随时都会死去。

说来我和艾伦南辕北辙,性格相反,诗歌上志趣也不同。他有一次告诉我,他看不懂我这些年的诗。我也如此,除了他早年的诗外,我根本不知他在写什么。但这似乎并不妨碍我们的友谊。让我佩服的是他对权力从不妥协的姿势和戏谑的态度,而后者恰恰缓和了前者的疲劳感。他给我看过刚刚解密的五十年前联邦调查局对他的监视报告。我想这五十年来,无论谁执政,权力中心都从没有把他从敌人的名单抹掉。他就像个过河的卒子,单枪匹马地和严阵以待的王作战,这残局持续了五十年,而对峙本身就是胜利。

此刻,我端着杯酒,在纽约林肯中心的大厅游荡。我来参加美国笔会中心(PEN American Center)成立七十五周年的捐款晚宴。在客人名单上有艾伦,但他九天前死了。我感到那么孤独,不认识什么人,也不想认识什么人。我在人群中寻找艾伦。

帕斯

一

4月17日早上,我把车停在过夜停车场,再搭机场班车前往候机厅,总算赶上了班机。夜里没睡好,我一路昏沉沉的,像只被雷电震晕了的鸟。一下飞机就转了向,得亏有路标指引。汽车站,旅客动作缓慢,鱼一般游来游去。我登上辆面包车,开车的高个黑人跟大家打招呼,没人搭理。他见怪不怪,说:"欢迎来芝加哥。"正是高峰时间,一路堵车,堵得个个面目可憎。在旅馆柜台,我拿到钥匙和一个信封,跟提行李的印度人上升。我给过小费,关上门,打开信封:"……可惜艾略特不能来和你一起朗诵,今天凌晨帕斯去世了……"

可以说,墨西哥诗人奥克塔维奥·帕斯是现代主义诗歌最后一个大师,他的死意味着一个时代的结束。

帕斯(Paz),在西班牙语意思是和平。而他生于1914年,即第一次世界大战开始那年,人类从此就没和平过。1937年,他赴西班牙参加共和国保卫战,在马德里反法西斯作家代表大会上,结识了聂鲁达、阿尔贝蒂(Rafael Alberti Merello)等作家。随后他卷入了巴黎的超现实主义运动。

他家里有很多有名的现代画家的画和各种艺术品,想必都是多年友谊与游历的见证,结果前两年毁于一场大火。帕斯从此一蹶不振。他从家里搬出来,住进旅馆和医院。最后墨西哥总统借给他一套官邸,并派军人们护理他,那跟软禁没多大区别。艾略特告诉我,帕斯变得沉默寡言，连老朋友的电话都不愿意接。美籍华裔女作家汤婷婷跟我讲述过她类似的经历。一场山火吞没了她的房子，包括未完成的手稿、信件、照片，什么也没留下。"我没有了过去。"她悲哀地说。

我头一回听说帕斯是在20世纪80年代初，那时在圈子里流传着一本叶维廉编选的外国当代诗选《众树歌唱》，可让我们开了眼界。其中帕斯的《街》(The Street)特别引人注目：

> 又长又静的街。
> 我在黑暗中走着，跌倒
> 又爬起来，向前摸索，脚
> 踩着沉默的石头与枯叶：
> 我身后有人紧跟。
> 我慢，他也慢；
> 我跑，他也跑。我转身：没人……

我后来重译过。原文中的nobody在《众树歌唱》中被译成"空无一人"，我改译成"没人"，这样更短促，更具突然性。这首诗是有点儿让人瘆得慌。那会儿大家见面开玩笑，"我转身：空无一人"，自己先起一身鸡皮疙瘩。

1989年10月，美国笔会中心在纽约为中国作家举办了一场讨论会，由艾略特主持。艾略特住在纽约，是散文作家及帕斯的英译者。帕斯和夫人居然也坐在听众中间。那年头魔怔，除了时事没别的。散了会，一帮老朋友聚在门口，看来又得昏天黑地侃一夜。艾略特问要不要跟帕斯一起去吃晚饭。我和多多愣了一下，是帕斯还是时事？我们选择了帕斯。

那天晚上在一起的，除了帕斯夫妇、艾略特、多多和我，还有在讨论会上担任翻译的文朵莲。我们在一家意大利餐馆坐定。我连菜单都读不懂，请文朵莲帮忙。帕斯发福了，比照片上显得要老。他微笑着，带着老人的威严。我们谈到拉丁美洲的文学与政治，多多问起他和博尔赫斯的争论。不，没这回事，我们关系一直不错。也许你指的是和聂鲁达吧？我后来在一篇访问记中读到，帕斯认为聂鲁达的斯大林主义僭越了政治与道德的准则。

1990年10月，帕斯获诺贝尔文学奖。当天夜里，帕斯接受郑树森代表台湾《联合报》的电话采访时说，我已经躺下了，刚吃了安眠药。那是不眠之夜的开始。

再见到帕斯是1991年12月，在斯德哥尔摩一起开会。我还记得议题是"困难时期的严肃文学"。那是我的困难时期，几乎什么也听不懂，冒充严肃文学坐在那里。最后一天，布罗茨基（Joseph Brodsky）作总结报告，报告后的讨论中，他的傲慢激怒了某些听众，帕斯也跟他呛了几句。帕斯的英文有限，时不时借助法文。让我记住的是他的姿态：像头老狮子昂起头。

一天早上，我和女儿在旅馆餐厅吃早饭。帕斯从街上走过，看见我们便拐了进来。我给他要了杯咖啡。那天帕斯心情似乎特别好，恐怕和港湾的新鲜空气有关，也许再加上轻松感——媒体的注意力已转移到新的获奖者头上。

他从提包掏出我刚出版的英文诗集《旧雪》（*Old Snow*），让我吃了一惊。他说他喜欢，飞机上一直在读，我们在美国同属一家出版社。他拿出他的一本书，签名送给我，是刚出版的论文集《另一种声音》（*The Other Voice: Essays on Modern Poetry*）。

直到很多年后的今天，我才读到此书的中译本，被他的博学和雄辩震住了。他把文学与现代性的关系讲得很清楚，并纠正了欧美学术界对"现代主义"历史的严重歪曲。更重要的是，他在相当严谨的理论阐释中体现了"批评的激情",这正是他另一本论述诗歌的书的书名。用瑞典文写诗的李笠来电话,约我晚上和几个年轻的瑞典诗人聚聚。下午在通往老城的石桥上,我碰到帕斯,问他愿不愿一起去,他满口答应。周围行人涌动,买东西的遛狗的下班回家的,均与诗无关。帕斯站在冬天稀薄的阳光下,披着黑呢大衣,像个退休的将军。傍晚,我打电话到帕斯住的旅馆,他改变了主意。"不行,我累了,"他声音干巴巴的,有气无力,"你知道,这类的聚会太多了……"我当然知道,他这一年所受的名声之累,是要折寿的。

也巧了,我们下一站都是巴黎。

一周后的晚上,尚德兰(Chantal Chen-Andro)、高行健和我在巴黎一家旅馆的大厅等了一会儿,帕斯夫妇下来了。他夫人马里-若泽(Marie-José)是法国人,比帕斯至少年轻二十岁。我提议去中国餐馆,帕斯有点儿不放心,叮嘱我说:"可别乱七八糟的,要去就去家像样的。"终于在附近找到一家,还真不赖。我们吃火锅,喝黄酒,聊唐诗。帕斯翻译过李白、杜甫和王维的诗,他还跟艾略特合写了一本书《读王维的十九种方法》(*19 Ways of Looking at Wang Wei: How a Chinese Poem is Translated*)。我多喝了几杯,变得伤感,大背李煜的词,把帮忙翻译的尚德兰害苦了。在烛光下,帕斯宽容地笑了。

临出门,他被一对法国夫妇认了出来:你是帕斯?

二

帕斯当过多年外交官,在法国、日本、瑞士和印度等国任职。由诗人作家当外交官,这似乎是拉丁美洲的文化传统。1968年,帕斯为抗议墨西哥政府镇压学生运动,辞去了驻印度大使的职务,他在欧美漂流了三年,直到1971年才回国。

1993年春天，我到墨西哥的莫雷利亚（Morelia）参加一个国际环保会议，这个会议请的都是科学家和作家。贫富悬殊像一道巨大的裂缝横贯墨西哥。我忘不了跟着汽车跑的那些光屁股的孩子，他们眼睛中有一种深深的绝望。我们到山林中的一个蝴蝶巢穴考察。上千万只蝴蝶，每年从这里出发经美国飞到加拿大，再返回这里过冬，行程几千英里。坐在树林中，只见蝴蝶遮暗了天空，翅膀发出轰鸣。

开完会回到墨西哥城，我给帕斯打了个电话，是马里－若泽接的。她用法语大声呼唤帕斯，能听见房间里的回声。帕斯接过听筒，问我住在哪儿，什么时候有空，他要请我吃午饭。美国小伙子罗伯托（Roberto）陪我一起去，他曾做过帕斯的秘书，母亲是墨西哥人，他的西班牙语跟英语一样好。我一直问他为什么没有女朋友，后来才知道他是个同性恋，跟一个古巴作家同居。

餐馆在郊区的山坡上，外观像古寺，草木掩映，大半餐桌散置于花园中。罗伯托去查订位名单，没有帕斯。他猜帕斯用的是假名。一会儿，帕斯和夫人来了，他戴了一顶遮阳便帽，蓄起满脸花白的胡子，像戴着毛皮面具。

那一阵子墨西哥偏远山区正闹游击队。话题像苍蝇飞来飞去，自然而然地落在这个带血腥味儿的事件上。帕斯和罗伯托看法截然相反。帕斯认为是左派的影响，而罗伯托反驳说官逼民反。帕斯一下翻了脸，用手指打了个榧子，厉声喝道："你美国佬懂什么？滚回家去！"罗伯托闭住嘴，脸憋得通红。我赶紧把话题岔开。

那天帕斯情绪不对劲，跟我也争起来。说起英国诗人W.H.奥登（Wystan Hugh Auden），我不认为他有什么原创性，帕斯急了："要是奥登都没有原创性，你说谁有？"

国际环保会议闭幕了，在墨西哥城举办了告别宴会。宴会开始前，我注意到记者们在门口焦急地等着什么。达官显贵并没怎么引起他们的重视，而帕斯一出现，强光灯全亮了，所有的镜头都对准他。当天的晚间新闻播放了他对游击队的看法，我认识的几个墨西哥朋友都在摇头。后来听说帕斯后悔了。

帕斯的名声太大，免不了遭人忌恨和暗算。他常在报刊上跟人打笔仗，打得飞沙走石。艾略特告诉我，斗争使帕斯年轻。毕竟岁数不饶人，他病倒了，先在美国做了心导管手术，不久又发现癌症，而大火得寸进尺，吞没了他的过去。

就在帕斯去世前一个多月，艾略特赶到墨西哥城，参加帕斯基金会的开幕式。帕斯坐在轮椅上，极少说话。当人们颂扬他的成就时，他向前扬扬手，那疲倦的姿势在说：让这一切都过去吧。

1994年3月30日，是帕斯的八十大寿。仅仅四年前，他容光焕发，步履稳健，毫无病痛和大火的阴影。美国诗人学会在大都会博物馆为他举办朗诵会，请来约翰·阿什贝利（John Ashbery）和马克·斯特兰德（Mark Strand）等美国诗坛的大明星，也请了我，滥竽充数，据说是帕斯的提议。我找来帕斯的诗集，不知为什么，竟有些失望。在我看来，是他追求宏大叙述的野心毁了那隐秘的激情，这在被称为现代文学经典的《太阳石》（*Sun Stone*）等长诗中尤其明显。我选来选去，还是选中那首他早年写的《街》，仍有初读时的新鲜感。

在一次采访中，他回答说："每分钟我们都是另一个。现在讲着他者的人与一秒钟以前讲着他者的人不同。那么什么是他者？我们是时间，为了成为时间，我们从来没有结束过生活，总是将要生活。将要生活？那是什么！我不知道。在一问一答中间勃生某种改变我们的东西，它把人变成一个不可预见的造物。"

在美国，为一个外国诗人如此隆重地祝寿，恐怕历史上还是头一回。那天票是免费的，大都会博物馆剧场挤得满满当当。朗诵会开始前不久，帕斯跟艾略特一起挑选朗诵的诗，他突然慌了神，对艾略特说:"我该念什么?它们都不怎么样,真的……"此时此刻,帕斯成了另一个,更接近我通过阅读认识的那个《街》中的帕斯,他疑心重重,在黑暗中摸索,跌倒了又爬起来。最后还是艾略特稳住了他。朗诵结束了,观众的掌声经久不息。

那天我朗诵的是帕斯的《街》:

> ……
> 所有的黑暗无门。
> 重重拐角出没
> 总是把我引向这条街
> 没人等我,没人跟我,
> 我追赶一个人,他跌倒
> 又爬起来,看见我说:没人。

蓝房子

一

蓝房子在斯德哥尔摩附近的一个小岛上,是瑞典诗人托马斯·特朗斯特罗默的别墅。那房子其实又小又旧,得靠不断翻修和油漆才能度过瑞典严酷的冬天。

今年3月底,我到斯德哥尔摩开会。会开得沉闷无聊,这恐怕全世界哪儿都一样。临走前一天,安妮卡(Annika)和我约好去看托马斯。从斯德哥尔摩到托马斯居住的城市韦斯特罗斯(Västerås)有两个小时路程,安妮卡开的是瑞典造的红色萨博(SAAB)车。天阴沉沉的,时不时飘下些碎雪。今年春天来得晚,阴郁的森林仍在沉睡,田野以灰蓝色调为主,光秃秃的,随公路起伏。

安妮卡当了十几年外交官,一夜之间变成上帝的使者——牧师。这事对我来说还是有点儿不可思议,好像长跑运动员,突然改行跳伞。安妮卡确实像运动员,高个儿,短发,相当矫健。我1981年在北京认识她时,她是瑞典使馆的文化专员。西方,那时还是使馆区戒备森严的铁栏杆后面一个相当抽象的概念。我每次和安妮卡见面,先打电话约好,等她开车把我运进去。经过岗楼,我像口袋面往下出溜。

1983年夏末,一天中午,我跟安妮卡去西单绒线胡同的四川饭店吃饭。下车时,她给我一包东西,说是托马斯最新的诗集《野蛮的广场》(*The Wild Market Square*),包括马悦然(Göran Malmqvist)的英译稿和一封信。马悦然在信中问我能不能把托马斯的诗译成中文，这还是我头一回听到托马斯的名字。

回家查字典译了九首，果然厉害。托马斯的意象诡异而辉煌，其音调是独一无二的。很幸运，我是他的第一个中译者，相比之下，我们当时处于一个很低的起点。

1985年春天，托马斯到北京访问。我到鼓楼后边的竹园宾馆接他。那原是康生的家，大得让人咋舌。坐进出租车，我们都有点儿尴尬。我那时英文拉不开栓，连比画带进单词都没用，索性闭嘴。最初的路线我记得很清楚：穿过鼓楼大街，经北海后门奔平安里，再拐到西四，沿着复外大街向西……目的地是哪儿来着？现在怎么也想不起来了，于是那辆丰田出租车开进虚无中。只记得我紧张地盯着计价表上跳动的数字：兜里钱有限。

没过两天，我又陪托马斯去长城。那天作家协会出车，同行的还有《人民画报》社瑞典文组的李之义。他把作协的翻译小姐支走，小姐也乐得去买买衣服。李之义是我哥们儿，没的说，除了不得不对司机保持必要的防范。那年头，我们跟托马斯享受了社会主义的优越性：坐专车赏景，还在长城脚下的外国专家餐厅蹭了顿免费的午餐。

那天托马斯很高兴，面色红润，阳光在他深深的皱纹中转动。他触摸那些城垛上"某某到此一游"的刻字，对人们如此强烈的要被记住的愿望感到惊讶。我请他转过头来，撅动快门。在那一瞬间，他双手交叉，笑了，风掀起他开始褪色的金发。这张照片后来上了一本书的扉页，那书收入托马斯诗歌的各种译文，包括我译的那几首。

快到韦斯特罗斯，安妮卡用手机和托马斯的妻子莫妮卡（Monika）联系，确认高速公路的出口和路线。托马斯住在一片灰秃秃的没有性格的排房里——我紧跟攥着门牌号码的安妮卡东奔西突，在现代化的迷宫寻找托马斯。

他出现在门口，扔下拐棍，紧紧搂住我。那一瞬间，我真怕我会大哭起来。莫妮卡说："托马斯正要出去散步……看看我们的托马斯，要不是这两天感冒，简直像个明星……"待坐定，我才能真正看到他。他的头发全白了，但气色很好，眼睛恢复了中风前的镇定。

1990年12月，我得到托马斯中风的消息，马上给莫妮卡打电话。她哭了："托马斯是个好人……他不会说话了……我能做什么？"莫妮卡是护士，托马斯中风后她辞了职。1991年夏天我来看望他们，托马斯显得惊慌而迷惘。他后来在诗中描述了那种内在的黑暗：他像个被麻袋罩住的孩子，隔着网眼观看外部世界。他右半身瘫痪，语言系统完全乱了套，咿咿呀呀，除了莫妮卡，谁也听不懂。只见莫妮卡贴近托马斯，和他的眼睛对视，解读他的内心。她也常常会猜错，托马斯就用手势帮助她。比如把时间猜成五年，手指向右增加，向左减少，微妙有如调琴。"心有灵犀一点通"，这在托马斯和莫妮卡的现实中是真的，他们跨越了语言障碍。

如今托马斯能说几句简单的瑞典话，常挂在嘴边的是"很好"。托马斯，喝咖啡吗？——很好。去散散步吧？——很好。要不要弹钢琴？——很好。这说明他对与莫妮卡共同拥有的现实的满意程度。我给托马斯带来一套激光唱盘，是格伦·古尔德（Glenn Gould）演奏的巴赫第一、第五和第七钢琴协奏曲，他乐得像个孩子，一个劲儿向莫妮卡使眼色。在我的请求下，他用左手弹了几支曲子，相当专业。弹完他挥挥手，抱怨为左手写的谱子太少了——如今莫妮卡"翻译"得准确无误。

女人们去厨房忙碌，我和托马斯陷入头一次见面的尴尬中。我说了点儿什么，全都是废话。我剥掉激光唱盘上的玻璃纸，把唱盘交给托马斯。放唱盘的自动开关坏了，用一根黑线拴着，托马斯熟练地把唱盘放进去。在古尔德演奏第一协奏曲的前几秒钟，他突然大声哼出那激动人心的第一乐句,吓了我一跳。他两眼放光,让位给伟大的钢琴家和乐队,自己摸索着坐下。音乐给我们沉默的借口。

茶几上,那团成一团的玻璃纸,像朵透明的花慢慢开放。

二

蓝房子里挂着一幅多桅帆船的油画,是托马斯的祖父画的。这房子至少有一百五十年历史了。由于保暖需要,天花板很低,窗户小小的。沿着吱吱作响的楼梯上楼,一间是卧室,一间是托马斯的小书房,窗外就是树林。托马斯的很多意象与蓝房子有关。

我头一回见到蓝房子是1985年夏天,即我陪托马斯游长城的半年以后。那时我像只没头苍蝇,在官僚的玻璃上撞了好几个月,终于有只手挥了挥,把我放了出去。

托马斯笑呵呵地在蓝房子外迎接我。在场的除了马悦然和夫人宁祖(她去年因癌症过世),还有他们的学生碧达(Britta)和安妮卡。安妮卡来晚了,她刚从北京调回瑞典外交部。如果时光是部影片的话,我非把它倒回去,让那个时刻放得慢一点儿,或索性定格。那时托马斯爱开玩笑,壮得像牛;宁祖活得好好的,大笑个没完;安妮卡年轻得像个大学生,精力过人,好像直接从北京游过来似的。

瑞典的夏天好像钟停摆——阳光无限。坐在蓝房子外面,我们一边喝啤酒,一边尝莫妮卡做的小菜,话题散漫。瑞典文和中文近似,有两个声调。两种语言起伏应和,好像二重唱。那年蚊子特别多,逆光下呈雾状,挥之不去,让人心烦意乱。而托马斯坐在蚊子中间若无其事。蚊子不咬他,他也不驱赶,似乎达成了一个秘密的和平协议。

托马斯给我看了他刚刚完成的诗作《上海》(题目后来改成《上海

的街》[*Streets in Shanghai*])。开头两句是：

> 公园的白蝴蝶被很多人读着。
> 我爱这菜白色，像是真理扑动的一角。

这意象来自他上海的经历。从北京到上海，没人陪同，使馆要他把所有发票都保存好。发票多半是中文的，他正着看倒着看都没用。那上海闲人多，估摸这奇怪的动作招来看热闹的，于是发票变成了白蝴蝶，被很多人读着。

托马斯是心理学家，在少年犯罪管教所工作。依我看，这职业和诗歌的关系最近，诗歌难道不像个少年犯吗？在二十三岁那年，托马斯靠他的第一本诗集《诗十七首》(*17 Poems*) 把瑞典文坛给镇了。即使现在看，那些诗也近于完美。他写得很慢，一辈子只有一百多首诗，结成了全集也不过一本小书而已，但几乎首首都好。那是奇迹。

我们又回到1998年，在晚饭前喝着西班牙开胃酒。我问起托马斯的写作。他从抽屉里找出两个八开的横格本。1990年12月是个分水岭，以前的字迹清晰工整，中风后改左手写字，像是地震后的结果，凌乱不堪。一个美国诗人告诉我，当年托马斯来美国访问，人一走，有人把模仿他诗句的纸条塞进他住过的房间，再找出来，宣称是伟大的发现。他们要能看到这原稿，还了得？

20世纪六七十年代，不合时代潮流的托马斯受到同行们恶狠狠的攻击，骂他是"出口诗人""保守派""资产阶级"。记得有一次我问他生不生气。"我倒想说不，可我能不生气吗？"

如今时代转过身来，向托马斯致敬。他接连得到许多重要的文学奖。莫妮卡告诉我，前不久，他俩去斯德哥尔摩美术馆，被一个导游认了出来，他大声向观众们说："这是我们的托马斯！"全体向他们鼓掌。

1990年初,我漂流到瑞典,在斯德哥尔摩一住就是八个月。1985年那个令人晕眩的夏天一去不返。我整天拉着窗帘,跟自己过不去。若没有瑞典朋友,我八成早疯了。

那年我常和托马斯见面。

一张托马斯在花丛里的照片上标明:1990年8月4日。那天早上,我和李笠乘轮船直奔蓝房子,结果坐过了站,被抛在另一个岛上,下一班船要等好几个钟头。李笠说服了一个住在岛上的老头,用汽艇把我们送过去,老头说什么也不肯收钱。

那天布罗茨基也在。他1972年离开俄国,再也没回去过。几乎每年夏天,他都到斯德哥尔摩住一阵,据说是因为这儿的环境气候最像他的老家彼得堡。我头一眼就不喜欢他,受不了他那自以为是的劲头。此后又见过面,都改变不了这第一印象。布罗茨基对托马斯倒是很恭敬。他曾老老实实承认,他的某些意象是从托马斯那儿"偷"来的。

我们坐在阳光下喝啤酒,懒洋洋的。大家倚在蓝房子的扶手台阶上,用Polaroid照相机轮流拍照。他们的小女儿玛利亚(Maria)帮忙收拾杯盘,她长得很像莫妮卡。他们有两个女儿,都住在斯德哥尔摩。

李笠、布罗茨基和玛利亚赶傍晚的一班船回斯德哥尔摩,我留下来,住在蓝房子旁边的一栋小木屋里。那夜,我失眠了。树林里的猫头鹰整夜哀号。

算起来,从那时到托马斯中风只剩下四个月。只有托马斯自己,在1974年发表的唯一一首长诗《波罗的海》(*The Baltic Seas*)预言了这场灾难。8月初,我从瑞典搬到丹麦,临走前跟托马斯夫妇来往最频繁。他们一到斯德哥尔摩,马上打电话过来。和中国人在一起,饭局是少不了的,几杯酒下肚,托马斯总是半开玩笑地对我说:"我从没见过像你这么高的中国人。"

11月初,我在丹麦奥胡斯(Aarhus)刚落脚,托马斯就跟过来朗诵。我像傻子一样,坐在听众中间。现在想起来,那是天赐良机,在托马斯即将丧失语言能力以前。他嗓子有点儿沙哑,平缓的声调中有一种嘲讽,但十分隐蔽,不易察觉。他注重词与词的距离,好像行走在溪流中的一块块石头上。朗诵完了,听众开始提问。有个秃顶男人和托马斯争了起来。我还是像傻子一样,头在瑞典语和丹麦语之间扭来扭去。我从来没见过托马斯这么激动过,他脸红了,嗓门也高了。

朗诵会后,主持人请我们一起吃晚饭。问起刚才的争论,托马斯只说了一句:"那家伙自以为有学问。"我想为一起来听朗诵的同事安娜讨本诗集,他把手伸进书包,孩子似的做了个鬼脸——没了。没了?我有点儿怀疑。没了!他肯定地说。

一个月后,他拒绝再和任何人争论。听到他中风的消息,我很难过,写了首诗给他,听莫妮卡说他看完掉了眼泪:

> 你把一首诗的最后一句
> 锁在心里——那是你的重心
> 随钟声摆动的教堂的重心
> 和无头的天使跳舞时
> 你保持住了平衡
> ……

一晃七八年过去了,托马斯真的保持住了平衡。

我第二天一早飞回美国,得早点儿动身回斯德哥尔摩。晚饭吃得早,有鱼子酱、色拉和烤鱼,餐桌上点着蜡烛,刀叉闪闪。烛光中,托马斯眼睛明亮。莫妮卡时不时握握他的手,询问般地望着他。饭后,我们回到客厅,打开电视,正好是晚间新闻。政客们一个个迎向镜头,喋喋不休。莫妮卡和安妮卡笑起来,而托马斯表情严肃,紧盯着电视。一会儿,莫妮卡关上电视,端出她烤的苹果馅饼。我们正有说有笑,托马斯又用遥控器把电视打开。莫妮卡告诉我,托马斯觉得有责任监督那些愚蠢的政客。

1990年夏天,我的确在蓝房子过夜时失眠,莫妮卡证实了这一点。那么第二天早上干什么来着?对了,我跟托马斯去采蘑菇。我们穿上长筒胶靴,笨拙得像登月的宇航员。走着走着下起雨来,林中小路更加泥泞。托马斯走在前头,用小刀剜起蘑菇,搁嘴里尝尝,好的塞进口袋,坏的连忙吐掉,说:"有毒。"

青灯

魏斐德（Frederic Evans Wakeman）教授退休的纪念活动早在一年前就开始筹划。从今年年初起，我和他的学生叶文心教授及助手在网上书信往来频繁。在线性时间的进程中，必有一般人难以想象的复杂性：魏斐德本人体内酒精含量不断上升，教授夫人的情绪随之波动；权力真空所带来危险的寂静，幕后学院政治运作的种种变数；助手、秘书们的未来出路，在读的博士生、本科生的普遍焦虑。更何况魏斐德在加州大学伯克利分校执教四十年，自立门派，弟子无数，谁来接替掌门人的位置？这多少有如一个王朝的结束，牵动多少人心。

我5月3日从纽约匆匆赶回加州，第二天开车前往伯克利，住进校园内的"女教职员俱乐部"。这维多利亚式木结构的小旅馆隐藏在树丛中。

5月5日下午3时许，我们与教授夫人梁禾在旅馆会合，她先带我们到附近酒吧喝一杯。轮椅上的魏斐德在秘书的陪同下出现，他刚下课，憨笑的脸上略带倦意。

1937年12月12日，魏斐德出生在美国堪萨斯州（Kansas）堪萨斯城。他是长子，有弟妹各一，弟弟参加越战后死于癌症。魏斐德出生不久就随父母搬到纽约。父亲在一家广告公司工作，太平洋战争爆发后在海军服役。

1944年他父亲开始写小说，两年后以《小贩》（*Hucksters*）一书成名，被好莱坞改编成同名电影，风靡美国。发财后，父亲决定带全家周游世界。魏斐德先后在加州、墨西哥、古巴、百慕大（Bermuda）、法国上中小学，在佛罗里达（Florida）高中毕业。由于这一特殊经历，他学会了法语、西班牙语和德语。

父亲是他的精神导师。在其指导下，他自幼精读古希腊、古罗马和现当代历史学家的著作。十一岁那年，他们住在古巴，父亲让他读一本哥伦布的传记，并亲自驾船带全家游历了传记中描述的一段航程。

在父亲影响下，魏斐德在哈佛读书时开始写小说，仅第三部《皇家棕榈大道十七号》（*17 Royal Palms Drive*）得以出版。大学毕业后，他到巴黎政治学院（Sciences Po）研究苏联问题。上选修课时，他被越南的一个民间教派吸引，从而带入相关的中国教派。与此同时，一个法国记者有关中国的几本书让他着迷。在巴黎的十字路口，魏斐德从苏联转向中国。

离开酒吧，我们簇拥着有王者风度的魏斐德进入大学艺术博物馆，弟子如云，纷纷向他致敬。下午四点十五分，历史系主任宣布纪念活动开幕，先由我朗读了一首献给魏斐德的短诗《青灯》，然后由北京大学刘东教授做专题演讲《北大课堂上的魏斐德》。他从魏斐德二十九岁所写的头一本书《大门口的陌生人》（*Strangers at the Gate: Social Disorder in South China, 1939–1961*）开始，纵观其一生的学术成就。接下来由魏斐德的大弟子周锡瑞（Joseph W. Esherick）教授主持。他从手中一杯水说起，话不多，但动情之处与魏斐德眼角的泪花相辉映。重头戏是斯坦福大学德国史教授詹姆斯·希恩（James Sheehan）与魏斐德的对话。他们两位先后都担任过美国历史学会（American Historical Association）会长。"我看在孔子和列文森（Joseph Levenson）之间，还是列文森对你的影响更大吧？"希恩教授开门见山问。

魏斐德离开巴黎后，本应顺理成章回哈佛跟费正清搞中国研究，但他却选择了在伯克利教书的费正清的学生列文森做导师。这无疑和魏斐德的生活阅历、文学气质和反叛精神有关。哈佛和伯克利代表了美国文化的两种传统,甚至与地缘政治有关。哈佛地处新英格兰的中心,代表美国学术的正统与主流;而伯克利地处种族多元化的亚太圈,是美国左派的大本营、20世纪60年代学生造反运动的发源地。

按魏斐德的博士生叶斌的说法,魏斐德继承了列文森有关世界主义(cosmopolitanism)的见解,即认为未来的世界历史应该是民族文化身份和普世价值的和谐共存,是地方主义(provincialism)与世界主义的和谐共存。不幸的是,在尚未充分展开其相关思想时列文森突然辞世。作为他的学生和同事,魏斐德进一步阐释并发展了这一史学观。

美国学术界在传承关系上如此脉络清晰,实在让人叹服。这就是我们所说的传统,它有如地图,标明每个学者的位置,并为后继者指点方向。不懂得传统的人正如没有地图的旅行者,不可能远行。

1992年年底,担任美国历史学会会长的魏斐德发表就职演说《航程》(Voyages)。他的弟子之一詹森(Lionel Jensen)教授是我的同事。他描述说:"那是永远难忘的辉煌时刻。只有他的少数学生参加了在纽约希尔顿饭店舞厅的这一盛会。我敢肯定我们全都为那一刻的荣耀感到温暖,为我们老师的成就得到公认而自豪。当我们聚在舞厅外激动地议论时,很多亚洲专家也被感染了。那是我所听到的最出色的演讲。"

《航程》基于对哥伦布、魏斐德一家和郑和的航程的回顾,是从一个孩子的童年记忆开始的:偷袭珍珠港那天下午,后出任艾森豪威尔政府国务卿的威廉·罗杰斯(William P. Rogers)和他父亲在他家窗口交谈,引起了年仅四岁的魏斐德的注意……他接着讲述了从1948年到1949年他们家沿哥伦布第二次航行路的游历,由此出发,他从中国苦力在古巴港口货船上的绝境,到郑和耀武扬威的航程……那跨时空跨种族文化的航程,借助一种奇特的文体,将历史与个人、叙述与沉思、宏观视野与生动细节交织在一起。

退休纪念活动开幕式后是小型晚宴。叶文心教授特意把我安排在魏斐德和家人的小桌上。我与魏斐德对坐,在座的有他妹妹、妹夫和他那英俊的儿子。烛光在每个人脸上摇曳。他们提到死去的父亲和弟弟。死者如沉钟,往往只在家庭团聚时敲响。梁禾也坐过来,担心魏斐德喝得太多。他们在俄勒冈(Oregon)州绿水青山的乡下买了房子,退休后将搬过去。我总是开玩笑说,魏斐德要被老婆绑架到"绿色监狱"去了。此刻,我煽动他在入狱前多喝几杯。

我和魏斐德初次见面是1989年深秋,在纽约,一次美国笔会讨论会上。第二次握手是十三年后,在北京,即我首次获准回去探望病重的父亲,由刘东夫妇宴请。那次见面的印象是混乱的:难以辨认的故乡、尘土飞扬的街道、装饰浮华而无残疾人通道的餐厅和史学大师在轮椅上挣扎的无奈表情。

此后我们过往甚密。三年前我们办喜事只请来五位亲友,包括他们夫妇。我们常到他们在旧金山海湾大桥旁的公寓做客。有一次梁禾央我读诗,由魏斐德念英文翻译。当他读到"一只孤狼走进 / 无人失败的黄昏"时,不禁落了泪。薄暮如酒,曲终人散,英雄一世自悯然。

其实,我对魏斐德在学术上的造诣所知甚少,真正打动我的是他人性的魅力。他深刻而单纯,既是智者又是孩子。跟他在一起,会让人唤起一种对人类早年精神源头的乡愁。他笑起来如此纵情毫无遮拦,如晴天霹雳,只有内心纯粹的人才会这样笑。我想正是他的博大、正直和宽容超越了学院生活的狭隘、晦暗与陈腐,超越个人的荣辱、爱憎与苦乐。

历史(history)这个词在英文中可以分解成两个词,即"他的""故事"。历史到底是谁的故事呢?上帝的故事、强权者的故事,还是历史学家的故事?无论如何,那些浩繁文献中的碎片,是通过历史家的手连缀起来的。而历史给历史学家想象与阐释的空间,历史学家赋予历史个人化的性格。很难想象没有《史记》没有《资治通鉴》,中国历史会是什么样子?

20世纪50年代末,由于魏斐德掌握包括俄语在内的四种外语,中央情报局看中了他。卡特(James Earl Carter)执政期间,他还差点儿被任命为驻中国大使,但他还是选择走学术的道路。由于列文森猝死,年仅二十七岁的魏斐德开始执教,成为最年轻的教授之一。

主持纪念活动的周锡瑞教授追忆往事。他当年来伯克利投奔列文森,没想到导师之死让他成为仅年长几岁的魏斐德的学生。那时学生运动风起云涌,而他又是学生领袖之一,根本没把这年轻导师放在眼里。在魏斐德的必读书单中,有法国历史学家马克·布洛克(Marc Bloch)的《法国农村史》(*Les Caractères originaux de l'histoire rurale française*),遭到周锡瑞等激进学生的抵制——我们学的是中国史,与西方史何干?在课堂上,魏斐德讲了个故事。在德国占领期间,一个参加抵抗运动的战士被盖世太保抓住,和别人一起拉出去枪毙。他对身边十六岁的男孩(后幸存下来)最后说:"别哭,我的孩子。"这时机关枪响了……他就是马克·布洛克。魏斐德说完平静地离开教室。

还有件事让周锡瑞难以释怀。他写博士论文时,魏斐德在信中写道:"你的立论(thesis)有问题。"在英文中,thesis又是论文的意思。周误以为后者,勃然大怒,写了封长信痛斥老师。直到魏过五十岁生日时,周终于为此道歉。周锡瑞教授说,一想到在自己档案中有这样一封信,就无地自容。

而魏斐德也被回忆之光照亮:有一次和周锡瑞一起去滑雪,擅长滑雪的周把他带到最危险的区域。当魏从陡坡上摔倒,周耐心关切,一路指点把魏带下山。魏斐德说,在那一刻,他们的师生关系被颠倒过来。

纪念活动的真正高潮是第三天上午助手秘书的表演。她们首先抬出十年前的一张巨幅照片——那是健康乐观的魏斐德。接着展示的是他的小说《皇家棕榈大道十七号》的封面。按她们的说法，好莱坞最近购买了改编权，于是她们分别朗读被"改编"的章节，引起阵阵笑声。魏斐德上台致谢，他特别提到助手凯茜（Cathy），提到1998年手术事故后无微不至地照料，说到此，他泣不成声。

活动结束次日，我和魏斐德夫妇相约在一家咖啡馆吃午饭。天晴，乍暖还寒。魏斐德的倦容中有一种轻松感。他要赶去上最后一堂课。我把他送上汽车，拥抱道别。梁禾告诉我，有人提议以他的名义创立什么"伯克利学派"，甚至提出"魏斐德主义"，被他断然回绝。"那是可笑的。"他说。

作为历史学家，他深知权力和声誉被滥用的危险。而他只愿在历史的黑暗深处，点亮一盏青灯。有诗为证：

> 故国残月
> 沉入深潭中
> 重如那些石头
> 你把词语垒进历史
> 让河道转弯
> 花开几度
> 催动朝代盛衰乌鸦击鼓声
> 帝王们如蚕吐丝
> 为你织成长卷
>
> 美女如云
> 护送内心航程

青灯掀开梦的一角
你顺手挽住火焰
化作漫天大雪

把酒临风
你和中国一起老去
长廊贯穿春秋
大门口的陌生人
正砸响门环

远行

——献给蔡其矫

元月二日晚,家中来客,一起包饺子过年。电话铃响,是《香港文学》主编陶然,他说:"蔡老今天凌晨去世了。"我顿时呆住,妻子询问,复述时不禁泪如泉涌。又接到蔡三强的电话,说起他父亲一向打鼾,半夜鼾声一停人就走了。他还说找到很多照片,与《今天》及"星星画展"有关。不想扫客人的兴,我步入院中。女儿随即送来大衣,关切地盯着我,我摆摆手让她进屋,兀自坐在暗中。

去年7月,在香港与陶然等人相聚,席间说起蔡老的传记《少女万岁》。我要来电话号码,当晚打过去。蔡老听到是我,甚喜。我约他到香港相见,他长叹道:"恐怕不行了,我八十八岁,老喽。"东拉西扯,从朋友到海洋。谁承想,那竟是我们最后一次通话。

满天星斗连成一片,璀璨迷离。看来总得有最后一次,否则人生更轻更贱。我们都走在这路上,谁都没有免于死亡的特权。也许重要的是,你与谁相识相伴相行,与谁分享生命苦乐,与谁共有某些重要的时刻,包括最后一次。

一

1975年冬,我在艾青家认识蔡其矫,那年我二十六岁,他五十七岁,正好是我现在的年龄。艾青到北京治眼疾,住白塔寺附近的王府仓四号,一家四口挤在一间小屋。家中陈设简陋,一目了然。由于地面不平,每次开饭,艾青都要亲自过问折叠桌是否放稳——颠沛流离，吃顿踏实饭至关重要。家徒四壁，但有满满一箱子齐白石的画，那是艾青刚进城当中央美院军代表时买下来的。

那时候说串门名副其实：走动之间，把国事家事天下事都给"串"到一起了。没电话，除非事先约好，只能撞大运——应声而至，沏茶倒水备酒留饭，取决于友情深浅。

那天上午，有人敲门后高声通报："艾青同志在家吗？我是蔡其矫。"只见他一头鬈发，满面春风；说话底气足，南腔北调。一见面，他就夸我诗写得好，让我口讷而窃喜，手足无措。

第二天蔡其矫就来我家串门。唯一的皮沙发像烂橘子般陷落，只好把客人请上床。我们背靠墙并肩而坐，腿翘到床沿外。他引导话题，从诗到政治到性。他单刀直入，问我是否有过性经验，弄得我大红脸。接着他坦言对爱情及性的看法，我只好跟进，讲述了失败的爱情故事。他告诉我，他译过聂鲁达（Pablo Neruda）的《伐木者，醒来》和《马楚·比楚高峰》，答应下次带给我。

我和蔡其矫成了忘年之交。相比之下，和艾青认识要早些，但关系很淡。他有点儿公子落难的意味，自视高，身份感强，让人敬而远之。这恐怕是他翻身当家做主人后我们决裂的原因之一。蔡其矫命途多舛，却毫不世故，嬉笑怒骂，如赤子般坦荡。

凭借华侨的特殊渠道，他搞到不少港台版文学书籍，再加上他手抄功夫了得，密密麻麻，如纳鞋底一般。说来也巧，自1964年因所谓"破坏军婚"罪锒铛入狱，直到1978年底他的三首诗发表在《今天》创刊号上，其间十五年，蔡其矫跟我们一样处于地下，摸黑走路，靠手抄本借光。如今说到地下文学，看来界定要宽泛得多，且源远流长，最早可追溯到1962年他写下的《波浪》一诗。

在阳光普照的大墙后，有一窄门通向北京离经叛道的地下世界，那儿有各式各样的沙龙，热闹得很。创作是私下的事，大家凑到一起则变着法儿玩——聚会郊游酗酒吟唱谈情说爱。我把蔡其矫领了进去，这地下世界，连带出没其中的漂亮女孩儿，让他激动不已。他的老式徕卡相机，镜头跟主人的眼睛一起永远忠实于她们。大家当面恭敬，一口一个"蔡老"，背后叫他"蔡求蜜"。

单位与老家在福建，夫人住北京，随"文革"风暴远去，行动自由的限制少了，他来北京的机会多了。后来每年像候鸟，春去秋来。而那窄门后面的北京，让他时不时改变行程。

我们常去的地方有圆明园、香山、樱桃沟、沟崖、八大处、十三陵水库、丁家滩和云水洞。便携录音机的出现把郊游推向高潮——野外舞会应运而生。最早上市的板儿砖式录音机细如蚊声，动辄卷带，但丝毫不影响众人兴致。音乐响起，只见蔡其矫独领风骚，他腰板笔直，昂首含颚，带女孩儿旋转。霎时间，节奏骤变，从舞曲转成摇滚乐，慌乱中他踩不上点儿，于是激流勇退，继续搞好摄影师的本职工作。这一切都写进他诗中，诸如《雨后樱桃沟》《湖上黄昏》《十渡》和《女中音歌手》，后者副标题还特地注明"为今天玩伴而作"。

久别重逢，我提起当年那些女孩儿，他全都忘光了，令我惊讶。其实他记住的名字是青春，总有青春的代表进入他的生活。

他与舒婷1975年结识。《橡树》这首诗就是他转抄给艾青，艾青大为赞赏，又推荐给我。在蔡其矫引荐下，我和舒婷自1977年8月开始通信，她的《这也是一切》随意抄在信中，是对我的《一切》的答和。

1976年是中国当代史的转折点。"四五"事件发生时蔡其矫在福建泉州，9月18日回到北京，马上去天安门广场凭吊，写下长诗《丙辰清明》：

啊，祖国！
我忧心如焚

到处在寻找你的踪影：
那些鸽子哪儿去了？

那年夏天，我妹妹在湖北游泳救人时死去，我痛不欲生。10月上旬，蔡其矫约我去香山散心。霜染红叶，如大地的血迹。我们沿后山小路攀登，在茶室小憩，凭栏望去，无限江山无限愁。

骑车回家的路上，街有异动——中国人的嗅觉比狗还灵。拐进某大院（据他回忆是海军大院），得到的消息难以置信。我们张着大嘴在夜色中前进，经王府井，终于得到证实。街上有人在吆喝："卖螃蟹喽，三公一母！"他甩出一张"大团结"，不等找钱，拎起螃蟹飞身上车说："到我家喝酒吃螃蟹去。"

那夜，我们喝黄酒吃螃蟹论天下事。我只记得他满脸通红，眼神有点儿疯狂，恐怕也折射了我的疯狂。对，我们就是荒原狼，在长夜将尽时朝天嗥叫。

我自选了二十多首诗，抄在十六开蓝色笔记本上，赠给蔡其矫。在扉页我写下题诗：

在长风不安的歌声中，
请免去这最后的祝福。
白色的道路上，
只有翅膀和天空。

二

蔡其矫在中国当代文人中绝对是个异数。

1918年12月12日生于福建晋江园阪村。六岁读私塾，八岁随家人侨居印度尼西亚泗水。1929年回国,在泉州教会学校初中毕业,在上海读高中参加抗日爱国运动。1938年早春,他离开印度尼西亚辗转抵延安,先进鲁艺学习,后到晋察冀边区,在华北联大任教。1941年他开始发表诗作。1945年当随军记者。自1948年起从事情报研究工作。20世纪50年代初他放弃仕途,调到中央文学研究所……

我常在琢磨个人与时代的关系。一个华侨富商之子投身革命,往往是想通过救亡,通过对社会不公正的集体反抗以实现个人理想——个人与革命之间不免有互相需求与误解的成分。应该看到,在中国现代化转型的苦难历程中,这场基本上是农民造反运动的革命,有着必然的合理性的同时,也伴随着与生俱来的悲剧性。它混合着各种动机诉求与欲望,如同没有河床的洪流,冲决一切羁绊的同时带有自毁倾向。

与参加革命的农民不同,蔡其矫渴望的是某种精神回报,在这一点上,至少在革命胜利以前,他如愿以偿。他在2000年口述时如是说:"延安在1938年到1942年之间,是非常自由的……那时,上课是自由的,唱歌是自由的,贴墙报是自由的,搞创作也是自由的……"

夺取政权后,革命转而成为自身的敌人。和大多数文人一样,蔡其矫经历的痛苦可想而知。他也曾试图随大流跟形势——歌功颂德,写检查,与各种反党集团及思潮划清界限。但最终发现,革命与他所向往的个人自由早已分道扬镳。当人们彻底放弃自我时,他做了反向的选择,毅然决然站起来歌唱:

> 我英勇的、自由的心啊
> 谁敢在你上面建立他的统治?……

> 波浪啊!对水藻是细语,

对飓风是抗争，
生活正应像你这样充满音响，
波浪啊！

这就是他写于1962年的《波浪》。

那是精神脊梁骨被打断的一代。即使有少数挑战者，也往往受限于二元对立的格局，成为统治者的镜像——正反不同，可长得一模一样。由于被镜子夺去了灵魂，即使幸存下来，往往变得枯燥而无趣。

从年初起，我在美国印第安纳(Indiana)州一个叫南弯(South Bend)的小镇教书。这里大雪茫茫，铲雪车到处奔忙，在路面刮出刺耳的声音。蔡其矫仿佛和我肩并肩，在雪中趔趄而行。他离开这世界一个多月了。这是个洁净的日子，充满明亮忧伤的日子，纪念逝者的日子。

王柄根《少女万岁》一书中的某些章节让我哑然失笑。"文革"期间，蔡其矫不仅不认罪，还公然贴大字报和造反派辩论。比如，说他是黄色诗人，他就举出唐宋诗词中的例子反驳。退一步，在某种意义上他也接受，因为他皮肤是黄色的。但接着他又说，皮肤并不能决定诗人的品质，比如，普希金的祖父是黑人，不能说他是黑色诗人……嘿，他还挺矫情。

也许最让人叹服的还是他惊世骇俗的爱情观："为了一次快乐的亲吻，/不惜粉碎我自己。"纵然一生风流，蔡其矫有自己的原则。他在笔记本上写道："爱情的存在不是为了使我们幸福，而是为了向我们表明在忍受上我们能有多么坚强。世界上没有比无言的爱更高贵、更令人幸福的了。以无欲念的爱克服愁苦，也许这是迷途的爱、沉睡的爱。肉体有限度的满足，是人的最低权利。爱情是人类精神的一种最深沉的冲动……"

依我看，在一个"阶级仇民族恨"的时代，正是爱与艺术让他超越了反抗的局限。也只有爱与艺术，才会破解权力的因果链条，挣脱官方话语的无形桎梏；才会让人心变得柔软，复原万物的质感，使灵魂自由青春永驻。

1964年4月13日，他因破坏军婚罪被开除党籍，锒铛入狱，关了近两年。多年后，蔡其矫和艾青在天安门广场散步。艾青问，你为女人坐过牢，后不后悔？蔡其矫说，无悔，这里有代价，但也得教益。这个教益就是当面对一个爱你的女人时，你要勇敢。艾青说，蔡其矫，你是真正的男人……

三

1978年深秋，我着手编辑《今天》创刊号，在桌上摊开蔡其矫和舒婷的诗稿，逐一推敲。我发现在老一代诗人中，蔡其矫竟与我们精神上如此之近。于是我选了他的三首诗《风景画》《给——》和《思念》，排在首位，接下来是舒婷的《致橡树》和《啊，母亲》。其中那首《橡树》，我根据上下文把题目改为《致橡树》。为安全起见，我给蔡其矫取了个笔名"乔加"。

我事先写信去福建试探，他竟满口答应，还另抄了几首新作。要知道那年月这可是胆大包天的决定，弄不好是要坐牢的。那年他整满六十，本应安度晚年，却跟我们这帮浑不憷的小子借《今天》浮出地表。

舒婷加入《今天》文学团体，始作俑者蔡其矫。在他催促下，1979年秋舒婷第一次来到北京，与《今天》同人聚首。某日，天高气爽,蔡其矫、艾未未和我陪舒婷游长城。那天蔡老兴致格外好,端照相机冲锋陷阵;舒婷胆大艺高,爬到城垛上徘徊远眺;我恐高,看不得这壮举,把头转开……

10月21日上午,《今天》在玉渊潭公园举办第二届露天朗诵会,蔡其矫和舒婷也来了。以灰蓝色调为主的听众,点缀着花花绿绿的外国人和白制服警察。风雨欲来,朗诵会开得凝重悲壮。朗诵者向这两位最早加盟《今天》的南方人致敬。与整个基调形成反差,他们的诗句让人想到黎明时分的热带雨林。

《今天》问世后我们越玩越疯,郊游规模越来越大。蔡其矫是积极倡导者,乐此不疲。1979年深秋,即"星星画展事件"后不久,一行百十余人,浩浩荡荡,前往云水洞和十渡。在云水洞前空地上的舞会,如庆祝胜利的狂欢节。这下可忙坏了蔡其矫——跳舞、摄影,二者不可兼得。只见他上蹿下跳,进退两难,连那些照片都拍得气喘吁吁的。爬山路上,他突然惊呼:"哎呀,这下糟糕了!"等大家围过来他才说:"我的面包都破了!"原来是他带的面包被压碎了。一个南方人的"破"字当头,把北方人全逗乐了。

如果说革命是狂欢节的话,当过情报科科长的蔡其矫深知其中危险。他多次警告我少和外国人来往,千万不要涉及政治,为此他甚至跟我发脾气。可既然是狂欢节,谁又能控制得了呢?跟他怎么解释都没用。

他与《今天》渐行渐远,但友情依旧。只要有美食美景美女,他从不拒绝。

四

1980年10月下旬,我和前妻从山东度蜜月回来。第二天一早,有人拍门大叫："我是蔡其矫。还活着，快，快点儿生火。"原来他拎着一串螃蟹。在朋友中，他是头一个来贺喜的。

按他的话来说，天下好吃莫过于螃蟹。看他吃螃蟹是一种享受：不用任何工具，咬啃咂嘬，全靠嘴上功夫，关键还得牙口好。一般来说，美食家全都热爱生活，没听说哪个美食家得抑郁症自杀的。我吃螃蟹毫无耐心，很快就在残渣余孽前投降了。他从牙缝挤出的评论准确有力："笨，懒，浪费，可惜。"

那时候都在家待客，最多去搞点儿散装啤酒凉菜什么的。一个物质匮乏时代的好处是，朋友聚在一起，粗茶淡饭，能多说说知心话。有时也争得脸红脖子粗，但不往心里去。

有一天，蔡其矫云游四海归来，我应声而至。那时他住东单大雅宝胡同，人民美术出版社宿舍，两间小屋昏黑，堆满书和他收集的贝壳。他留我吃午饭，得意地展示一路上的新作。我对那些"旅游诗"不以为意，半开玩笑说："你怎么跟出笼的母鸡一样，到哪儿都下个蛋？"他脸一沉嘴倒弓，下了逐客令："饭吃好了，你该回家了。"我为自己口无遮拦后悔，晚矣，只好悻悻离去。几天后他老人家骑车来找我，照样乐呵呵的，好像什么都没发生。

1981年秋，在兰州教书的"九叶派"诗人唐祈筹备"兰州诗会"，请了舒婷、江河、杨炼和我。未在受邀之列的蔡其矫，闻舒婷途中被窃，赶去救援；舒婷败兴回家，他却意犹未尽，直奔兰州。我们在招待所撞见，不禁欢呼起来。由于风声紧，"兰州诗会"被迫取消。于是我们封蔡其矫为"头头"，结伴而行。他将军般威风，摊开地图，为进军大西北制定路线。

我们一路穷开心。他最喜欢给美女照相，投其所好，我们仨就像选妃子一般，四处寻觅，把稍有姿色的女孩儿一网打尽。我们声称，这位是作家协会的老革命，为写作收集素材，关键是江山得有美人配。那年月彩色照片稀罕，再听说是作家兼老革命，几乎没碰过钉子。只见女孩子搔首弄姿，风情万种。拍照后留下地址，他事后评论道："这个蛮不错，有味道。"我们开始犯坏，专挑那些相貌平平甚至丑的，蔡其矫照旧乐得屁颠屁颠的，殷勤备至，但多少有些保留："还可以，马马虎虎。"他准心里纳闷：江山依旧，可怎地，一夜间，"六宫粉黛无颜色"。

夜宿青海湖边。蔡其矫早起去照相，回来大骂"懒虫"，把我们从床上赶下来。探头窗外，青海湖碧蓝如海，令人怦然心动。我们嗷嗷叫喊向湖边冲去，蔡其矫不甘落后，跟我们一起冲啊喊啊……

辞青海湖，过西宁，再返张掖，宿酒泉，登嘉峪关，抵敦煌。我们持私人介绍信找到敦煌研究所所长，受到特别礼遇，安排在招待所下榻，吃住便宜。在导游引领下，一连四天，参观了几乎所有重要的洞窟，有些从不对外开放。借助户外微光或手电筒，那奇异的造型与色彩，把我们全都震住了，屏息凝神，神魂颠倒。最让蔡其矫着魔的是飞天与乐伎。他认为，美的最高境界就是宗教，而宗教的最高境界是美。

最后一站柳园。三名小卒入川返京，而光杆儿司令继续西行，向新疆挺进。那是蔡其矫云游四海的开端。我们在小旅社告别，为他发现更多的维吾尔族美女干杯。收拾行李时才发现，不约而同，每人都带了一本惠特曼（Walt Whitman）的《草叶集》（*Leaves of Grass*）。这影响显然来自于蔡其矫。

五

蔡其矫第一次读《草叶集》是1940年，在晋察冀边区。他当时是华北联大文学院教员，院长是在法国留过学的沙可夫。在一个星空灿烂的夏夜，他和沙可夫从法国作家纪德（André Gide）说起，探讨文学艺术的自由观。沙可夫提到惠特曼，并把从苏联带回的英文版《草叶集》借给蔡其矫。

是夜，在煤油灯下，他几乎通读了《草叶集》，为惠特曼的风格所慑服。那来自美洲大陆动荡不安的声音，好像开关，一下打开他天性中未知的暗道——那与革命缘起息息相关，但又与铁血纪律格格不入的流浪精神。他大声用英文朗诵《啊，船长，我的船长》（O Captain! My Captain!），激动不已。在华北平原，在残酷的战争岁月，美国的惠特曼与中国的蔡其矫相遇，带有某种宿命色彩。

很多年后，他回首往事说："任何企图进入艺术王国的人，都应该有大师引路，让自己的大师领着走进那个精神王国。没有大师的引路是不行的。第一位引我走进诗歌王国的大师就是惠特曼，第二位是聂鲁达……"

惠特曼于蔡其矫，绝不仅仅意味着文学表达方式，也是生活方式、对世界的感知方式。对惠特曼来说，性是人体的能源，是世界物质生命——男女、动物、植物——的关键。他认为肉体与精神同样重要，相辅相成。从这一点出发，就比较容易理解蔡其矫的感情世界和爱情观。

在我看来，蔡其矫的诗歌成就终究有限，说来原因很多，包括与中国现代诗歌史的短暂与断裂有关。然而，这丝毫不影响他的重要性，因为他展现了更为宝贵的生命价值。在这一点上，蔡其矫比安贫乐道的惠特曼走得远得多，他用自己一生穿越近百年中国的苦难，九死而不悔。他对任何形式的权力结构保持警惕，毫不妥协，从而跨越一个个历史陷阱：在金钱万能的印度尼西亚，他离家出走；在革命走向胜利时，他弃官从文；在歌舞升平的时代，他书写民众疾苦；在禁欲主义的重围下，他以身试法；在万马齐喑的岁月，他高歌自由；在物质主义的昏梦中，他走遍大地……

他的反抗是个人的，他相信任何形式的集体反抗最终必与权力结盟，任何以自由为名的造反都将走向奴役之路。1986年5月在福州召开的"蔡其矫作品讨论会"上，他在发言中总结了自己的一生："我并不重要，我自认为是一块跳板，一层台阶，踏着它是为跃向对岸或走向高处……所有的诗人艺术家，无不历尽坎坷，屡经寂寞，不被窒息而死就是最大的幸运了！生命即使是伟大而勇敢，也难以达到成功！没有谁保护我们，只有靠自己支持到最后一息……"

自1981年秋，即我们西北之行以来，他云游四海，足迹几乎遍及中国。这一壮举对我来说至今还是个谜。他是为了继承徐霞客的传统，还是为了用脚在大地上书写，追赶青春穿透生命的迷雾？他曾在《自画像》一诗中自问："从黄昏到垂暮，他还能在眷恋中远行吗？"眷恋与远行，方向相反，却彼此激荡有如持久的钟声。

他是一面光芒涌动的镜子，与黑暗对立，却并非为了折射黑暗。它似乎提醒我们一个阴郁时刻的到来：趋炎附势、追名逐利、男盗女娼、画地为牢……

六

2001年冬，因父亲病重我获特别"恩准"，回到阔别十三年的北京。除了尽孝，头等大事就是去看望那些忘年之交——岁数不饶人。我从保嘉那儿得知蔡老在京，大喜过望。

保嘉开车带我先去接牛汉。事先瞒着，牛汉下楼迎候时看见我，惊得竟蹦了起来。他快八十的人，仍像棵擎天老树那么壮实。再去东堂子胡同接蔡老。他老人家性急，不断打电话催问，早早到楼下等候。与他紧紧握手那瞬间，我的眼角湿了。他引我们回家，他夫人徐竞辞很热情，沏茶倒水。蔡老明显见老了，但还硬朗。想当年大家就管他叫蔡老，叫了三十年，终于给叫老了。他告诉我，几年前被摩托车撞翻，脊椎骨短了一截，行动大不如从前，但他还是骑车到处跑。

牛汉和蔡老执意先去看望我父亲，于是到我家小坐，再去附近"山水间"餐厅吃晚饭。那天给蔡老点了狗肉煲，他大赞，称天下第一美味。俩老头儿在一起总是斗嘴，嗓门大，还打打闹闹。说来他们还是通过我相识的，那是"四人帮"倒台后不久，我带蔡老拜访牛汉。

蔡老要去参加作代会，我请他约上舒婷和王安忆一起小聚。那晚，保嘉开车去奥林匹克饭店接上他们，来到后海河沿的"孔乙己"饭店。没事先订位，五个人围住一张小桌，好像烤火取暖。我给蔡老点了只大闸蟹，他大赞，称天下第一美味。

临走前，我借朋友的美意，在其属下一家名叫"湘君府"的湖南餐厅，宴请牛汉、谢冕、邵燕祥、吴思敬和蔡其矫，由几位同辈人作陪。所谓"总统套间"金碧辉煌，那华丽的装饰和闪光灯让人分神。蔡老坐我对面，话不多，专注于那精美的头盘——凉拌龙虾。我劝他多吃，最后连龙虾头也由他包了。在座的文学所的刘福春跟我抱怨说，他每次陪蔡老骑车，蔡老总是逆行，直冲着警察骑过去，他只好推着自行车跟在后面跑。

酒后有点儿恍惚了：生活继续，友情依旧，只是由于我的缺席，过去与现在之间出现某种断裂，如拼图中缺失了部分。

次年冬，又在北京见到蔡老。一切似乎又回到过去的轨道中。那晚，我请他和牛汉在一家大众饭馆吃涮羊肉，俩老头儿又斗上嘴了，好像双方为此等了一年。仔细听去，他们提及的名字大都不在人世了。

蔡老告诉我，他用积蓄在老家建了座花园，为了留给年轻人——让他们谈情说爱，诵读诗文。"我年纪大了，得考虑身后的事了，人都有这一天。"这话还是让我一愣：年龄于他，似乎只是追逐青春的距离参数，与死亡无关。

他还告诉我，他如今志在海洋，研究写作均与此有关。他认为，中国的强大和航海有关。从根儿上说，他是个海洋性格的人。生于海边，长在印度尼西亚，随舰队远航，而他那自由不羁的灵魂，更是属于大海的。看来他在大地上走累了，开始寻找归宿——想象与灵魂的归宿。

此刻，我坐在大学宿舍的书桌前，窗外风雪肆虐。我极力回想我们间的最后一面，却怎么也想不起来了，沉入我关于故乡的混乱驳杂的印象中；而早年交往的细节，像雨后蟾蜍一个个蹦出来，似乎为了展示时光倒错的意义。是的，我们自以为与时俱进，其实在不断后退，一直退到我们出发的地方。

布莱顿·布莱顿巴赫

一

外面是黑暗。雨沙沙地落在屋顶的斜窗上。我可以看到那尘封的表面湿漉漉的痕迹。在这建筑物以外的黑暗空间里有亮着灯的窗户，若视力延长，你可以看到人们在窗帘后面移动，专注于他们每夜的工作和梦幻，每人活在他自己那幻想、欲望、仪式和爱好的小小的茧里。

这是南非作家布莱顿·布莱顿巴赫（Breyten Breytenbach）的回忆录《一个患白化症恐怖分子的真实自白》（*The True Confessions of an Albino Terrorist*，简称《自白》）第一章的开头。他在南非蹲了七年多大狱，这本书记述了他的被捕和狱中的岁月。1975年8月，南非约翰内斯堡国际机场。一个持法国护照名叫格拉斯卡的男人，刚要登上回欧洲的班机时被捕。被捕前他冲进厕所，吞咽了张纸条。当他被带到机场的一个房间，南非安全局的斯纳克上校让他写份简历，他凭作家的想象力，编造了格拉斯卡先生的生平和社会关系。上校的助手从旅行袋里搜出个烟斗。上校让他握住烟斗，突然用南非语说："算了吧，布莱顿，游戏该结束了，我们知道你是谁。是不是想让我们带你哥哥来见见？"后来才知道，与此同时，南非总理结束访问回国，达官显贵到机场迎候，其中有布莱顿的哥哥。

我最近在读《自白》。布莱顿在这本书扉页上写着："给我亲爱的朋友和歌伴北岛，致以最美好的祝愿，1994年9月29日，里斯本。"除了签名，还用拼音注明他的中文名字——卞延博。

1994年秋天，国际作家议会在里斯本开理事会。一天晚上，我们结伴去里斯本市中心听"法朵"（Fado），一种悲伤的葡萄牙民歌。如今连悲伤也能卖高价，那些有"法朵"表演的饭馆、酒吧贵得吓人，门口有人专拉外国游客。由布莱顿挑头，带他的老朋友朱利安和我，悄悄脱离了大队人马。布莱顿不愧是搞地下工作的出身，他和别人聊着天，使眼色让我们溜进小胡同，再尾随过来。他根据事先画好的路线图，在小巷深处找到一家只有本地人才去的酒吧。那里烟雾弥漫，挤得满满的。歌手是个小伙子，非要唱尽人间苦难不可。"法朵"让我想起山西梆子，凄厉高亢，让人抓心挠肺。去得太晚，不久就散场了。余兴未尽，我们留下来喝酒。

回旅馆路上，受了"法朵"和酒精的刺激，我们三个哼起歌来，在暗夜倾诉各自的忧伤。

不知怎的，不同国度的酸曲最后汇成《国际歌》。布莱顿用英文，朱利安用法文，我用中文，竟如此协调，好像我们一起排练了一辈子。在午夜，在里斯本繁华的大街上，我们昂首阔步，扯起嗓子，高唱这支正被全世界忘掉的歌。

什么时候认识布莱顿的，我记不太清了。十几年前我们肯定在荷兰鹿特丹国际诗歌节见过。那时我刚出国，谁也记不住，人物与日子像扑克洗在一起。我们真正相识应该是1989年以后的事。1990年夏天在鹿特丹，布莱顿突然闪现出来，像个黑桃K。他有一种受难者的威严。皮肤黑黑的，络腮胡子花白，给人印象最深的是他的眼睛，悲天悯人，既热又冷，且带钩，女人得特别小心才是。他长得有点儿像神职人员，但绝不是那种普通的牧师，更不是红衣主教，对了，他正像基督本人——非洲的基督。我管他叫"基督"，他愣了一下，

"我？"然后呵呵笑了，反过来叫我"毛"。

他是鹿特丹国际诗歌节的决策人之一，几乎年年都去，是个引人注目的公众人物，媒体和听众随时乐于洗耳恭听。他话锋犀利，得理不让人；我本来嘴就笨，加上说英文，说得我理屈词穷。我属黄花鱼的——溜边，倒时不时能碰见布莱顿——在他厌倦公众的时候。跟他在一起很放松，开开玩笑，一来二去，倒成了好朋友。

《自白》是他三卷回忆录的第二卷。第一卷《天堂一季》(*A Season in Paradise*)，是关于他在海外流亡三年后的第一次回国旅行。那是1973年，他得到了三个月的签证。1991年曼德拉获得自由后，布莱顿再次回国三个月，完成了第三卷《回到天堂》(*Return to Paradise*)。这三卷回忆录可看作当代南非的个人编年史。我手头只有这第二卷，好像从紧急出口处进入他的生活，从"现在"的位置看他的过去和未来。但丁《神曲》中有三个阶段，从地狱、炼狱到天堂。《自白》肯定是炼狱，是布莱顿一生中最苦的日子。

那位斯纳克上校，早在《天堂一季》旅行快结束时出现过。一天晚上，由他当警官的哥哥出面，请来两位客人，其中一位就是斯纳克上校。那谈话是一种炫耀，让他看看他们对他有多么了如指掌。两年后在机场，斯纳克上校让他握住烟斗，突然说："游戏该结束了。"布莱顿抽烟斗是出了名的。化名进入南非后，他改抽香烟。有一天，他穿过开普敦的露天市场，禁不住烤烟香味的诱惑，买了烟斗和烟丝，回到旅馆偷偷抽起来。

布莱顿写道：

> 看看他们如何挖掘一个人的过去，设计他的未来，修改他的现在。我没有私人生活：一切都在他们手中；他们对我知道的比我自己还多。他们有档案，有计算机。他们知道我

的方式，我的嗜好，我的附属品，我小小的秘密——我的花园——不管是政治的还是性的……

和布莱顿相处久了，才知道他不是那种天生的革命家——他敏感有如琴弦。这琴弦被风暴狠命弹奏，未断，那真是奇迹。而奇迹又往往源于苦难，正如基督本人的遭遇。

二

今年五月，我从美国去南非德班参加诗歌节。在约翰内斯堡国际机场转机时，听见扩音器在广播："布莱顿巴赫先生，请尽快到十八号登机门，飞机就要起飞了……"二十三年前，另一个布莱顿巴赫先生就在这儿，在登机前几分钟被捕。

到了德班，在旅馆放下行李，我被领到一家意大利饭馆。布莱顿迎上来，和我紧紧拥抱，说："伙计，欢迎到非洲来。"我们在巴黎、墨西哥城、里斯本、斯特拉斯堡、香港等地见面，这回可终于到他家来做客了。布莱顿一定不同意我的说法。如今他四海为家，大部分时间住巴黎，夏天在西班牙，每年来南非三个月，在大学教写作，协助组织非洲诗歌节。这时间比例，我想也是南非在他心目中的比例。他没有祖国，属于他自己所界定的那种"中间地带"的人。

今晚是他的画展的开幕式，可惜我晚到了两个小时，刚好错过。作为画家的布莱顿和作为诗人的布莱顿是两面镜子，而布莱顿本人正从中隐形。

我提到在约翰内斯堡机场的另一个布莱顿巴赫。他说，这个名字在南非极少，很可能是他的亲戚。最早的布莱顿巴赫家族来自德国，在非理性的迁徙途中，有荷兰人、黑人、马来人的血液汇入，血缘关系复杂得像块调色板。他祖父是雇农,到父亲这辈日子好过些,按中国的阶级划分大概算个上中农,自己动手挖渠、耕种、采矿。布莱顿哥仨,还有个姐姐。大哥即他在机场被捕时正迎候南非总理的那位,是反游击队特种部队的准将指挥官;二哥是同情法西斯的新闻记者、秘密警察的同路人;布莱顿是个写诗的"恐怖分子"。我最好奇的是他和大哥的关系。"还行,只不过在一起从不谈政治。"他告诉我,在巴黎流亡时,大哥来出差,哥儿俩从一个酒吧到另一个酒吧,一直喝到天亮。

在《自白》这本书中,布莱顿的倾诉对象是一个无所不在的"检查员先生",有时又管他叫"眼睛先生""我先生",语调充满了调侃挖苦。依我看,"检查员先生"是个双重角色,既是秘密警察的同谋,又是他身处绝境的内心独白的唯一倾听者。布莱顿若是基督的话,"检查员先生"就是上帝。"啊,检查员先生,你认为我有罪吗?是的,我有的是幸存者的罪。"他写道。秘密警察头子汉廷顿是个病态的家伙。有一次布莱顿被召到监狱门外,汉廷顿把他正读师范的侄女介绍给他。那个女孩子是他的诗歌迷,发誓要用泪水帮他脱离苦海。汉廷顿还请他到家里做客,带他参观花园。后面就是山,周围似乎无人警戒。是暗示他逃跑?还是陷阱,在逃跑时把他击毙?两个小女儿请他签名留言。午餐快结束时,电话铃响了。汉廷顿接电话回来,问他要不要用他的卫生间洗个澡,甚至可以用他的牙刷。不过请他原谅,他们该送他回去了。汉廷顿把他带回监狱办公室时,布莱顿的妻子莲坐在那儿。

到德班的第三天中午,布莱顿夫妇请我到一家中国馆子吃午饭。五月的南非已进入冬天,但一点儿都不冷,像加州的夏天,阳光明媚。孩子们在海上玩帆板。中国餐馆紧挨着一个大饭店。布莱顿坐在那儿等我。他放下报纸,目光探寻,似乎想知道我对南非的第一印

象。我刚写了首诗,是给他的:

> ……
> 你释放的疯狂
> 是铸造寂静的真理
> 骄傲如内伤闪烁
> 使谈话暗淡
> ……
> 风在阅读车辙
> 向蓝丝绸以外的疼痛
> 致敬。

他问起我中国的变化,我告诉他算卦的说我明年就能回去了。他微笑地盯着我。在一个饱经风霜的老流亡者面前,我还嫩了点儿。他回赠一首诗给我,提到算卦的和乡愁,诗中充满了温情。

莲来了,她个头不高,言谈举止优雅。我们从未谋面,仅在电话里说过话。她是华裔越南人,不会中文。他们的婚姻当时在南非是违法的,由于没像中国那样查三代,布莱顿只能是白人,不准和有色人种结婚。布莱顿坐牢时,莲为他全世界奔走呼吁。四分之一世纪过去了,布莱顿动荡生活的阴影在莲的脸上留下痕迹——淡淡的哀愁。莲看布莱顿时有一种怜爱和无奈,好像他是个惹是生非的大孩子。莲告诉我,按汉语她应姓"黄",全名是黄莲。我一惊,没敢告诉她中文的含义。

老板娘是上海人,风风火火。我点了醉鸡、清蒸鱼和家常豆腐,很地道。我和布莱顿喝青岛啤酒聊天。我每次去巴黎,只要布莱顿在,我们总是去十三区的一家名叫"大家乐"的广东馆子。那是难得的闲暇时光。此刻好像坐在同一地方，只是窗外的景致变了。他盯着街心花园的孩子，笑出声来。

审判开始了。布莱顿写道："我能明白一息尚存的老鼠在被蛇吞吃时多么软弱无力——眼睁睁庆祝它自己的死亡。"镶木板的法庭，大概过去是个犹太教堂，令人压抑。审判日复一日，证人进进出出，父亲坐在听众席上，呆呆的。布莱顿被判处九年徒刑。

汉廷顿把他带到办公室，好像对这一严厉的判决既恼火又震惊，而他的部下纷纷进来祝贺。有人甚至把布莱顿带到厕所，给他斟了一大杯白葡萄酒，似乎为了共同庆祝一个重要节日。最后汉廷顿把他带回牢房，戴墨镜坐在对面。他提起他年轻时的幼稚，家境的贫寒，以及他如何从总统的保镖爬到了今天的位置。在讲述中，他脸色苍白，得到了某种类似性高潮的满足。在布莱顿坐牢期间，汉廷顿甚至把他狱中的诗稿拿去出版，但条件是布莱顿必须把诗集献给他。

三

读布莱顿的书不是件轻松的事。他的词汇丰富，还掺杂了法语和南非语，像凶猛的河流；我像过窄的河床，泛滥成灾。有时又相反，我不再是所谓潜在的读者，性急地跳了出来，参与他的写作。我是1975年的布莱顿，被判了九年徒刑。

其实，在踏上我的祖国的那一刻，我已经被跟上。不，甚至更早，在我持格拉斯卡先生的护照在罗马申请签证时，网已经张开了。我刮掉络腮胡子，改变发型，戴上宽边眼镜。在飞往南非的飞机上，我结识了空中小姐安娜，她给了我电话号码。

过海关很顺利。头几天我东游西荡，消失在人群中。我先找到与政治无涉的老朋友，然后和地下组织取得联系。被捕后汉廷顿告诉我，他们甚至在清洁工打扫旅馆房间以前，取走我喝过的每个酒瓶。

安娜打电话到旅馆约我看戏。她的婚姻似乎很不幸，丈夫抛弃了她。她开车带我到约翰内斯堡附近的景点去玩。她外出飞行时，我搬到她的单元去住。

我来到开普敦，在平静的海角镇住下，经常和地下组织的人见面。有一次，他们开车来，发现被一辆白色福特车跟上了。我们东绕西拐，到开普敦市中心，我跳车钻进商场地下室，脱掉风衣，戴上毛帽，从另一个出口冲出去。下午，搭公共汽车溜回到旅馆，没开灯，我从窗口看见那辆白色福特车，有两个家伙在车里抽烟。风急雨骤，海浪拍打着水泥墩。我整夜在销毁文件。凌晨，我从旅馆的后院翻墙，搭上一辆公共汽车。到了市中心的终点站，刚下车，那辆白色福特车出现在街口。我拔腿就跑，磕磕绊绊，沿着空荡荡的水果摊位。那场面多少有点儿像三流影片。

我居然逃脱了，躲到一个老朋友家。傍晚他开车把我带走，在另一个城市上了火车。回到约翰内斯堡，找到安娜，她正要和朋友们去爬山，我加入了进去。没想到我自投罗网，安娜本人就是个秘密警察……

不知道为什么，一个中国诗人，对我这段故事特别感兴趣。他竟然要替换我，不仅用第一人称，还要把几十页的内容压缩成这么一小段。

布莱顿，因为我相信，"逃跑"是一个永恒的主题。不只是你在跑，我也在跑，每个不愿与权力认同的人都在跑。此刻，我回到1998年5月，在南非最大的海港城市德班的市政厅里溜达，这里正举办布莱顿的画展。展厅里人不多，一位老先生对他的画不满地摇头，嘟嘟囔囔。布莱顿画的多是自画像，充满了自我嘲讽。他任意把自己变牛变马。有时他头上顶条鱼，那是基督的标志。他的画里充斥着男女生殖器。

他坦率地告诉我，他出狱后为女人发狂，不断更换女朋友。他曾在巴黎和一个黑女人同居，还生了一个孩子。感情纠葛像张网紧紧缠着他。莲接受了这个现实，把那个孩子当成自己的女儿。

我们都不是圣徒，无权对他人的经验做道德上的判断。狱中生活之刻骨铭心，是我们这些有幸站在高墙外边的人无法体会的。我在读《自白》一书时常做噩梦，惊醒时喘不过气来。有时不得不略过一些章节，好像唱针在黑色的旧唱片上跳动。

在南非监狱，刚被判刑的人先要单独监禁三个月，作为"观察期"，而布莱顿的"观察期"拖了近两年。那种绝对的封闭对人的摧残是最深的。布莱顿和蚂蚁说话，与自己下棋，因飞进高墙的鸟而狂喜……

1982年冬天，布莱顿获释回到巴黎。我听说他头半年，每天早起，到他家附近的卢森堡公园，光着脚，绕着圈小跑，边跑边哭。他心理上并没有离开那堵高墙，仍按狱中的作息时间表：每天早上放风半小时。

布莱顿在国际作家议会担任过司库，也就是掌管经济命脉的。国际作家议会的核心成员包括一些法国的思想家，诸如德里达、波杜。布莱顿特别讨厌空谈。1994年秋天在里斯本开会，他接受一家法国电台的访问时说：我们应从法国沙龙式的语言中解放出来。事后他告诉我那是个很小的电台，又是上午的节目，听众不会超过一百个，居然被德里达听到了,找他来质问。布莱顿反唇相讥:我有权这么说,如果你还承认我们生活在自由国度的话。

在法国政府、国际笔会等方面的压力下,南非当局不得不在1982年12月2日提前释放了布来顿。释放是突然的。按原计划莲同一天飞回巴黎,临走前准备再见上一面。12月1日早上,布莱顿被带到城里,在一家高级旅馆的房间,南非当局的某个头面人物见了他。回监狱路上,押送者经过海边时减慢车速,让他把车窗摇下来,呼吸一下带咸味的海风。当天夜里布莱顿给莲写了封信,准备第二天见面时交给她:"……我不知道那个时刻是否已到来。我对今天的一切不敢抱希望。……这些年你离我更近了,更珍贵了。和以往相比,我现在对你所知甚少,你如此的坚强对我来说是个谜……"第二天莲未能如期来探监。布莱顿照常出工。直到中午,他被带到监狱办公室,监狱长宣布了释放的决定。他什么也听不见,站在窗口,看见一朵白云在山头追问寂静。

布莱顿似乎从来没有身份认同的危机。他会讲南非语、英语、法语、西班牙语、意大利语;他现在是法国公民,又持有塞内加尔的外交护照。我问他这是怎么回事。他得意地说,塞内加尔总统是他哥们儿。他答应给我也弄这么个护照,我就可以大摇大摆回国了,或者么,把我派到塞内加尔驻北京的使馆,当个文化专员什么的。我还认真了,再细想,人家塞内加尔恐怕清一色黑人,打哪儿冒出来这么个黄脸亲戚?

《自白》接近尾声,我已精疲力尽,要想跟上布莱顿的步子不容易。我突然想跟他聊聊,到处打电话,都找不到他。按时间算他应该在南非。这哪儿说得准?他满世界飞,现在多半正在路上。

书是这样结尾的:"起飞。在大地的上空。小心斟满更多的香槟。个人的致意。非洲在脚下滑走,我的爱。餐盘端来时的困惑:不记得怎么使用刀叉，还有菜的顺序。只有勺，这么久。这么久。没有一个字，没有。第一夫人黄莲和我握手。她睡着了……我们21点40分将抵达戴高乐机场，那里下雨。完了……"

策兰

是石头要开花的时候了

一

"首先请原谅我未给你写信。我并没理由。"他接着写道,他是"属于闪米特族的犹太人……是的,我们学校正在反犹,关于这我可以写一本三百页的巨著……我今天没上学,因为昨天我在冰上跌倒,自作聪明地把背摔伤了"。

这是保尔·安切尔(Paul Antschel)1934年1月写给姑妈的信,即他十三岁施犹太教成人礼后不久。他姑妈刚移居到巴勒斯坦。这是他留下的最早的文字。在"二战"结束后,他改名为保尔·策兰(Paul Celan)。

1920年11月23日,策兰出生在罗马尼亚切尔诺维茨(Czernowitz,现乌克兰境内),位于奥匈帝国最东端。在他出生两年前,哈伯斯堡王朝寿终正寝,主权归罗马尼亚。那里语言混杂,人们讲乌克兰语、罗马尼亚语、德语、斯瓦比亚语和意第绪语。镇上十万居民中近一半是犹太人,他们称该镇为"小维也纳"。

德语是策兰的母语。他母亲温文尔雅,热爱德国文学,特别强调要讲标准德语(High German),以区别当地流行的德语。策兰说过:"我们在家只讲标准德语,不幸的是,方言对我来说很隔膜。"他父亲曾当兵负过伤,信奉东正教并热衷犹太复国主义。六岁那年,他从德语小学转到希伯来语小学,后来又进了国立小学,但家里一直请人教他希伯来语。父亲在他诗中的缺席,多少反映了他们关系的疏远。

成人礼后，策兰不再学希伯来语，并脱离犹太复兴运动。当收音机里传来希特勒的叫嚣时，他加入一个以犹太人为主的反法西斯青年组织，在油印刊物《红色学生》上发表文章。1936年西班牙内战期间，他为共和派募捐，并参加示威游行。后来虽放弃了共产主义，但对社会主义无政府主义一直有特殊的感情。

策兰在文学上没有那么激进。他读歌德、海涅、席勒、荷尔德林、特拉克尔、尼采、魏尔伦、兰波、卡夫卡等人的作品。他特别钟爱里尔克。一个同学还记得，他们俩到乡间散步，躺在树荫下，策兰背诵里尔克的诗。

策兰年轻时很帅。一个朋友这样描述他："身材修长，黑发黑眸，一个不苟言笑具有诗人气质的英俊小伙儿……他比较沉默，杏仁脸……嗓音悦耳温柔……声调抑扬顿挫。他幽默犀利尖刻，又往往和蔼可亲。"

父母本来盼儿子能成为医生，但罗马尼亚医学院给犹太人的名额极少。1938年春策兰高中毕业时，德国军队进军维也纳。父亲打算攒钱移民，而策兰渴望继续读书，得到母亲支持。1938年11月9日，他动身去法国上医学预科，火车经柏林时，正赶上纳粹对犹太人的第一次大屠杀。他后来回首那一刻："你目睹了那些烟／来自明天。"那是欧洲犹太人生活终结的开始。

他在巴黎看望了想当演员的舅舅，并遇见大批西班牙难民。他对先锋艺术的兴趣超过了医学。就在那一年，布鲁东、艾吕雅和杜尚等人在巴黎举办国际展览，把超现实主义运动推向高潮。

1939年夏策兰回到家乡，改行学浪漫主义哲学。1939年9月，罗马尼亚把部分土地割给苏联，1940年6月，苏军占领切尔诺维茨。策兰不得不学习俄语和乌克兰语。一位乌克兰老师在课上，背诵叶赛宁和隐去姓名的曼德尔施塔姆的诗。

1941年6月22日，希特勒大举入侵苏联。策兰的朋友不是和俄国人一起逃难，就是被苏军征兵入伍。罗马尼亚加入轴心国，对犹太人的迫害比纳粹还残暴。1941年7月5日和6日，切尔诺维茨被轴心国占领。罗马尼亚军人和警察协助德国人，试图抹去犹太人六百年的存在。他们烧毁犹太寺院，强迫佩戴黄星标志，一昼夜屠杀了包括社区领袖在内的三千人，把犹太人赶进隔离区，随后再把其中十万人送往集中营。隔离区的条件可想而知，四五十个人挤在一个小单元里。但据策兰的朋友回忆，那六七个星期的隔离经验并非那么可怕，大家同甘共苦，讲故事，唱意第绪语歌。策兰甚至还在翻译莎士比亚十四行诗。

1941年秋，由于好心的市长，策兰一家得到许可离开隔离区，暂时逃脱被遣送的命运。策兰把黄星标志藏起来，冒着风险到公园散步。好景不长。1942年6月，省长下达驱逐犹太人的指示。6月6日和13日接连两个星期六，弧光灯照亮夜空，盖世太保和本地宪兵把犹太人赶到街上，押上卡车，开到火车站，再塞进装牲口的车厢。

1942年6月27日，按策兰的朋友蕾克娜（Ruth Lackner）的说法，她为策兰在化妆品工厂找到藏身处。策兰催父母帮他想办法躲藏，母亲说："我们逃脱不了我们的命运。毕竟有很多犹太人在特朗斯尼斯蒂尔（Transnistria）集中营了。"（她无从知道那儿三分之二犹太人已经死去。）策兰在和父亲口角后愤然离去。据另一个朋友回忆，策兰的父母让他躲到外面。那个星期六晚上，他和策兰到另一个朋友家，由于宵禁留下过夜。第二天策兰回家，人去楼空，门上贴着封条。

父母被送往集中营后，策兰进了劳改营，在离家四百公里的地方干苦力。他在给蕾克娜的信中写道："你写信让我不要绝望。不，茹丝，我不绝望。但我母亲让我很痛苦。最近她病得很重，她一定惦记我，甚至没道别我就离开了，也许是永别。"他在另一封信中说：

"我目睹我自己的生活变得苦不堪言,但最终成为正直忠诚的人性之路,我将一如既往地追寻。"

使策兰一举成名的《死亡赋格》写于1944年春。他的朋友还记得,一天早上,在大教堂的铁栏杆旁,策兰为他朗诵了这首诗。后来策兰在此诗后标明"布达佩斯,1945年"。有可能是他在家乡写成初稿,1945年4月移居布加勒斯特最后完成的。1947年5月,《死亡赋格》发表在罗马尼亚文刊物《同时代》上。罗马尼亚文译者索罗蒙(Petre Solomon)写道:"我们发表译文的原作,是基于一个事实。在鲁比林(Lublin),如其他众多'纳粹死亡营'一样,当别人掘墓时,一组赴死的人被迫唱怀旧的歌。"

《死亡赋格》是他第一首公开发表的诗作,不是德文,而是罗马尼亚文译本。他第一次写下自己的新名字:保尔·策兰。

二

死亡赋格

清晨的黑牛奶我们傍晚喝
我们中午早上喝我们夜里喝
我们喝呀喝
我们在空中掘墓躺着挺宽敞
那房子里的人他玩蛇他写信
他写信当暮色降临德国你金发的马格丽特
他写信走出屋星光闪烁他吹口哨召回猎犬
他吹口哨召来他的犹太人掘墓
他命令我们奏舞曲

清晨的黑牛奶我们夜里喝

我们早上中午喝我们傍晚喝

我们喝呀喝

那房子里的人他玩蛇他写信

他写信当暮色降临德国你金发的马格丽特

你灰发的舒拉密兹我们在空中掘墓躺着挺宽敞

他高叫把地挖深些你们这伙你们那帮演唱

他抓住腰中手枪他挥舞他眼睛是蓝的

挖得深些你们这伙用锹你们那帮继续奏舞曲

清晨的黑牛奶我们夜里喝

我们中午早上喝我们傍晚喝

我们喝呀喝

那房子里的人你金发的马格丽特

你灰发的舒拉密兹他玩蛇

他高叫把死亡奏得美妙些死亡是来自德国的大师

他高叫你们把琴拉得更暗些你们就像烟升向天空

你们就在云中有个坟墓躺着挺宽敞

清晨的黑牛奶我们夜里喝

我们中午喝死亡是来自德国的大师

我们傍晚早上喝

我们喝呀喝

死亡是来自德国的大师他眼睛是蓝的

他用铅弹射你他瞄得很准

那房子里的人你金发的马格丽特

他放出猎犬扑向我们许给我们空中的坟墓

他玩蛇做梦死亡是来自德国的大师

你金发的马格丽特

你灰发的舒拉密兹

我手头上有两个中译本，一个是钱春绮译的《死亡赋格曲》，另一个是王家新和芮虎合译的《死亡赋格》。我对这两种译本都不满意，最主要的是它们失去原作那特有的节奏感。我决定自己试试。我参照的三种英译本，一个是最流行的汉伯格（Michael Hamburger）的译本，一个是美国诗人罗森伯格（Jerome Rothemburg）的译本，另一个是费尔斯蒂纳（John Felstiner）的译本。这首诗至少有十五种英译本。

由于篇幅所限，只能从钱译本和王／芮译本各选某些片段。先来看第一段：

清晨的黑牛奶，我们在晚上喝它

我们在中午和早晨喝它我们在夜间喝它

我们喝喝

我们在空中掘一座坟墓　睡在那里不拥挤

一个男子住在屋里他玩蛇他写信天黑时他写信

回德国你的金发的玛加蕾特

他写信走出屋外星光闪烁他吹口哨把狗唤来

他吹口哨把犹太人唤出来叫他们在地上掘一座坟墓

他命令我们奏舞曲

钱春绮 译

清晨的黑色牛奶我们在傍晚喝它

我们在正午喝在早上喝我们在夜里喝

我们喝呀我们喝

我们在空中掘一个墓那里不拥挤

住在那屋里的男人他玩着蛇他书写

他写着当黄昏降临到德国你的金色头发呀

玛格丽特

他写着步出门外而群星照耀他

他打着呼哨就唤出他的狼狗

他打着呼哨唤出他的犹太人在地上让他们掘个坟墓

他命令我们开始表演跳舞

王家新 / 芮虎 合译

相比之下，王/芮译本前三句比钱译本好，但紧接着就乱了方寸。我们在空中掘一个墓 那里不拥挤显然是步钱译本的后尘：我们在空中掘一座坟墓　睡在那里不拥挤。它们越到后面就越拖沓：他吹口哨把犹太人唤出来叫他们在地上掘一座坟墓（钱译）；他打着呼哨唤出他的犹太人在地上让他们掘个坟墓（王/芮合译）。

再来看看倒数第三段：

他叫　把死亡曲奏得更好听些死神是来自德国的大师

他叫　把提琴拉得更低沉些　这样你们就化作烟升天

这样你们就有座坟墓在云中　睡在那里不拥挤

钱春绮 译

他叫道更甜蜜地和死亡玩吧死亡是从德国来的大师

辑四　诗和诗人　|　291

他叫道更低沉一些现在你们拉你们的琴尔后你们就会

化为烟雾升在空中

尔后在云彩里你们就有一个坟在那里不拥挤

王家新 / 芮虎 合译

在此处，王／芮译本显然远不如钱译本，把诗歌降到连散文都不如的地步，对了解像策兰这样的语言大师的中国读者，不能不说是一种遗憾。中文其实是特别适于翻译的语言。比如，关于题目《死亡赋格》，英译者因所属格而头疼，而中译却很自然。中文没有拼音文字的"语法胶"（grammatical glue），故灵活多变，左右逢源，除造词和双关语难以应付外，几乎无所不能。策兰的写作，在某种意义上是抵抗翻译的，而《死亡赋格》却以罗马尼亚文译本问世。

这首诗原题为《死亡探戈》，策兰在罗马尼亚文译本发表后改成《死亡赋格》。让人想到巴赫晚期重要的代表作之一"赋格的艺术"。赋格一词来自拉丁文 fuga（即幻想的飞行），是一种在中世纪发展起来的复调音乐，在巴赫手中变得完美。赋格建立在数学般精确的对位法上，其呈示部或主题，总是被模仿呈示部而发展的"插曲"（称为对句）打断。呈示部往往较短，与其他对句唱和呼应，循环往复。

据说，在奥斯威辛司令官的住宅常传出巴赫的赋格曲（死亡是来自德国的大师）。1944年，苏联作家西蒙诺夫（Kanstantin Simonov）在他的报告文学中，记述了某个纳粹集中营的日常生活："许多高音喇叭播放震耳欲聋的狐步舞和探戈。从早上到白天，从傍晚到夜里一直喧嚣不停。"

整首诗没有标点符号，突出了"音乐性"，使语言处于流动状态。作者采用了"对位法"，以赋格曲的形式展开这首诗。清晨的黑牛奶是主题，它短促醒目，贯穿全诗。由它在其他声部发展成不同的对句,重叠起伏,互相入侵。以黑牛奶这一极端意象开篇,并作为主格,显得尤为荒诞:作为人类生命之源的牛奶却是黑的。清晨的黑牛奶我们傍晚喝/我们中午早上喝我们夜里喝/我们喝呀喝,让人想起《旧约圣经》中《创世记》的开篇:"上帝称光为昼,称暗为夜。有晚上有早晨,这是头一日……上帝称空气为天,有晚上有早晨,是第二日……"一直命名到第七日。《死亡赋格》的主题,显然戏仿《创世记》对时间的命名过程,而黑牛奶改变了这命名的神圣性,似乎在以上帝之声反驳圣言。

驱动这首诗的节奏感单调而紧迫,像个破旧钟表,与时间脱节但却在奔忙,死亡即发条。若译者找不到这节奏感,就等于把钟表砸了,只剩下破零件。

在他和我们之间,有一种对应关系。他——在房子里、玩蛇、写信、吹口哨、做梦、放出猎犬;我们——喝黑牛奶、奏舞曲、在空中掘墓。其实,他和我们在同一个地方,使用同一种语言,对音乐有相似的趣味。但他拥有一种绝对的权力:死亡是来自德国的大师。

诗中出现了两位女性。金发的马格丽特是德国浪漫主义的典型,与歌德《浮士德》的女主角同名。而灰发的舒拉密兹则代表了犹太人。在犹太圣经的《所罗门之歌》(又称《歌中歌》)中,舒拉密兹是个黑发女仆。在逾越节读经时,她成为犹太人重返家园的保证。这两个名字并置诗中,但又被行隔开。尤其全诗以此结尾,暗示着其命运相连,但不可和解。而灰发的舒拉密兹,这纳粹试图抹去的古老的犹太象征,保留最后的发言权,却以特有方式保持沉默。

读者或许会注意到,死亡是来自德国的大师是在《死亡赋格》过半时才出现的,接连重复了四次。第一次是在他高叫把死亡奏得美妙些之后,显然和音乐演奏有关。在我看来,这是对艺术本质的质疑:音乐并不妨碍杀人,甚至可为有良好音乐修养的刽子手助兴。也许

《死亡赋格》正是对阿多诺（Theodore Adorno）那句名言的响应，阿多诺在《文化批评与社会》（1949年）一文中写道："在奥斯威辛以后写诗是野蛮的。"他后来撤回了这个说法。

我前两天去斯坦福大学朗诵，和策兰的传记作者费尔斯蒂纳（John Felstiner）教授共进早餐。在教授的建议下，我们早餐后跟着去听他的课。那是一个相当现代化的阶梯教室，讲坛上放着三角钢琴。我们到得早。学生们开始陆续出现，睡眼惺忪。扩音器播放着策兰自己朗诵《死亡赋格》的录音带，声调急促但克制，有时干巴巴的，有时刺耳。我只听懂了一个德文词"德国"。死亡是来自德国的大师。教授把他的中国助教介绍给我们，她已拿到博士学位，正在找工作。死亡是来自德国的大师。教授正做上课前最后的准备，用投影机把一张画投到墙上。死亡是来自德国的大师。策兰的声音在空旷的教室回荡：死亡是来自德国的大师。

三

1945年4月下旬，策兰搭乘一辆苏军卡车离开切尔诺维茨，前往布加勒斯特。切尔诺维茨重新落到苏联手中。他告别了家乡和童年，随身只带着几本好书和自己的诗稿（可能包括《死亡赋格》），还有关于父母的记忆。

到布加勒斯特后，他通过一个来自家乡的犹太诗人，在一家名叫"俄文书"的出版社找到工作。他阅读稿件，把俄国文学译成罗马尼亚文。此前他已有丰富的翻译经验：自幼起就试着把英、法、俄文诗译成德文，把马克思著作译成罗马尼亚文，从劳改营回来后在一家乌克兰报纸做翻译。翻译对他如同跨越边界，在异地他乡寻找身份认同。当他译的俄文名著出版并受到好评，他骄傲地对朋友说："要是我妈妈活着看见它就好了！我觉得她有时对我没信心。"

从1945年4月到1947年12月，策兰在布加勒斯特住了将近两年，是他人生的重要过渡：战后的轻松气氛和青春的成就感相呼应。据出版《死亡赋格》的杂志编辑回忆，除夕夜的晚会上，策兰唱着一首古老的日耳曼民谣，他坐在地板上，用拳头捶地打拍子。这民谣恰好是希特勒年轻时也喜欢的。

策兰和朋友们一度为双关语的游戏着迷。罗马尼亚文译者索罗蒙还记得他的不少妙语，比如"一个诗人并不等到拨号音才打电话"。这语言游戏也包括名字。他的原名在罗马尼亚文中是 Ancel，他把它颠倒成 Celan（策兰），对一个现代作家，安切尔多少意味着旧世界。他给自己下的定义是：策兰，诗人，一个不受欢迎的人，受限于炉箅与炉渣之间。

他每天从事翻译，但一直坚持用德文写作。被问及这一点时，他答道："只有用母语一个人才能说出自己的真理。用外语诗人在撒谎。"

作为德语诗人，策兰在罗马尼亚看不到多少希望。1947年12月，国王迫于共产党压力退位，人民共和国宣布诞生。匈牙利开始遣返难民，罗马尼亚捕杀他们。据说，有四万罗马尼亚犹太人于1947年逃到维也纳。

策兰在最后一刻逃离布加勒斯特，他没有任何合法文件，只是带着大批诗稿。策兰付很多钱给蛇头偷渡边境。策兰说，冬天穿越匈牙利边境是"可怕的艰难之旅"，睡在废弃的火车站，在匈牙利农民帮助下，向维也纳——他童年时代的北极星进发。在布达佩斯逗留一周后，他终于抵达维也纳。这城市成为他战后的终点，一个说德语但没有德国人的地方。

策兰带着他老师斯伯波（Alfred Margul-Sperber）的介绍信，去拜访奥地利文学界的名人巴塞尔（Otto Basil）。介绍信中写道：策兰是"德国新一代最有原创性最明白的诗人"。巴塞尔回忆道："出现在计划办公室的是个面容消瘦目光忧愁的年轻人。他声音柔和，似乎谦卑内向，甚至胆怯。这就是保尔·策兰。看起来饥寒交迫，他刚穿越匈牙利来到维也纳，有时候长途跋涉……他带给我诗稿和斯伯波的信。"

在维也纳的一次朗诵后，策兰写信给老师："相信我，老天知道他们说（就他们所知）我是奥地利及德国最伟大的诗人，我有多高兴。"这多少说明他当时处境的艰难。在另一封寄往布加勒斯特的信上，他署名为"条顿母语的悲哀诗人"。

策兰确实获得了某种成功。巴塞尔在自己的刊物上发表了他的一组诗，还有人帮他出版诗集，安排他在奥地利电台朗诵。

他成为著名超现实主义画家杰尼（Edgar Jene）的好朋友。他为画家的小册子写了篇序言。他认为这篇序言并非阐释杰尼的作品，而是一种"不能满足的发现"的"漫游"，是布莱克、爱丽斯漫游奇境和维特根斯坦的混合："我在说我在深海听到的几个词，那里如此沉默，又有很多事发生。"他十年后说到欧洲犹太人的灾难的发生不是历史的附加，而是变形。人无法说话，因为他们的词语在虚情假意的"千年包袱下呻吟"。我们表达的古老挣扎如今感到"烧成灰的意义，不仅如此"。

1947年，策兰到达维也纳后结识了巴赫曼（Ingeborg Bachmann），她正在写关于海德格尔的博士论文，关于诗歌语言的限度，特别是在法西斯主义以后。巴赫曼后来参加德国"四七社"，成为奥地利战后最重要的女诗人。策兰和巴赫曼一度坠入情网。策兰在维也纳的诗大都是给她的，其中包括《卡罗那》。1971年，即策兰死后第二年，巴赫曼出版了长篇小说《玛琳娜》。那是公主和一个东方来的陌生人的寓言故事。那身穿黑色长斗篷的陌生人,有着温暖的眼睛和磁性的声音。巴赫曼把策兰的情诗,特别是《卡罗那》织进她的寓言中,试图创造一种超自然的血缘关系。"你必须回到你的人民中吗?"公主问。"我的人民比世上所有的人民都古老,他们失散在风中。"陌生人回答说。

四

卡罗那 [1]

秋天从我手中吃它的叶子:我们是朋友。
我们从坚果剥出时间并教它走路:
而时间回到壳中。

镜中是星期天,
梦里有地方睡眠,
我们口说真理。

我的目光落到我爱人的性上:
我们互相看着,
我们交换黑暗的词语,
我们相爱像罂粟和回忆,
我们睡去像海螺中的酒,

---

1 Corona 系拉丁文,意为王冠、冠状物、(花的)副冠、(全蚀时的)日晕,因其多义性,我保留其音译。

血色月光中的海。

我们在窗口拥抱，人们从街上张望：
是让他们知道的时候了！
是石头要开花的时候了，
时间动荡有颗跳动的心。
是过去成为此刻的时候了。

是时候了。

我主要是参照汉伯格的英译本译成的。我手头有王家新和芮虎的合译本，由于这首诗不长，全文录下：

花　冠

秋天从我手里吃它的叶子：我们是朋友。
从坚果里我们剥出时间并教它如何行走：
于是时间回到壳里。

在镜中是礼拜日，
在梦中被催眠，
嘴说出真实。

我的眼移落在我爱人的性器上：
我们互看，我们交换黑暗的词，
我们互爱如罂粟和记忆，

我们睡去像酒在贝壳里
　　像海,在月亮的血的光线中。

　　我们在窗边拥抱,人们在街上望我们,
　　是时候了他们知道!
　　是石头决定开花的时候,
　　是心脏躁动不安的时候,
　　是时候了,它欲为时间。

　　是时候了。

　　王/芮译本主要来自英文,故和我参考的来源相仿。在我看来,他们的译本主要有如下几个问题:一、题目译成花冠过于轻率,策兰正是用这个词的含混和歧义来展示主题的复杂;二、在梦中被催眠,显然是过度阐释,应为梦里有地方睡眠,后面我再说明为什么;三、在中译本保留原文语序显得很牵强,比如"是时候了他们知道!"(是让他们知道的时候了!)策兰的诗有时是故意倒装的,比如清晨的黑牛奶我们傍晚喝,这样的地方就要设法保留原来的语序,不能译成傍晚我们喝清晨的黑牛奶。而本来正常的诗句,非要按西方语言结构变成"洋泾浜",不仅伤及诗意也伤及汉语;四、只要大声读一遍,就知道王/芮译本的问题所在了,还是缺乏语感与节奏感,这甚至比错译更致命。

　　由于这首诗和里尔克的《秋日》有互文关系,为此,我们先把《秋日》第一段抄录如下:

　　主呵,是时候了。夏天盛极一时。

把你的阴影置于日晷上，
让风吹过牧场。

策兰显然借用是时候了作为《卡罗那》的主题与基调，但没有了"主"。"主"的在场与缺席，也许这是里尔克和策兰的重要区别。同为德语诗人，里尔克虽一生四海为家，却来自"正统"，纠缠也罢抗争也罢，基督教情结一直伴随着他；而策兰则来自边缘——种族、地理、历史和语言上的边缘，加上毁灭性的内心创伤，使他远离"主"放弃"主"。

也许正是由于这一点，策兰的时间观不同。让我们来看看《卡罗那》的开篇：秋天从我手中吃它的叶子：我们是朋友。/ 我们从坚果剥出时间并教它走路：/ 而时间回到壳中。秋天和我之间有一种共生的私人关系。从秋天孕育的坚果中，时间就像婴儿一样被剥出，并教它走路。它似乎惧怕世界，又回到其庇护所中去。在这里时间如此弱小，易受伤害，与基督教不可逆转的线性时间观相反，它是可以返回源头的。

与第一段形成鲜明对比，第二段采用三个短句：镜中是星期天，/ 梦里有地方睡眠，/ 我们口说真理。刻画出场景与状态。镜中是星期天，绝妙：时空的互相映照，造成特有的宁静与空旷，同时意味着——情人躺在床上。梦里有地方睡眠和我们口说真理是第一句的延伸，梦与睡眠，口与真理都彼此映照互为因果。这一段用的是最简约的句式，表明一种朴素而诗意的存在。而王 / 芮译本中的被催眠，显然是由于没有把握这一点而造成的误译。

第三段是对第二段的强化与变奏，明确了这首诗的爱情主题。首句直截了当提到性（sex）（而非性器），因其普遍性含义更有诗意。我们交换黑暗的词语与我们口说真理相呼应，交换对口说，黑暗的词语对真理。那是战后创伤的自我治疗：情人谈到战争中各自的经历。我们相爱像罂粟和回忆，/我们睡去像海螺中的酒，/血色月光中的海。罂粟是美与毒瘾的象征（或代表遗忘），与记忆连接，有着沉溺与止痛的功效。海螺中的酒与血色月光中的海有相似性，区别在衡量尺度，可以说，后者是前者的扩张与深化。血色暗示着战争创伤。

第四段无疑是全诗高潮。首先我们会注意到情人处境的变化：从第二段静静躺着，到第三段的行动与交流，而此刻他们干脆站起来，在窗口拥抱。接下来就是一系列"是时候了"，共五句，把诗推向高潮。第一句是让他们知道的时候了，公开他们的爱情秘密。第二句是石头要开花的时候了，是以一种从内心迸发的精神力量否定死亡。在策兰的诗歌符号中，石头是沉重而盲目的。石头要开花，则是一种解放和升华。第三句时间动荡有颗跳动的心是第二句的从句，是说明为什么石头要开花。第四句是对时间的质疑。其中包含两个时间，基于两种动词时态：It is time it were time（是过去成为此刻的时候了），表明这两个时间之间既有对立和裂痕，又有必然的联系。这句很难翻译，大意是：此刻是来自那过去的时间的时间。为此，他感到疑惑。最后的结论是肯定的：是时候了。

在我看来，这是最伟大的现代主义抒情诗之一，和特拉克尔的《给孩子埃利斯》和狄兰·托马斯（Dylan Thomas）《那绿色导火索催开花朵的力量》一起，作为任何时代任何语言最优秀的诗篇，由我推荐并选入2000年柏林国际文学节的纪念集中。

五

在维也纳，策兰不能继续受教育，又找不到合适的工作，他决定搬到巴黎去，尽管他第一本诗集《骨灰瓮之沙》出版在即。

1948年6月5日，在去巴黎的路上，他在奥地利因斯布鲁克附近下车，专程来到特拉克尔墓前献花，并插上根柳枝。他还拜访了特拉克尔的编辑和恩师费克。在费克面前，他念了自己的几首诗。第二天他给他的老师斯伯波写信说："你可以想象，当我被告知我继承了席勒（Else Lasker-Schuler，犹太女作家），我有多高兴。起初我不知所措，因为——我羞于承认这一点——我与席勒的关联，远不能跟特拉克尔和艾吕雅相比，我也不知道费克对她的诗的看法……他还认为特拉克尔也总是受惠于她。他对我说话时，好像我是他们中的一员。让我特别兴奋的是，他真正涉及我的诗歌中的犹太特性——你是知道的，这对我有多么重要。"

和维也纳相比，巴黎似乎有更多的机会，策兰法语流畅，战前曾到过巴黎。这是世界文化的首都，波德莱尔、魏尔伦、兰波及那些超现实主义者，还有海涅、里尔克都在这儿住过。1948年以色列建国后，很多欧洲的犹太人都迁移过去，但策兰还是决定留在欧洲。他在给以色列亲戚的信中写道："也许我是活到欧洲犹太人的精神命运终结的最后一个人……一个诗人若放弃写作，这世界什么都没有，何况他是犹太人而他的诗歌语言是德文。"

1938年初访巴黎，策兰曾去看望住在索邦大学附近的舅舅。十年过去了，舅舅死于奥斯威辛，自己成了流亡的孤儿，他决定住在同一条街上。

1948年8月，他第一本诗集在维也纳出版，协调出版的画家杰尼，还为他捐献了两张石版画。策兰对纸张装帧不满，再加上几处致命的印刷错误，让他恼羞成怒。他责怪杰尼，并决定放弃这本书。"也许我应该不考虑出版而写诗。"他说。这本诗集三年只卖了二十几本，1952年他得到版税三百五十奥地利先令，等于十四美元。策兰让朋友把存书回收后打成纸浆。

到巴黎头几年,他诗写得很少。除了现实生活的压力外,有着更深刻的原因。1948年10月,他在给一位瑞士编辑的信中写道:"我好几个月没写了,某些不可名状的东西让我残废。"他接着提到自己的处境,像卡夫卡的寓言《在法律面前》,"当门打开时……我犹豫良久,这扇门又关上了。"1949年3月他写道:"我越是痉挛地抓住我的诗,我越是无能为力。我的野心似乎很大,它束缚了我的双手。"新诗集被一家德国出版社拒绝了,他情绪低落,觉得自己"挣扎于天空及其深渊中"。他把1949年称为"暗淡而充满阴影的一年"。1951年2月,他在给费克的信中写道:"沉默,即无法说,转而相信它源于不必说……有时我似乎是自己诗歌的囚徒……有时是看守。"

1948年到1952年四年间,策兰只写了七八首可发表的诗作。教德文和法文的同时,他在巴黎高等师范学院上学,主修文献学和德国文学。

1952年4月,他写就无题诗《数数杏仁》,成为他的新诗集《罂粟与记忆》的压轴之作。

六

> 数数杏仁,
> 数数苦的让你醒着的,
> 把我也数进去:
>
> 我寻找你的眼睛,你睁开无人看你,
> 我纺那秘密的线
> 你在线上的沉思之露
> 落进被不能打动人心的词语

守护的水罐中。

你全部进入的名字才是你的,
坚定地走向你自己,
锤子在你沉默的钟楼自由摆动,
无意中听见的够到你,
死者也用双臂搂住你,
你们三人步入夜晚。

让我变苦。
把我数进杏仁中。

北岛 译

这是我根据两种英译本译的。我手头有钱春绮的译本和王家新与芮虎的合译本。由于篇幅不长,全文录下:

数数扁桃,
数数过去的苦和使你难忘的一切,
把我数进去;
当你睁开眼睛而无人看你时,我曾寻觅你的目光,
我曾纺过那秘密的线,
你的思索之露
向坛子里滴下去的线,
那些坛子,有一句不能打动任何人的心的箴言护住它们。

在那里你才以你自己的名义走路,

你迈着坚定的步子走向自己,
在你沉默的钟楼里钟舌自由摆动,
窥伺者就向你撞来,
死者也用手臂搂住你,
你们三个就一起在暮色中行走。

让我感到苦吧。
把我数进扁桃里去。

钱春绮 译

数数杏仁,
数数这些曾经苦涩的并使你一直醒着的杏仁,
把我也数进去:

我曾寻找你的眼睛,当你睁开它,无人看你时,
我纺过那些秘密的线。
上面有你曾设想的露珠,
它们滑落进罐子
守护着,被那些无人领会的言词。

仅在那里你完全拥有你的名字,
并以切实的步子进入你自己,
自由地挥动锤子,在你沉默的钟匣里,
将窃听者向你撞去,
将死者的手臂围绕着你
于是你们三个漫步穿过了黄昏。

使我变苦。

把我数进杏仁。

王家新 / 芮虎 合译

我们再来看看汉伯格的英译本中的头三句：

Count the almonds,

count what was bitter and kept you awake,

count me in:

汉伯格的英译本，至少在形式上看起来忠实原作——词与词基本对应。不必懂英文，也能看得出这三句多么简洁。特别是第二句：count what was bitter and kept you awake（数数苦的让你醒着的），再看看这样的中文句式：数数过去的苦和使你难忘的一切（钱译），数数这些曾经苦涩的并使你一直醒着的杏仁（王/芮合译）。再来看看第二段后三句：你在线上的沉思之露/落进被不能打动人心的词语/守护的水罐中。而钱译本是这样的：你的思索之露/向坛子里滴下去的线，/那些坛子，有一句不能打动任何人的心的箴言护住它们。我们常说的所谓翻译文体，就是译者生造出来的。我并非想跟谁过不去，只是希望每个译者都应对文本负责。谁都难免会误译，但由于翻译难度而毁掉中文则是一种犯罪。中文是一种天生的诗歌语言，它游刃有余，举重若轻，特别适合诗歌翻译。韵律虽难以传达，但节奏却是可能的。节奏必须再创造，在另一种语言中找到新的节奏，与原节奏遥相呼应。打个比方，这就像影子和移动物体的关系一样。

这首诗是策兰写给他母亲的。他后来写过《杏仁眼的阴影》《死者的杏仁眼》,都与母亲有关。据说,他母亲当年常烤带杏仁的蛋糕和面包。有一首意第绪语的童谣,就叫《葡萄干与杏仁》。对策兰来说,杏仁不仅和母亲有关,也和整个犹太人的命运有关。

全诗的头三句是一种干脆的命令式口气:数数杏仁,/数数苦的让你醒着的,/把我也数进去,指的是他和母亲及犹太人苦难的共存关系,并通过数数的方式,让读者也加入进来。数数的方式,似乎是一种童年行为,把我们拉回诗人或人类开始的地方。我纺那秘密的线/你在线上的沉思之露/落进被不能打动人心的词语/守护的水罐中。那秘密的线,即他和母亲的联系,是亲缘之线思念之线,而沉思之露是母亲的精神存在,被不能打动人心的词语/守护的水罐可理解为诗歌写作。这一组意象奇特而神秘,由纺、落和守护三个动词,把线与露,词与水罐勾连在一起,令人回味无穷。

第三段开端是上一段的延伸:你全部进入的名字才是你的,即存在与命名之间的悖论:只有全部存在才能获得命名,反之,只有命名才能完成全部存在。在策兰的意象语汇里,锤子代表不祥之兆(我们后面还会看到),对沉默的钟楼构成威胁。在这里,无意中听见的、死者和母亲成三人,步入夜晚。最后一段,又回到开始时的祈使语气:让我变苦。/把我数进杏仁中。

七

完成《数数杏仁》后,策兰去德国旅行,这是自1938年以来第一次。在前女友巴赫曼的安排下,他和德国"四七社"的成员见面。有一天,在汉堡的街上,他看见一条狗被车撞死,几个女人围着哀悼。他感到惊奇:"她们居然为狗抹眼泪!"一个德国同行记得策兰对他说:"我对与德国年轻作者的初次相遇很好奇。我问自己,他们可能会谈什么,他们谈过什么?大众牌汽车。"

"四七社"的某些原则,影响了他们对策兰的接受程度。其中一条是"介入",与策兰的"纯诗"相反。他们还认为,要把诗朗诵得尽量单调,这可难为了一个来自东欧的诗人。据一个刚在巴黎听过他朗诵的人说,策兰朗诵时"音色低沉",如同"用唱赞美诗的声音"的"急促低语"。"四七社"对他的朗诵反应不一,但没人认为是很成功的。"噢,这帮足球队员。"他后来提起"四七社"感叹道。

1952年圣诞节前夕,策兰和吉瑟丽(Gisele de Lestrange)结婚。吉瑟丽是个造型艺术家,喜欢在巴洛克背景音乐中画带细节的抽象图案。她父母是法国贵族,战争期间对抵抗运动毫不同情。他们很难接受一个来自东欧没家没业的犹太诗人。婚后他们在巴黎安家,主要靠策兰教书和翻译为生。

他译了阿波利奈尔(Guillaume Apollinaire)的六首诗,在译文中花样翻新,变成他写作的某种延伸。他少年时代就译过阿波利奈尔的诗,后来又在苏军占领下的家乡专门研究他。这个1918年在战争中受伤而死去的法国诗人,对像他这样漂泊的犹太人有着特别的魅力,其象征主义的忧郁让他不安。

1952年底,他的命运出现转机。斯图加特(Stuttgart)一家出版社买下诗集《罂粟与回忆》的版权,其中收入1944年到1952年的作品,包括《死亡赋格》。诗集题目来自他的那首情诗《卡罗那》。

吉瑟丽怀孕了。不幸的是,他们的儿子法朗兹(Fraz)生下没几天就死了。策兰写了首诗《给法朗兹的墓志铭》,并例外注明了写作日期:1953年10月。紧接着,他又写下另一首诗《用一把可变的钥匙》,显然和这一事件有关。

策兰在1954年的一封信中写道:"什么游戏!多么短暂,又多么昂贵。我生活的境况是,住在外语领地,意味着我比以前更有意识地跟母语打交道——还有：词语经验的质变，是怎么成为诗中词语的，我至今都无法确定。诗歌，保尔·瓦雷里在哪儿说过，是处于诞生状态的语言，成为自由的语言。"一个诗人会希望"窃听那自由的词语，在运动中抓住它……而词语要求独特性，有时甚至以此安身立命，这骄傲基于，依然相信它能代表整个语言，检验全部现实"。

1955年他完成第二本诗集《从门槛到门槛》，和第一本精神与地理上的漂泊不同，这本诗集都写于巴黎。他在德国开始被接受，但法国一直忽视他，生前从未出版过一本法文诗集。早在50年代初他就得到了法国国籍，但他自认为没有祖国，或者说祖国就是他的家乡口音。他对一个法国诗人说："你在自己语言的家里，你的参考都在你喜爱的书和作品中。而我，我是个局外人。"

有一天，在塞纳河边的书摊，他看中一对犹太人祭祀用的烛台，买下其中一个带回家。他跟妻子琢磨了好久：这对烛台从哪儿来的？怎么幸存到现在？不信教的人有权拥有它们吗？能把这一对烛台分开吗？最后策兰又去书摊，把另一个也买回来。

八

用一把可变的钥匙
打开那房子
无言的雪在其中飘动。
你选择什么钥匙
往往取决于从你的眼睛
或嘴或耳朵喷出的血。

你改变钥匙，你改变词语

和雪花一起自由漂流。
什么雪球会聚拢词语
取决于回绝你的风。

再来看看王家新和芮虎的合译本：

带上一把可变的钥匙
你打开房子，在那里面

缄默的雪花飞舞。
你总是在挑选着钥匙
靠着血，那涌出你的眼，
嘴或耳朵的血。

你变换着钥匙，你变换着词
它可以随着雪片飞舞。
而怎样结成词团，
靠这漠然拒绝你的风。

首先，怎么会把原作的两段分成三段，这似乎太任意了。依我看这个译本的最大问题，是把两个关键处弄错了。Always what key you choose/ depends on the blood that spurts/ from your eye or your mouth or your ear.（你选择什么钥匙／往往取决于从你的眼睛／或嘴或耳朵喷出的血。）稍懂英文的人都会知道，depends on 在这儿是"取决于"的意思，不能译成"靠"。最后两句也犯了同样错误。在关键处把意思弄拧了，读者自然不知所云。另外，诗中三次提到雪，第一次是雪，第二次是雪花，第三次是雪球。在王/芮译本中不仅体现不出来，甚至干脆取消了雪球，变成令人费解的词团。

这是一首很重要的诗，甚至可以说，它是打开策兰诗歌的"钥匙"。这首诗有两组意象：词和雪。第二段的第一句"你改变钥匙，你改变词语"，已经点明钥匙就是词。而第一段第三句提到"无言的雪"，即雪代表不可言说的。词与雪，有着可言说与不可言说的区别。而诗歌写作的困境，正是要用可言说的词，表达不可言说的雪：用一把可变的钥匙/打开那房子/无言的雪在其中飘动。钥匙是可变的，你是否能找到打开不可言说的房子的钥匙，取决于诗人的经历：你选择什么钥匙/往往取决于从你的眼睛/或嘴或耳朵喷出的血。第二段可以理解为写作状态：你改变钥匙，你改变词语/和雪花一起自由漂流，在这里词与雪花汇合，是对不可言说的言说的可能。什么雪球会聚拢词语/取决于回绝你的风，在这里，风代表着苦难与创伤，也就是说，只有与命运处于抗拒状态的写作，才是可能的。

瓦雷里所说的"处于诞生状态的语言，成为自由的语言"，正是说明诗歌写作，有如诞生，是用词语（钥匙）打开处于遮蔽状态的无（雪）。海德格尔在《诗·语言·思》一书中指出："真理，作为在者的澄明之所和遮蔽的斗争，发生于创作中，正如诗人写诗。一切艺术，作为在者真理到来的诞生，本质上都是诗。"

在和费尔斯蒂纳教授共进早餐时，他提出个很有意思的说法：现代主义始于波德莱尔，以策兰告终。由于策兰对语言的深度挖掘，对后现代主义诗歌有开创性作用，特别是美国语言派，奉策兰为宗师。在我看来，美国语言派曲解了策兰的精神本质，只学到皮毛而已。策兰玩的不是语言游戏，他是用语言玩命。

九

1956年6月,策兰的二儿子艾瑞克(Eric)出生了。1957年春,当他长到二十个月,他说出第一个词"花"。策兰把它从法文转成德文,并以此为诗《花》:

> 石头。
> 空中的石头,我跟随。
> 你的眼睛,石头般盲目。
>
> 我们是
> 手,
> 我们挖空黑暗,找到
> 那夏天上升的词:
> 花。
>
> 花——瞎子的词语。
> 你和我的眼睛:
> 它们看
> 水。
>
> 成长。
> 心墙相依
> 添进花瓣。
>
> 还有个这样的词,锤子

在开阔地摆动。

显而易见，他的诗变得黑暗而不透明。形式上极其简短，他虽未完全取消隐喻，但已开始把内与外现实的两半融合在一起。词除了自身外不再有所指。这首诗，按他自己的话来说，是和"隐喻后面捉迷藏游戏"的告别。

策兰的第三本诗集《言说栏杆》(1959)的题目，与他的遭遇有关。1955年，他岳母进了布里多尼的女修道院。策兰去看望她，隔着铁栏杆相对无言。一个法国信天主教的侯爵夫人和一个东欧的犹太诗人，又能说些什么呢？栏杆把人们隔开但容许他们说话，这正是策兰的处境：越是疏离，就越是清晰。他多年后说："没有一个人像另一个人。只有'距离'能使我的读者理解我……往往抓住的只是我们之间的栏杆。"

1958年年初，他获得不莱梅文学奖。在1月26日的授奖仪式上，他发表了演说。

"它。语言，留下来，没失去，是的，即使一切都失去了。而它必须穿过自己的局限，穿过可怕的哑默，穿过带来死亡的言说的千重黑暗，它穿过了，却对发生的不置一词；但它穿过发生的一切。穿过了并会再为人所知，被这一切所'压缩'。自那些年代以来，我用我找到的语言写诗，为了说话，为了引导我自己何去何从，为了勾勒真实……

"一首诗并非没有时间性。当然，它要求永恒，它寻求穿越时间——是穿过而不是跨过。诗歌是语言的表现形式，因而本质上是对话，或许如瓶中信被发出，相信（并非总是满怀希望）它某天某地被冲到岸上，或许是心灵之岸。诗歌正是在这个意义上行进：它们有所指向。"

策兰在获奖词最后结尾说:"我相信这些想法并非只属于我个人,也属于那些更年轻一代的抒情诗人。那是一种努力,让手艺的星星放电的人努力,在如今无梦的意义上无处藏身而倍加危险的人的努力,和他的真正存在一起走向语言,被现实击中并寻找现实。"

1960年春,策兰碰上倒霉的事。已故犹太诗人伊万·高尔(Yvan Goll)的遗孀指控他剽窃高尔的诗。这一消息传遍德国。他在1960年5月给一位编辑的信中写道:"手艺——意味着和手有关。这手反过来只属于某个人……只有真实的手写真实的诗。我看在握手和诗之间没什么差别。"德国文学界几乎一致驳斥有关剽窃的指控。德国语言文学院于1960年4月底开会,委托专人为策兰做分析性辩护,并告知他会获得下一年度的毕希纳奖(Buchner Prize)。尽管如此,这一事件对他还是造成深深的伤害。

这年春天,策兰和犹太女诗人萨克斯(Nelly Sachs)第一次见面。萨克斯在瑞典女作家的帮助下,于1940年逃离德国,在斯德哥尔摩定居。策兰和萨克斯通信多年,甚是投机,虽为两代人却姐弟相称。1960年春,萨克斯获得一个德国的文学奖。但由于最后一分钟飞离柏林的可怕记忆,她不愿在德国过夜,决定住在苏黎世,然后坐火车到德国领奖。策兰一家专程到苏黎世来看望她。应策兰之邀,萨克斯和她的朋友列娜森(Eva-Lisa Lennarsson)在回家路上,从苏黎世转道来巴黎。

他们在巴黎街头散步,路过一家咖啡馆,列娜森认出画家马克斯·恩斯特(Max Enrst),过去打招呼,希望他也能加入散步。策兰因"剽窃案"心灰意懒,对外人保持高度警惕。但就在那一刻,"保尔的眼睛闪现希望之光。"列娜森回忆说。当恩斯特看清有策兰在场,"他僵住了,转身,好像我们不存在。我们一声不吭离开了。""你明白了吧。"策兰出来说,然后建议一起去海涅的墓地。他们在海涅的墓前献了鲜花，默立了很久，向另一个流亡至死用德文写作的犹太诗人致敬。

在最近的通信中，萨克斯心情很坏，反复提到死。由于神经近于崩溃，她住进医院，给策兰发电报要他马上去一趟。策兰坐火车赶到斯德哥尔摩。在房门口，萨克斯没认出他，或不想接纳他。策兰悻悻回到巴黎。

1963年，策兰完成了第四本诗集《无人的玫瑰》。这题目让人想起里尔克的墓志铭：玫瑰，纯粹的矛盾，乐／为无人的睡梦，在众多／眼睑下。诗集的题记：纪念曼德尔施塔姆。在家乡上学时，乌克兰老师就讲过曼德尔施塔姆的诗。在策兰看来，曼德尔施塔姆是20世纪最伟大的俄国诗人之一。他也是犹太人，最后被斯大林迫害致死。自1958年春起，他开始翻译曼德尔施塔姆的诗，后结集出版。

1962年12月，在写给他的出版商的信中，策兰谈到自己的近作："苦，是的，这些诗是苦的。苦的，是的，但在真的苦中，肯定没有更多的苦，难道不是吗？"1963年11月底的一天，策兰写了两首无题短诗。第二首开头为"串成线的太阳"。

十

> 串成线的太阳
> 在灰黑的荒野上。
> 一棵树——
> 高高的思想
> 弹着光调：还有
> 歌在人类以外
> 吟唱。

这首诗我是从英文翻译的。手上正好有王家新与芮虎以及张枣的两个译本。诗短，故抄下：

线的太阳群
高悬在灰黑的荒野之上。
树一样
高的思想
弹奏出光的旋律：它依旧是
在人类之外被吟唱的
歌。

王家新 / 芮虎 合译

棉线太阳
普照灰黑的荒原。
一棵树——
高贵的思想
弹奏光之清调：敢有
歌吟动地哀，在那
人类的彼岸。

张枣 译

王/芮译本还是老问题，就不多说了。此外，还有生译硬译。头一句"线的太阳群"，让人摸不着头脑。其实就是"串成线的太阳"。第三句树一样/高的思想应为：一棵树——/高高的思想，策兰特地加上破折号，拦在那儿，就是怕译者改成明喻——这一时期他特别忌讳的。最后三句本末倒置，大概本想做解释，却适得其反。

相比之下，张枣译本总体把握要好，基本体现了原作的节奏，但有过度阐释的问题。比如"普照灰黑的荒原"，这个"普照"显然是强加的。策兰只是给出太阳的位置，并没有布置任务。他套用鲁迅的名句：敢有歌吟动地哀，把原作的简朴放大变形了。原作中根本没有哀，更何况是动地哀。更危险的是，由于鲁迅的诗句家喻户晓，葬送了策兰刻意追求的陌生化效果。

这首诗，有点儿像一幅半抽象的铜版画（他妻子就有这类作品，也许他从中得到启发），只不过策兰用语言代替了线。串成线的太阳／在灰黑的荒野上。／一棵树——／高高的思想／弹着光调，完全是简约派的白描。这是第一部分，基调是黑白的，大地异常空旷冷漠。接着出现转折，构成第二部分：还有／歌在人类以外／吟唱。人类以外是什么呢？转世来生，难道那儿有另一种歌吗？也许这歌就是诗，能穿越人类苦难的现实，最终留存下来。若第一部分描述的是人类生存的景观，第二部分则是对这一景观的质疑与回答。

策兰这样谈到新的写作倾向："我不再注重音乐性，像备受赞扬的《死亡赋格》的时期那样，它被反复收进各种教科书……我试着切除对事物的光谱分析，在多方面的渗透中立刻展示它们……我把所谓抽象与真的含混当作现实的瞬间。"

这首短诗是他中晚期诗作中可读性较强的一首。从总体趋势上来看，他的诗越来越短，越来越破碎，越来越抽象。每个词孤立无援，往往只指向自身。他对抒情性回声的压抑，对拆解词义的热衷，使他慢慢关上对话之门。如果说，在他晚期作品中还有对话对象的话，那就是德语。正是他对德语的复杂情结，在另一种语言环境中凸显了荒谬意义。"一种心理压力，最终无法忍受。"策兰如是说。

我喜欢策兰中期诗作，包括《卡罗那》《数数杏仁》《用一把可变的钥匙》等。写作是一种危险的平衡。策兰的后期作品，由于脱离了意象和隐喻而失去平衡。也许是内心创伤所致，驱使他在语言之途走得更远，远到黑暗的中心，直到我们看不见他的身影。

十一

四十五岁生日那天，策兰在新的诗集上写下座右铭："驾驭命运"，1965年11月23日。他还为自己生日写了首诗。贯穿诗中的危险感，来自那年春天住院的经历。他健康状况一直不太稳定，加上抑郁，这反而促使他写了很多短诗。1966年底，巴黎庆贺萨克斯七十五岁生日，她刚获得诺贝尔奖。策兰在会上朗诵了她的诗。

《死亡赋格》在德国几乎家喻户晓。阿多诺终于收回他的那句格言："长期受苦更有权表达，就像被折磨者要叫喊。因此关于奥斯威辛后不能写诗的说法或许是错的。"

1967年的"六日战争"（第三次中东战争）带来新的不安。策兰开始有暴力和自杀倾向。他和妻子决定分居。当索罗蒙夏天到巴黎来看他，发现老朋友"已经全变了，未老先衰，沉默，愁眉不展……'他们拿我做试验'，他讷讷地说，时不时叹息……保尔并不总是抑郁，他时而有非常快乐的瞬间——很短暂，夹杂着不安的笑，刺耳破碎"。

那年夏天，他在德国弗赖堡大学朗诵，有上千听众，海德格尔也在其中。朗诵前集体合影时，海德格尔送书给他，并请他第二天一起郊游，到黑森林的别墅去做客。这是策兰和海德格尔第一次见面。策兰一直在读海德格尔的书，他的诗包括不莱梅授奖辞，都有海德格尔的痕迹。海德格尔总是寄书给策兰，并希望能有机会见面。他告诉同事说："我知道他的艰难危机，给他看看黑森林会是有益的。"在黑森林散步时，他们谈到动植物（海德格尔说：策兰关于动植物的知识比他丰富），还谈到法国当代哲学，而策兰似乎对此不太感兴趣。

1968年5月法国学生的暴动，激发了策兰的政治热情。他独居，常回去看刚满十三岁的儿子。策兰带他一起到街上散步，用多种语言高唱《国际歌》和别的革命歌曲。艾瑞克为父亲骄傲。

1969年9月26日，策兰在办公室给布加勒斯特的索罗蒙写信："原谅我的沉默——是无意的，主要是我的健康问题。我很孤单。三天后我飞往以色列，在那儿待两周。"

以色列之行，是他生命的最后一次高潮。在希伯来语作家协会的演讲中，他热情洋溢，与不莱梅授奖辞的基调完全不同："在外部与内在的风景中，我在这儿找到真理的力量，自我认证和伟大诗歌向世界开放的独特性。"

他在特拉维夫（Telaviv-Yafo）朗诵时，声音近乎低语。朗诵结束后，认识他父母的人过来问候。有个女人还带来块蛋糕，是他母亲常烤的那种，他落泪了。

回到巴黎，他给特拉维夫的一个老朋友写信："我不再是巴黎人，我一直与这里的艰难抗争……我真高兴如今我去过以色列。"在另一封信中写道："耶路撒冷让我上升让我强壮，巴黎把我压垮抽空我。巴黎，所有这年月，我拖着疯狂与现实的包袱，穿过它的街道建筑。"

1970年3月，斯图加特举办荷尔德林诞辰两百周年纪念活动，只请策兰来朗诵诗。在随后的讨论会中，策兰显得暴躁，责备海德格尔的疏忽。事后海德格尔说："策兰病了，是不可治愈的。"

回到巴黎后，有一天他和朋友沃姆（Franz Wurm）坐地铁。沃姆后来回忆说："有人从我们后面一伙年轻人中跳出来，低声吼着：'让犹太人进烤炉吧！'只见他的脸绷紧，越来越悲哀，攥住拳头。"他们随后去邮局。邮局职员一看策兰的航空信是寄往以色列的，就故意把信揉皱，再扔进邮件堆中。一天下午，沃姆请策兰到他家见贝克特（Samuel Beckett），被策兰拒绝了。当沃姆晚上带来贝克特的问候，策兰悲哀地说："也许在这里他是唯一我能相知的人了。"

策兰住在塞纳河米拉波桥附近，这桥因阿波利奈尔的诗而闻名。1970年4月20日左右，策兰从桥上跳下去，没有目击者。他的公寓门前的邮件堆了起来，吉瑟丽向朋友打听她丈夫是否出门了。5月1日，一个钓鱼的人在塞纳河下游七英里处发现了他的尸体。

最后留在策兰书桌上的，是一本打开的荷尔德林的传记。他在其中一段画线："有时这天才走向黑暗，沉入他的心的苦井中，"而这一句余下的部分并未画线："但最主要的是，他的启示之星奇异地闪光。"

洛尔迦

橄榄树林的一阵悲风

一

1918年3月17日晚上，在西班牙南部格拉纳达（Granada）市文化中心，十九岁的大学生费特列戈·加西亚·洛尔迦（Federico García Lorca），在朋友们面前朗诵了他即将出版的散文集《印象与风景》。这是他头一次在公众场合朗诵。他中等身材，黑发蓬乱，浓眉在脸上显得突兀。他对自己的处女作毫无把握，在序言中称其为"外省文学的可怜花园里又一枝花"。观众以热烈掌声打消他的疑惑。第二天两家本地报纸给予好评。

1992年底，我和多多的漂泊之路交叉，同住荷兰莱顿（Leiden）。被那儿阴冷潮湿的冬天吓坏了，我们像候鸟往南飞，去看望住在西班牙地中海边的杰曼。他是比利时人，在台湾做汽车生意发了财，20世纪80年代末金盆洗手，在西班牙买房置地，专心写诗搞出版。他的庄园居高临下，俯视阳光灿烂的地中海。他家一窖好酒，令人动容。我和杰曼白天翻译赫尔南德兹（Miguel Hernández）的诗，晚上开怀畅饮。杰曼满脑袋关于诗的狂热念头，加上法国红酒助威，"新感觉主义"诗歌运动诞生了。"感觉主义"（sensationalism）来自葡萄牙诗人佩索阿（Fernando Pessoa），这正好与同时代的赫尔南德兹相呼应，后者写道："我憎恨那些只用大脑的诗歌游戏。我要的是血的表达，而不是以思想之冰的姿态摧毁一切的理由。"

翌日晨，我们开始了文学朝圣之旅，以便确认运动的大方向。由杰曼开车，我们先去赫尔南德兹的故居。他和洛尔迦、马查多（Antonio Machaolo）被公认为自门涅斯（Juan Ramón Jiménez）以后西班牙三大现代主义诗人。马查多是"九八一代"的代表，洛尔迦是"二七一代"的核心，赫尔南德兹是衔接"二七一代"和"二七一代"后诗歌最重要的一环。环环相扣，西班牙诗歌的精神命脉得以延伸。赫尔南德兹一生贫困，只上过两年小学。内战开始后他加入共和军，后入狱，三年后因肺结核死在佛朗哥狱中，年仅三十二岁。从赫尔南德兹的家乡出发，一路向南，直奔洛尔迦的格拉纳达。"绿啊绿，我多么爱你这绿色。/绿的风绿的树枝，/船在海上/马在山中……"

最初读到戴望舒译的《洛尔迦译诗抄》是70年代初。那伟大的禁书运动，加深了我们的精神饥渴。当时在北京地下文化圈有个流行词"跑书"，即为了找本好书你得满世界跑。为保持地下渠道的畅通，你还得拥有几本好书作交换资本。一本书的流通速度与价值高低或稀有程度有关。遇到紧急情况，大家非得泡病假开夜车，精确瓜分阅读时间。当《洛尔迦译诗抄》气喘吁吁经过我们手中，引起一阵激动。洛尔迦的阴影曾一度笼罩北京地下诗坛。方含（孙康）的诗中响彻洛尔迦的回声；芒克失传的长诗《绿色中的绿》，题目显然得自《梦游人谣》；80年代初，我把洛尔迦介绍给顾城，于是他的诗染上洛尔迦的颜色。

戴望舒的好友施蛰存在《洛尔迦诗抄》编后记中写道："已故诗人戴望舒曾于1933年从巴黎到西班牙去作过一次旅行，这次旅行的重要收获之一便是对西班牙人民诗人费·加·洛尔迦的认识。后来望舒回国和我谈起洛尔迦的抒情谣曲怎样在西班牙全国为广大的人民所传唱，曾经说：'广场上，小酒店里，村市上，到处都听得到美妙的歌曲，问问它们的作者，回答常常是：费特列戈，或者是：不知道。这不知道作者是谁的谣曲也往往是洛尔迦的作品。'他当时就在这样的感动之下，开始深深地爱上洛尔迦的作品并选择了一小部分抒情谣曲，附了一个简短的介绍，寄回祖国来发表在一个诗的刊物上，这是国内读者第一次读到中文的洛尔迦诗歌。1936年，洛尔迦被佛朗哥匪帮谋杀之后，在全世界劳动人民和文化工作者的哀悼与愤怒中，洛尔迦的声名传遍到每一个文化角落里，从那时候开始，戴望舒就决定要把洛尔迦的诗歌更广地更系统地介绍给我国的读者。"

这些戴望舒30年代旅欧时的译作，于1956年才结集出版，到70年代初的黑暗中够到我们，冥冥中似有命运的安排。时至今日，戴的译文依然光彩新鲜，使中文的洛尔迦得以昂首阔步。后看到其他译本，都无法相比。戴还先后译过不少法国、西班牙现代诗歌，都未达到这一高度。也许正是洛尔迦的诗激发了他，照亮了他。由于时代隔绝等原因，戴本人的诗对我们这代人影响甚小，倒是他通过翻译，使传统以曲折的方式得以衔接。

洛尔迦出生在格拉纳达十英里外的小村庄牛郎喷泉（Fuente Vaqueros）。他父亲拥有一百公顷地，合一千五百亩，按中国阶级划分必是大地主。在第一个妻子病故后第三年，他娶了个小学女教师。婚后九个月零九天，即1898年6月5日，洛尔迦来到这个世上。

就在洛尔迦出生后两个月，西班牙在和美国的战争中惨败，不得不在和平协议书上签字。战败导致由知识分子和作家推波助澜的一场文化复兴运动——"九八一代"的诞生。他们试图在寻找西班牙精神的真髓。马查多是"九八一代"重要代表人物之一，后成为"二七一代"的精神导师。两代相隔近三十年，那正是洛尔迦从出生到成长的时间。

洛尔迦成年后，把童年美化成田园牧歌式的理想生活，要说不无道理：家庭富足和睦，父母重视教育，兄妹感情甚深。不过和弟弟相比，他从来不是好学生，尤其进大学后考试常不及格。很多年，这成了父母的心病。

对洛尔迦早年影响最大的是三位老师。头一位是钢琴老师梅萨（Antonio Segura Mesa），他是个谨小慎微的老先生，除了去洛尔迦家上课，极少出门。他终身侍奉音乐，作过曲写过歌剧，都不成功，歌剧首演时就被轰下了台。他常对洛尔迦说："我没够到云彩，但并不意味云彩不存在。"他们坐在钢琴前，由梅萨分析大师和自己的作品。是他让洛尔迦领悟到，艺术并非爱好，而是死亡的召唤。

有一天，当洛尔迦在艺术中心弹贝多芬奏鸣曲时，一位年轻的法学教授路过，为其才华吸引，他上前自我介绍。洛尔迦很快成了他家的座上客。这是第二位老师里奥斯（Fernandode los Rios），后来成了西班牙第二共和国的司法部长和教育部长。他喜爱吉卜赛音乐和斗牛，精通好几门外语。他创建左翼政党，支持工运，与地方腐败的政治势力对着干。是他唤醒了洛尔迦的社会公正意识。

十七岁那年上艺术史课时，洛尔迦被后来成了他第三位老师的伯若达（Martin Dominguez Berrueta）迷住了。他是个倔强的小个子，谁若挑战他的想法，他会发脾气。他主张全面参与学生生活，甚至包括爱情私事。他意识到格拉纳达的局限，决定每年两次带六个出色的学生去西班牙各地远游，让他们"了解和热爱西班牙"。

在两年内，洛尔迦先后参加了四次文化之旅，不仅大长见识，还通过老师结识了一些重要人物，包括马查多。基于旅行见闻，他完成了随笔集《印象与风景》。他把此书献给钢琴老师梅萨。他把新书送到伯若达家，老师打开书扫了一眼，勃然大怒，令他马上离开，两周后把书退还给他。洛尔迦不服气。在他看来，伯若达是艺术评论家，而非艺术家，而他要追随的是钢琴老师那样真正的创造者。两年后伯若达病故。洛尔迦很难过，他公开表示歉疚之意，并私下对老师的儿子说："我永远不会原谅我自己。"

第一次旅行中，他们有幸结识了马查多。他为伯若达一行朗诵了自己和别人的诗作，洛尔迦弹了一段钢琴曲。那次见面让洛尔迦激动不已。马查多对他说，诗歌是一种忧郁的媒体，而诗人的使命是孤独的。洛尔迦从朋友那儿借来马查多的诗集，他用紫色铅笔在扉页上写了首诗，大意是，诗歌是不可能造就的可能，和音乐一样，它是看不见欲望的可见的记录，是灵魂的神秘造就的肉体，是一个艺术家所爱过的一切的悲哀遗物。

我们到格拉纳达已近黄昏，在阿尔汉布拉宫（Alhambra Palace）附近下榻。晚饭后沿围墙漫步，塔楼林立。格拉纳达先由罗马人占领，八世纪摩尔人入侵，命名格拉纳达（意思是"伟大城堡"），直到1492年落入伊萨贝尔女王手中，阿拉伯人统治达八百年之久。阿尔汉布拉宫建于14世纪，是世界上最美丽的宫殿花园之一。当年洛尔迦逃学常来这儿闲荡。

第二天，我们前往"牛郎喷泉"，一个普通的村落。孩子们在小广场喷泉边嬉戏，老人坐在咖啡馆外抽烟。洛尔迦故居陈列着家书、明信片和几幅他的勾线画，还有老式留声机和旧唱片。墙上是与亲友的合影及当年的戏剧演出海报。

1918年6月5日，洛尔迦二十岁。生日后第三天，得知童年伙伴的死讯，他一夏天都被死亡的念头困扰。紧接着，西班牙流感夺去了全世界两千万人的性命。1919年初全国陷于混乱，到处在罢工游行。在格拉纳达，工人与雇主发生冲突，洛尔迦和朋友们加入维护工人权利的运动。里奥斯老师收到匿名恐吓信。2月11日，离洛尔迦家不远，宪警向大学生游行队伍开火，打死一个医学院学生和两个平民，当局宣布军管。虽有心支持工人运动，洛尔迦却被血腥的暴力吓坏了，他蜷缩在父母家，甚至不敢从阳台往街上看一眼。一个好朋友每天来到他家窗下，高声通报局势的进展。

1919年春,在马查多的劝告和朋友的怂恿下,他离开家乡,搬到首都马德里。在里奥斯的推荐下,他被号称"西班牙牛津剑桥"的寄宿学院雷西登西亚(Residencia)接纳。这里设备齐全,有人打扫卫生,提供膳食。洛尔迦很快成了这里沙龙的中心人物,他朗诵诗作,即兴弹奏钢琴曲。一个崇拜者回忆:他手指带电,似乎音乐从他体内流出来,那是其权力的源泉,魔术的秘密。

在寄宿学院有个叫布努埃尔(Luis Bunuel)的小伙子,喜欢体育、恶作剧、女人和爵士乐。他特别服洛尔迦,总跟他泡在一起,听他朗诵诗。"他让我知道另一个世界。"他回忆道。他们一起狂饮,在马德里寻欢作乐。布努埃尔后来成了西班牙最著名的电影导演。

洛尔迦的戏在一家小剧场彩排。这是关于一只蟑螂为寻找爱情而死去的故事。他写信给父母说,若蟑螂成功,他能赚一大笔钱。首场演出,他订了不少座位,请朋友们来助威。开幕没几分钟,一个男人从包厢大叫大嚷:"这戏是给雅典娜神庙的!知识分子滚回去!"人们跺脚起哄,朋友们则用掌声反击。报纸反应平平。几周后,父亲勒令洛尔迦立即回家完成大学学业,否则就来马德里把他带回去。洛尔迦写了四页长信:"你不能改变我。我天生是诗人,就像那些天生的瘸子、瞎子或美男子一样。"最后老父亲屈服了,答应让他待到夏天。

趁夜色,杰曼带多多和我混进格拉纳达一个小区俱乐部。舞台上载歌载舞,全体观众跟着用手掌的不同部位击出复杂多变的节奏。这就是弗拉明戈。是夜余兴未尽,我们来到郊外的一家小剧场,陈设简单但票价昂贵。当响板骤起,一男一女如旋风登场,动作粗野、强劲又控制到位。

第二天下午,我们拜访了作曲家法亚(Mannel de Falla)的故居,它坐落在阿尔汉布拉宫西北边的山坡上。那是一栋白色小房子,庭院青翠。从这里可以看见格拉纳达及远方田野。法亚曾骄傲地说:"我这儿有世界上最美的全景。"

1921年夏,洛尔迦厌倦了呆板的学校生活,常和朋友们到阿尔汉布拉宫围墙内的一家小酒馆聚会。老板的儿子是吉他手,为大家演奏"深歌"(deep song),一种古老的安达卢西亚吉卜赛民歌,19世纪被弗拉明戈取代。在重重古塔的包围中,他们倾听深歌的哭泣。参加聚会的有个秃顶小个子,他就是法亚,著名的西班牙作曲家。洛尔迦一伙嚷嚷着要搞个音乐咖啡馆,而法亚提议举办深歌艺术节。

两年前他俩曾见过面,直到深歌之夜才成为朋友。表面上,两个人相去甚远。中年的法亚胆小古怪:他连刷牙都害怕;睡在储藏室般小屋的窄床上,头上悬着十字架;每天早上工作前他都要做弥撒。他是个工作狂,认为自己的天才是上帝的礼物。在法亚看来,深歌才是正宗的。为寻找源头,他带洛尔迦去吉卜赛人的洞穴。

1921年除夕夜,洛尔迦雇来一个街头乐队,踮着脚尖来到法亚的窗户下,在洛尔迦的指挥下,突然演奏小夜曲。法亚笑得几乎开不了门。深夜,法亚请小乐队分四次演奏他们的乐曲,由他钢琴伴奏。

他和法亚忙于筹备深歌艺术节,为寻找比赛歌手而走遍大街小巷。与此同时他开始写作。1921年11月初,他在十天内写了二十三首,月底前又成八首。这组诗命名为《深歌集》。

二

吉 他

吉他的呜咽
开始了。
黎明的酒杯

碎了。
吉他的呜咽
开始了。
要止住它
没有用,
要止住它
不可能。
它单调地哭泣,
像水在哭泣,
像风在雪上
哭泣。
要止住它
不可能。
它哭泣,是为了
远方的东西。

南方的热沙
渴望白色山茶花。
哭泣,没有鹄的箭,
没有早晨的夜晚,
于是第一只鸟
死在枝上。
啊,吉他!
心里插进
五柄利剑。

《吉他》来自洛尔迦《深歌集》(1921)。我在戴望舒的译稿上做了小小改动，主要是某些词显得过时，比如"吉他琴""晨晓"。仅一句改动较大，戴译稿是"要求看白茶花的／和暖的南方的沙"。我参照英译本，并请教懂西班牙语的美国诗人，改动了语序，以求更接近原意："南方的热沙／渴望白色山茶花。"

一首诗中最难译的部分是音乐，几乎是不可能的，除非译者在别的语言中再造另一种音乐。洛尔迦诗歌富于音乐性，大多数谣曲都用韵，戴望舒好就好在他不硬译，而是避开西班牙文的韵律系统，尽量在中文保持原作自然的节奏，那正是洛尔迦诗歌音乐性的精髓所在。

洛尔迦被吉卜赛人的深歌赤裸的热情所感动，他认为，那被置于短小形式中的所有生命的热情，"来自第一声哭泣和第一个吻"。他认为，深歌是他写作的源泉：爱，痛苦与死亡。他推崇其形式中异教的音调，直率的语言，泛神论，和多种文化的融合。他说自己《深歌集》中的诗，"请教了风、土地、大海、月亮，以及诸如紫罗兰、迷迭香和鸟那样简单的事物。"洛尔迦试图通过短句和单纯的词，以及主题的变奏重复，找到与深歌相对应的诗歌形式。

吉他的呜咽／开始了。／黎明的酒杯／碎了。用黎明的酒杯与吉他的呜咽并置，构成了互涉关系，使色泽与音调、情与景交融。碎了与开始了对应，呈不祥之兆。要止住它，先是没有用，继而进一步强调不可能。紧接着是五次哭泣。先是单调地哭泣，像水在哭泣，像风在雪上／哭泣，再次插入要止住它／不可能。再次否定后出现音调上的转换：它哭泣，是为了／远方的东西。

第二段音调的转换也带来意义的延展。远方的东西是什么？南方的热沙／渴望白色山茶花。然后又回到哭泣：没有鹄的箭，／没有早晨的夜晚。哭泣并非来自现实，很可能是青春的骚动，或本质上对生命的绝望。于是第一只鸟／死在枝上。死亡出场，以第一只黎明之鸟的名义。结尾与开始呼应，主角再次显现：啊，吉他！／心里插进／五柄利剑。结尾突兀，像琴声戛然而止。

　　此诗的妙处是既简单又丰富，多变而统一，意象透明但又闪烁不定，特别是回旋跌宕的效果，像音乐本身。记得纽约派的代表人物约翰·阿什伯里（John Ashbery）在一次采访中说过，对他来说，音乐是诗歌最理想的形式。

　　这里基本采用的是英美新批评派的细读方法。它的好处是通过形式上的阅读，通过词与词的关系，通过句式段落转折音调变换等，来把握一首诗难以捉摸的含义。说来几乎每一首现代诗都有语言密码，只有破译密码才可能进入。但由于标准混乱，也存在着大量的伪诗歌，乍看起来差不多，其实完全是乱码。在细读的检验下，一首伪诗根本经不起推敲，处处打架，捉襟见肘。故只有通过细读，才能去伪存真。但由于新批评派过分拘泥于形式分析，切断文本与外部世界的联系，最后趋于僵化而衰落，被结构主义取代。新批评派虽已过去，但留下细读这份宝贵遗产。作为一种把握文本的基本方法，细读至今是必要的。

　　　　三

　　1922年6月7日，即二十四岁生日两天后，洛尔迦在格拉纳达一家旅馆朗诵了《深歌集》。一周后，深歌艺术节在阿尔汉布拉宫拉开序幕，吸引了近四千穿传统服装的观众。参加比赛的歌手一一登场，响板迭起，吉他悸动，从吉卜赛人中传出阵阵哭声，他们跟着沉吟起舞，如醉如痴。次日晚大雨，人们把椅子顶在头上，比赛照常进行。洛尔迦对一个本地记者说："告诉你，亲爱的朋友，这深歌比赛是独一无二的。它是和月亮和雨比赛，正像太阳与阴影之于斗牛一样。"

1923年春，洛尔迦勉强通过大学毕业考试，一周后和弟弟去马德里。在寄宿学院，一个叫萨尔瓦多·达利（Salvador Dali）的青年画家进入他视野。他们随即形影不离：散步、逛博物馆、泡酒吧、听爵士乐。有一回，达利把一张二流作品卖给一对南非夫妇。兴奋之余，他们叫了两辆出租车回学院，自己坐头一辆，让另一辆空车跟着。此举被马德里富家子弟效法，流行一时。由于野心的互相投射，以及被对方才能的强烈吸引，他们的关系很快从友谊发展成爱情。

1925年复活节假期，洛尔迦应邀到达利家做客，他们住在地中海边一个风景秀丽的小镇里。达利的妹妹阿娜（Ana Maria），按洛尔迦的说法，是"那些美丽得让你发疯的姑娘之一"。他们仨沿海滨散步。达利察看光线、云和大海，洛尔迦背诵自己的新作。一天下午，他们围坐在餐桌旁，洛尔迦读了他新写的剧本，阿娜感动得哭了。达利的父亲声称，他是本世纪最伟大的诗人。

洛尔迦回到格拉纳达，他近乎绝望地怀念那段美好时光。达利在巴塞罗那附近服兵役。他们书信频繁，字里行间情谊绵绵。洛尔迦写了首诗《萨尔瓦多·达利颂歌》，达利在信中称他为"我们时代唯一的天才"。洛尔迦深知同性恋的危险，特别是在一个天主教国度。他得学会伪装，避免来自社会习俗的惩罚。

1927年5月，洛尔迦来到巴塞罗那，参加他的新戏彩排。服兵役的达利一有空就溜回来，和他在一起。他们在街头漫步，迷失在关于艺术与美学的热烈讨论中。达利为他的新戏做舞台设计。6月17日，达利和他妹妹来参加首演。演出获得巨大成功。

在西班牙文学史上，1927年无疑是重要的一年。为纪念西班牙诗人贡古拉（Luis de Góngora）逝世三百周年，洛尔迦和朋友们举办一系列活动，马查多、法亚、毕加索和达利等人都热烈响应。在马德里，年轻人焚烧了贡古拉当年的敌人的书;由于西班牙文学院对贡古拉的冷落,他们半夜在文学院围墙上撒尿。

高潮是在塞维利亚(Sevilla)举办三天的纪念活动,洛尔迦和其他几个年轻诗人在邀请之列。他们一行六人登上火车,一路喧闹,深夜到塞维利亚。迎接他们的是退休的斗牛士梅亚斯(Ignacio Sanchez Mejias),他是个文学鉴赏的行家,几乎能背诵贡古拉所有诗篇。他是那种极有魅力的男人,身材矫健,脸上是斗牛留下的伤疤。他把客人带到自己在郊外的农场,给他们披上阿拉伯长袍,打开香槟酒。梅亚斯和一个吉卜赛朋友唱深歌,洛尔迦和朋友们朗诵诗。

三天正式的纪念活动,包括演讲、朗诵和本地报纸的采访留影。此外是流水宴席,在塞尔维亚朋友的陪伴下,他们每天都喝到天明。贡古拉三百年祭,促成西班牙诗歌"二七一代"的诞生。塞维利亚之行后,洛尔迦画了一张诗歌天体图。据说,他把自己画成被卫星环绕的最大行星。

从1928年春到夏初,洛尔迦忙于整理他的《吉卜赛谣曲集》。7月此书问世,获意想不到的成功,人们甚至能背诵吟咏。后获诺贝尔奖的阿列桑德雷(Vicente Aleixandre)在贺信中写道:"我相信你那纯粹的无法模仿的诗歌。我相信你是卓越的。"其中《梦游人谣》,是洛尔迦的代表作之一。

四

梦游人谣[1]

绿啊,我多么爱你这绿色。
绿的风,绿的树枝。
船在海上,
马在山中。
影子缠在腰间,
她在露台上做梦。
绿的肌肤,绿的头发,
还有银子般沁凉的眼睛。
绿啊,我多么爱你这绿色。
在吉卜赛人的月亮下,
一切都望着她,
而她却看不见它们。

绿啊,我多么爱你这绿色,
霜花的繁星
和那打开黎明之路的
黑暗的鱼一起到来。
无花果用砂纸似的树枝
磨擦着风,山,

---

[1] 译文参考姚风《以最合适方式走近洛尔迦——〈梦游人谣〉中译本对比评析》一文做了修订。姚文以西班牙语原诗为依据,评论中肯有识见,特此感谢。

未驯服的猫
耸起激怒的龙舌兰。
可是谁将到来？从哪儿？
她徘徊在露台上，
绿的肌肤，绿的头发，
梦见苦辛的大海。
——朋友，我想
用我的马换你的房子，
用我的马鞍换你的镜子，
把我的短刀换你的毛毯。
朋友，我从卡伯拉关口流血回来。
——要是我办得到，年轻人，
这交易一准成功。
可是我已不再是我。
我的房子也不再是我的。
——朋友，我要善终在
我自己的铁床上，
如果可能，
还得有细亚麻被单。
你没有看见我
从胸口到喉咙的伤口？
——你的白衬衫上
染了三百朵褐色玫瑰，
你的血还在腥臭地
沿着你腰带渗出。
但我已不再是我，

我的房子也不再是我的。
——至少让我爬上
这高高的露台；
让我上来，让我
爬上那绿色露台。
月亮的露台，
那儿水在回响。

于是这两个伙伴
走向那高高的露台。
留下一缕血迹。
留下一缕泪痕。
许多铁皮小灯笼
在屋顶上闪烁。
千百个水晶的手鼓，
在伤害黎明。
绿啊，我多么爱你这绿色，
绿的风，绿的树枝。
两个伙伴一起上去。
长风在品尝
苦胆薄荷和玉香草的
奇特味道。
朋友，告诉我，她在哪儿？
你那苦涩姑娘在哪儿？
她多少次等候你！
她多少次等候你，

冰冷的脸，黑色的头发，
在这绿色露台上！

那吉卜赛姑娘
在水池上摇曳。
绿的肌肤，绿的头发，
还有银子般沁凉的眼睛。
月光的冰柱
在水上扶住她。
夜亲密得
像一个小广场。
醉醺醺的宪警，
正在砸门。

绿啊，我多么爱你这绿色。
绿的风，绿的树枝。
船在海上，
马在山中。

  在戴译稿上我做了某些改动。除了个别错误外，主要是替换生僻的词，调整带有翻译体痕迹的语序与句式。总的来说，戴的译文非常好。想想这是大半个世纪前的翻译，至今仍新鲜生动。特别是某些诗句，如"船在海上，马在山中"，真是神来之笔：忠实原文，自然顺畅，又带盈盈古意。

  全诗共五段。首尾呼应，环环相扣，关于绿的主旋律不断出现，贯穿始终，成为推进整首诗的动力。一首好诗就像行驶的船，是需要动力来源的，要么是靠风力，要么是靠马达。而推动一首诗的动力来源是不同的，有时是一组意象，有时是音调或节奏。[1]

开篇的名句"绿啊，我多么爱你这绿色"，是从吉卜赛人的歌谣转换而来的，令人警醒。绿的风，绿的树枝。／船在海上，／马在山中。如同切换中的电影镜头，把读者带入梦幻的境地。对吉卜赛姑娘的勾勒中注重的是颜色：绿的肌肤，绿的头发，／还有银子般沁凉的眼睛。第二段再次以"绿啊，我多么爱你这绿色"引路，紧接着是一组奇特的意象：霜花的繁星／和那打开黎明之路的／黑暗的鱼一起到来。／无花果用砂纸似的树枝／磨擦着风，山，／未驯服的猫／耸

---

[1] 戴望舒译《梦游人谣》：绿啊，我多么爱你这绿色。／绿的风，绿的树枝。／船在海上，／马在山中。／影子裹住她的腰，／她在露台上做梦。／绿的肌肉，绿的头发，／还有银子般沁凉的眼睛。／绿啊，我多么爱你这绿色。／在吉卜赛人的月亮下，／一切东西都看着她，／而她却看不见它们。
绿啊，我多么爱你这绿色，／繁星似的霜花／和那打开黎明之路的／黑暗的鱼一同来到。／无花果用砂皮似的树叶／磨擦着风，／山像野猫似的耸起了／它的激怒了的龙舌兰。／可是谁来了？从哪儿来的？／她徘徊在露台上，／绿的肌肉，绿的头发，／在梦见苦辛的大海。
——朋友，我想要／把我的马换你的屋子，／把我的鞍辔换你的镜子，／我的短刀换你的毛毯。／朋友，我是从喀勒布港口／流血回来的。／——要是我办得到，年轻人，／这交易一准成功。／可是我已经不再是我，／我的屋子也不再是我的。／——朋友，我要善终在／我自己的铁床上，／如果可能，／还得有荷兰布的被单。／你没有看见我／从胸口直到喉咙的伤口？／——你的白衬衫上／染了三百朵黑玫瑰，／你的血还在腥气地／沿着你的腰带渗出。／但我已经不再是我，／我的屋子也不再是我的。／——至少让我爬上／这高高的露台；／允许我上来！允许我／爬上这绿色的露台。／月光照耀的露台，／那儿可以听到海水的回声。
于是这两个伴伴／走上那高高的露台。／留下了一缕血迹。／留下了一缕泪痕。／许多铅皮的小灯笼／在人家屋顶上闪烁。／千百个水晶的手鼓，／在伤害黎明。／绿啊，我多么爱你这绿色，／绿的风，绿的树枝。／两个伴伴一同上去。／长风留给他们嘴里／一种苦胆，薄荷和玉香草的／稀有的味道。／朋友，告诉我，她在哪里？／你那个苦辛的姑娘在哪里？／她等候过你多少次？／她还会等候你多少次？／冷的脸，黑的头发，／在这绿色的露台上！
那吉卜赛姑娘／在水池上摇曳着。／绿的肌肉，绿的头发，／还有银子般沁凉的眼睛。／一片冰雪似的月光／把她扶住在水上。／夜色亲密得／像一个小小的广场。／喝醉了的宪警／正在打门。
绿啊，我多么爱你这绿色。／绿的风，绿的树枝。／船在海上，／马在山中。

起激怒的龙舌兰。这些意象把梦幻效果推到极致,与本诗的题目《梦游人谣》紧扣。

第二段是个转折。与其他四段的抒情风格不同,这是两个吉卜赛男人的对话,带有明显的叙事性,在吉卜赛人的传奇故事中插入戏剧式对白。这段远离整体上抒情风格,造成某种间离效果。

第三段达到全诗的高潮。两个吉卜赛男人爬向想象的露台时,先是视觉上:许多铁皮小灯笼/在屋顶上闪烁。/千百个水晶的手鼓,/在伤害黎明,在主旋律:绿啊,我多么爱你这绿色,/绿的风,绿的树枝重现后,又转向嗅觉:长风在品尝/苦胆薄荷和玉香草的/奇特味道。这一句有如叹息,但又是多么奇妙的叹息!

在一次演讲中,洛尔迦认为,隐喻必须让位给"诗歌事件"(poetic event),即不可理解的非逻辑现象。接着他引用了《梦游人谣》的诗句为例。他说:"如果你问我为什么我写'千百个水晶的手鼓,/在伤害黎明',我会告诉你我看见它们,在天使的手中和树上,但我不会说得更多,用不着解释其含义。它就是那样。"

第四段采用的是虚实对比的手法:那吉卜赛姑娘/在水池上摇曳。/绿的肌肤,绿的头发,/还有银子般沁凉的眼睛。/月光的冰柱/在水上扶住她。接着,梦幻被突然打碎:夜亲密得/像一个小广场。/醉醺醺的宪警,/正在砸门。宪警在西班牙,特别在安达卢西亚是腐败政治势力的代表。洛尔迦专门写过一首诗《西班牙宪警谣》:"他们随心所欲地走过,/头脑里藏着/一管无形手枪的/不测风云。"这两句更触目惊心,把冷酷现实带入梦中。最后,一切又归于宁静,与全诗的开端呼应:绿啊,我多么爱你这绿色。/绿的风,绿的树枝。/船在海上,/马在山中。

《梦游人谣》如醉如痴,扑朔迷离,复杂多变又完整统一,意象奇特,音调转换自如,抒情与叙事兼容,传统要素与现代风格并存。

值得一提的还是音乐性。现代抒情诗与音乐结合得如此完美，特别是叠句的使用出神入化，洛尔迦堪称一绝。

五

1928年春，洛尔迦有了新的男朋友，叫阿拉俊（Emilio Aladren），是马德里美术学校雕塑专业的学生。洛尔迦带他出入公开场合，下饭馆泡酒吧，为他付账。阿拉俊口无遮拦，把他和洛尔迦的隐私泄露出去，闹得满城风言风语。

达利显然听说了传闻，和洛尔迦的关系明显疏远了。1928年9月初，他写了一封七页长的信给洛尔迦，严厉批评他刚出版的《吉卜赛谣曲集》："你自以为某些意象挺诱人，或者觉得其中非理性的剂量增多了，但我可以告诉你，你比那类安分守法者的图解式陈词滥调强不了多少。"达利认为洛尔迦应该从现实中逃跑。信中的主要观点，出现在不久发表的文章《现实与超现实》中。在这篇文章中，他进一步强调："超现实主义是逃避的另一层意思。"

当年的伙伴布努埃尔这时和达利结成新同盟。他专程去看望达利，他们开始合作一部超现实主义电影。在达利面前，布努埃尔大骂洛尔迦。他们用一周的时间完成电影脚本初稿。他们创作的一条原则是，任何意象都不应得到理性的解释。布努埃尔给朋友写信说："达利和我从来没这么近过。"

阿拉俊原来是个双性恋，他突然有了女朋友，和洛尔迦分道扬镳。在寂寞中，洛尔迦开始寻找新朋友。他结识了智利外交官林奇（Carlos Morla Lynch）夫妇，很快成了他们家座上客。"他常来常往，留下吃午饭、晚饭，打盹，坐在钢琴前，打开琴盖，唱歌，合上，为我们读诗，去了又来。"自幼写日记的林奇写道。

洛尔迦精神濒临崩溃，几乎到了自杀的地步。他需要生活上的改变。那年年初，有人为他安排去美国和古巴做演讲，这计划到4月初终于定下来。他将和他的老师里奥斯同行。三十一岁生日那天，他收到护照。他们乘火车到巴黎，转道英国，再从那儿乘船去美国。"向前进！"他写道。"我也许微不足道，我相信我注定为人所爱。"

1929年6月26日，风和日丽。"S. S. 奥林匹克"客轮绕过曼哈顿顶端，逆流而上，穿过华尔街灰色楼群，停泊在码头上。洛尔迦吃惊地打量着周围的一切。他写信告诉父母，巴黎和伦敦给人印象深刻，而纽约"一下把我打倒了"。他还写道："整个格拉纳达，也就能塞满这里两三座高楼。"抵达两天后，他半夜来到时代广场，为灯火辉煌的奇景而惊叹：纽约的一切是人造的，达利的机械时代的美学成为现实。

他对美国人的总体印象是：友好开放，像孩子。"他们难以置信的幼稚，非常乐于助人。"而美国政治系统让他失望。他告诉父母说，民主意味着"只有非常富的人才能雇女佣"。他生来头一回自己缝扣子。

在里奥斯催促下，他很快就在哥伦比亚大学注册，并在学生宿舍住下来。他给父母的信中假装喜欢上学，实际上他在美国几乎一点儿英文都没学会，除了能怪声怪调地说"冰激凌"和"时代广场"，再就是去饭馆点火腿鸡蛋。他后来告诉别人，在纽约期间他吃的几乎全都是火腿鸡蛋。他在英语课上瞎混，模仿老师的手势和口音。他最喜欢说的英文是"我什么都不懂"。他担心，英文作为新的语言，会抢占自己母语的地盘。某些西班牙名流的来访给他当家做主的自信。他接待了梅亚斯，那个在塞维利亚认识的斗牛士。他把梅亚斯介绍给他在纽约的听众。

20年代的哈莱姆（Harlem）是美国黑人的巴黎。洛尔迦迷上了哈莱姆与爵士乐,经常泡在那儿的爵士酒吧里。他时不时抬起头嘟囔:"这节奏!这节奏!真棒!"他认为,爵士乐和深歌十分相近,都植根于非洲、只有通过音乐才能真正了解黑人文化;像吉卜赛人一样,黑人用音乐、舞蹈来承受苦难,"美国除黑人艺术外一无所有,只有机械化和自动化。"他说。

到美国六周后,他开始写头一首诗《哈莱姆之王》。他后来写到,纽约之行"丰富并改变了诗人的作品,自从他独自面对一个新世界"。夜深人静,他常常漫步到布鲁克林大桥上,眺望曼哈顿夜景,然后在黎明前的黑暗中,返回哥伦比亚的住所,记下自己的印象。

他跟同宿舍的美国邻居格格不入。他告诉父母说:"这是地道的野蛮人,也许因为没有阶级的缘故。"他把自己关起来,要么写作,要么无所事事,整天躺在床上,拒绝访客,也不起来接电话。

1929年10月29日是历史上著名的"黑色星期二",即纽约股市大崩盘。在此期间,洛尔迦和里奥斯一起去华尔街股票市场,目睹了那场灾难。洛尔迦在那儿转悠了七个小时。事后他写信告诉父母:"我简直不能离开。往哪儿看去,都是男人动物般尖叫争吵,还有女人的抽泣。一群犹太人在楼梯和角落里哭喊。"回家路上,他目睹了一个在曼哈顿中城旅馆的跳楼自杀者的尸体。他写道:"这景象给了我美国文明的一个新版本,我发现这一切十分合乎逻辑。我不是说我喜欢它,而是我冷血看待这一切,我很高兴我是目击者。"

他对自己在纽约写的诗充满信心,他认为是他最出色的作品。他常为朋友们朗诵新作。"他的声音高至叫喊,然后降为低语,像大海用潮汐带走你。"一个朋友如是说。这些诗作后结集为《诗人在纽约》,直到1940年才问世。

六

黎 明

纽约的黎明
有四条烂泥柱子
和划动污水行进的
黑鸽子的风暴。

纽约的黎明
沿无尽楼梯叹息
在层层拱顶之间
寻找画出苦闷的甘松香。

黎明来了,无人迎入口中
没有早晨也毫无希望
硬币时而呼啸成群
穿透并吞噬弃儿们。
他们从骨子里最先懂得
既无天堂也无剥光树叶的恋情:
出路只是数字与法律的污泥,
无艺术的游戏,不结果的汗。

无根科学的无耻挑战中
光被链条与喧嚣埋葬。
而晃荡的郊区不眠者

好像刚从血中的船骸上得救。

在《洛尔迦诗抄》编者后记中,施蛰存先生写道:"望舒的遗稿中没有一篇《诗人在纽约》的作品。为了弥补这个缺憾,我原想补译两首最重要的诗,即《给哈仑区之王的颂歌》及《惠特曼颂歌》。我借到了西班牙文原本,也有英法文译本做参考,但是每篇都无法译好,因此只得藏拙。但为了不让洛尔迦这一段的创作生活在我们这个集子里成为一个空白,我还是选译了一首短短的《黎明》聊以充数。这不能不说是这部诗抄的一大缺点。"寥寥数语,施先生重友尽责谦卑自持的为人之道尽在其中。说实话,《黎明》译稿错误较多,总体上也显拗口。我在改动中尽量保留原译作的风格。

此诗共五段。开篇奇,带有强烈的象征风格:纽约的黎明/有四条烂泥柱子/和划动污水行进的/黑鸽子的风暴。用四条烂泥柱子和黑鸽子的风暴来点出纽约的黎明,可谓触目惊心。这两组意象在静与动、支撑与动摇、人工与自然之间,既对立又呼应。

第二段,纽约的黎明是通过建筑透视展开的:无尽楼梯和层层拱顶之间。洛尔迦曾这样描述纽约:"这城市有两个因素一下子俘虏旅行者:超人的建筑和疯狂的节奏。几何与苦闷。"几何是纽约建筑的象征,与之对应的是苦闷:寻找画出苦闷的甘松香。自然意象甘松香的引入,以及画这个动词所暗示的儿童行为,可以看作是一个西班牙乡下孩子对冷漠大都市的独特反应。

黎明来了,无人迎入口中,这个意象很精彩,甚至有某种宗教指向("太初有言,上帝说有光,于是有了光。"《旧约圣经》)。没有早晨也毫无希望。在这里出现早晨与黎明的对立,即黎明有可能是人造的,与自然进程中的早晨无关。硬币时而呼啸成群/穿透吞噬弃儿们。作为纽约权力象征,硬币像金属蜂群充满侵略性。弃儿在这里,显然是指那些被社会遗弃的孩子们。

第四和第五段带有明显的论辩色彩,弃儿们懂得:既无天堂也无剥光树叶的恋情:/出路只是数字与法律的污泥,/无艺术的游戏,不结果的汗。最后,又回到了早晨与黎明的对立:光被链条与喧嚣埋葬。而晃荡的郊区不眠者/好像刚从血中的船骸上得救。作为黎明的基本色调,血似汪洋大海,那些建筑物如出事后的船骸,郊区不眠者正从黎明中生还。

这首诗从形式到主题,都和洛尔迦以前作品相去甚远。他开始转向都市化的意象,并与原有的自然意象间保持某种张力。他以惠特曼式的自由体长句取代过去讲究音韵的短句,显得更自由更开放。他所使用的每个词都是负面的,故整体色调沉郁顿挫。按洛尔迦自己的话来说,他写纽约的诗像交响乐,有着纽约的喧嚣与复杂。他进一步强调,那些诗代表了两个诗歌世界之间的相遇:他自己的世界与纽约。"我所作出的是我的抒情反应。"他说。他的观点并非来自游客,而是来自"一个男人,他在仰望那吊起火车的机械运转,并感到燃烧的煤星落进他眼中"。

如果说这首诗有什么不足之处,我以为,后半部分的理性色彩,明显削弱了最初以惊人意象开道的直觉效果。这是洛尔迦的新尝试,显然不像他早期作品中那样得心应手。但从诗人一生的长度来看,这一阶段的写作是举足轻重的,开阔了他对人性黑暗的视野,扩大了他的音域特别是在低音区,丰富了他的语言经验和意象光谱。这一点我们会在他后期作品中发现。

七

在纽约住了九个月后,洛尔迦于1930年3月7日乘船抵达哈瓦那

（Havana），一群古巴作家和记者在码头迎接他。回到自己的母语世界，他如鱼得水。在第一封家书中他描述古巴是"抚爱而流畅的，特别感官的"。和纽约相比，哈瓦那简直是天堂。铺鹅卵石的街头，雪茄和咖啡的香味混在一起，让人感到亲切。他的朗诵和演讲获得成功。几乎每夜都和朋友们一起泡酒吧、朗诵、弹钢琴，直到天明。

三个月后洛尔迦返回祖国。在格拉纳达街头，他碰见一个自大学时代就认识的牧师。牧师为他外表的变化大吃一惊，问纽约是否也改变了他的个性。"没有，"洛尔迦快活地回答，"我还是我。纽约的沥青和石油改变不了我。"

与家人团聚，让他真正放松下来。他夜里读书写作，白天穿睡袍在屋里晃荡。他常把白发苍苍的母亲举起来，"天哪，你在杀死我！"母亲大声惊呼。当母亲睡午觉时，他坐在旁边为她扇扇子，驱赶苍蝇。

他一直在写新剧本《观众》。初稿完成后不久，他回到马德里，一家报纸的记者好奇地向他打听。"那是个六幕剧谋杀案。"他答道。

"此戏的意图何在？我指的不是谋杀，而是作品本身。"记者追问。

"我不知道是否真能制作。这出戏的主角是一群马。"

"了不起，费特列戈。"记者喃喃说。

1930年底，西班牙政局再次动荡。里奥斯和他的同志们一度入狱，他们在狱中发表宣言，呼吁在西班牙建立共和制。不久，国王宣布举行全国选举。一天夜里，在去咖啡馆的半路，洛尔迦被卷进支持共和的游行队伍中。宪警突然出现并开枪，示威者逃散，洛尔迦摔倒在地。当出现在咖啡馆朋友们面前时，他上气不接下气，满脸大汗，浑身是土，嘬着受伤的手指，声音颤抖地讲述他的遭遇。

1931年4月14日，国王最终离开西班牙，共和运动领导人包括里奥斯被释放。西班牙第二共和国的新时期开始了。里奥斯立即被任命为司法部长。新政府立即将政教分离，实行一系列社会政治改革。

在新政的影响下，牛郎喷泉镇政府决定，以他们最值得骄傲的儿子的名字，取代原来的教堂街。1931年9月初，洛尔迦在为他举行的命名仪式上演讲。他强调说，没有书籍与文化，西班牙人民就不可能享有基本权利和自由。"如果我流落街头，我不会要一整块面包，我要的是半块面包和一本书。"他注视着洒满阳光的广场和乡亲们熟悉的面孔，后面是三十三年前他出生的白房子。

洛尔迦全力支持新政府。一天夜里，他冲进智利外交官林奇的公寓，情绪激动。他要建立一个全国性的剧团，叫"巴尔卡"（La Barraca），指的是那种乡村集市演木偶戏之类的临时木棚。新政府重新调整后，里奥斯成为教育部长，促进了"巴尔卡"计划的实现，特别是财政上的支持。洛尔迦谈到"巴尔卡"总体规划时说："我们要把戏剧搬出图书馆，离开那些学者，让它们在乡村广场的阳光和新鲜空气中复活。"

作为剧团的艺术总监，洛尔迦招兵买马，亲自负责选目排演。他和演员们一起身穿蓝色工作服，唱着歌穿过大街小巷。在两年多的时间，"巴尔卡"几乎走遍西班牙，吸引了无数的平民百姓。他说："对我来说，'巴尔卡'是我全部工作，它吸引我，甚至比我的文学作品更让我激动。"在"巴尔卡"活跃的那几年，他很少写诗。这似乎并不重要，戏剧在某种程度上比诗歌更让他满足。"巴尔卡"无疑振兴了30年代西班牙的戏剧舞台，实现了他毕生的梦想。

1933年初，剧团来了个名叫拉潘（Rafael Rodriguez Rapun）的小伙子。他相貌英俊，身材健壮，具有一种古典的美。这个马德里大学学工程的学生，转而热爱文学，偶尔也写写诗。他成了洛尔迦的男朋友兼私人秘书。四年后，在洛尔迦逝世周年那一天，拉潘为保卫共和国战死在沙场。

那年夏天，远在六千英里以外，一个阿根廷女演员在布宜诺斯艾利斯上演洛尔迦的戏《血腥婚礼》，她和她丈夫邀请洛尔迦到阿根廷访问。9月28日，洛尔迦从马德里出发到巴塞罗那乘船，两周后抵达阿根廷。他为重返美洲而激动。与上次不同，他写信对父母说，他来到的是"我们的美洲，西班牙语的美洲"。

阿根廷之行获得了意想不到的成功。他的戏不断加演，好评如潮。他告诉父母："我在这个巨大的城市像斗牛士一样出名。"他被记者包围被观众簇拥，常在大街上被认出来。

洛尔迦和博尔赫斯只见了一面。见面时，他明显感到博尔赫斯不喜欢他，于是故意模仿博尔赫斯，庄重地谈到美国的"悲剧"体现在一个人物身上。"是谁？"博尔赫斯问。"米老鼠。"他回答。博尔赫斯愤然离去。以后他一直认为洛尔迦是个"次要诗人"，一个"对热情无能"的作家。

而他和聂鲁达则一见如故。聂鲁达当时是智利派驻布宜诺斯艾利斯的领事。聂鲁达喜欢洛尔迦的丰富以及他对生活的健壮胃口。他们俩背景相似——都来自乡下，对劳动者有深厚的感情。他对聂鲁达的诗歌十分敬重，常打听他最近在写什么。当聂鲁达开始朗诵时，洛尔迦会堵住耳朵，摇头叫喊："停！停下来！够了，别再多念了——你会影响我！"

除演讲费外，票房收入源源不断。洛尔迦一生中第一次有钱，他开始寄钱回家，给母亲买狐狸皮大衣。母亲来信说："没有别的穿戴皮毛的女人像我那样骄傲和满足，这是你用劳动成果买来的纪念品。"

离开布宜诺斯艾利斯前夜，他去看望聂鲁达。他对在场的朋友说："我在喧嚣的纽约待了几个月后，离开时我似乎挺高兴……现在虽说我急于见到亲人，我好像把自己的一部分留在这奇异的城市。"他哭了起来。聂鲁达打破沉默，转移话题。第二天，他登上开往西

辑四　诗和诗人　| 　347

班牙的越洋轮船。一周前,他对记者说:"对我自己来说,我仍觉得像个孩子。童年的感情依然伴随着我。"

1934年4月14日,是西班牙第二共和国成立三周年。新的联合政府废除了不少共和派的法案,恢复宗教教育。很多西班牙人开始担心,这儿的天主教会会扮演希特勒兴起中的角色。

那年夏天,聂鲁达作为外交官被派往西班牙,先住巴塞罗那,又搬到马德里。他家几乎夜夜笙歌,客人们横七竖八地过夜。洛尔迦和聂鲁达常在一起朗诵演讲。他俩互相赞美,不吝词句;尤其是洛尔迦,有时简直是挥霍。这似乎是一个天才的特权——对他人才华无节制的激赏。在一次正式场合,他介绍说,聂鲁达是当今最伟大的拉丁美洲诗人之一,是"离死亡比哲学近,离痛苦比智力近,离血比墨水近"的作家。聂鲁达"缺少两样众多伪诗人赖以为生的因素:恨与嘲讽"。聂鲁达认为洛尔迦是"我们语言此刻的引导性精神"。

洛尔迦打算8月11日和剧团一起去北海岸的小镇桑坦德(Santander)演出一周。就在当天下午,他的好朋友梅亚斯在斗牛场上受重伤,先进本地医院,再转到马德里抢救。得知梅亚斯受伤的消息,洛尔迦立即取消原计划,留在马德里。由于伤势严重,医院不许任何外人看望,洛尔迦用电话把病情及时告诉朋友们。8月13日上午,梅亚斯死了。

他到桑坦德后,独自关上门哀悼梅亚斯。自从在塞维利亚相识,他们成为好朋友。梅亚斯老了,发福了,但他宁愿死在斗牛场,也不愿意死在自己床上。听说梅亚斯重返斗牛场,洛尔迦对朋友说:"他对我宣布了他自己的死亡。"在桑坦德,他和一个法国作家散步时说:"伊涅修之死也是我自己的死,一次死亡的学徒。我为我安宁惊奇,也许是因为凭直觉我预感到这一切发生?"

1934年10月底,洛尔迦开始写他一生最长的一首诗《伊涅修·桑切斯·梅亚斯的挽歌》。他起稿于格拉纳达和马德里两地之间,最后在聂鲁达的公寓完成。这首长诗是洛尔迦的巅峰之作。

八

伊涅修·桑切斯·梅亚斯的挽歌

一 摔[1]与死

在下午五点钟。
正好在下午五点钟。
一个孩子拿来白床单
在下午五点钟。
一筐备好的石灰
在下午五点钟。
此外便是死。只有死
在下午五点钟。

风带走棉花。
在下午五点钟。
氧化物散播结晶和镍
在下午五点钟。
现在是鸽与豹搏斗
在下午五点钟。

---

1 原译注:"摔"是斗牛的术语,原文Cogida,就是牛用角把斗牛师挑起来,摔出去。

大腿与悲凉的角
在下午五点钟。
低音弦响起
在下午五点钟。
砒素的钟与烟
在下午五点钟。
角落里沉默的人群
在下午五点钟。
只有那牛警醒!
在下午五点钟。
当雪出汗
在下午五点钟。
斗牛场满是碘酒
在下午五点钟。
死亡在伤口生卵
在下午五点钟。
在下午五点钟。
正好在下午五点钟。

灵车是他的床
在下午五点钟。
骨与笛响在他耳边
在下午五点钟。
那牛向他额头咆哮
在下午五点钟。
屋里剧痛大放异彩

在下午五点钟。

坏疽自远方来

在下午五点钟。

绿拱顶中水仙喇叭

在下午五点钟。

伤口像太阳燃烧

在下午五点钟。

人群正砸破窗户

在下午五点钟。

在下午五点钟。

噢，致命的下午五点钟！

所有钟表的五点钟！

午后阴影中的五点钟！

这首长诗共四节，由于篇幅关系我只选第一节和第四节。在戴望舒译文的基础上，我参考英译并设法对照原作做了改动。遗憾的是，这首诗的戴译本有不少差错。比如在第一节中，他漏译了一句，并颠倒另两句的顺序。

在洛尔迦看来，《挽歌》不仅是为他的朋友骄傲，也是为了展现"存在于人与牛的搏斗中英雄的、异教的、流行而神秘的美"。他喜欢斗牛的仪式和"神圣的节奏"。在这节奏中，"一切都是计量好的，包括痛苦和死亡"。也许这是理解这首诗的关键。无论在音调还是在节奏上，这四节都有明显的区别，展示了他对朋友之死的不同反应，以及他对死亡的总体思考。

第一节非常奇特，急迫得让人喘不过气来，也许这就是洛尔迦所说的"神圣的节奏"。而急迫正是由"在下午五点钟"这一叠句造成的。

它短促而客观,不容置疑。伴随着这节奏的是大量的医疗细节(石灰、棉花、氧化物、砒素、碘酒、剧痛、坏疽、伤口),展开斗牛士从受伤走向死亡的过程。洛尔迦说:"当我写《挽歌》时,致命的'在下午五点钟'一行像钟声充满我的脑袋,浑身冷汗,我在想这个小时也等着我。尖锐精确得像把刀子。时间是可怕的东西。"据马德里报纸说,当时送葬开始于下午五点钟。正像他所说的,在这节奏中,"一切都是计量好的,包括痛苦和死亡。"

这一节最初相当克制。在下午五点钟。/正好在下午五点钟。/一个孩子拿来白床单/在下午五点钟。/一筐备好的石灰/在下午五点钟。/此外便是死。只有死/在下午五点钟。随着死亡步步逼近,变得越来越焦躁不安,直至终点的叫喊:伤口像太阳燃烧/在下午五点钟。/人群正砸破窗户/在下午五点钟。/在下午五点钟。/噢,致命的下午五点钟!/所有钟表的五点钟!/午后阴影中的五点钟!

在我看来,这首长诗的第一节最精彩,无疑是现代主义诗歌的经典。由"在下午五点钟"这一叠句切割的意象,有如电影蒙太奇。前几年看过一部故事片《加西亚·洛尔迦的失踪》,影片开始用的就是这一节。诗句伴随着急促的鼓点,镜头不断切换,仿佛是洛尔迦专为此写的。正如他所说的:"我在想这个小时也等着我。尖锐精确得像把刀子。"他预见了自己的死亡。

四 缺席的灵魂

牛和无花果树都不认识你,
马和你家的蚂蚁不认识你,
孩子和下午不认识你
因为你已长眠。

石头的腰肢不认识你,
你碎裂其中的黑缎子不认识你。
你沉默的记忆不认识你
因为你已长眠。

秋天会带来白色小蜗牛,
朦胧的葡萄和聚集的山,
没有人会窥视你的眼睛
因为你已长眠。

因为你已长眠,
像大地上所有死者,
像所有死者被遗忘
在成堆的死狗之间。

没有人认识你。没有。而我为你歌唱。
为了子孙我歌唱你的优雅风范。
歌唱你所理解的炉火纯青。
歌唱你对死的胃口和对其吻的品尝。
歌唱你那勇猛的喜悦下的悲哀。

这要好久,可能的话,才会诞生
一个险境中如此真实丰富的安达卢西亚人,
我用呻吟之词歌唱他的优雅,
我记住橄榄树林的一阵悲风。

与第一节相比，第四节无论音调还是节奏都有明显变化。第一节急促紧迫，用时间限定的叠句切断任何拖延的可能。而第四节的句式拉长，舒展而富于歌唱性。如果说第一节是死亡过程的展现的话，那么这一节则是对死亡的颂扬。

这一节可分成两部分。第一部分包括前三段，第二部分包括后两段，中间是过渡。第一部分皆为否定句，三段均以"因为你已长眠"的叠句结尾，带有某种结论性。接着"因为你已长眠"出现在第四段开端，从果到因，那是转折前的过渡：因为你已长眠，/像大地上所有死者，/像所有死者被遗忘/在成堆的死狗之间。最后是颂歌部分：没有人认识你。没有。而我为你歌唱。

我用呻吟之词歌唱他的优雅，/我记住橄榄树林的一阵悲风。呻吟之词与歌唱之间存在着对立与紧张。精彩的是最后一句，那么简单纯朴，人间悲欢苦乐都在其中了。在西班牙乡下到处都是橄榄树，在阳光下闪烁。那色调特别，不起眼，却让人惦念。橄榄树于西班牙，正如同白桦树于俄罗斯一样。梅亚斯曾对洛尔迦讲述过他的经历。十六岁那年，他从家里溜到附近的农场，在邻居的牲口中斗牛。"我为我的战绩而骄傲，"斗牛士说，"但令人悲哀的是没人为我鼓掌。当一阵风吹响橄榄树林，我举手挥舞。"

老天成就一个人，并非易事。洛尔迦扎根格拉纳达，在异教文化的叛逆与宽容中长大；自幼有吉卜赛民歌相伴入梦，深入血液；父慈母爱，家庭温暖，使个性自由伸展；三位老师守护，分别得到艺术、社会和文化的滋养；与作曲家法亚、画家达利交相辉映，纵横其他艺术领地；马查多等老前辈言传身教，同代诗人砥砺激发，再上溯到三百年前的贡古拉，使传统融会贯通；从格拉纳达搬到马德里，是从边缘向中心的转移；在纽约陌生语言中流亡，再返回边缘；戏剧的开放与诗歌的孤独，构成微妙的平衡；苦难与战乱，成为无尽的写作源泉。

九

1934年10月西班牙北海岸矿工起义，随后遭到佛朗哥将军的残酷镇压。1935年5月初，内阁改组，包括五个极右组织的成员，并将摩洛哥任职的佛朗哥调回，政变后正式任命为总司令。不久，保守政府切断了财政支持，"巴尔卡"陷入危机。

洛尔迦在朗诵排戏的同时，卷入各种政治活动。他谴责德国和意大利的法西斯暴政，声援两国作家和艺术家，并在反对埃塞俄比亚战争的公开信上签名，为入狱的年轻诗人赫尔南德兹呼吁。

在巴塞罗那上演新戏期间，达利的妹妹阿娜到剧院来看望他，她比以前更美了。他们去咖啡馆小坐，一直在谈达利。洛尔迦终于和达利见面，这是七年来第一次。那年秋天他俩常来常往。他抓住每一次机会证明他对老朋友的感情。有一次在巴塞罗那书店朗诵，他专门念了那首《萨尔瓦多·达利颂歌》。他们计划一起合作写书配画，但并未实现。几个月后，两人友谊重又落到低谷。

1936年元旦，洛尔迦收到从牛郎喷泉寄来的有镇长和近五十名村民签名的贺年卡，上面写道："作为真正的人民诗人，你，比他人更好地懂得怎样把所有痛苦，把人们承受的巨大悲剧及生活中的不义注入你那深刻之美的戏剧中。"

6月5日，洛尔迦过三十八岁生日。他从来不想长大，时不时深情地回首童年。一年前，他曾对记者说："还是我昨天同样的笑，我童年的笑，乡下的笑，粗野的笑，我永远，永远保卫它，直到我死的那天。"他还开玩笑说，他怕出版纽约的诗集，那样会让他老去。

西班牙政局进一步恶化，濒临内战边缘。在马德里，左右派之间

辑四 诗和诗人 | 355

互相暗杀、绑架、血染街头。除了1919年格拉纳达的冲突，洛尔迦从未经历过像马德里7月初那样血腥的暴力。他变得越来越神经脆弱。他总是让出租司机减速，叫喊道："我们要出事了！"过马路他要架着朋友的胳膊，随时准备跳回便道上。

7月13日，得知一个右翼领袖被暗杀的消息，洛尔迦决定马上离开马德里。他和一个朋友几乎整天都在喝白兰地。他激动地吐着香烟说："这里将尸横遍野。"停顿了一下，"不管怎样，我要回格拉纳达。"晚九点，他按响他的小学老师家的门铃。在老师的询问下，他回答道："只是来借两百比索。我要乘十点半的火车回格拉纳达。一场雷雨就要来了，我要回家。我会在那儿躲过闪电的。"

回家第二天，本地报纸就刊登了他的消息。西班牙内战开始了。7月20日，支持右翼的格拉纳达要塞的军人起义，占领了机场和市政厅，逮捕了省长和新选的市长，那是洛尔迦的妹夫。三天后，他们完全控制了局势。到处在抓人，每天都有人被处决。

长枪党分队接连不断到洛尔迦家搜查，第三次他们把洛尔迦推下楼梯，又打又骂。他们离去后，洛尔迦给一个写诗的年轻朋友若萨勒斯（Luis Rosales）打电话，他三个兄弟都是长枪党铁杆。若萨勒斯马上赶来。他提出三个方案：其一，逃到共和派控制的地区；其二，到一向保守的法亚家避风；其三，搬到他们家小住，待局势稳定下来再说。第三个方案似乎最安全。当天夜里，父亲吩咐他的司机把洛尔迦送到位于格拉纳达市中心的若萨勒斯家。

8月15日，长枪党再次冲进洛尔迦家，威胁说若不说出去处，就要带走洛尔迦的父亲。走投无路，他妹妹说出实情。

次日晨传来洛尔迦妹夫被处决的消息。下午一点，一辆汽车停在若萨勒斯家门口，下来三个军官，领头的是原右翼组织的国会议员阿龙索（Ruiz Alonso）。他早就恨死了洛尔迦。若萨勒斯的母亲边阻拦边打电话，终于找到一个儿子。那儿子赶来，问洛尔迦犯了什么罪。"他用笔比那些用手枪的人带来的危害还大。"阿龙索答道。洛尔迦被带走，先关在市中心的政府大楼，18日凌晨被转到西北方山脚下的小村庄，和一个中学老师及两个斗牛士一起关在旧宫殿里。看守是个虔诚的天主教徒。他告诉他们要被处决，让他们做临终祷告。"我什么也没干！"洛尔迦哭了，他试着祷告。"我妈妈全都教过我，你知道，现在我忘光了。"

四个犯人被押上卡车，来到山脚下的一块空地上，周围是橄榄树林。在破晓以前，一阵枪声，洛尔迦和三个同伴倒在橄榄树林边。

图书在版编目(CIP)数据

很多年：北岛散文选／北岛著. -- 北京：人民文学出版社，2025. -- ISBN 978-7-02-019043-0

Ⅰ．I267

中国国家版本馆 CIP 数据核字第 2024ED5725 号

责任编辑　徐子茼　李义洲
责任校对　李晓静
责任印制　张　娜

出版发行　人民文学出版社
社　　址　北京市朝内大街 166 号
邮政编码　100705

印　　刷　侨友印刷（河北）有限公司
经　　销　全国新华书店等

字　　数　261 千字
开　　本　880 毫米×1230 毫米　1/32
印　　张　11.375
印　　数　1—10000
版　　次　2025 年 3 月北京第 1 版
印　　次　2025 年 3 月第 1 次印刷

书　　号　978-7-02-019043-0
定　　价　69.00 元

如有印装质量问题，请与本社图书销售中心调换。电话:010-65233595